本书由广西桂平太平文化发展研究基金资助出版

|太平基金文库 · 诗词论丛|
丛书主编：宋湘绮　莫真宝

新声与绝响——施议对当代诗词论集

施议对　著

華中師範大學出版社

新出图证(鄂)字 10 号

图书在版编目(CIP)数据

新声与绝响——施议对当代诗词论集 /施议对著. —武汉:华中师范大学出版社,2015.11(2016.9 重印)

(太平基金文库·诗词论丛)

ISBN 978-7-5622-6966-3

Ⅰ.①新… Ⅱ.①施… Ⅲ.①诗词研究—中国—当代 Ⅳ.①I207.2

中国版本图书馆 CIP 数据核字(2015)第 079012 号

新声与绝响——施议对当代诗词论集

©施议对 著

责任编辑:张怀东 谢 琴　**责任校对**:段云飞　**封面设计**:罗明波

编辑室:中华诗词出版中心　**电话**:027—67867370

出版发行:华中师范大学出版社

社址:湖北省武汉市洪山区珞喻路 152 号　**邮编**:430079

电话:027—67863040(发行部)　027—67861321(邮购)

传真:027—67863291

网址:http://www.ccnupress.com　**电子信箱**:press@mail.ccnu.edu.cn

印刷:江西新华印刷集团有限公司　**督印**:王兴平

字数:295 千字

开本:710mm×1000mm 1/16　**印张**:21.75

版次:2015 年 11 月第 1 版　**印次**:2016 年 9 月第 2 次印刷

定价:55.00 元

欢迎上网查询、购书

敬告读者:欢迎举报盗版,请打举报电话 027—67861321。

总序

自20世纪80年代末以来，“大众诗词热”“20世纪诗词入史”等问题逐渐受到文学界、学术界乃至社会各界的关注。诗词艺术的健康发展，与我们的精神家园甚至民魂国运紧密相关。然而因为缺乏应有的学术关注，当代诗词日益偏离了其发展轨道，难以在当代文学中找到应有的位置。钱理群先生曾经说：“尽管旧体诗词写作已经边缘化，但它也没有按进化论观点所预言的那样，完全遭淘汰，被新诗所替代。而且也不仅是一种旧的残余，而是按照自身的特点在不停地发展着……这是一个尚待开拓的研究领域，有许多文学现象特别值得注意与深思。”

在研究百年来诗词的发展时，我们发现旧体诗词自身也在发生变革。这些变革涉及文学现代性、人的现代性、现代文学价值观这样一些根本问题。目前，这个领域的研究大都集中在民国诗词即所谓“现代诗词”方面。1949年之后，特别是近三十年来，正在发生急剧变化的当代诗词被研究者冷落，旧诗和新诗关系的深度研究依然少人问津。这里反映的问题不容忽视。

一、诗词研究面向古代经典，远离创作现场

自20世纪80年代诗词复苏，至今经历了三十余年的成长史。诗词创作从文学的边缘一步一步走进大众生活。2014年5月，第六届鲁迅文学奖参评作品公示期间，湖北省作家协会主席方方公开指责柳忠秧“跑奖”，“方柳之争”掀起风波。8月，第六届鲁迅文学奖首次颁给当

代诗词集，引发了广大网友，甚至新文学界、旧体诗词界的集体吐槽，而文学研究者对旧体诗词首次获得这一“殊荣”却一如既往地保持了缄默。人们期待好诗，渴望真正的文学批评，期待当代诗词获得主流文学界的“身份认同”——这一切，在以一种缓慢而坚实的步伐默默前行。诗，是一个民族的精神高地；诗词艺术，是中华优秀传统文化的根脉。然而这颗文学皇冠上的明珠在当下却成为文学事故重灾区。对此，我们不禁要追问：如何研究诗词的变化？如何重建诗词艺术的评价标准？

从20世纪末大批知名现当代学者排斥诗词入史，到2014年第六届鲁迅文学奖评选前后，“官诗”“商诗”“新闻诗”“拟古诗”“碎片诗”备受各方针砭。传统诗词正在转型，大众创作热度持续不减，其传承与发展却步履维艰。这个转型一旦活生生断裂，诗词这种最美好的民族艺术形式就有可能在我们这代人手中变异和失传，那将是文学史所不能承受之重。

当代诗词表面的繁荣难以掩饰内在的困境，这一方面是因为它在当代文学研究领域中缺席太久，另一方面也与古代文学研究界的研究态度和研究方法有关。罗宗强的《目的、态度、方法——关于古代文学研究的一点感想》，蒋寅的《文如其人？——一个古典命题的合理内涵与适用限度》，康保成的《90年代景观：“边缘化”的文学和“私人化”的研究》以及戴伟华的《交叉学科中的古代文学研究》等一批文章，引发了古代文学研究者的“反思热”。古代文学研究者深刻反省学术脱离了社会现实，脱离了政治，甚者退避了个人的主体价值的失误。他们提出，从广阔的文化背景出发，注重学科交叉，以文史哲不分的古代文学研究传统为基础，弄清各种文学现象的社会背景，呼唤将文本、文学研究还原到人的生存始源境遇的审美学研究。

诗词研究落入中空地带，边缘化和负面问题集中爆发，这些已引起有识之士的重视。2011年9月，马凯在中华诗词研究院成立大会上明确提出：“要研究中华诗词的艺术规律，创立和发展中华诗词美学理论，推动中华诗词的继承和创新。”创立中华诗词美学理论被提上议事日程，进一步吸纳21世纪最新美学成果，创立中国当代诗词审美学理论势在必行。中国当代诗词审美学理论，是研究当代诗词审美现象、审美规律的与“人的实践存在”息息相关的理论。中国当代诗词审美学明确诗词文学的当代性和诗词审美学的动态性、生成性、开放性，突出其与古代诗词美学研究的不同与关联，是开展当代诗词文学批评、解决创作困境的理论武器。诗词是中国文学健康多元生态的组成部分，是中国文化肌体的脉搏。诗词研究是生动的活学术。它不仅要面对经典，还要面对创作现场。突出“中国”，强调“当代”，有利于唤起我们对当代诗词与当代文学的骨肉之情，重新体认诗词艺术的新形态。

二、诗词创作要回归艺术本位，诗词研究要走出误区

目前，诗词创作主体从精英变成大众，从士大夫、旧文人到当代诗人和诗词爱好者的角色转换，是与人的现代性密切相关的时代命题。伴随着作者群体的分化，当代诗词分化成作为文学的诗词和作为大众文化的诗词。前者来自作者的生命冲动，是对当代个体生存、人类理想、人性丰富等终极问题的思考和性情表达；后者是一种文化活动，写诗填词，自娱自乐，或为着某种现实的功利目的。当代诗词审美学研究关注作为艺术的诗词，需要警惕食古不化的“新古董”倾向。关注作为大众文化的诗词，需要避免受工具论影响，以免滑入“官诗”和“商诗”，对文化肌体造成内伤。这里暗含一个悖论：一方面，诗词艺术有可能与政治、商业策略合谋，成为一种工具；另一方面，诗词艺术又确实代表大众诗性的本能诉求，对意识形态有间接的建构功能。二者必须区别对待。面对复杂的“诗词热”，单纯的文学研究力不从心，而审美研究则可以整体观照，全面剖析，当代诗词审美学就诞生在这时。当代诗词审美学内容涉及哲学、美学、古代文学、现当代文学，是一道艰巨的学术关卡，需要整合相关学科的中坚力量，重视新的理论成果和已发现的误

区，共同完成学术使命。施议对先生多次在学术演讲和论文中从观念、文本、论述等方面谈到了当代诗词研究存在的问题。他在《立足文本 走出误区》中说：“有关理论上的失误，则须从王国维说起。王国维发表《人间词话》，倡导‘境界说’，开创新词学，功不可没。但所立论，于意与境之间较偏重于意，已经向左倾斜。其后，胡适、胡云翼进一步加码，促使其左转，并将其推演为风格论。”这一提醒，需要我们深刻反思，这是一个关系诗词艺术发展走向的重大理论问题。

我们的诗词研究一直沉浸在经典中，忽视了正在面临的危机。当代诗词是古代诗词的延续，又是诗词艺术发展的新形态。马克思曾说“人体解剖对于猴体解剖是一把钥匙”，为我们站在更高的历史阶段、以更为全面的理论视野认识与把握诗词艺术提供了新的思路。“人体”包含“猴体”的所有奥秘。当代诗词是显现当代人的审美境界、人生境界、理想怀抱的精神标尺，是研究诗词艺术规律的最高切入点。诗词作为语言艺术是开放的、发展的，需要在研究中“活态传承”。基于此，我们提出“诗书画活态传承行动框架”，倡议发起研究基金。该行动于2014年1月1日在广西启动。广西桂平市委、市政府与国家艺术基金同步设立太平文化发展研究基金，创建了全国第一个诗书画影艺术园区，旨在通过创作、研究、交流、合作等七个平台，专门扶植艺术原创和理论研究，从源头、根部着手，使诗性精神和文化产业、城市发展达成输血与反哺的良性循环。诗意出征，拉开境界的理想之维。把诗词书画纳入“十大诗意小城”文化创新战略，为新型城镇化建设“立心”，倡导“新田园·新生活”。

“诗词热”中出现的问题和人们对诗词的种种反应，与诗词文学价值观变化息息相关。随着时代变迁，人们对诗词价值的认识，对诗词审美理想的看法、审美判断已发生巨大变化。这本身就是社会转型的重要内容之一。诗词在当代呈现出的新形态，需要诗人从表现论走向创造论，从反映现实走向诗意提升、创造现实的角度重新进行审视。马克思的现实观是历史性和过程性的开放性存在，由此观察诗词艺术，发现“言志抒情”，是诗的起点，不是终点。写诗、读诗其实是人的自我认识。通过诗歌这一艺术形式，认识情、志这些人性中的欲念，进而塑造更美好的生活、更理想的人性，乃至神性。但丁的《神曲》、李白的《蜀道难》、苏轼的《水调歌头·中秋》都不仅有个人情志的心理内涵，还有更广阔、深刻的精神意蕴。从个体出发，体恤众生，抵达人生、社会、历史、宇宙反思的层面，才能真正融人文学。习近平主席不赞成把经典诗词从课本中去掉，而希望诗词成为中华民族文化的基因，正是从精神实践（虚践）的角度，意识到诗词艺术中生生不息的理想情怀和生命脉动。虚践是实践的前奏，与实践拥有一致的深层结构，具有更大的自由性和开拓性。二者相互涵括，推动着人的“生成”。我们必须深刻认识一百年来新文化运动和大众文化运动对“现代人”的“生成”、对传统文化、对现代文学的巨大影响。

“太平基金文库·诗词论丛”就是这样一套解读诗词遽变的丛书。八部论著梳理了20世纪现当代旧体诗的生存境遇、发展脉络、新旧交织中碰撞出的现代火花；布点成线，初步勾勒出诗词艺术“五四”边缘化以来至21世纪之交诗词复苏后的创作面貌。百年回眸，本论丛清晰地展现了传统诗词现代转型的端倪。太平文化发展研究基金发起在诗词艺术传承和创新的关键时刻，设立在国家新型城镇化建设的最前沿，将竭诚护佑诗词艺术度过古今演变的历史转折，努力让诗意栖居成为城市的明天。

传统诗词和现代文学接轨，最关键是二者“文学价值观”的对接。为此，我们必须重新调准思想罗盘，建立当代的诗词文学价值观。“官诗”的空洞、“新闻诗”的肤浅、“商诗”的铜臭、“拟古诗”的陈腐以及“碎片诗”的迷惘，归根到底都是作者的文学价值观出现了问题。一切艺术的本质都是诗，艺术家的文学价值观是一个时代的精神标高。当代文艺创作有高原，没有高峰，正是因为在境界、价值层面难以穿越社会转型的迷雾。价值重建需要精神灯塔，诗词现代转型关系到当代核心价值观的塑造。核心价值观只有落脚到具体的文化活动、艺术形式中才能生根开花。传统诗词被称为“中国诗形”，是最具中华气质的艺术活动。诗意栖居、人生诗化是最艺术化的民生，是最美的中国梦。诗心是原生之心、本能之心、创造之心，也是人类在社会化过程中最向往的回归之心。诗词是培育、凝聚诗心，形成社会核心价值观最广阔的沃土。

三、诗词艺术何去何从，期待一次跨学科的历史性会晤

因为诗词是中国文脉中的“基因”，所以文学史无法将其排斥在外。据不完全统计，目前已有17种现代当代文学史教材涉及20世纪诗词。《中华诗词》《当代诗词》《诗词》《长白山诗词》《岷峨诗稿》《心潮诗词》《东坡赤壁诗词》《心潮诗词评论》等全国公开发行的诗词类刊物已形成相当规模的期刊方阵，《诗刊》社新办的《诗刊·子曰》也呈现出良好的发展势头。《诗铎》《诗词学》《诗词界》《天籁》《诗国》《九州诗词》等诗词类出版物，多由高校和诗社主办，具有同仁刊物的倾向，或带有明显的艺术宗尚，或试图对当代诗词展开学理性研究。除此之外，以内部准印的方式印行的全国各省市诗词刊物据说有三千种之多。因为大众的积极参与，诗词领域集中显现出文化转型的困境，思想、艺术方面的问题层出不穷。所以，文学批评、审美研究对转型期的诗词文化生态不能忽视，更不能无视。“知人论世”是一个古老的诗学命题，诗词学是人学，诗词活动的主体是“人”。人的现代转型，促使诗词从精英艺术变成大众艺术。20世纪现代哲学的转折，触动传统诗词的现代转型。诗词的生存语境到底发生了什么现代性的变化？20世纪人类目光从认识自然转向对自身生存的关注。从认识论到生存论的哲学转向，直接催生了现代艺术。这正是新诗崛起的地方。新诗百年历程给诗词艺术发展提供了一个重要的参照系。

面对20世纪哲学的转向，我们发现现实主义、浪漫主义和理想化

抒情已难以触及这个时代人们的精神危机，我们需要面对“心灵的真实”。变形、夸张、幻觉、意识流都已出没在当代诗词中。爱之深，责之切。现代主义艺术精神——凝视非理性世界的勇气、承担苦难的毅力、批判现实的维度和意义建构的指向，是激发诗词艺术活力的酵母。读诗、写诗都是一种精神实践，从实践存在论的角度看，都是一种修身养性、塑造自我、创造人生、构建社会、实现理想的精神实践。诗词艺术是社会改造的力量，这种改造首先是诗人对自身的改造。它越包含深刻的个人体验、见解、情感、境界，先知先觉，越可能照亮他人、照亮现实，成为改造社会的力量。核心价值观不完全是一个政治话语，也是文学之根，是诗词传承与创新的生命之根。

只有突破传统诗词研究认识论的思路和二元对立的思维模式，才能进入实践生存论视野，建立当代诗词创造论文学价值观。这一点，对正确认识诗词艺术本质、把握“大众诗词热”走向、丰富当代文学、提升大众文化品质、促进人生诗化等时代命题影响深远。接受现代艺术精神的洗礼，是传统艺术现代转型不可回避的精神事件。

把诗词活动作为审美对象，透视大众诗词创作的特点、问题、局限和时代特质，从文本研究走向“文学—文化”研究，这是当代诗词审美学研究的核心。这个核心镶嵌在当代中国文化现代性这一框架上，涉及人的现代性、文学的现代性、文化的现代性。它不再是单纯的文学问题，需要我们做多学科的考察。

当代诗词艺术正站在中国文学古今演变的门槛上，学术界应该有一次跨学科的历史性会晤。进行一次“文学—文化”的“会诊”，护送百年来被边缘化的诗词艺术回归当代文学怀抱，这就是首届“当代诗词创作批评与理论研究青年论坛”的缘起。为此，由太平文化发展研究基金会发起，中华诗词研究院学术部联络，中国文学理论研究的权威刊物《文学评论》编辑部担纲，召集全国深入研究当代诗词的学者聚首广西桂平，探讨当代诗词艺术走向和研究战略。《人民日报》2014 年 7 月 28 日以《拉开诗的理想之维》为题报道了实况。会议由陈友康的“二十世纪中国旧体诗词的合法性、现代性、经典性”主题发言拉开序幕，他对20世纪诗词的精神资源和经典化的剖析，引发了在座专家的共鸣，大家畅所欲言。《文学评论》杂志于2014年11月15日刊发了本次论坛综述。兹全文征引如下：

2014年7月11日至14日，由《文学评论》和广西桂平市委、市政府联合举办的首届“当代诗词创作批评与理论研究青年论坛”在“诗意小城”桂平，就“诗词热”展开一次平台高、实力强、跨学科的深度交流。

陆建德回顾了2013年短信参与总量达1.29亿人次的“诗词中国”创作大赛，介绍了诗词刊物、诗词网站、自费出版的诗词集的发展态势，敏锐指出诗词从“精英艺术”变成“大众艺术”，正经历古今演变的历史瞬间，亟须文学批评支持、促进和引导创作实践，推动诗词创作良好发展，强调当代诗词的创造和评论一定要接地气、通神性，突出境界的实践根基和价值维度。莫真宝概述了目前诗词研究现状，说：“古典诗词阐释体系解读不了大众诗词创作存在的问题，需要新方法、新理论。”施议对客观指出“当代诗词抒写旧内容、旧思想易工；抒写新内容、新思想难好”，引发当代诗词创作困境、方法整合、理论创新等话题。

新诗和旧诗，从对抗走向对话。沈家庄、马大勇、王巨川、李仲凡、张春华、段维、伍明春等都在各自研究的基础上，提出了打通古今、融会新旧、跨学科研究的设想。

与会者讨论新诗的成就和旧诗的困境，认为新诗凸显“诗与人的存在”关系，从主情向主知的演进等，值得旧诗参照。荣光启从郑敏和叶维廉的诗学思想，谈了“新诗与古典诗歌传统”的血缘。孟泽说：“诗，本无新、旧之分。诗的研究永远要面对人心、人性、人情。当代‘诗’应该拥有不同于传统的思想、情感、审美增量，要把现代生活条件下呈现的人性内涵，更充分地纳入审美表达。”

就新、旧诗体互相借鉴，曾大兴说：“中国诗歌从战国时期开始，就是新、旧两种诗体并存。古人往往既擅旧体，又擅新体。但是‘五四’以来，新诗和旧诗却势不两立、形同水火，这种局面如果不改变，新、旧诗体都没有出路。旧诗要向新诗学思想、学观念、学词汇；新诗要向旧诗学节奏、学凝练、学韵味。两者相互取资，共同发展。”

杨景龙认为：“新诗在意象、文本、主题、手法方面，对于古典诗歌传统进行了全方位的现代创造性转化，才形成贴近时代的优势。这四点是新诗、旧诗通向‘诗’的共同路径。”当代诗词，既有传统的一面，也有现代气质。

陈斐说：“第一，回归诗词本位的价值立场。第二，葆有数千年诗词流变的纵向视野。第三，重视现当代诗词置身的文学、文化生态。建议从事古代、近代文学研究的学者最好能目光‘下行’，加入现当代诗词研究队伍中来，担负起存亡续绝的社会责任；从事现当代文学出身的研究者最好能目光‘上行’，加强诗学修养，丰富对数千年诗词流变的认识。”

新诗、旧诗的沟通，不仅使旧体诗重归文学、文化怀抱，还有助于澄清新诗发展中自由与格律相对峙引发的一些问题。张桃洲说：“新诗格律折射出一种悠远的民族文化心理（这从近年来旧体诗词创作活跃即可看出），既然它毕竟与深厚的古典诗律有着千丝万缕的联系，而且一度被视为新诗重返文学中心、重温古典辉煌的切实可靠的途径，那么，对于新诗格律问题的深入研究，亦可被纳入当前的文化探讨与建设中。”除了宏观问题，张小华、唐克龙、李超、吴子林、郑焕玲、刘艳、郭道平、周于飞、杨传庆等以个案切入，点面结合，将研讨推向旧诗、新诗创作“现场”。张一南结合“诗词中国”创作大赛，深入揭示问题。

重建当代诗词文学价值观。当前大众“诗词热”喜忧参半，存在诸多问题。不少人以精英身份、士大夫心态，写“今天”大众文化时代的事，缺乏正确的现代诗词创作价值观，这是文化转型必然遇到的困惑，是需要理论攻克的学术关卡。目前，"老干体"诗词的"口号"、"拟古体"诗词的陈腐、"碎片体"诗词的迷惘，以及"商诗"的花招，归根到底是作者创作价值观的问题。正本清源，大众诗词"活"好，诗词传承才有希望。"新人、立人"最要紧，诗词作者的文学价值观建设最要紧。要重振诗教传统，使之参与核心价值观的建设，促进社会转型。做现代人、现代诗人，比掌握格律更难。三者须兼备，才可能创作出鲜活的当代诗词文学。这样的活文学，能培育一个民族的想象力、创造力和悲悯情怀，是文化创新的活水源头。大众诗词热，需要学界密切关注诗词生存语境和诗词文学价值观古今演变的这一历史瞬间。

现代人生活离不开"人与自然""人与社会"这些老话题，依然需要表达友情、爱情、怨别、乡思。但更深刻的是"人与自我"的新矛盾，这拓展了现代艺术空间。诗词在当代价值转型的普遍焦虑、时代困惑面前沉默、缺席，就难免被"边缘"。论坛发起人宋湘绮说："旧诗、新诗都要直面人性处境，拉开诗的理想之维。从个人感受上升到价值层面，关怀每一个'生命存在'，才能提升当代诗歌的文学艺术性。伴随着文学的分化，当代诗词已兵分两路：作为文学的诗词和作为大众文化的诗词。对此，我们要区别对待，一是要护佑具有艺术性的诗词跨入当代文学创造的阵营；二是对于作为大众文化的诗词要合理导向。"

本次青年论坛，不仅是新诗和旧诗的一次深度对话，也是难得的"创作和批评""面对面"。杨志学说："这是一次诊断诗词和新诗的双重困境的'现场'，《诗刊》将密切关注当代诗词的发展动向，欢迎大家向《诗刊》提供各类优质稿件。"

韩英杰在会上听取专家教授对"官诗"和"商诗"危害的分析，真诚表达了一个诗词爱好者需要创作批评、需要理论指导的迫切心声。诗人们期待真正的"学术批评"。到会诗人李子的诗词创新受到学者们的注意，他期待批评走得更近些。

当代诗词研究方法、视角、理论多元化。几位已完成现当代诗词研究博士论文和课题的学者，汇报了成果、收获和待解决的问题，以及对研究方法和理论的创新设想。刘士林深感："传统文艺学美学理论主要是农业文明和工业社会的产物，其固有的概念、范畴、方法与理论体系已无法胜任解释与批判当代文学艺术的理论任务。"王巨川认为："吸纳当代多元文化的文学批评理论，构建出适合于当下社会模式的创新性诗学批评理论，这是我们当代诗学研究、批评话语中亟待触及的问题。"李仲凡呼吁："传统诗词研究需要打通古今、融会新旧的宏阔视野，需要把诗词置于整个中国诗歌变迁的历程之中，置于现当代文学的整体之中，同时还需要批评观念与研究方法的革新以及学术力量的整合。所谓的'旧体'诗词这一提法已经受到怀疑，因为传统总是在新的环境下焕发出新的活力。"马大勇说："诗词研究需要文学和文化的'宽窄融通'、文学与社会的'内外兼修'，需要宏阔的学术视域、复杂的知识架构。"

闭幕式上，施议对、黄仁生等分别做了主题报告。施议对专门谈到诗词研究的"门径"和"真传"，大家结合自身诗词研究体验，都认识到研究观念、方法、模式和语汇系统的重要性。这正是本次提出"创作与批评对接"，拈出困惑当代诗词研究的"方法、理论"并将其置于会议议程首位的重要原因。黄仁生说："旧诗和新诗从对抗走向对话的契机已经出现，它主要以三种方式进行：一是在观念上不再互相轻视；二是创作上互相借鉴；三是出现了及时的诗歌批评，及时把握古今演变的这一历史瞬间。"李遇春归纳了此次会议的四个具体收获："一是'诗词入史论争'问题有了答案，二是关注诗词创作现场，三是现当代旧体诗词社团、群体、流派研究受到重视，四是旧体诗词跨学科的研究成果和队伍已形成了规模。"六位申请明年太平文化发展研究基金的青年学者汇报了自己的诗词研究选题意向，向太平文化发展研究基金会递交了课题申报书。

最后，首届"当代诗词创作批评与理论研究青年论坛"宣布，广西桂平太平文化发展研究基金资助本次活动，资助出版此次交流的8部旧体诗词、新诗研究著作。百年来新诗、旧诗的研究者第一次携手同行，承前启后，共同推动当代诗歌创作与批评健康发展。今后该基金将聘任陆建德、施议对、黄仁生、胡大雷、刘泽民、骆冬青、张桃洲、杨志学、刘士林、陈少峰、段维等组成评审委员会，定期对申报太平文化发展研究基金的成果公正评审，及时出版对接现场的优秀学术成果。

本次论坛专门探讨了诗词艺术创作和研究的困境，将当代诗词研究方法、方向、理论的创新作为一个严肃的学术问题提了出来。

四、当代诗词研究方法、理论和有待解决的问题

当代诗词研究的破冰，得从研究方法上入手。百年前王国维的《人间词话》开艺术哲学介入词学研究的理论先河。20世纪70年代，叶嘉莹先生以西方美学话语，开拓了古典诗词的言说空间。近年，杨义先生也聚焦楚辞、李杜，提出了现代感悟诗学的研究思路和“悟性细读”的具体方法。他说：“若能悟与析兼用，大概足可以拓出文学评论和研究的新境界。”前辈的研究提示我们，立足本土诗学，西方术语、理论可以成为我们创造自己的诗歌研究方法和理论体系的路石，将思辨、感悟结合起来，进行综合阐释，将开辟更好的研究路径。

王水照先生曾经说：“日本和中国学者都曾提及的‘唐宋变革论’或‘唐宋转型论’，我觉得很有道理，即认为中国社会在唐宋之际有了一个大的变化，这个变化与当今的社会有密切的关系。这个变化究竟有什么含义，是哪些地方变了，跟今天究竟可以在什么地方找到一个怎样的交接点，从而能够对古代的文化遗产和文明有所继承，是我们学术发展中非常有意义也非常有现实性的一个课题。”唐诗宋词是唐宋文化的典型，这段话追问了诗词传承与创新的交接点——实践、存在着的“人”。无论是唐宋社会转型，还是当代社会转型，交接点都是“人”。

时代进步，社会转型改变了人的实践存在方式，引发了人的情感状态、个体心理、审美风尚、生活观念的一系列变化，从而也导致了艺术形式的演进。人在与社会、与自我、与自然打交道的实践中存在，写诗、填词、品赏都是人的实践存在形式之一。这就是实践存在论美学的诗词观——我们提出当代诗词审美学的理论依据。

实践存在论美学是中国当代美学的最新成果，是当代美学家吸收中西优秀文化成果创造出的当代中国美学理论体系。实践存在论美学把“人生在世”作为美学思考的本体根基，将审美当作特殊的人生实践。其实，王国维的“境界说”已经开始对诗词进行实践存在论的探索，他将西方审美观念有效纳入了境界这一文学批评范畴。然而，正如施议对先生所言，一些学者对“境界说”的理解逐渐走偏了。

境界是一种探询存在意义的精神创造活动，重新认识“境界说”，有三个问题值得重视。

一是具有实践存在论意味的境界说诞生百年来，一直仅仅被用于解释经典，并未对接到诗词创作和研究现场。诗词的创作与阅读这样的审美活动就是高级的人生实践，是人的存在方式之一，是对人生在世的理想状态的领会、理解和表达。我们对格律、技巧关注较多，对人的实践存在研究不足。在文化转型、诗词演进的转折点上，后者至关重要。

二是把境界理解成感性认识成果，忽视了境界是一种实践生存状态。仅从认识论的视角看待境界，遮蔽了境界产生的始源境遇——人生在世。审美境界是至高的人生境界，是对人生状态的诗意提升，是诗化的理想自我、理想人生、理想社会。引导“大众诗词热”健康发展，不仅是迫切的文学问题，其深远意义在于促进人生诗化，建设诗意生活、和谐社会。

三是多把境界理解成意境，切断了境界的实践存在之维，掩盖了境界的生存论本质。意境仅存在于艺术作品，是艺术形象的存在状态；境界涵盖诗人的人生境界和其作品中的意境。王国维“境界说”明确表达了境界要超越个人感受、趋近价值真理，才能引发共鸣，多次提到境界与作者、读者的实践存在状态密切关联。境界包含着能为作者感知到、由作者表达在作品中，并被读者所体验到的鲜明的审美追求，由读者—诗人共同作用生成；而意境是诗人将自己的已成境界表现于作品中。意境是境界产生的重要途径，而境界则涵盖着人生在世的精神成长过程。

王国维“境界说”引领当代诗词研究从认识论走向存在论，从美的现成论走向美的生成论，从文本研究走向语境、文化研究。以实践存在论美学重新审视“境界说”，分析审美境界和人生境界的深层关联，促使当代诗词研究三大观念的转变：一是圆融的“一体观”。从传统诗词研究那种“感性—理性”“主体—客体”二分的研究思路，变成“人—世界”“实践—存在”主客一体的整体观照。实践存在论美学将“人生在世”这个“实践存在的始源境遇”还给人，作为切入诗词问题的本体根基。二是动态的“生成观”。传统诗话词话都是将诗词作品视为成品，而实践存在论美学认为人生在世是生生不息的建构过程、实践过程，诗词创作、阅读和批评都是人与世界、人与社会、人与他人、人与自我的相互建构，并不断由此“生成”自己和世界的存在意义。诗词艺术在这个“历史时刻”跨进现代艺术阵营。三是优先的“关系观”。传统诗词研究优先文与道、创作技法的研究，遮蔽了人的实践存在之维。“人生在世”包含人、世界、人与世界三要素，各自构成互相影响、制约的复杂网络。实践存在论美学优先关系研究，认为人与世界的关系在逻辑上先于诗词创作、阅读、批评。当代诗词审美研究，把审美关系作为重要的思考视角，展开意义建构、人生建构、价值建构。

2014 年 7 月 11 日晚，首届“当代诗词创作批评与理论研究青年论坛”就当代诗词研究规划和设想，在广西桂平市西山茶园召开了 15 位核心成员会议，意在开辟“诗词艺术存在于从诗词创造到诗词作品再到诗词艺术接受的动态流程”这一新的解释路径，探讨如何构建当代诗词审美学。与会者认为有八大问题值得学界重视：①当代诗词创作与研究述评。②当代诗词研究方法论。③当代诗词审美导论。④当代诗词审美活动论。⑤当代诗词审美经验论。⑥当代诗词审美教育论。⑦当代诗词创造论。⑧当代诗词接受论。

21世纪中国美学研究走向了实践存在论，正在改变诗词评价的标准、方法、视野。本次论坛尽可能联络到全国现当代诗词研究的青年同仁，初步交流了21世纪初现当代诗词深度研究的一批重要成果。除李仲凡的《古典诗艺的当代新声》和周军的《新文学写作背景下的旧体诗研究（1917—1927）》正在完善，刘士林的《20世纪中国学人之诗研究》已出版外，其余悉数列入"太平基金文库·诗词论丛"。

我们记录首届"当代诗词创作批评与理论研究青年论坛"和"太平基金文库·诗词论丛"的背景、缘起、过程，不仅仅是为了存念这段美好时光，更重要的是为了将当代诗词研究方法、理论和有待研究的问题进行初步梳理，以期引起学界同仁的关注，在太平文化发展研究基金的资助下，共同推动当代诗词研究。

首届"当代诗词创作批评与理论研究青年论坛"的成功举行，以及"太平基金文库·诗词论丛"的顺利出版，有赖各界的大力支持。感谢桂平市委、市政府发起和设立太平文化发展研究基金，感谢桂平市文联、工商联、西山风景名胜区管委会、广西金源生物化工实业有限公司等单位尽心尽力，感谢中国社会科学院文学研究所所长、《文学评论》主编陆建德先生，感谢与会的施议对、胡大雷、陈友康、黄仁生、骆冬青、张桃洲、杨景龙、李遇春等五十余名学者，感谢本丛书八位作者奉献的心血之作，感谢《光明日报》湖南记者站站长唐湘岳先生就诗词研究与当前现实关系八大问题贡献的卓越见解，感谢华中师范大学出版社总编辑段维先生及中华诗词出版中心的精锐团队。早春二月，感谢诸位同行！

宋湘绮　莫真宝

2015年2月3日

目 录

回归山林——为中国古典诗词正名（代前言）…………………………… 1
新声与绝响——中国当代诗词创作状况及前景 ………………………… 11
诗城与诗国——我看澳门当前诗词创作 ……………………………… 35
诗运与时运——二十一世纪诗坛预测 ………………………………… 71
大雅正声与时代精神——为新世纪的歌德派正名 …………………… 96
不学诗，无以言——两岸四地及日本韵文读写状况 ………………… 114
天分与学力——诗词欣赏及写作………………………………………… 120
绝句作法三步骤……………………………………………………………… 141
百年词通论——《当代词综》前言………………………………………… 146
百年词学通论………………………………………………………………… 190
立足文本，走出误区——新世纪词学研究之我见……………………… 219
当代中国诗坛双向流动现象……………………………………………… 231
中国当代词坛“胡适之体”正名………………………………………… 238
旧文学之不幸与新文学之可悲哀——二十世纪对于胡适之错解及误导
……………………………………………………………………………… 248
为新体诗创作寻求生路——《胡适词点评》代序……………………… 252
江山·斜阳·飞燕——沈祖棻《涉江词》忧生忧世意识试解………… 259

落想、设色、定型——饶宗颐“形而上”词法试解 ………………… 300
一帆新张，收拾烟云入锦囊——内地词坛干部体举例 ………………… 318

编后语 ………………………………………………………………… 323
丛书后语 ……………………………………………………………… 326

回归山林

——为中国古典诗词正名（代前言）

大约一百年前，胡适写作白话诗，曾经感叹："可惜须单枪匹马而往，不能多得同志，结伴同行。"（《尝试集》自序）我在词界也算做了好些个年头。我是"文革"以前的研究生，到"文革"后第二次当上研究生。一九八〇年前后，发表有关诗词研究的学术论文。不久，在学界就有一些自己的看法。主要是关于豪放、婉约"二分法"的问题。这也是我的老师吴世昌先生最反对的一种说词方法。那时候，同志也非常之少。到了一九九〇年代，我发现一位持有相同立场的同行，就是曾大兴。他有一部著作叫《柳永和他的词》，其中一章题为"柳永以赋为词"，讲赋法而不讲豪放、婉约"二分法"，给词界带来一股新鲜的空气。我很高兴，曾在一篇文章中说，"这是一部已经入了门的专著"，并曾在一篇有关二十世纪词学研究的文章中，用了一大段文字，专门推荐曾大兴的论著。那个时候还没见面。一直到二〇〇一年，才在一次关于柳永的研讨会上见面。这就是同志太少，只有二三子。以后，当代诗词研究也一直是这个样子。但这回的"桂平论坛"，想不到竟有这么大的阵容，一下子来了这么多同志。

以下，想给你们讲的，是一个大题目："回归山林——为中国古典

* 本书应作者要求，在编辑过程中尽量保持其语言风格，故只改动了少量文字、标点。

诗歌正名。”这一题目，既是多年思考的心得，也代表自己的一种忧虑。这个大题目讲完，再讲三个小题目。第一个小题目是，诗词事业以及诗词与事业；第二个小题目是，我们应当写些什么？是为时、为事，或者是为时、为事、为自己；第三个小题目是，形下之思和形上之思，也就是讲怎么样从诗歌到哲学的提升问题。

“回归山林——为中国古典诗歌正名”，这个题目总的来说是什么意思呢？中国古典诗歌，这是我们的研究对象。面对着这一具体的研究对象，两个问题首先需要弄清楚。一是怎么称呼这一研究对象，二是这一对象在当代应当如何运用，有何职能。一个是正名问题，一个是创作与研究问题。先说正名问题，再说运用问题。据《说文解字》所云：“名，自命也。从口从夕。夕者，冥也。冥不相见，故以口自名。”可见名是一种称谓，对于人或者事物的一种称谓，包括自名（命）或者他名（命）。《说文解字》又云：“正，是也。从止，一以止。”其所谓正者，既表示由“一”与“止”所构成，亦表示“以一止之”，可延伸理解为正确无误、不偏不斜等意义。由此，联系到我们研究的对象，如何正名，同样也得从其本来的意义说起。中国古典诗歌，在各个历史发展阶段，有着各种不同的称谓。不同的称谓，各自代表一个诗歌品种。比如《诗经》、《楚辞》，古体、近体，以及唐诗、宋词、元曲，其名与实皆堂堂正正，已成定局，不需要另行为之正名。总而言之，可统称之为中国古典诗歌。但是，一九一六年新体白话诗出现，情况就发生变化。与新体白话诗相对应，原来的古典诗歌，被称作旧体诗词、格律诗词、传统诗词，或者当代诗词，等等。到了一九八七年，中华诗词学会成立，诗界又加多一个称谓，叫做中华诗词。各种不同的称谓，莫衷一是。这就需要加以正名。看看哪个称谓最为合适。论坛于研讨过程，也曾接触到这一问题。究竟如何为之正名？我觉得仍需联系诸多称谓所出现的历史背景，而后再作裁断。

大体上讲，旧体诗词、格律诗词、传统诗词以及当代诗词，这一些都是与新体白话诗相对应的称谓，是中国古代诗歌的别名。其由来，当是由于新体白话诗的出现所引起，乃表示新与旧的一种区分。新与旧，新体与旧体，二者皆为中国诗歌的一个品种。但现在所通行的称谓中华诗词，其由来以及所包含的意义，和代表新与旧的两个诗歌品种相比，则有所不同。新与旧两个诗歌品种之作为一个概念，其内涵及外延，均离不开文学本位；而中华诗词这一概念，尽管亦能包括古今，将两千多年所有诗歌品种都包括在内，但因其特定的历史背景所决定，中华诗词之作为新与旧两个诗歌品种中，旧的一个品种的称谓，于文学以外，难免给打上时代的烙印，染上意识形态的色彩。在某种意义上讲，似乎已偏离文学的本位。因此，从文学的立场上看，用中华诗词作为研究对象的名称，并不合适。

为了说明这一问题，尚需了解中华诗词的由来。这一问题，在座各位恐怕都不一定很清楚。中华诗词这一名称是解放军的一位团长提出来的。这位团长叫唐伯康。一九八三年，他到北京来找我。当时，我在中国社会科学院文学研究所工作，专门研究诗词。他找到我，和我商量编纂诗词作品问题。他正在征集作品，编纂《当代中华诗词选》。只要交付人民币十大元，你的作品就可以编入他的书中。后来，这本书果然在甘肃出版，大概是一九八九年。唐伯康以中华诗词来为这部书命名。同一时间，解放军的一位将军，和甘肃以及其他省份的一部分同志提出组建中华诗词协会。他就是萧华将军。随后，北京的周一萍、汪普庆联同一大批退居二线的老干部筹划创建诗词学会。这批先行者对于名称问题，也曾有过商议。一九八七年，学会成立，就以中华诗词命名。这就是中华诗词这一名称的由来。

由于政治上的原因，中华诗词这一概念，一开始就带有比较浓厚的意识形态色彩，已经成为一个特定的概念。这一问题，下文仍将细叙。而我们的研究对象诗和词，其作为一种文体，必须将意识形态的东西拿掉，才能放之四海而皆准，得到普遍认同。因此，诗和词作为我们的研究对象，称之为中国古典诗歌，应较为合适。当然，现在我并不是要否定中华诗词这一名称。作为挂在墙壁上的招牌，可称之为中华诗词。但必须说清楚，这只是一块招牌，我们所创作、所研究的，仍然是中国古典诗歌。

以上是正名问题。至于运用，今天讲题的正标题，是回归山林问题，这是有关古典诗歌的职能问题。不同立场、观点，有着不同的理解和做法。这一问题，需要用分期、分类的方法加以论证。看看中国古典诗歌在各个历史时期，如何被运用，如何发展、演变。因此，这就得从一九一六年说起。

一九一六年，这是一个重要的年份。这一年，胡适发表了他的第一首新诗。这一年份，在中国文学史上是一个标志。在这之前，不曾见胡适所作一类新诗，也就是我们现在所说的新体白话诗。或者说，中国文学本来就没有新诗的份。文学史上只有旧诗，旧体格律诗，或者是古体格律诗，而没有胡适一类新诗。胡适创作并发表新诗，是一惊天动地的举动。随之，胡适发表《文学改良刍议》等一系列文章，以推波助澜，使其声势更大，直接导致中国诗坛增加了一个新品种：新体白话诗。这一品种出来后，在胡适的号召下，有几位原来写作旧体诗的人开始呼应，如沈尹默、刘半农、俞平伯等。他们改弦易辙，开始写作新体白话诗。这也就是说，一九一六年之后，开始了新诗的历程。从此，中国文学史才有旧诗与新诗之分，也才有旧体格律诗和新体白话诗之争。但是，新诗的步伐迈得并不顺利。一开始就遭到诗界的嘲笑，连胡适的老朋友也嘲笑。胡适一番苦心，他自己写作新诗，还给写作新诗的朋友提供形式，但新诗的发展在此后的六十年间始终一波三折。这就是从一九一六年到一九七六年的这一时间段。不过，在这一时间段，基本还是新诗在呼风唤雨，旧诗仍然不动声色。

如果说在一九七六年之前，旧诗没有发言权，也不需要发言权，那么，到了一九七六年，旧诗即开始“死而复生”。旧诗不再是一条虫，而是一条龙。不是见龙在田，而是飞龙在天。这是在一九七六年以后发生的事情。但复活之后，为什么很快又“生而复死”？当然这个判断也太残忍。旧体诗究竟怎么会死呢？这个“死”是个什么概念？这个我们等会再来论证。一九七六年的事情，我亲身经历了一些，所以这一段可以稍微说详细一点。一九七六年天安门事件爆发之时，我在福建，不在北京，现场情况不知道，但是也有所耳闻。一九七六年，古体诗词从地下到了地上。上来了以后，随着一些政治运动的变化，即“文革”结束，改革开放开始，情况就大不一样。我们的古典诗歌马上就被政治化。那个时候是怎么样政治化的呢？当时华国锋提出著名的“两个凡是”。即：“凡是毛主席做出的决策，我们都坚决维护；凡是毛主席的指示，我们都始终不渝地遵循。”当时的诗词界，也有“两个凡是”，这是我总结出来的。即：“凡是无产阶级革命家，都会写作诗词；凡是平反昭雪，都要发表诗词。”

有一个鲜为人知的事例可以证明这一论断。一九七八年，赵树理去世，《人民日报》发表了一首《金缕曲》，注明是他家属发现，找出来送给《诗刊》发表，发表后再由《人民日报》转载。但是早在一九六五年，赵朴初就在《人民日报》发表过一篇《贺新郎》，基本上与这首《金缕曲》一模一样。那么为什么《人民日报》会出这样的错误？我自己推测，很有可能是一九六五年赵朴初发表元旦贺词时，填了一首《贺新郎》，赵树理看到后很喜欢，就抄下来。可能是背下来然后抄，所以两首词有个别字词有出入。由于他是抄录，没有写标题，抄下来后就放在抽屉里，也没有署作者的名。所以在赵树理死后，他家人看到他的手迹，便认为是由赵树理创作，并拿出来发表。错就错在这里。但究竟是谁的错呢？是不是编辑的错？不是，是两个凡是的错。因为要平反昭雪，发表诗词，就要找一首过来。正好有这样一首词。这就是诗词的政治化。

一九七六年，从今而后，当代诗词创作就被纳入意识形态的轨道。

特别是一九八七年中华诗词学会成立以后。我是诗词学会当时的发起人之一。当时，我刚拿到博士学位，他们都称我为新科状元。叶嘉莹也是那时候给安排上讲堂的。学会成立，谁当常务理事，谁当顾问，我都能够参加意见。但是机构里面的那个安排，我就够不上了。我只是个副研究员，只能当责任编辑。后来给我挂了个副主编。第一任会长是钱昌照，第二任会长是周谷城。他们两个对我都非常好，我是给他们跑腿的。那时候，中华诗词基本上已经从马背走向台阁。我有一篇文章给李遇春，其中一个小标题就是“中华诗词：从马背走向台阁”。这就是上文所说意识形态问题。

讲到这里，对于上述所说中华诗词不合适用以指称我们的研究对象，应当有较为清晰的认识。但我的意思并非想撤掉中华诗词这块招牌，而是想我们所创作的诗词、我们所研究的对象，不适合叫中华诗词。比如，我是中华诗词学会的会员，但我写的不是中华诗词，我写的是中国古典诗歌。如此正名之后，才能将创作和研究推上正轨。这是我的一个意见。

二十世纪，新诗、旧诗的发展、演变，经历了第一个六十年，现在已进入第二个六十年。就新诗而言，如果说第一个六十年，是新诗的苦恼与烦闷时期，因为它找不到合适的形式，那么，第二个六十年就是古体诗烦闷的时期，因为它找不到合适的位置。从现在的情况看，旧诗已经自觉或者不自觉地在向台阁靠近。旧诗的路子已很难走。因为我现在很难看到好作品，这是很大的麻烦。这就是我对于旧体诗“生而复死”的担忧。今天早上有人告诉我，中华诗词学会的会员有三四百万。这个数字很庞大。香港“七一”游行，五十一万人，已经把街道占满。我们知道，当一个大队伍往前走时，这个队伍很容易被一小部分人挟持或捆绑，这是一种集体无意识。这一问题，我们以香港游行为例。香港游行是和平示威，五十一万人这么走，就怕其中一两个人在其中改变方向，引导大家去占领中环，那就麻烦了。那么，我们的中华诗词，三四百万人的队伍，给谁挟持了呢？一个是官诗，一个是商诗。给你挟持往一个方向走，这样，中华诗词就非常危险。所以，我们要为之正名，说明大家所写作、所研究的对象是中国古典诗歌，而非中华诗词。这么一来，中国古典诗歌才不会被挟持。这是我所要讲的正名及运用问题。

下面讲三个小问题。这也是个运用问题，包括上文所说职能问题。

第一个小问题是，诗词事业以及诗词与事业。今天在座的有不少从事文化产业的学者，你们希望把诗词变成事业。可是我们一定要警惕，诗词变成事业才会活，但诗词变成事业也容易死。这个就牵涉到学诗与立言的问题。学诗立言，《左传》已有记录，是为了外交上的需要。断章取义，各取所需。现在也一样。温家宝学诗学得相当好，有时候一个演说，引诗四五十处。学诗立言，对立言有好处，对学诗是不是也有好处？是诗词之福，还是诗词之祸？可以思考。将诗词变成事业，以诗词为旅游服务，将诗词换成钞票，这当然有一定好处。比如说，诗词不和事业挂钩，我们这个论坛也就办不起来。体制外一定要和体制内靠近。但是怎么靠近，这个就值得思考。我以为，两条原则，必先把握。一条是，提倡学诗立言，不能为了立言而牺牲了诗；另一条是，提倡诗教，不能丢掉诗学而以诗设教。学诗与立言以及诗学与诗教，其审美标准和功利标准，必须分得清楚，看得明白。

第二个小问题是，写什么，怎么写。要跟上时代，体现诗词的现代性及当代性，这个很重要。白居易早就讲过："文章合为时而著，歌诗合为事而作。"（《与元九书》）现在所说主旋律，应当也是这一意思。但这并非与自身无关。诗大序有云："诗者，志之所之也。在心为志，发言为诗。"时与事，如非出自于心，亦无法动人。所以，我于为时、为事之下，给加上一个，为自己。为自己，才能千古不变，放之四海而皆准。为时，就会过时。如大地震，有诗词作者创造过多篇有关作品，但很快就过时了。为事，事过境迁。也不一定靠得住。写大山大水不会过时。所以要回归山林，这是我今天提出的主题。当然，今天的山林都被破坏，没地方写了，这是另外一回事。现在说，为什么要为自己？古代的作家是否为自己？为自己，就能写得好，不为自己，为时、为事、为功利，就不一定能流传到现在。那天，我和一位朋友聊起李清照。李清照，有些人把她定位为爱国词人，根本拉扯不上。我在一篇文章中说过，李清照个性好强，嗜赌，而且逢赌必赢。当年，逃难逃到金华，家藏文物扔掉大半，但一样东西始终不肯扔，就是赌具。她是真的非常好赌。她所写的词，“半夜凉初透”（《醉花阴》），说的是什么呢？或者说，昨天晚上想些什么？是孤单忧伤吗？未必。这句话写的就是一种感觉。感觉靠什么？靠皮肤！而“人比黄花瘦”（《醉花阴》），说的又是什么呢？是印象。印象靠什么？靠眼睛。文学作品写感觉、写印象，就够了，不要去写大道理，这样才能传之久远。“记得小苹初见，双重心字罗衣”（晏几道《临江仙》）。这两句话说什么呢？说的是对于主人公的第一印象。文学作品能够写到这一步，叫做出色当行。李清照和辛弃疾，用同一个词牌，同样写菊花，一个说“人比黄花瘦”，人老花不老；一个说“人好花堪笑”（辛弃疾《醉花阴》），人不老花老。一个说感觉、印象，一个说认识，讲大道理。二者相比较，一个在感觉层面，一个在认识层面。其与生命，与心灵，哪个近一些，哪个稍微远了一点，相信都体验得到。因此，何者本色，何者非本色，应当也看得清楚。以下，再以秦观的词为例，作一比较。秦观《鹊桥仙》：“两情若是久长时，又岂在朝朝暮暮。”请看看，二句所表现的是词心，还是词才？清代词论家冯煦以为词心，其实是词才。明显在显示他的才华。他讲的不是真实的感情，是用漂亮的词句，来骗骗小姑娘。这首词王国维也很欣赏，说他写艳情而有品格。但秦观还有“销魂。当此际，香囊暗解，罗带轻分”（《满庭芳》）。当时状况，真实呈现。苏轼批评他，说他学习柳永。可能也替他紧张。太真实，无法辩驳。那么，文学作品究竟是呈现状况、体现真实好，还是讲大道理、不说真话好呢？哪个本色，哪个非本色，同样不难辨别。因为文学不需要讲大道理。讲大道理不需要写诗词，写论文好了。诗的创作皆如此，不分新体与旧体。

第三个小问题，形下之思与形上之思，这就牵涉到哲学的问题。吴宓说，他要将自己的经验教给学生。他的经验就是，从诗歌到哲学的提升。他认为："从诗歌到哲学（爱情与智慧）——仁智合一，情理兼到。"这不仅仅是一个认识上的问题，而且是提高诗歌品级、人物品级的一种方法与途径。现在试以李白和杜甫的事例加以说明。我有个讲题叫"人文视角下的李白与杜甫"，就是尝试从哲学的角度，对于唐代两位大诗人，重新进行评价。看看李白与杜甫，哪一位在天上，哪一位在人间，哪一位更有形上之思。相比之下，我以为，李白较优胜于杜甫。在现实社会中，杜甫身为左拾遗，已非常满足。他不用思考，整天生活在形下层面，等到晚年，"亲朋无一字，老病有孤舟"（杜甫《登岳阳楼》），方才开始思考。但李白就不同，他在庙堂之时，就已开始思考。那么，作为生活在现代社会的一名读书人，我们是不是应当思考？我们的思考是不是也应当提高到形上层面？古时候的读书人，现世的荣华富贵和后世的流芳百世，往往不能兼得；现代的读书人，恐怕亦如此。一个是现实的，在形下层面；一个是理想的，在形上层面。一个似乎较为短暂，一个久远。这就要考虑考虑，看你要哪一样。当然，如果想要久远，就要提高；想要得到当下的荣华富贵，那就不一定需要提高。我们现在创作诗词、研究诗词，处境仍十分艰难。如果没有哪一方面的资金支持，很多事情就不容易办得成。这次在广西桂平举办论坛，能够获得这样大的支持，已经很不错。光凭读书人的一己之力，是很难做到这一点的。学问做得再好，也没有那种能力。"致君尧舜上，再使风俗淳。"（杜甫《奉赠韦左丞丈二十二韵》）想得到当权者的重视，总得有点说法。自古已然。学问再大，名气再响，也得寻求致书的渠道。这就是文学和政治的问题。文学和政治结合在一起，到底好不好？原来觉得不怎么好，以为不要与政治沾边。其实，是政治不要你，不跟你沾边，而不是你不要政治，不与政治沾边。现世的功名富贵谁不要？谁都想要。读书人说，要经得起寂寞，或者说，淡泊以明志，有时候并非自愿。舍得将自己的作品藏诸名山，不要因为没钱出版而觉得懊恼。就个人讲，这不仅是一个心态调整的问题，而且是一种自我品级的体现。在座诸君，愿共勉之。

以上就是我今天所想讲的，可能有点文不对题。下面说一副对联供大家玩赏。我有一位已故的诗友，叫李汝伦。他写作旧体诗词，也写作杂文，主编《当代诗词》，于诗界颇有名望，但每次讲话都很随意，是一位性情中人。为此，有人用他的名字出一上联，叫“李汝伦语无伦次”，并征求下联，但三四年过去，没人对得出下联。我知道后，暗暗心喜，下联不正在我这里吗？那就是“施议对文不对题”。下联一出，四座皆称妙，以为绝对。所以，我今天乱讲话，“文不对题”，请不要介意。谢谢大家！

——本文为作者二〇一四年七月十二日在桂平举办的“首届当代诗词创作批评与理论研究青年论坛”上的发言。据黄阿莎记录整理。

新声与绝响
——中国当代诗词创作状况及前景

中国当代诗词创作，于上个世纪八十年代掀起热潮。投入人数之众，制造产品之夥，有史以来之所未见。本文依诗词自身特质及其发展、演变的历史经验，就当前作者队伍、作品文本所出现问题进行剖析，并对诗官与官诗、诗商与商诗相结合之两种系列景观以及诗词自身之“异化”现象加以披露。以古证今，由此及彼，告诸往而知来者；批评的多，表扬的少，目的在于警示：天外有天，须勇于承担，大力扭转“诗多好少”局面，一代新声，才不至沦为绝响。

壹　中国当代诗词创作状况

二十世纪，中国诗坛经历过地覆天翻的变化。拙文《当代中国诗坛双向流动现象》（载香港《镜报》一九九五年九、十月号）曾指出：胡适登场，新诗出世。原来写作旧诗的作家多改途易辙，纷纷做起新诗来。但是，几十年过去，所谓用白话写诗，迄无成功（毛泽东语），某些原来写作新诗的作家，则转而专写旧诗或者写旧诗而兼写新诗。这就是我所说的双向流动现象。经此一变再变，中国旧体诗词“死而翻生”——胡适当时称之为“半死之诗词”（《尝试集·自序》），抡起板斧，必欲将其打杀；到了八十年代，各地诗词学会（协会）成立，旧体诗词不仅不再是一条虫，而且简直变成了一条龙。十几年来，随着改革开放浪潮之兴起，中国旧体诗词这条龙，更是从田间飞上了天。所谓形势大好，或大好形势，诗城与诗国，经常都能感受到这一气氛。不过，如若冷静进行一番思考、反省，做到既说优点，又说缺点；既听好话，又听坏话。那么，我看，中国当代诗词创作之当前状况及前景，仍有可堪忧虑之处。

这里，着重说两个方面问题。作者问题及诗词自身问题。作者问题，即创作队伍问题。因为是一支杂牌军，人员复杂，素质较差，“诗多好少”情况越来越严重。这是可忧虑之一大问题。而诗词自身，主要指其“死而翻生”后之生存能力及竞争能力。但其生存威胁及竞争对象，已非新诗，乃为愈演愈烈之时代流行曲。竞争得过则存，竞争不过则亡。这是可堪忧虑之另一大问题。两个问题，下文将具体加以探讨。

一、关于作者问题

一般说来，所谓杂，不一定就不好，不杂也不一定就好。例如：有一位被称作“半路出家”的词学家，便是从副部级岗位上退下来之后才开始研治诗词的。而其进行得十分投入，十几年来出版多种著作，业绩却并不比专门人才差。这是不可忽视的事实。但是，诗词毕竟是一种不同于其他玩意儿的玩意儿，除了天分，尚需学识，并非个个都玩得（玩得了或玩得起）。这就是说，由于杂，大家都来玩诗词，不少人既缺乏先天禀赋，后天训练又很不足够，于是就玩出许多问题来。这是由作者问题所派生出来的问题。举其要者，大致下列数端。

（一）腐儒村叟之见，填词填字数

以为凑上四句或八句，便可算是一首绝句或律诗，挂上一块招牌——“沁园春”、“满江红”，便可算是一首词；大量“笑掉人牙”之所谓作品，泛滥成灾。

“笑掉人牙”，这是湖南一位农民诗人对于“文化革命”中出现的

"填词填字数"现象的揭露与批评。即谓某些挂着招牌的所谓作品，"仄平声韵竟全差"，"滥竽充数误童娃"，"笑掉人牙"。这一现象，在几百年前也曾出现过。例如：仇远为张炎《山中白云词》所作序即称：

……陋邦腐儒，穷乡村叟，每以词为易事。酒边兴豪，即引纸挥笔，动以东坡、稼轩、龙洲自况。极其至四字《沁园春》，五字《水调》，七字《鹧鸪天》、《步蟾宫》，拊几击缶，同声附和。如梵呗、如步虚，不知宫调为何物，令老伶俊倡面称好而窃笑，是岂足以言词哉。

可见，并非人心不古。某些事情，虽未必需要特别提倡，却自然流传不绝。就当前状况看，出现这一现象，除了作者主观原因——或无知或为着附庸风雅，此外，客观上或无意或有意之助长及推进，也是个重要原因。

所谓客观上的助长及推进，主要指：

第一，某些无知或附庸风雅者，并非陋邦腐儒，或者穷乡村叟，而乃有头有脸之大人物。因而，其所引纸挥笔，尽管不合格律，却仍被奉为极品，颁布天下。有关事例，相信已引起注视。不过，为尊者讳，今暂无须说明。

第二，某些不合格品，往往戴着高帽子，穿着阔衣裳，派头十足。因而，有关报纸杂志，大多照登不误。

例如，在倒数日子，某报所刊《念奴娇》：

香江奔腾，浪洗去，百年民族耻辱。九七回归，功劳是，一国两制构思。港人治港，高度自治，宜国情民意。香港繁荣，港人双手创造。

追忆祖辈昔日，受殖民统治，苦不堪言；历代朝政软无能，望收复眼欲穿。喜看今朝，祖国强有力，收复失地。展望未来，明珠夺目生辉。

全篇除字数一项符合规定以外，平仄、韵部，皆十分混乱。纯为政治术语之堆砌或胡凑。既不顺口，又不顺眼；不堪卒读。但因以“伟大构思”立题，也就不许说一个“不”字。

此类事例，屡见不鲜。尤其是各种大奖赛，运动群众，更令得诗坛、词坛，到处充塞着伟大的空话。

这是客观上的助长及推动，但与主观上的无知及附庸风雅，密切相关，都是作者自身所造成的。

（二）添足误以添手，点金而成铁

前段授课，说学风、文风，曾揭示这么一种现象：有人语句不通，写不起整块整块文章，但做起诗来，尤其是存心让人看不懂的诗，颠倒、错落，却甚了得。与新诗界友人说及，颇有同感。但是，依我看来，旧体诗词写作，情况也差不多。只不过是，新诗问题，有些也许将会留待后现代解决，而旧诗问题，却需提请留意。其具体体现，主要是组词与造句。这既是一种基本功夫，又容易受到忽略。诗国处处都有此现象。

先说组词。主要是词语配搭问题。就一般常识看，有关配搭或组合原则，最少应有二项：符合语法规定；遵循世俗习惯。例如“王”与“手”，所见棋王、蛇王、赌王以及刽子手、神枪手等，已经广泛使用，不成问题，但是，如更增添以“神钓王”或“神钓手”，我看就得费些斟酌。又如“眼”或“睛”，通常都说独具只眼与画龙点睛，如掉转过来，谓独具只睛或画龙点眼，看来就很别扭。此外，既说“开颜”，又加上个“笑”，应当也有问题，等等。这些问题，如出现于日常口语，总觉得奇怪，而见诸诗词，成为作品，却习以为常。

请看某氏所作《念奴娇·庆祝建党七十周年》：

天翻地覆，数不尽、一代风流豪杰。艰苦斗争七十载，推倒大山三叠。烽火南天，骋驰敌后，王气金陵灭。江山一统，五星红旗猎猎。

极目万里新程，送穷别白，迈步从头越。改革十年收硕果，内外交流棋活。温饱先臻，小康在望，更入高科列。卫星摇控，九天飞去邀月。

这首词与前文所谓“填词填字数”者相比，似略有进步。因为作者已注意到平仄及韵部问题。即，大致能够按照词调格式规定填写。但其对于政治术语之堆砌，同样缺欠功夫。诸如“送穷别白”，文理欠通，又与毛氏“一穷二白”之原有论述相抵触，甚不足取。又，“一代风流豪杰”，重叠拼凑，亦甚牵强。这是中华诗词学会“会员作品选”所录作品（见《中华诗词》第三辑），可见具有一定“水平”。

再说造句。主要是成语即现成词语及语句之入诗入词问题。例如：“回眸一笑百媚生”，以之入词，成三字句，作“回眸笑”，通与不通？“发扬光大”以之入诗入词，成五字句，能否改作“发扬又光大”？等等。具体运用中，或生吞活剥，或点金成铁，经常出现差错。

请看某氏所作《采茶乐》：

雨霁山头蔚翠苍，姑娘结队采茶忙。
三三五五摇摇摆，绿绿花花艳艳妆。
树树株株挑剔遍，疏疏落落塞盈筐。
金乌西坠呼归去，说说谈谈笑嚣张。

将“摇摇摆摆”改为“摇摇摆”，将“说说笑笑”换作“说说谈谈”，如口语中这般表述，恐怕要有相当勇气，起码应不怕“笑掉人牙”。而作为一首七律，类似“成语”，结队登场，却如此无有顾忌，其让人奈何不得。

又，某氏《江城子·赞安源煤矿总工李敬存》：

天涯何处诉衷肠。晋江旁，意绵长。不迷海外，只爱我山乡。化作安源煤一块，燃自己，献热光。 卅年风雨费思量。不思量，志难忘。魂系华夏，岂畏履冰霜。报国常嫌时日短，明月夜，走山冈。

不仅点化成语“不思量，自难忘”，而且简直要将苏轼之整首词，剥开来，吞下去。只可惜，将其糟蹋得不成样子。

二例同见诸“会员作品选”，说明并非绝无仅有。

（三）缺少一个观字，依旧未入门

以上所说，乃因观念错误及训练不足所造成的问题。一般说来，有关作者充其量都只能算是门外汉，其所谓作品，无论如何，都难以达到及格线。这就是说，有关问题比较浅显，易于发现，也易于解决。但是，某些作者，既具有一定文字基础及语言表达能力，又熟悉诗词格律，却写不出好的作品来，这就比较难办。

所谓好的作品，是有一定标准的。如从诗言志的要求看，好的作品，应当是有个性、有自我的作品。这是有灵性或有灵魂的作品。相反，没有个性、没有自我，亦即没有灵性或灵魂的作品，就不是好作品。例如梁披云《北行杂诗》之“大明湖”曰：

老残游记尚依稀，千里初逢合有诗。
几曲芙蕖万杨柳，大明湖上立多时。

诗篇写大明湖，有《老残游记》的依稀记忆，有眼前鲜明物景，但更为重要的乃有“我”——“大明湖上立多时”之诗人自我。这就是灵性的体现，就是好作品。当然，诗人之自我，并不一定非得让自己站出来直接说话不可。亦即“以我观物”，使得“物皆着我之色彩”。有时候，“以物观物”，同样有诗人自我存在。问题的关键，就在于一个“观”字（参见王国维《人间词话》）。这是衡量作品高下优劣的一个重要标准。而某些作者之所以写不出好的作品来，其根本原因，我看就在于缺少一个“观”字。这是因一定的天分与学识所达致的艺术境界。

某些作者缺少“观”字，主要表现在两个方面，即主要表现在对于两种题材的描写及反映上。

第一，对于自然物象的描写及反映。

由于缺少一个“观”字，某些作者的描写及反映，往往只侧重于物，而忽视自我；因此，虽颇为极其能事，却仍然感动不了人。类似某某八景或十景之咏以及大量模山范水之什，即属此例。

第二，对于社会事相的描写及反映。

同样，由于缺少一个“观”字，有关描写及反映，大多只是名词、术语的堆砌；因此，虽颇堂皇富丽，却仍然吸引不了人。各地所谓大奖赛，成千上万，便是例证。

这一些，大概就是所谓没有个性、没有自我，亦即没有灵性或灵魂的作品。这类作品，与某些摆明车马，就是要打油的“市井弹唱”相比，当有所不如。因“市井弹唱”，时有佳篇，或可让人尝一尝正牛油的滋味（打油诗另称“牛山体”），而这类作品，打的是水，又带有油味，甚是难以接受。

二、关于诗词自身问题

这里所说，主要是诗词质性以及诗词职能的变化。有关变化，既与作者问题密切相关，又是社会政治、经济以及思想、文化诸因素所造成的。大致说来，主要表现在以下两个方面。

（一）雅颂多于风骚，旧经义变新经义

讲授“古代韵文”，我曾引导学生论证这么一个题目：《诗经》是诗不是经。我以为，中国诗歌，就其本源看，是有一定独立性的。即使从“诗”到“诗三百”，经过孔子之正与删，也未曾将其变成为政治的附庸。现传三百零五篇，十五国风一百六十篇，占居大多数。所谓“男女

有所怨恨，相从而歌。饥者歌其食，劳者歌其事”（何休《公羊传·宣公十五年注》），食、事以及男女间怨恨，一直是诗歌的主要咏歌对象。这是中国诗歌不断发展、不断获得成功的一个活的源头。

但是，当前创作却有掉转过来的现象。即：雅颂多于风骚。而且，所谓雅颂，大多成为某种政治观念的图解。政治，已与千百年前的经义一样，成为当今社会的新经义。因而，当前创作使得诗词质性发生变化。“文化大革命”当中及“文化大革命”之前，情况如此；“文化大革命”之后，也仍然继续着这种变化。

例如，郭沫若的《水调歌头》，从一九七六年五月十二日所作《庆祝无产阶级文化大革命十周年》之所谓“走资派，奋螳臂，邓小平。妄图倒退，奈‘翻案不得人心’”，到一九七六年十月二十一日所作“粉碎‘四人帮’”之所谓“野心大，阴谋毒，诡计狂。真是罪该万死，迫害红太阳”，以至此后所作《工业学大庆》之所谓“抓革命，促生产，凭‘两论’。使精神变物质，物质变精神”，等等，便是那个时代不断更换着的政治观念的图解。

“文化大革命”以后，经过再批判，或反思、探索，原先那一套，似乎已被扬弃。例如，有一位革命家、词人，当说及自己的创作时曾指出：几首小令“反愁”，属于一种诡辩，不足为训；若干长调“批修”，现在看来，自己却修得比人家更厉害。以为平生所作，只“国庆夜纪事”之《水调歌头》一首，较为满意。因而，极不赞成出版自己的集子。这是对于政治图解的一种自我否定。态度十分严肃认真。不过，要将被掉转的现实扭转过来，重新确立风骚的主体地位，却并不容易。因为“文化大革命”之后，图解的事实仍然存在。尽管其内容与形式已经发生变化，即旧经义亦即旧的政治观念，或许已经被抛弃，但新经义亦即新的政治观念层出不穷，仍然成为没完没了的图解对象。这就是促进诗词质性及其职能不断变化的一个外在因素。有关事例，下文另叙。

(二) 立言重于学诗，旧羔雁换新羔雁

以上所说，侧重于质性。以下着重说职能。

孔子曰："不学诗，无以言。"(《论语·季氏》) 实际上，在此之前，所谓诗已为各诸侯国之公卿、大夫所广泛引用。不仅于祭祀、宴会、典礼，用作仪式中之一项重要程序，而且于社交场合，用作交际工具。据统计，顾栋高《春秋大事表》所载有关借赋诗以达致社交目的之事件，即有二十八例 (参见袁梅《诗经译注·引言》)。这说明，所谓学诗与立言，在诗国早已形成风气。

当今世界，文明、开放，学诗立言传统，自然可得以进一步发扬光大。不仅仅诗国贤俊，大多雅好讽咏，即使为番邦鬼佬，对此也未遑多让。比如香港回归，中英争拗，一方引用唐人李白诗句——"两岸猿声啼不住，轻舟已过万重山"，比喻谈判前景，一方以美国杰克·伦敦诗句——"宁化飞灰，不作浮尘"，表达最后观感，这便是典型例证。

在一般情况下，诗之用以立言，对于增添其社会职能当颇有助益。但是，就其自身之发展、变化看，诗之被广泛引用，却未必是一件好事。这就是说，对于立言有用，起码可加强其陈志或言志之效果，而对于学诗，尤其是发挥诗之所以为诗之特有功能，则不一定有用。例如："文化大革命"后，为呼应政治上需要，落实诗界、词界之"两个凡是"——凡是老干部都能够写诗填词，凡是获得平反昭雪的，都有诗词作品发表。一九七八年五月二十八日北京某大报，于某氏病逝不久，曾发表其遗作《金缕曲》，并附说明："据某某同志的亲属记忆，此词写于一九六五年初。原词无标题，词牌名为编者所加。"其实，此遗作并非某氏所写，而乃发表于一九六六年一月五日该大报之《贺新郎》，题称"新年献词"，作者赵朴初。这就是"献诗陈志"或"赋诗言志"之另一种表现方式。而此风一开，所谓学诗立言，便促使诗词职能之进一步政治化，并且使得诗词质性也随着变化。即由某种政治观念之图解，进而蜕变为一般公卿、大夫用以礼聘应酬包括平反昭雪之羔与雁。这一变化，除了有利于某一政治目标之实现以外，相信对于诗词自身，不一定能有什么好处。

一九八七年间，在岳阳召开的全国第一次当代诗词研讨会上，有人批评诗词创作，谓其题材狭窄，存在“四多四少”现象：歌颂多，暴露少；自然题材多，社会题材少；应景赠答题材多，触及社会生活题材少；吟咏古迹、凭吊古人题材多，对历史作科学反思的作品少。认为，这就是平庸的表现。并指出：“平庸是旧体诗作者致命弱点，也是旧体诗振兴和繁荣的大敌。”所说甚中肯。而此“四多四少”，我看正是诗词之蜕变为羔雁之具的必然结果。

所以，王国维将中国文学史上诗与词这两种诗歌样式升（兴盛）与降（衰微）之关键，归结为这两种诗歌样式之是否被用作羔雁之具，其论断未必完全正确，而其所揭示现象——诗至唐中叶以后，为羔雁之具，故五代北宋之诗，佳者绝少；南宋以后，词亦为羔雁之具，而词亦替矣（《人间词话》）。——这却是今之所谓学诗立言者，所当引起注意的现象。

三、两种系列景观

有关当前诗词创作中的问题——作者问题及诗词自身问题，已如上述。这是在横断面上所进行的分析与探讨。以下即从纵深点上，进一步加以发掘与追寻。不过，不准备说得太远，而只说二十世纪八十年代中期以后所出现的两种景观：诗官与官诗相结合之系列景观及诗商与商诗相结合之系列景观。

（一）诗官与官诗

在诗的国度里，诗与官或官与诗，本来就已结合在一起。诸如太师陈诗（《礼记·王制》）及使者采诗（刘歆《与扬雄书》）等，当是最早的一种结合形式。而且，自古以来，凡是有名有姓的诗人、词人，又几乎都当过官。这一切均说明，无论写诗当官，或者当官写诗，本来都是很平常的事。亦即，既谓之为诗，着眼点就应放在诗上，而对于诗人之当不当官或是否当大官，则似乎不必看得太重。但是，当诗之由民间走向台阁，事情就并不那么简单。例如，一九八七年间，某诗词学会酝酿成立，有人即于北京某大报发表“杂吟”，对其结合形式提出异议，以为“一文一武两皮包”。当今世界，诗与官结合或者诗官与官诗结合，究竟好与不好？有关争议，甚少见诸报刊文字。依我看，似有重新提出讨论的必要。

首先，说好的一面。我以为，八十年代，一批退居二线的老干部，在诗词创作杂牌军中所起领导作用，对于诗词事业之复兴及进一步发展，甚为有益，其功不可没。其主要体现，乃在于老干部之充分发挥“余热”——自身所蕴藏之剩余热量及人刚走茶未全凉，自身于官场所遗留之剩余热量。例如，筹组诗词学会（协会），要车有车，要房有房，这都不是一般弄墨舞文者之所能办得到的。当然，一旦弄墨舞文者做上了诗官，其能量也是不可估量的。所以，短短几年时间，诗词组织就遍布全国各地，包括澳门。诗词的事，已被提上政协八届二次会议，颇受重视。这当都是大好事。而且，有些老干部以诗词说政事，也时有佳作出现。例如安徽徐味所作《长征六十周年有感》二首：

一举惊天唤国魂，雪山草地忒艰辛。
今宵舞困楼心月，曾照长征路上人。
鱼水情深绝对真，不真何以得生存。
轻车重访长征路，怕见乡亲未脱贫。

诗篇借纪念长征以抒写观感。谓长征乃动地惊天之举，历尽艰辛，唤醒国魂：而六十年过去，国人（主要是干部）仍未醒，竟通宵沉浸于楼台歌舞，即所谓“三陪过后尽开颜”，怎么对得起长征路上人。谓六十年前，军民鱼水情，也正因为此情之真与深，军队才得以生存，长征才取得胜利；而长征胜利，夺得政权，长征路上乡亲，至今仍未脱贫。“我手写我口”。既写出老干部心声，又写出老百姓心声。已完全废弃“歌德派”那一套，甚为难得。

其次，说不好的一面。这里所指乃合以后的分以及大量官诗，主要是政治顺口溜的出现。由于诗官与官诗二者都带着一个“官”字，所谓分也就无法避免。尤其是某些具有较大影响力的诗词组织，更是一开始即蕴藏着分的危机，例如座次安排、职权分配等等，时常因此而打上官司。这都不是诗词之福。至于大量合格律或不合格律的政治顺口溜，也因作者的关系占据重要位置，则更加造成灾难。有关事实，拙文《中国当代词坛“胡适之体”的修正与蜕变》（香港《镜报》一九九六年二至五月号）已揭示，此不赘。

（二）诗商与商诗

就诗国固有传统看，诗与商或商与诗之结缘，机会似乎并不太多。但是，自从九十年代文人“下海”，神州大地，包括港澳，却呈现另一景观，即诗商与商诗结合之景观。这是诗与商或商与诗互相需求的结果。由于步入九十年代，老干部官场余热已发挥不了太大作用，社会上所谓“学而优则仕”，已逐渐变化成为“商而优则仕”，因此，某些诗人需要金钱，以为雪中送炭，某些占有金钱的商人则需要诗，以为锦上添花。这便促使二者结合。而结合之后，可能两相满足，皆大欢喜。一方面，只要有钱（不一定来自赞助），就可以出书，诗集、词集大量印行；另一方面，只要有诗（不论合格与否），就有人写序、写跋，给捧上殿堂。而且，各种各样的杯，各种各样的奖，大比大赛，则更加将诗坛搞得热气腾腾。这便是诗商与商诗结合之事实。

那么，究竟应当如何评估这种结合？我看，应就具体事例进行具体分析，不可一概而论。

先说诗人之集子大量出版问题。诗集、词集大量出版，如从数量上看，似乎并无坏处。但是，如从质量上看，却未必是一件好事。因为所谓诗国，时常发现一些诗词集，其中所收作品，或者徒有诗与词之外表（形式格律）而无其实，读起来一点味道也没有，或者根本连外表也不要，纯粹胡诌，不堪入目。这是一个方面，认钱不认诗。而另一个方面，如果没有钱，诗写得再好，也难以出版。例如：沪上诗人富寿荪，写了一辈子诗词，及至老去，只能以若干刻油印本以示同好。比起市场上许多中看不中读的集子来，真可悲哀。前阵子，诗界前辈六楼居士（刘逸生）曾在澳门某报，就此事抒发感慨。

再说商诗问题。近代以来，以商人、实业家身份而写出好诗的例子，并非绝无仅有。但是，要由殷商一跃而为儒商，也并不是一件容易的事。有位朋友，雄心勃勃。既要建造一个想赚多少钱能赚多少钱的商业王国，又要当一名能够创造历史的大诗人。我曾向其提出这么个问题：究竟赚五十六个亿容易，还是写五十六字（七律）容易。这位朋友不曾实时回答，而过后仍表示，二者都应努力做到。在此，衷心祝愿其成功。

最后，说大奖赛问题。这当也是两结合的产物，关键仍在于钱。在一般情况下，于得闲之时，凑凑热闹，也未尝不可。只是应当明白，于主事者而言，这可能是一笔一以当万的大生意，而对于诗词创作而言，相信并非正途。这一点，如果稍微注意一下每次大奖赛所布下的“天罗地网”，我看也就知道七八分了。

贰　中国当代诗词创作前景

一、唱衰与唱好

从纵横两个不同角度看，中国当代诗词之当前状况，乃颇为复杂。尤其经历八九十年代两个结合之后就更是杂上加杂。当前，不仅一班公卿、大夫，借重这块招牌光宗耀祖，而且某些走卒贩夫，也扛着这块招牌通街行走。因而，长征有诗，“三陪”亦有诗。所谓“全民皆商”，似颇有转变成为“全民皆诗”之态势。这大概就是所谓呈现出前所未有繁荣局面的一种迹象。

例如：一九九二年，中华诗词学会、新华社、中央电视台、光明日报社、中国青年报社在北京联合举办诗词大赛，参赛者二万有余，参赛作品近十万，几乎有全唐诗的两倍之多，真乃空前盛举。

大家都来玩诗词、唱诗词，与上文所说两个结合一样，都具有好的一面及不好的一面，亦即有唱好与唱衰之别，同样应当具体分析，区别对待。例如：一九九二年之北京大赛，获奖作品辑为《金榜集》出版，其中就有些少佳作。而香港回归前之另一次香港大赛，参赛作品，厚厚两大册，估计也有上千之数，但是，希望从中找出十首稍为像样的篇章来，却比沙里淘金更为艰难。

就当前状况看，所谓唱衰，大致表现在：一、社会上有些人，包括作者或非作者，利用诗词作为谋取利益的工具，导致诗词产生“异化”，亦即上文所说质性及职能之蜕变，令得诗不像诗，词不像词；因而，严重削弱其生存能力及竞争能力。二、鱼龙混杂，泥沙俱下。朱熹所谓“一日作百首也得”（《靖邃阁论诗》）之篇章，充塞诗坛。亦即“诗多好少”情况日趋严重，甚是令人缺乏信心。有关“异化”或蜕变问题，上文已述。至于信心问题，我看只要留意一下眼下之大量出版物，也就清楚了。两个问题，对于诗词现状及未来发展，都有极大影响。

这就是说，自从“文化大革命”以后，“见龙在田”，至八十年代中期，“飞龙在天”，诗词之社会地位已迅速提高。目前，其所面临的危机，已不再是将被人打死的问题。如七十年前，“文化革命”先驱对其批判及打击。其所面临的危机，可能是自己将被自己打死。亦即传统诗词这一条永远打不死的神蛇（某诗人语。见《中华诗词》发刊词），可能将自己“异化”为螟蚁（蝇蚁）。而且，其所面临的挑战，也不再是新体白话诗，而是时代流行曲。因为，经过几十年的争拗乃至实践，新诗与旧诗打了个平手，至今已出现双赢局面。这一点，可以两位老诗人——臧克家及艾青的观感作见证。在为自己旧体诗稿所作序文《自道甘苦学旧诗》中，臧克家曾宣称："我爱新诗，更爱古典诗歌。我写新诗，也写旧体诗。'我是一个两面派。'"而在为《马万祺诗词选（二集）》所作序文中，艾青则表示："中国诗歌发展到当代，出现了双水分流的局面：多数人从事新体自由诗写作，一部分人喜欢旧体格律诗词。我主张不薄彼此，大路朝天，各走半边。"这说明，随着时势发展，旧诗已与新诗平起平坐，平分秋色。但是，其所遭逢的新对手却比旧对手更为强大。这对于"死而翻生"的诗词来说，无疑是一次更加严重的考验。

二、坐井与见天

这里所说，主要是诗词的出路及前景问题。亦即，诗词之当前状况，既然如此复杂，那么，诗词之创造者，究竟应当如何面对危机、迎接挑战？这是可堪忧虑的问题，也是十分值得探讨的问题。因水平有限，见闻有限，只能就个人观察之所得，说点意见，以为进一步探讨提供参考。

第一，我以为，应当反对井蛙之见，看看井外的天。

这里所指是一种简单说"不"的观念，诸如"传统诗词永远是一条打不死的神蛇"等等。这对诗词自身发展，即如何保持其生存能力及竞争能力，我看并无益处。例如：唐声诗及宋歌词，二者均曾由当时流行曲发展成为时代新声，即成为有唐一代及有宋一代之代表文学。但是，"各领风骚数百年"，时至今日，在新的流行曲已经广泛占据歌坛的情况下，唐诗宋词这一往昔流行曲，究竟能否永远立于不败之地，那就并非靠说一个"不"字便可"大吉利是"（万事大吉）。尤其是台、港、澳歌坛，新的流行曲与最先进的科学技术相结合，已完全融入现代的生活。在这情况下，如简单说"不"，以为新的流行曲只追求刺激，歌词并不好，那就很危险。这是井蛙之见的一种表现。而另一种表现是，自我感觉良好。即不说 No，而说 Yes。例如诗城，二十平方公里，四十一万人口，出了多少诗人、词人，印行多少诗集、词集，便以为世界之最。但是，就未曾检查一下，许多诗集、词集，哪一些可搬上台面，哪一些属于不合格品。时时、处处喜欢“大阵仗”，实在不大好理解。

第二，应当提倡“无意做诗人”，防止诗词的“异化”或蜕变。

就作者与诗的关系看，“无意做诗人”，乃将诗摆在第二位，将人（作者）摆在第一位。用诗作为陶冶性灵的工具。其所为诗，亦诗亦人，乃为真诗。而非“无意做诗人”者，将诗摆在第一位，将人（作者）摆在第二位。用诗图解政治观念，用诗充当羔雁之具。其所为诗，无诗无人，乃非诗也。我想，如果明白这一道理，有关“异化”或蜕变现象，就当较少出现。

第三，爱惜资源，支持环保，扭转“诗多好少”局面。

这是编者与作者自律问题，似乎属于个人私事。因为出版自由，谁也不能干涉。但是，这又是一件关乎诗词生死存亡的大事，不能不提请注意。因为如果任凭某些不三不四的诗词作品充塞市场，必将败坏读者的胃口。十分明显，这对于诗词之面对危机、迎接挑战，乃非常不利。所以，我曾向某大型诗词丛书之主事者建议：用控制数量的方法以保证质量。并曾在诗城所举办的一次诗词写作国际研讨会上呼吁：爱惜资源、支持环保；少出或迟出个人诗词集。我以为：没有质量，就没有出路，没有前景；没有质量，所谓新声，就将成为绝响。

一九九七年六月二十七日初稿

附记：

本文曾以“新声与绝响”、“腐儒与村叟”、“蛇王与蛇手”、“打水与打油”、“风骚与雅颂”、“学诗与立言”、“诗官与官诗”、“诗商与商诗”、“唱好与唱衰”、“坐井与见天”为题，共十则，于“敏求居说诗”专栏发表。

见一九九七年八月二十一日、二十二日、二十三日、二十四日、二十五日、二十六日、二十七日、二十八日、二十九日、三十日、三十一日澳门《澳门日报》新园地副刊。并曾提交一九九七年十月在昆明召开的“全国第十届中华诗词研讨会”，颇受关注。由于流传未广，行之不远，今谨借《中国韵文学刊》之一角，合成发表，以求正于大方之家。

二〇〇四年三月二十九日于濠上之赤豹书屋

原载湘潭《中国韵文学刊》二〇一一年第三期

附录一：诸家评议

程千帆（南京大学中文系教授）：

奉书又新旧文数篇，并拜悉。其论亡室词文——原载《中国诗学》者，已收入《程沈学记》，在贵州出版，非久即将径寄尊处，统祈鉴核。词论二集想非久可脱稿，甚望早读。敏求诸说诗，能言人所不能言，道人所不敢道，钦仰之至。

陈祥耀（福建师范大学中文系教授）：

《敏求居说诗》说诗词现状，出语谐隽而情寓忧患，深心人语，又时有独具只眼处。发挥静安莫为“羔雁”一说，尤切中时病。至于“四多四少”之现象，非尽作者主观之不竞，亦不无客观条件之制约，鄙人“讽世忧民惭夙愿，模山范水负瑰词”之句，亦有慨而言也。匆此奉覆，乞恕草率。

霍松林（陕西师范大学中文系教授）：

《澳门日报》连载《敏求居说诗》，对诗坛现状诸弊烛照无遗，多与鄙见不谋而合，惟我不敢形诸文字，如兄之勇往无不敢也。

陈葆经（安徽省文史馆馆员、副编审）：

大著并鸿论一一拜领。读后良佩，倍增士别三日之感。心得两则，草稿多不达处，行距太窄，欲改而无隙可以下笔，请老弟计算机处理后，务希代为订正，冗词可以删去。名人字典，大比大赛，经从不应征。诗词刊物，非约稿者，概不自投，印了两个小本本，是作为知己交流之用。结集成书，未敢妄为。

梁耀明（香港诗人）：

久缺良晤，怀想至殷。如有回港，望予示知，以谋一叙。词作并大文，拜读再三。风云挥洒，法教淋漓，至有裨诗道。近国内诗风甚盛，本为一件好事，奈歌德者多，不无遗憾，然有亦胜于无也。词长砥柱中流，愿发挥良好影响，使流浊转清，诚为诗词道中历史贡献。弟年甫十三即投身市井，至今七十余年，未尝学问，从生活感受中，偶写几句，以彼此相知，不辞奉渎，望不吝批评，更胜于客气相待也。

王澍（北京《中华诗词》副主编）：

近往昆明参加全国第十届中华诗词研讨会，见到你的论文，具见关怀诗国命运，不胜钦敬，惟恨悭于一面耳。文中谈到“会员作品选”，指出虽具格律，实非真诗，澍亦有同感。至于一处说大赛主事者一本万利云云，似宜商榷。我想，无论首届诗词大赛，或“回归颂”诗词大赛，均未收分文参赛费，虽有募捐资助，收支仅是相抵，此系学会实情。至于其他赛事，如李杜杯、鹿鸣杯，亦大抵如此。办事艰难，殊非局外人可知。我们举办的两次大赛，若非广东诗词学会慨然负担终评、发奖费用，恐怕还难于进行，哪里谈得到一本万利呢？

另外提到学会草创期间，有人为诗讽刺曰：“一武一文两草包。”据我记忆，此为荒芜先生手笔，原句似为"一文一武两皮包"，此谓筹委会领导为皮包公司。我在《追忆筹建学会二三事》中，已有较详纪实（见《中华诗词》今年第三期），不知老棣寓目否，如原句为"草包"，显系骂人，而非讽刺，不像荒芜先生风格。

嫌觍缕，驰书商请修改，或删此两处，以利出书如何？临风依依，不尽欲言。

徐培均（上海社会科学院文学研究所研究员）：

这组论文，类似诗话，形式活泼，妙趣横生，读之深受启发。

我国自"三百篇"以来，在诗歌的园地上，名家辈出，佳作如林，号称诗国。"文革"以后，诗词创作又形成一个高潮，诗社、诗刊如雨后春笋，纷纷涌现。对此现象，令人一则以喜，一则以忧。喜的是数千年的优秀传统得以绵延，忧的是泥沙俱下，鱼龙混杂，败坏了诗词的名誉。然而敢于提出批评的文章却极为少见，此则使人长叹息者也。如今吾兄以巨大的热情与理论勇气，联系现实，针砭时弊，不管你是什么名人、权威、高官、巨商，只要作品中存在这样或那样的问题，便坦诚地予以批评，这是热爱和保护传统诗词的表现，难能可贵，令人敬佩，不禁为之浮一大白！

众所周知，繁荣诗词创作，需要开展正确的理论批评。二者相辅相成，相互促进，这是被文学史所证明的真理。可是目前诗词界有些人不明此理，捧场叫好者多，敢于批评者少。像吾兄这样深切中肯的文章几乎没有。我相信，尽管诗苑中良莠不齐，稗草丛生，若给以认真地殳刈，去芜存菁，好诗佳词一定会成长发育起来。

林东海（人民文学出版社编审）：

诗之为体，类皆基于语词声调。六朝唐初酿就之近体，自是以中古四声二元为格律。古今音变，入派三声，故今人多限于声律而难工，或昧于平仄而贻笑大方，或不辨入声而思就今读；殊不知悖乎平上去入之四声二元规律，则近体自亡。是以韵部可宽而平仄直严。《敏求居说诗》，历数诗城与诗国之利弊，讥弹附庸风雅者之如古昔腐儒村叟不辨平仄声韵而"笑掉人牙"，良有以也。然诗坛之厄，不惟滥竽充数糟蹋格律一端，其为滥调陈词冒充作手，亦一厄也。前厄失其形，后厄失其神。情志所之，诗亦至焉。无真情实感而徒托空言，自非为诗之道。即《敏求居说诗》所谓重言甚于重诗，以诗为"羔雁之具"者也。当今之世，儒者权不及官，钱不及商，而欲使旧体诗词回黄转绿，以期古树新花，其诗事活动与诗集出版，自不能不依凭官之权与商之钱。于名利交相争之际，诗界终不免夹带官气与商味，所谓"诗官与官诗"、"诗商与商诗"，亦应运而生矣。求其言志缘情风骚之旨，则微乎其微。无怪敏求居主人之患新声将为绝响也。

江婴（天津诗人）：

先生所作之序及大作复印件两份，均已收到。以"诗与生命"评拙作，可见先生仔细读了拙作，发掘出这一特点。对此，我非常感谢。

一口气读了先生《敏求居说诗》十篇文章。我对之自言，曰："所言极是。"

我虽自少即喜爱诗歌，负笈清华并曾参与闻一多先生所创建之新诗社，然无意附庸风雅，做一个诗人。年轻时写新诗，拟以诗助我自由，却失去自由，自然也失去写诗自由。于无可奈何中，以低吟旧诗求取精神解脱，遂写起旧诗来。二十多年之不自由，精神上苦不堪言，曾有二十个字为记：

谁采他山石，裁为两磨盘。灵魂非菽黍，碾成泪汍澜。

心里有太多悲愤与苦闷。我写旧诗，无非是借以宣泄罢了。

当今许多人写诗填词，多以之作为政治的或个人的包装。我无意包装自己。人之最可贵者，莫过于裸露自己的灵魂。把诗词作为工具，终将埋葬诗词。

当今诗词太滥。粗劣者，自难存在。某些追求高雅，离今远而离古近者，也将一步步走向坟墓。诗词若要生存下去，必须面对现实，必须贴近人生；必须通俗、大众化。文字上平白易懂，其非意境上之卑俗。太白之“我寄愁心与明月，随君直到夜郎西”，情真谊切，且明白晓畅，稍有文字修养者即可读懂，不识字者亦可听懂。通俗，再能唱，庶几如先生所言，可与流行歌曲竞争矣。

当今诗词书刊之滥，既浪费资源，又将“污染”环境，且将成为真诗真词之荒冢也。

先生对当今诗词之状况，有灼见。但愿能够成为一帖清凉剂。

曹旭（上海师范大学研究生部教授）：

《从澳门看诗词创作状况及前景》十篇，以澳门为“视窗”，窥探诗词，角度特佳。所谓以小见大，由此及彼，如香象渡海，由“浅蓝色”走向“深蓝色”也。

推想施君作意，不在澳门诸贤而在中华诗词创作界。实有于诗词创作界扫除阴霾，涤荡尘埃，澄清天下之志，可谓“项庄舞剑，意在沛公”。然澳门诸贤，若梁披云、马万祺、佟立章、冯刚毅四家，其人、其诗、其论，亦包蕴其中矣。

观十篇自成系列，行止自由，有分有合，各司其职。《新声与绝响》，开宗明义，不啻全文小序；《腐儒与村叟》论作者；《蛇王与蛇手》、《打水与打油》论诗词作法；《风骚与雅颂》涉诗词自身；以下分论，或论官诗、商诗，或论诗官、诗商。末以《坐井与见天》收束，预测诗词出路前景。可谓句无虚语，语无虚字，无不切中时弊，乃作者愤世嫉俗、发奋有为而作也。

舒芜（北京《中国社会科学》编审）：

援朝转来惠示及尊著《宋词正体》一本、《博士之家》一本，无任感荷。又报载词话，直言罔忌，尤所佩服。迩患晕眩，不能多写字。仅录周作人小文如下，乞谅简率。

牛山诗

志明和尚作打油诗一卷，题曰《牛山四十屁》，这是我早就知道的，但是书却总未有见到，只在《履园丛话》卷二十一中看见所录的一首。近来翻检石成金的《传家宝》，在第四集中见了一卷《放屁诗》，原来就是志明的原本，不过经了删订，只剩了四分之三，那《履园丛话》里的一首也被删去，找不着了。我细看这一卷诗，也并不怎么古怪，只是所谓寒山诗之流，说些乐天的话罢了。里边也有几首做得还有意思，但据我看来总都不及《履园丛话》的一首——其词曰：

春叫猫儿猫叫春，听他越叫越精神。老僧也有猫儿意，不敢人前叫一声。

我因此想到，石成金的选择实在不大可靠。恐怕他选了一番倒反把较好的十首都删削去了。

十六年三月

（收入《谈虎集》）

宋亦英（安徽词人）：

惠书及尊作均收到。尊作所论，我有同感。尊作文笔流利、深刻，而又幽默，想来在讲堂上一定是受欢迎的。诚如所述，目前诗社、诗刊实在多如雨后春笋而佳作甚少，常感这是在祸枣灾梨也。但不如此，则诗官、诗商不能过瘾，将奈之何！反正用的是国家、企业之钱（赞助），不要自己掏腰包，何乐不为？

附录二：读《敏求居说诗》寄语（陈葆经）

乙亥迎春，偶成四律。其三曰："诗人词客浩茫茫，级数几何迈宋唐。馈岁频呼财与喜，贺婚总是凤求凰。在台不解平和仄，下位浑忙犬对羊。官古超闲人四种，图形绘影有文章。"官、古、超、闲四种人，本不能诗，不懂诗，更不是诗人，丁芒、汤明珠有文述之。

丁丑秋，吾友施议对博士以《敏求居说诗》诸则见示，其中所云，有与鄙见略似者，如《腐儒与村叟》、《蛇王与蛇手》、《打水与打油》、《诗官与官诗》是也。

又，丙子春，余作《浣溪沙》曰："字号分明信可征，自删自改自添增。推销比似化缘僧。　灾枣灾梨浑不管，莳花莳草更无凭。丐名贸利乐蝇营。"及读施氏《诗商与商诗》，何不约而同乃尔。

施氏以"大比大赛"列此范畴，犹欤！诗是性情中之产物，那是可以赛出来的吗？施氏论《坐井与见天》，极其微观。

古代，特别是明清，士子应考，皆有诗课，所以士子皆能诗，而诗集之刊行则寥寥。当时无油印，只有抄示友朋或抄传后世。富寿荪油印示人，比之无书号之诗集也。也可以铅印，也可以激光照排。但无书号者，未必差于有书号者，《敏求居说诗》已概言矣。

香港回归，万民欢庆，产生了大量诗词作品，类似施氏所举《念奴娇》之堆砌词汇，不合格律者，为数甚夥。推其原因，乃作诗填词者，不懂诗词，也不肯在诗词上下功夫。余鉴于此，乃就史实，化成语为词语，有《浣溪沙》二阕曰：

国弱何曾有外交。石头城下屈盟要。虎门士气未全消。　不是一声鸡唱晓，安能重引凤还巢。端凭人定岂天教。

一自縋城竖白旗。望中破碎到支离。戍臣两两会心期。　今日关河重属我，百年风月意凭伊。折冲尊俎凤鸣岐。

读施氏之《唱好与唱衰》，吾觉在“词的生存能力及竞争能力”中，尚大有余地焉。

施氏以《坐井与见天》谈到“诗词的出路与前景问题”，三点意见，特别是爱惜资源，支持环保，扭转“诗多好少局面”，是当前急切的问题。清代学人吴鼒提出，“文不可入木，字不可入石”，谬种流传，又何益世。

三读议对文，书以报之。时一九九七年丁丑十一月。

——载一九九八年二月十六日澳门《澳门日报》

诗城与诗国

——我看澳门当前诗词创作

开场白

澳门作为东方之蒙地卡罗（Monte Carlo）即赌城，早已举世闻名。但是，有诗评家称之为诗城，则未获得广泛认同。有关赌城与诗城问题，本文不作评述，而只说其中的诗，尤其是旧体诗词创作。

众所周知，中国乃一个诗的国度。流芳所及，澳门这座小城，自从开埠以来，四百多年，也就一直与诗结缘。

占城十日过交栏，十二帆飞看滞还。
握粟定留三佛国，采香长傍九州山。
——听香山译者之一

花面蛮姬十五强，蔷薇露水拂朝妆。
尽头西海新生月，口出东林倒挂香。
——听香山译者之二

不绝如丝戏海龙，大鱼春涨吐芙蓉。
千金一片浑闲事，愿得为云护九重。
——香山验香所采香口号

不住田园不树桑，峨珂衣锦下云樯。
明珠海上传星气，白玉河边看月光。
——香岙逢贾胡

这是明万历十九年（一五九一年）十一月，汤显祖为澳门（香山岙）所留下的四首七言绝句。是年五月十六日，汤显祖因抨击政府罪，被降职为徐闻县典史。徐闻在广东雷州半岛南端。赴官道中，遍历岭南山水。即自九、十月间，由赣入粤，陆行过大庾，而后顺北江南下，至十二月，方才到任。其间，所作五七言律绝及五言古诗计一百一十余首，论者以为"俱是实录"，并以为"可备风土志"（沈际飞语。据《汤显祖集·诗文集》第十一卷，上海人民出版社一九七三年版），颇饶情趣。本文所录，即为其中四首。香山，今广东中山。香岙，即香山岙，隶属中山。诗章描绘当时之实际人和事——海上商贾、花面蛮姬、验香官吏以及采香、验香诸事，细腻、鲜明，如在目前。香，或以为龙涎香，或以为阿芙蓉，即鸦片。二说并存，供参考。四首绝句，原载《玉茗堂集》（据《汤显祖集·诗文集》第十一卷），毅刚编纂《澳门四百年诗选》（澳门出版社一九九〇年版），将其列于卷首。论者称：这是澳门诗词史甚或文学史开卷之篇章（冯刚毅语。据《澳门当代诗词选·序》）。我看，这是靠得住的。小城诗词创作，应当从此说起。

汤显祖之后，骚人墨客，南来者不断。例如迹删（方颛恺）、张穆、屈大均、吴历、印光正、何绍基、谭莹、鲍俊、康有为、汪兆镛、丘逢甲等，都曾在小城留下足迹，传有佳篇。据毅刚《澳门四百年诗选》所辑，鲍俊有《行香子》词一首。曰：

蚝镜波平。四面钟声。□（此处漏一字——引者）耶稣、果供香迎。帘垂粉壁，山锁莲茎（读作平——引者）。看海东西，楼高下，艇纵横。　　飓母时鸣。百丈潮生。卷腥风、浪迫蛟鲸。沙关夕照，马阁朝晴。爱蜡鱼黄，银虾白，石螺青。

词章歌咏蚝镜风物，“本色生情”（借用沈际飞评汤显祖诗语），尤为难得。

本世纪二十年代，冯印雪（祖祺）及其胞兄冯秋雪（平）在小城创立诗社——雪社。社友七人，除黄沛公外，赵连城（冯秋雪妻）号冰雪、刘草衣号抱雪、周佩贤号宇雪、梁彦明号卧雪，都带个雪字。有社刊《六出集》及《雪社》多集印行。方宽烈《澳门当代诗词纪事》（澳门基金会一九九六年版）辑录其作品，甚多可读篇章。例如梁彦明《忆旧游·南湾步月》：

记濠江似练，人寂宵深，结侣同游。四境凄清甚，幸多情是月，朗照当头。金波潋滟千顷，倒影印琼揪。看十里长堤，风光如此，远胜扬州。　　慨朋欢难再，良会恰逢，且狎鹭盟鸥。河上逍遥好，踏碎榕阴碧，随处勾留。眼前景物指点，万象望中收。我更欲乘风，蒲帆遍访洞庭秋。

词作状写远胜扬州之本地风光，抒发遍访洞庭之乘风意欲，甚是真切动人。

六七十年来，雪社同仁以外，尚有陈融、金曾澄、月溪（僧）、王志澄、陈勉云、郑春霆、梁披云、林荫民、马万祺、佟立章、方宽烈诸辈，都曾在小城从事诗词活动，并有诗词专集行世。诗词创作，未曾断绝。至一九九〇年初秋，澳门中华诗词学会成立，小城诗词史翻开了新的一页。诗会成立，不仅逐年均有会刊——《镜海诗词》问世，而且所编《镜海诗林》丛书，也已出至第八种。同时，诗会同仁程祥徽、冯刚毅、连家生以及谭任杰、陈伯煇等，其诗词专集，也于近年内相继推出。此外，小城多家报刊及杂志，所发诗词作品，更加难以计数。小城诗词创作，已渐呈繁荣局面。

事实证明：作为诗的国度的一个组成部分，澳门这座小城，诗风历来就较为昌盛，诗的果实累累，并非沙漠。而且，诗以外的文学创作、文学活动，也并非绝无仅有。李鹏翥论“澳门文学的过去、现在及将来”，曾列举大量事例，说明小城文学活动的兴起及文学发展的源流，以为并非沙漠（据《濠江文谭》，澳门日报出版社一九九四年版），论者称：“澳门是一个颇古老的城市，历史较临近的香港为长，但在文化方面，却远远落后于香港，而文学园地更是一片荒芜。”（云力《澳门文学创作丛书缘起》。据《大漠集》，东亚大学中文学会一九八五年版）因而将自己看作是大沙漠的拓荒者。我看，这是缺乏依据的。这就是说，澳门文学并非只有“现在”，而没有“过去”，澳门文学园地，并非到了八十年代，方才有人耕耘。

由于见闻所限，本文只说当前，即近几十年情形；以往种种，留待来日探研。

一、梁披云《雪庐诗稿》印象

（一）书家与诗家

梁披云，乳名兖，学名龙光，别号雪予，福建永春人。一九〇七年三月十五日出生于本县之蓬莱衖。上海大学文学学士，日本早稻田大学政经部大学院研究生。自一九二九年在泉州创办黎明高级中学起，即投身教育工作，将近七十年。曾出任海内外多间中学及大专学校校长。最近，获聘为厦门大学名誉教授，此项聘请由中国国家教委批准，乃继杨振宁、李远哲、池田大作等之后，与饶宗颐同时获此荣衔。梁氏乃作为一位教育家而闻名于世，至于书法与诗词，当为其余事。但是，正如陆放翁之“无意做诗人”一样，梁氏尽管“非有意于为诗”（《新诗一帙》前记），而且非有意于为书，却因其诗、书成就为世所重，而被公推为书家、诗家。

梁氏幼承庭训，夙慧早达。十三岁就读于省立十二中——前身为永春州中学堂梅峰书院，现称永春第一中学，时即对于诗词颇有偏嗜。曾于斋舍夜读，而获国文教师、前清举人、词家郑翘松（苍亭）嘉奖——于明晨晤对，独许以可教（据《梅峰杂诗》自注）。六十年后，梁氏有诗纪其事曰：

梅峰翦烛忆儿时，夜思千重世莫知。
晨起忽闻呼孺子，春风和煦系人思。

春风和煦，萦系人思，师长教诲，终生难忘。儿时记忆，不仅促使其坚定献身教育事业的信念，而且促使其不断萌生阅读写作诗词的欲望。青年时期，梁氏虽然也曾致力于新体诗创作，一九二六年至一九二八年间所作之《别》、《长征》、《夜行》、《双十节》四篇新诗作品保存至今（香港版《雪庐诗稿》附录），但还是选择了旧体诗。为什么选择旧体诗？梁氏以为，“这里头是有些政治因素的”，即“国民党强化统治时期，要把你的口罩住，甚至把你的口箍住，不让你说话。如用白话诗、新诗很明显，用旧体诗很含蓄，你自已懂，人家不懂，你把满腹的牢骚一发，人家看不懂，就不怕抓把柄”（《梁披云董事长在全校教职工会上的讲话》，《梁披云教育思想研究》，厦门大学出版社一九九四年版）。例如，诗稿开卷之首二章——一九二八年，二十二岁时所作《西湖秋冷》曰：

寻遍旧游长短堤，画船灯火岸东西。
楼台帘卷天如水，荻蓼花疏路转迷。

箫声月色有无间，烟柳空蒙露渐寒。
莫向怒潮翻旧曲，荷花桂子说临安。

诗章于自然景物形象具体描述中，包含着对于社会人事的观感。或影射当时权贵金迷纸醉骄奢生活，或警告南京小朝廷，不要步宋王朝后尘，但并未明白说出。除了后一首有小注——“金主亮读柳永《望海潮》词，南窥益亟云”外，其余需结合有关背景，细加体悟，才能有所领会。出手已甚不凡，未可当一般模山范水之作看待。

梁氏云：“予自略解诗歌，辄好漫吟遣兴。”（《梦痕心影集》序）将近二十年所作，计一千多首。其中部分，当时未曾留稿，追忆尚能无讹（《梦痕心影集》序）。因用格纸，自书六百多首，由侄孙梁清辉影印分寄海内外诗友，征集意见。最后删存四百八十余首，即现传《雪庐诗稿》三集。

梁披云《雪庐诗稿》三集，包括《梦痕心影集》、《瀛海啸歌集》及《秋鸿嘴爪集》。以蝇头小楷书写。于一九九一年间，由澳门文化司署出版。不久，另有香港版印行。所谓“诗韵书香，相得益彰。典雅古朴，堪称双绝。”（杨奎章《丹心一片，豪气纵横——读梁披云先生〈雪庐诗稿〉》），诗界、书界，皆极其赞赏。

有关学诗之缘起，已如上文所述。以下说学书。梁氏回忆起少年时事，谓：“中小学阶段，未曾认真练字。时当‘五四’前后，此道被视为‘小技’。倒是进入大学之后，接触书界朋友，看了一些碑帖，才有较大兴趣。”而且在其东渡游学之时，书家刘郁文曾以隋以上碑帖相赠，嘱其于闲时、闷时观览、临摹，更是增添其学书意欲。此后，在筹组黎明高级中学之时，又曾数度赴沪，请教于右任，观其挥毫作书，因而渐知门径。此即为梁氏书法之渊源。但其真正练字，却是四十以后事。即一九五〇年在印尼雅加达组设公司、做商人——任挂名经理之时，因与上海大学时同学蒋抱一（蒋大），意气相投即曾联度习书，共同度过一段“海天空阔任飞还”（《蒋大山居有诗索和因步原韵》）的诗书生涯。一九五三年，梁氏有《蒋大五八初度步韵为寿》三首：

如茵碧草映阶除，坐向花阴理旧书。
春梦秋云都看惯，天涯到处有吾庐。

挥洒胸中笔一枝，苍松翠竹影离披。
岁寒劲节谁能识，风雨纵横每自知。

旷野闲云任所之，沧浪濯足悟玄机。
偶然骢马凤城过，已分乾坤一布衣。

诗篇塑造一位犹如旷野闲云、能悟濯足玄机的知识分子形象——乾坤一布衣，并且热忱地赞颂其到处为家、历经风雨的生平及气节，既说友人，又寄寓着自身情怀。这就是这段生涯的真实记录。

这段生涯，为梁氏留下美好记忆。一九六六年初，梁氏归国观光，并于九月间定居澳门。一九六九年，有《梦与蒋大晤对书斋，醒来得句，因寄》一诗：

恻恻分携四载余，遥空雁断隔年书。
行吟苦忆同三径，入梦欢呼对五车。
镜海归帆风正好，炎洲浪迹计终疏。
何时了却平生愿，万顷湖滨与结庐。

诗人十分盼望能够实现平生意愿，一起结庐湖滨，继续以前那段诗书生涯。据梁氏称，蒋大习于右任草书至八十余，笔墨砚随身，除了发高烧，未尝一日间断。晚年并有几种书法作品问世。梁氏亦挥洒自如，以之书写胸中丘壑。书法盛名，颇为时人所重。

但是，梁氏毕竟是一位教育家。其学诗与学书，并非为了以诗、书名家，而是为了教育。亦即将诗书事业，看作是教育事业的一个组成部分。一九七四年，在香港创办书谱出版社，出版《书谱》双月刊，印行名家诗书作品，为中国书道之推陈出新，提供典型范例；一九八四年，主持编辑、出版《中国书法大辞典》，为建树中国书学做好奠基工作。所谓“未容树衰老，讵自怯风澜。腊尽梅须放，相期共岁寒”（《书谱七周年纪念席上》），既表现其无私的奉献精神，又表现其对下一代的殷切期望，甚可感人。

（二）诗史与心史

梁披云生当清朝末年，自从“五四”新文化运动以来，本世纪所发生之一系列重大事件，都曾亲自阅历；并曾东渡日本，漫游南洋，见多识广。除了兴办学校，创办报刊，还在社会上担任公职。其《雪庐诗稿》三集，辑存一九二八年至一九八八年六十年间所作诗词，为平生经历之真实记录。所谓“文章合为时而著，歌诗合为事而作”（白居易《与元九书》语），其中篇章，或者直接歌咏时事，以体现观感，或者借助于事件中之人物活动，以抒写情怀；极其真切、动人。既留下当时感受，又可作历史见证。诸如一九三二年所作的《春申除夕》，记述“一二·八”事变中，十九路军抗战事迹；一九四四年所作《苦忆》，记述抗日战争期间，倭寇南侵，“室无隔宿之粮，妻有将雏之累”之不堪现实；以及一九四六年所作《山乡书事》与《石壕吏》，记述因丧乱所造成的人间悲剧——“地僻丁粮征敛遍，把锄嫠妇尽吞声”及“邻儿夜半呼，有妇堂前缢”等等：均可当作历史来读。而一九五九年所作《番客谣》，则通过某番客之亲身经历，展示其对于侨居地开发建设所做的贡献以及被遗弃、被排斥的不平遭遇。其诗云：

少小离家作番客，今日还乡头已白。

当时惯唱过番歌，垂老重歌歌不得。

我家原在万山中，租地耕田世世穷。

饿驱饲诱甘卖命，过海漂洋足怨恫。

黑奴吁天天不应，猪仔吞声鱼贯行。
炎荒瘴疠无昏晓，九死煎熬剩一生。
青春活力空摧折，瘦影相看肝胆裂。
橡胶烟草和泪栽，银液金沙杂汗血。
大厦高楼平地起，通衢达道逮城市。
劳而不获获不劳，碧眼红毛擅肥美。
纵横捭阖殖民地，覆雨翻云何足异。
招来挥去事寻常，老马良弓遂见弃。
东飘西泊年复年，苦雨凄风路几千。
穷途赖有同里在，相邀作活海山边。
野店荒村等一家，眠迟起早岁月赊。
翁妪童孙齐食力，邻居相见辄相夸。
蝇头微利坋尘垢，剜肉补疮凭赤手，
柴米油盐通有无，民间友谊由来厚。
奈何霹雳落晴天，一纸文书绝贸迁。
纷纷铁骑刀枪出，鹰犬豺狼恣馋涎。
槛车驱送赴魔谷，夜雨昏灯泣破屋。
谁教同气竟相残，明眼岂容混马鹿。
患难深情中道抛，是非颠倒肆咆哮。
引狼逐客能无悔，吸血鬼方瞰尔巢。
荒鸡喔喔夜漫漫，百念千愁热肺肝。
鸱鸮枉自争腐鼠，一枝宁缚九霄翰。
忽见灯花传喜信，明朝笑指雁来阵。
侨胞今日非孤儿，祖国关怀何所吝。
父母之邦讵昔比，锦绣江山千万里。
四海为家呼弟兄，忍将骨肉委蛇豕。
舳舻相望接南溟，大刀迎亲从此始。

和平一贯百千年，落叶归根展新史。
我亦洒恩感激深，乐莫乐兮鸟归林。
热泪夺眶君莫笑，旌旗似海涌丹心。
君不见东风浩荡开新霁，归侨前景逾壮丽。
欢声洋溢动江关，天堂见在人间世。

诗章以铺叙手法罗列事例，从少小离家，过海漂洋，直说到头白还乡；并以对比手法，将异邦遭遇与祖国开怀相对照，抒写其沐恩感激之情。就写作背景看，似乎主要针对着排华、接侨事件，实际上，其所包含的意义并不仅仅局限于此。这是一部以诗的形式所书写的华侨血泪史。此外，梁氏尚有七古长诗——《星洲番客吟》，记述星洲华侨归国参与抗日战争事迹，谓看到国民党的腐败，"又向星洲作番客"。此篇曾由友人寄往南洋某报发表，底稿未存。这一些，都显示梁氏以诗为史的大手笔。

以诗为史，体现了《雪庐诗稿》的史诗价值。作为一位有理想、有抱负的教育家，梁披云自然十分擅长于此。但是，作为一位有灵感、有个性的诗人，梁氏似乎并不满足于此，而是更加注重于内在心灵体验。这一点，可由其创作实践加以印证。

正如前文所述，梁氏所以选择旧体诗，主要原因乃在于旧体诗之方便发牢骚，即方便叙说心中的怨。而其叙说怨，除了为时、为事而外，还为自己，即为自己留下梦痕心影。这是诗人个性的突出体现。

例如一九二八年所作《吴门夜饮》：

酒残枫冷九秋哀，梦里听歌百感来。
月落乌啼天亦醉，寒山钟咽旧苏台。

诗篇记述夜饮吴门时之环境及心境。谓：九秋风露，枫叶生寒，于醉梦中听歌，顿然涌发百感。而此百感究竟为何，却未道明。此时此刻，只见满天之霜月，与我共醉；又觉寒山寺钟声，一片幽咽。整座姑苏城，同生哀感。——外在物景，摇荡性情；性情摇荡，又令外在物景，改变颜色。这是诗篇产生的过程，也是诗人心灵体验的结果。此所谓体验，即牢骚或怨，与创作时的具体环境——自然物景与社会人事相关，亦即与时与事相关，有如同年所作之《西湖秋泛》二首，据梁氏云，乃为讽刺南京小朝廷而作。而且，此所谓体验，即牢骚或怨，又不仅仅局限于具体的时与事。这就是诗人所要保留的梦痕与心影。

又如一九四三年所作《长汀晓发》：

> 晓起驱车云雾窟，千山落木寒侵骨。
>
> 霜枫犹作醉颜红，独向天边呼日出。

诗篇记述长汀晓发情事，但其着眼点并不在事，而在于情，即以晓发时之环境及心境烘托其情。一方面乃处于云雾之窟，落木千山，寒气侵骨，一方面却犹如霜露中之枫树，独自向着天边，呼唤日出。——环境及心境，体现出诗人不怕风寒、不怕霜冻、勇往直前的大无畏精神。此精神既为当时实在情事之反应，又为多年人生体验之写照。这也是诗人所要保留的梦痕与心影。

再如一九八八年所作《暮年》：

> 过尽崎岖入暮年，纵横意气逐风烟。
>
> 宴居空抱扶危策，退食仍思种树篇。
>
> 有子有孙聊自足，无趋无竞更何牵。
>
> 余生傥许长乘兴，一杖千岩作散仙。

寻思以往，回顾平生。风烟变幻，崎岖纵横。由扶危策到种树篇，其间可称述之情事万万千千。但是，其着眼点同样并不在事，而在于情，即以平生之阅历及经验生发其情。谓进入暮年，退食宴居，虽未能充分施展其抱负，但也已知自足。所谓无趋无竞，无所牵挂，今后日子，就想继续其千岩一杖、乘兴而为的散仙生涯。这是寻思、回顾所生之情，所得结论，同样也是诗人所要留下的梦痕与心影。

以上事例证明，梁氏为诗，不仅为了反映现实，展示时代精神，而且在于表达人生思考，描绘心路历程，体现人本价值。这是十分难得的。

（三）小诗与小词

总的来看，梁披云《雪庐诗稿》三集，内容大致可分上述二类——为时、为事而作及为自己而作。二类篇章，各有特色，各具价值。但是，就作者本身而言，则当以为自己而作，即为自己留下梦痕心影之一类篇章，最能代表雪庐本色，最能体现诗稿成就。这是由诗的本质所决定的。所以，古人有云：诗言志。今人亦以为："诗本性情。诗无性情，如花无香气，果无甘液；谓之诗之糟粕可，即谓之非诗亦无不可。"（潘受《雪庐诗稿·序》）这是读《雪庐诗稿》所当明白的道理。

为自己而作，即为自己留下梦痕心影，其主要特征就在于可见性灵。在这一点上，梁氏的努力相当成功。这除了因其本性情中人，能够体现真情性外，还因其具备诗人所应有的学问与识见，能够将情性进一步加以升华，使之更加透彻玲珑，因而也更加容易唤起心灵的感应与共鸣。这就是《雪庐诗稿》的本色与成就。如看具体作品，梁氏这种因学问与识见所造就的升华功夫，乃在其善于"通古今而观之"，即善于以诗人之眼观察一切。这是一种以大手笔写作小诗、小词的特殊本领，也是成就诗稿的一种重要手段。诗稿三集，甚多此类篇章。如前文所引《吴门夜饮》，便为其中一例。诗篇记叙体验，所谓不仅仅局限于具体的时与事，亦即非"域于一人一事"（王国维语），即为"通古今而观之"。因而，其所抒写的哀感，就更加具有普遍而长久的意义。即此哀感，既可通千百年以前夜泊枫桥时诗人之心灵，又可能令千百年以后处于同一环境之读者产生共鸣。这就是经过升华的性灵。

此外，尚有许多篇章，语浅意深，真挚动人，亦堪称性灵之作。例如：

不是山程便水程，去来屡与白鸥盟。
危樯遥夜烟波里，镇把秋心向月明。

——《港粤道中》

又捡寒衣赋北征，长堤烟树碧盈盈。
痴心一片珠江月，万水千山送客行。

——《去粤北行》

又向闽江鼓棹行，数峰摇紫片帆轻。
闲云欲践溪山约，去住何心计雨晴。

——《重游闽江》

菊瘦枫丹月更幽，雄心抛却事清游。
骄蹄得得霜痕重，踏破溪山一片秋。

——《秋郊纪游》

肯因升斗负襟期，种竹栽梅不自持。
匹马冲寒今去也，漫天风雪助裁诗。

——《去永泰》

湖海栖迟负绮年，剩将孤愤忖冰弦。
华灯暖阁听歌夜，魂断平沙落雁边。

一层新月写凄清，湖上风来意窈冥。
唱破家山谁与语，迢迢银汉隔双星。
——《纪梦》(二首)

轻阴漠漠雨丝丝，惆怅东阑雪几枝。
燕子不来天又暮，小园香径立多时。
——《轻阴》

此等篇章，虽为梁氏早年所作，但“即诗即人，即人即诗”（潘受语），同样可见其本色与成就。

潘受为《雪庐诗稿》序，对梁氏七绝小诗极其赞赏。曾谓：“七绝少回翔余地，古人称难，翁独挽强命中，略不费力。运魏晋人神理，入唐宋人格律，难上加难之境也，而翁时亦有之。”并谓：“荆公云：‘看似寻常最奇崛，成如容易却艰辛。’岂不然哉，岂不然哉。使翁专力于诗，成就宁止限于今日。”对于梁氏其词，亦当作如是观。梁氏所传，尽管只得令曲小词——《浣溪沙》三首及《长相思》一首，然而，所谓“治诗如治兵，贵精不贵多”（潘受语），此等令曲小词却颇能体现其倚声填词的性情与才华。

先看一九四二年间所作《浣溪沙》二首：

袅袅东风泛碧纱。曲阑干外绿无涯。当年小阁记煎茶。　七椀温存如中酒，多时笑语与簪花。而今天海渺星槎。

玉笛谁家不忍闻。旧游处处剩蹄痕。阑干斜倚近黄昏。　二十四番风更雨，八千里路月和云。秋潮春梦两细缊。

词章题称“感旧”，标明乃叙说恋情，即对于往日夫妻间恩爱情事的思忆与回顾。谓东风泛碧，芳草无涯，曲阑干外，充满春的气息。当年此刻，小阁煎茶。“七椀”温存，多时笑语。其情其景，令人陶醉。而今相隔，海天渺茫，难以星槎引渡。谓黄昏将近，阑干斜倚，到处都是旧游痕迹。不知谁家玉笛，如此扰人心思，勾人魂魄。八千里路，浮动着月和云；二十四番节气，变幻着风和雨。春梦与秋潮一起，生长降落，混和鼓荡，似将令得周围一切，返回太和未分时状态。思忆、回顾，捕捉、追寻。既那么密切、细致，具体可感，如在目前，又那么冲淡、疏远，宽大深长，不着边际。因而，其所体现情思则显得温存、和婉、沉着、缠绵，具有无穷的韵味。作此词时在重庆，妻子远在星洲。所谓“盈盈水隔波千叠，曲曲峰攒万重恨”（《蓬莱》），这也正是诗人性情的自然流露。

再看一九五三年间所作《浣溪沙》：

叠叠重重路几盘。来时非易去尤难。风斜雨细鸟绵蛮。　　已惯沧洲波浩荡，漫愁碧落月高寒。海天空阔独凭阑。

词章作于印尼。题曰：“海山凝望。”实际乃借凭阑凝望中之空阔海天，检阅过去，展示未来，寄托怀抱。以小词叙说经历，同样可见性情。

小诗、小词，言情、述志，都那么当行出色，这是梁氏直抒胸臆、不假浮藻，亦即“非有意于为诗”的结果，也是梁氏其人、其诗特别引人注目之处。读《雪庐诗稿》，不可忽视这一点。

二、马万祺白话诗词印象

（一）山川秀丽，相逢多欢

马万祺，广东南海人。生于一九一九年。一九三六年，年十七，即承继祖业，接管家族生意。一九三七年，由广州移居香港。一九四一年转澳门，直至如今。乃港澳一位著名实业家。而其自少年时，即“喜读唐诗宋词，并爱国文”（《马万祺诗词选·自序》）。几十年来，投身社会，经历各种政治事件，每以诗词抒怀，其所作亦已达到可以结集之地步。一九八八年，作家出版社为其出版《马万祺诗词选》。几年后，并有诗词选之笺释本十卷及诗词选之二集问世。马氏诗词，依写作时间之先后顺序进行编排。一九三七年至一九九三年间，所辑作品合四百三十四首。除长短句歌词七十首外，其余即为五七言律绝，皆以白话为之。其内容，大致三个方面：记述大小政事，赞颂贤达先进；描绘山川风物，抒写高远怀抱；叙说夫妻情感，歌咏百年姻缘。有关专家、学者，已就其第一方面作品所体现之史诗价值，作了详尽解说，并予充分肯定。这对于了解马氏之作为一位爱国者的心路历程，当颇有助益。本文不准备在这一方面多加引申，而想于第二、三方面，亦即于雅颂之外，着重于风，诸如风土、风情等，说点观感，以为了解作为诗人、词人之马氏，提供某些参考意见。

马氏于濠江立业之初，国难当前。其“刻苦筹谋”，既希望家业再兴，又深祈国土重光。所谓“关心国事，无时忘怀”（《濠江立业》），马氏乃“赤胆无私”（《与柯麟为镜湖医院服务》），与万众同仇（《同仇抗战》），坚定地维护国家、民族利益。于是，马氏不仅能于各大历史关头，站稳立场，而且因商务或政事观光万里，阅历九州名胜、域外风物，也处处寄寓其怀抱，表现一种积极、乐观的向上精神。例如《首都北京》：

三千气象显庄严，历代文华景仰瞻。
紫禁城中藏国粹，天安门外遍嫣妍。
长城云月八千里，帝殿风光数百年。
有幸登临朝圣地，平生告慰锦花添。

诗篇写于一九五〇年，题下小序称：“夏日到达北京，亲见京师庄严壮丽，祖国人民款待情殷。”这是马氏首次晋京。状写首都庄严壮丽气象，既有帝殿风光为依据，如紫禁城、天安门以及万里长城，又有人文珍藏作烘托，如文华、国粹等。因此，万千气象亦即有一定着落，与一般只是堆砌政治术语而空洞无物之标语口号诗不同。而其观感，以为有幸登临，“使此行锦上添花，真平生一大快事”，亦为一种自然体验，与一般只是说豪言壮语而无真实情感之革命顺口溜异趣。这是对于京师的第一印象。此五十六个字之精心构造，不但于布局谋篇，尤其对仗安排，甚见功力，如颈联之“长城云月八千里，帝殿风光数百年”，既工整又有气势，甚不平常。而且，更重要的乃在于立意，即以庄严壮丽之气象，展示高远怀抱及向上精神。这当也是赤子肝胆的体现。

又如《天净沙·松化道上》：

青松翠柳香花。拱桥溪水农家。柏道东风骏马。艳阳初夏，歌声嘹亮朝霞。

这是曲中小令，亦可作歌词看待。写于一九五七年夏，赴松化温泉途中。依马致远格式填制，布景、叙事，充满欢乐气氛，其怀抱及精神，同样真切可感。

五十年代以后，国运兴隆，马万祺所创事业，蓬勃发展，其诗词创作也进一步得以推广。尤其是一九五九年五月，于香港、广东、福建等地友好组成访问团，赴苏联以及东欧诸国，所到之处，都有诗词作品留存。其中，若干篇章虽颇带急就性质，大多写得极其浅白，却仍具有几多意味。

例如，《捷克首都布拉格》：

捷克机场八面通，东欧工业数其中。

人民生活称多彩，物质丰盈尚可崇。

又，《德意志民主共和国首都东柏林》：

一个柏林两面分，亲人阻隔不相亲。
同胞晤面成陌路，但愿常情早日申。

二诗一说经济，一说政治，题目都很大，但是因为二诗皆善于概括描述，以个别环节特别之处，如“八面通”及“两面分”，显示风土特征，所以，亦甚为清新可诵。

一九五九年十月，出访归来。此后，将近四十年，马氏曾先后到过朝鲜、新加坡、柬埔寨、泰国、日本、马来西亚、菲律宾、葡萄牙、比利时、荷兰、法国、意大利、瑞士、德国、英国以及美加诸国访问，并曾多次前往内地游历、探胜。因此，所作诗词富有多种风味。诸如：“星洲辞别访金边，圣地吴哥窟景妍。礼遇皇家歌舞剧，千年古艺壮山川。”（《访柬埔寨》）“绫罗岛上艳阳天，欢乐人群舞并肩。南北朝鲜统一日，三洲友好醉筵前。”（《绫罗岛》）“三日浦前贞淑迹，金刚山上木兰花。芬芳艳盖三千里，慧质丹心傲国家。”（《金刚山》）“马来西亚马华居，两族猜疑未尽除。若使真诚能互助，民丰物阜展通渠。”（《访问马来西亚》）等等。状写异国风物，颇见情趣。而另外许多篇章，记述九州游踪，也颇能体现其风貌。例如《宝成铁路列车上》：

蜀道难行古已然，宝成铁路陕连川。
来回叠洞工程巧，上下连山技术专。
车内团员同赞赏，途中词友共挥笺。
于今栈道非天险，纵有陈仓少着鞭。

诗篇写于一九五九年十月十一日，前往成都途中。正如小序称：“从宝鸡至成都，山峦重叠，路途险阻，交通至为不便。”而新筑之宝成铁路即将这段路途连接起来，使古已难行之蜀道变成通途，变成大道。诗篇所写即为此巨大变化。题材极其繁重，落笔极其轻巧，似乎毫不费力。

又如《访问成都》：

四川称天府，物阜与民丰。
巴蜀风光好，蓉城生聚隆。
离堆沃千里，宝铁畅西东。
祖国山河壮，亲情百族融。

诗篇写经济建设，由自然风光到社会人事，纵横交错，马到功成，同样若不经意。

（二）妻子好合，如鼓瑟琴

马万祺既有成功的事业，又有一个幸福的家。这一切，当与其美满姻缘密切相关。一九四三年，二十四岁。马氏于濠江立业之初，与罗氏柏心共结连理。罗柏心，澳门妇女运动创始人之一。一九二二年出生于广东番禺。广州沦陷后迁居香港，后来澳门。诗词选中有《成婚》诗云：

濠江创业稍从容，菽水承欢世俗同。
喜与柏心偕白首，灵犀一点两相通。

诗篇毫无修饰，放言直书，以为婚姻大事世俗皆同，但最为要紧的，乃在于灵犀相通。朴朴实实，表明当时感受，以见其“如皓月之洁”（诗篇所附小序）之崇高心志。这是马氏现存第一首爱情诗。诗词选中，这类篇章占有相当分量。说明马氏亦为一位重性情的诗人。

但是，马氏之所谓性情，并非仅仅局限于一般男女欢爱，而是包括理想、抱负在内的情怀、志趣，即心志。例如《蝶恋花·赠柏心妹》之写恋情，既着力描摹其形影相随、两情相悦，"笑我敬卿卿爱我"之恩爱情景，又极为强调其坚持真理、赤诚互勉，合力为家国之共同追求。这首词写于一九五六年六月，为马氏夫妇双双投身爱国行列及造福社会工作之真实记录。词章尽管于用韵方面尚未进一步加以协调，为率性而作，却仍十分顺畅。这当也是自然性情的一种体现。

共同的目标，坚固的基础，这是马氏事业成功、家庭幸福的动力。为此，马氏十分珍惜这一姻缘。一九五五年十一月，游览江南。马氏作《补度蜜月》。其序称："何香凝主任请余夫妇游览江南，廖承志同志笑谓：'此乃马先生之新婚蜜月旅行。'时余已结婚十三载，五男二女矣。而沿途真以新婚接待，足见廖公之亲切可爱也。"其诗云：

廖公款待遨苏杭，笑作新婚蜜月偿。
儿女成行超十载，沿途真个备新房。

诗篇十分浅白，但却十分实在，十分富人情味，十分温馨，真乃"亲切可爱"。一方面体现主人的隆情盛意，一方面表达作者感激之情及珍重之意，甚可一新耳目。

又，一九七三年元月十五日，结婚三十周年纪念，马氏有《忆江南》词及另一绝句《结婚三十周年》以寄怀抱。词与诗，依然十分浅白，纯是直说。但其将夫妻恩爱与爱国忠诚合在一起说，却也显得十分融洽。尤其是词中对句——"卅载情投同大道，百年心愿共新途"，则更加可见其遣词造句功力。因此，词与诗所说，尽管多为大道理，却不落俗套，同样可见其亲切的情与义。

《诗经》有云："妻子好合，如鼓瑟琴。兄弟既翕，和乐且湛。"

(《常棣》)这是中国传统的幸福家庭模式。马万祺为此努力创造，并且热情讴歌。结婚三十周年，曾赋诗填词庆贺，三十八周年，亦有《水调歌头》为纪念。词章上片云：“猴岁三冬日，新历上元时。远望京华霜雪，皎洁衬梅枝。转眼儿孙长大，又是繁荣家国，不枉此心痴。月圆人未老，潇洒度佳期。”度佳期，望京华，将儿孙长大与家国繁荣并列，表现其痴心追求。爱情、婚姻、家庭与祖国前途紧密联系在一起。这是马氏崇高心志的体现，也是为传统幸福家庭模式所增添的新内容。因此，词章下片，即在这一基础之上，进一步表达他们携手并进，为国家、民族之万众基业贡献力量的共同愿望。说情言志，一片赤诚。

一九九三年一月二日，金婚纪念。马氏又有《临江仙》，云：

纪念金婚情意重，喜逢经济腾飞。满怀欣慰庆佳期。儿孙承膝下，举案共齐眉。　　政策开明称盛世，江山如画如诗。和平统一正时宜。弟兄同御侮，祖国竞生辉。

马、罗二氏，成婚五十周年，情深意重。词章写作之时，正逢祖国经济腾飞，澳门特别行政区基本法起草完成，开放改革及和平统一事业，走向新的历程。因此，纪念金婚，其深重的情与意，即与对于开明盛世及如诗如画江山的情与意，完全融合在一起。——所谓传统幸福家庭，于此有了新的典范。这也就是“人间并蒂莲”（南怀瑾贺马氏金婚句）所显露的光辉。

在创业过程中，建造幸福家庭。马氏不仅以身作则，树立榜样，而且注重教育下一代，将此传统继承发扬光大。而今，七男二女，皆已大学毕业，投身社会工作。幸福家庭，儿孙满堂，显得更加美满。其对于子女的教育与期待，同样寄之以吟咏。例如，一九六二年所作《勉大儿有健》云：

三年困苦寻常事，应看前途美景妍。

万里长征俱已过，阳光指引寸心坚。

其时，所谓“三年困苦”，国家正面临着因历史上罕见自然灾害所造成的困难。而其子正在内地（西安冶金学院）就读。这是一次小小的考验。但所谓“书以勉之”，正表现其鲜明的态度及立场。

又如，一九七三年八月八日，二儿有恒与荣智婉在北京订婚，马氏有《长相思》云：

喜筵开，庆筵开，祖国兴隆颂主裁。欢欣共举杯。　亲友来，挚友来，一片真诚两不猜。恩情满载回。

荣智婉，荣毅仁女公子。主裁者，指主持这桩婚事诸友好。据云，马荣联姻，曾得到柯麟、廖承志、叶剑英诸老介绍及支持，并曾得到周恩来赞许。订婚仪式，宴请亲朋，充满和乐气氛。词章如实记载，即：用两个“开”字，将场面铺展；用一个“共”字，说场面中具体情景。而所谓“颂”，乃心中意愿，表示对于喜庆及兴隆与主裁的赞颂。这是上片。下片说场面中的人物活动。两个“来”字，表示众多；“两”，集中说一对小情侣。而恩与情，则又将家国之种种贯通融会，全词所说，不夸饰，无造作，平易近人，其心中一切皆自然流露，读之令人神往。新一代幸福家庭模式，当更加富有姿彩。

（三）握拨一弹，心弦立应

夏衍为《马万祺诗词选》所作序，曾引用鲁迅《摩罗诗力说》中两句话——“握拨一弹，心弦立应”，以赞颂其史诗价值。以为其中篇什，“无一不本爱国之深情”。因而，无论其咨嗟咏叹，或其寄怀纵目，都与民族国家之忧乐以及河山风景之兴替，紧密联系在一起。两句话，甚是发人深省：既说明马氏之所创作，乃发之于心声，故“其情挚，其言真”；又说明，其诗心跳动，活泼进取（艾青序《马万祺诗词选》二集语）。故其即兴吟咏，水到渠成，皆能自成篇章。亦即诗词选中作品四百余，尽管多数于繁忙商务及政事之余草拟而成，但因为具有“一弹”、“立应”之创造能力，其所成篇章，自然中规中矩，可讽可诵。这是十分难得的。

例如一九七九年十一月所作之《忆江南·重游桂林》：

桂林好，山水世无双。岩洞天然风景美，漓江好客水流长。还有桂花香。

词章说山说水，说所见独有风土人情及观感，属于一时兴到之作。虽非苦心经营，其构造却甚完美。既有总提，谓其美好无双，又有分列，具体加以表述。即谓：天然岩洞，神奇、美丽；多情江水，水流深长。而最后，以桂花香总结，更是耐人寻味。全篇语言浅白，笔调轻松，所表达情感既深且长，很不一般。

又如一九八八年元月所作之《蝶恋花·双喜》：

笑傲严冬天数九。香满华堂，敬谢亲情酒。革命元勋功不朽，同胞爱国无先后。　宝石婚姻非少有。世事波澜，但愿人长久。港澳换文多感受，兴华万众雄心赳。

所谓双喜，指的是马氏夫妇结婚四十五周年及中葡两国关于中国政府从一九九九年十二月二十日起恢复在澳门行使主权互相换文两件喜事。两件喜事，都于元月十五日来临。马氏以全国人民代表大会常务委员会委员及中华文学基金会副会长身份，在人民大会堂宴会厅举行盛大宴会，两件喜事，一起庆祝。词章所说，即为喜庆盛况及感受，亦属一时兴到之作。但是，词章将两件喜事，或大或小，或远或近，布置、安排得十分停当。有场面，有气氛，通篇洋溢着喜悦之情，同样很不一般。

这就是说，马氏所作，非常快速、敏捷。乍一看，也许觉得，有点过于直露，过于浅显，实际上，仔细琢磨，就将觉得，其中乃有一种深情厚意在，这是因其发之于心声的缘故。因此，马氏所作，尽管十分浅白，却是时下某些标语口号诗或顺口溜所无法比拟的。其所谓不一般之处，就在于此。这是我读马氏白话诗词的初步印象。

在对于马氏白话诗词进行粗略评赏之后，这里，似当顺便说说有关写作训练问题。作为诗的国度，照理说，多出一些诗人、词人，那是极为平常的事。但自从本世纪以来，经过多次“文化革命”，古典诗词这一传统文学样式，因一再被当作旧文化而遭到排斥，有关写作训练便得不到重视。例如：“五四”新文化运动以后，二三十年代一位致力于对宋词进行“有条理的研究和系统的叙述”的词论家，亦即被推尊为“在新文学观念的鼓舞下和胡适词学思想的影响下进行词学研究的”词论家，就曾明确宣称，其所研究和叙述，主要在“词学”，而非“学词”，即“不会告诉读者怎样去学习填词”。这位词论家认为：“词体在五百年前便死了！”因而，“极端反对现在的我们，还去填词”。这是中国词史上第一位只说不做的词论家。当时，作为“现在的我们”，追随者仍不甚多见。而一九四九年后，这位词论家的经验，却在诗国得到全面推广。于是，出现这样一种现象：研究诗词的学者、专家，大多未能写诗填词；传习诗词的教授、讲师，甚少识得如法炮制。这当是不重视写作训练的结果。

前些年，从友人处获知：有位名牌大学教授、词学家，如以时下风习，应当于其头衔之上，冠之以“著名的”三个字。但此公不识填词，也不会顺口溜。有一次，外出参加学术研讨会。东道主闻其声名，早备纸笔侍候。此公甚老实，说明不会，但对方就是不信，以为谦虚，穷追不舍，直将纸笔摆放到其下榻处，急得此公未敢返回午休。又有一位同样够得上“著名的”这一级别的学者，率团出访，遇上同样问题。此学者不加说明，也不推让，径将“海内存知己，天涯若比邻”之“内”改作“外”，即大模大样地题将起来。虽得安枕无忧，但也不能不自暴其短。这都是不重视写作训练的结果。

最近几年，诗会、词会处处涌现，金奖、银奖，赛事不断。但诗坛、词坛，仍然问题多多。一方面，至今大多数专门研究机构及高等学府，一些研究、讲授诗词的人，照旧只说不做，大批高谈阔论有关艺术风格及审美特征之诗词论著，与写作无关。另一方面，社会上某些人士，将诗词写作看得太简单，以为凑上五十六个字，就是一首七律，挂上一块招牌，如“满江红”或“念奴娇”，就是一首词。于是，所谓空洞无物之标语口号诗及顺口溜，乃至一些只是顾及字数而全然不理会平仄韵部之所谓“诗”或“词”，到处泛滥。这当也是不重视写作训练的结果。

以上所说，就诗国现状看，虽不能概括总体，但也并非个别现象。因为所谓标语口号诗、顺口溜以及众多不合格品，随时都可在某些有影响的报刊上寻见。尤其是大赛大奖，作品成千上万，此类篇章就更加占有分量。三十几年前，针对诗坛、词坛混乱现象，曾经主持《人民日报》工作的邓拓就提出忠告：“你最好不要采用旧的律诗、绝句和各种词牌。例如，你用了《满江红》的词牌，而不按照它的格律，那么，最好另外起一个词牌的名字，如《满江黑》，以便与《满江红》相区别。”而今看来，邓拓的话并未过时。因此，在这一背景下，马氏诗词选出版，我看很有意义。即：作为一位实业家，其所作既循规蹈矩，又富有情趣，不失诗人本色。这不仅予诗坛、词坛某些胡作非为者以警策，对于学界某些不为或不能者以鞭策，而且对有志于此道者，也是一种鼓舞。

三、佟立章晚晴诗词印象

（一）苦吟卅载，万首诗成

佟立章，广东南海人。一九二三年生。广州国民大学夜校肄业。长期从事文化、教育、新闻工作。现为澳门《华侨报》副总编辑，并兼任澳门中华诗词学会副会长等职。自幼与文学结缘，曾创作大量新体诗歌、新体散文以及多部中、长篇小说与广播剧，并曾创作大量古体诗词，乃澳门一位专门以爬格子为生的文化人。几十年来，夜以继日，笔耕不辍。据云：早年积稿包括各类文章剪报，无处堆放，暂时藏入车房，后受白蚁侵蚀，未敢取回，通通以大货车装去填海。而古体诗词，散见于澳门各报纸杂志，则有上万之数。这是个惊人的数字。论者以为，陆游以“六十年间万首诗”，称誉古诗坛，而今代之高产作者，当推佟立章。但是，由于只管耕耘，不顾收获，万首诗章，至今尚未整理结集。目前，欲窥全豹，仍有一定困难。因此，也是为了方便，只好就佟氏所赠两个本子——《晚晴楼诗》及《三径吟秋》入手，并参照澳门有关诗词选集及诗词杂志所收佟氏作品，进行初步探讨。

佟氏《晚晴楼诗》，收录古近体诗九十二首、词十首、对联一副，由林少明手书，澳门政府教育司一九八九年六月出版。《三径吟秋》为诗画集，叶泉画菊，佟氏题诗。一诗配一画，计七言绝句五十七首。澳门市政厅、澳门基金会、澳门教育司、澳门文化司署、澳门教育文化艺术协会，一九九三年间联合出版。而《澳门四百年诗选》、《澳门当代诗词选》及《镜海诗词》创刊号至第五期所收佟氏作品二百七十一首。除《题叶泉菊花图》十首及《庐园寻梅》等十余首重见以外，数项相加，合四百余首。这是案头现成资料。从数量上看，四百对一万，显然不太相称。但是，如以此作为抽查样品，即于管中窥豹，仍然可望探知大概。

首先，就初步阅读可知：万首诗词，来之不易。

例如，《晚晴楼诗》所录《检视旧作》云：

自是悲欢欲辨难，未应心力枉抛残。
九千日里乌丝字，都是回肠寸寸丹。

每日一诗，九千日，将近万首诗。诗章所说，几乎可以代表全体。亦悲亦欢，心力抛残，说明字字乌丝，都由寸寸回肠所化成。个中滋味，只有自己才最清楚。二十八个字，已道尽佟氏诗书生涯之一切。

例如，《镜海诗词》第四期所载佟氏《夜残成诗复拈四韵》云：

思深无寐伫天明，辛苦推敲到韵成。
惝恍有情腾未已，遣怀宁得罢吟声。

又，《感怀示赠诗人》云：

犹欲登高引远眸，壮怀忍令付奔流。
明朝纵有春如海，花自生香人白头。

二诗或谓辛苦推敲，吟声难罢，或谓登高望远，壮心不已。既可作为抛残心力的注脚，又是寸寸丹心的体现。待得明朝，春潮如海，百花竞艳，即使人已白头，也自心甘。因为诗人，已经立下志愿："扬灰煅骨作春泥。"(《访梅》)这是我读佟氏诗词的第一印象。

其次，佟立章各体诗词，技法圆熟，各具本色。

佟氏创作，大致各体兼备，而以七言绝句及令曲小词尤为擅长。所作菊花诗五十七首，皆为七言绝句。其作法，或凭借神韵，信口而成，或依据事理，专重转合，大多颇得其佳处。例如：

嘉名海日意殊常，风朵红生滟滟光。
袭取水宫仙子貌，凌波冉冉染裾香。

憔悴年年泪暗倾，分明未泯旧心盟。
西风帘卷斜阳里，说与黄花未悔情。

二诗写菊花。一曰：海日。一曰：帘卷西风。谓嘉名含意，甚不寻常。轻盈一朵，浮动艳光。必定袭取，水宫仙子，美好形貌，所以凌波而至，裙裾生香。谓憔悴年年，暗倾热泪。旧时心盟，难以泯灭。帘卷西风，夕阳残照，只好共黄花，相与诉说，未悔之情。前者咏物，尚能顾及物之形与理。后者咏物，完全将物异化，只管说自己心中之形与理。若即若离，一任思绪之自由驰骋，颇能见其才情，这是所谓“诗以神行”之具体事例。

又如：

金精结体水为廓，碧玉城中倏现身。
坐拥名花成一笑，餐英吾亦得忘贫。
远离尘垢净无瑕，玉骨珊珊气有华。
佳色由来非易得，直须寻梦到天涯。

诗篇所咏，一为碧玉城，一为天涯柳色，亦菊花名称。与前二例相比，二诗虽亦即兴之作，但其法度却甚严谨。即：皆于一、二句赋物形，于三、四句赋物理。并且皆于第三句用功夫，而将第四句作推宕，或作指点。因此，其由花之体态、神理，说及人之餐英、忘贫，或由眼前之珊珊玉骨，联想到天涯佳色，其用意，即其坐拥名花的愿望及对于佳色的追求，也就在推宕、指点中，自然而然得以体现。宛转变化，颇见技巧。这是所谓“篇法圆紧”之具体事例。

以上为绝句。至于长短句歌词，佟氏所作虽不甚多，但所见篇章，或言情述志，或吟咏风物，大多较为纯正，甚是出色当行。例如《眼儿媚》：

当时寄食托殊乡，年少忒荒唐。行云阶下，曙星帘外，试觑梅妆。
韶光忍问东流水，青鬓已凝霜。也应无憾，肯将颦笑，都付诗囊。

上片说少年时事，下片说而今景况。两相对照，表现其“未悔情”。真诚、坦率，而又十分决绝。所谓“诗痴”或“情痴”，这当是最好说明。

绝句与歌词如此，其他体裁，例如五七言古诗，亦甚见功力。

（二）豪博小怡，皆慎戒之

赌城澳门，号称世界娱乐之都，犬马声色，样样齐全。自然景观，诸如八景、十景一类，虽不断发掘、不断增添，但其可占据之地理位置乃极其有限。而人文景观，东西交汇，层出不穷，无可限量。一般游客到此，往往以一天、半天，或者一两个小时，赶访各风景点，其余，即“通宵营业”，随意寻探各种人文景观。诸景中，最有吸引力的，自然是被称作“雀笼”之葡京娱乐场，这是澳门的一个重要标志。

佟立章作为赌城澳门的一位文化人，多情多感，其对于诸景中之众生百相，不可能充耳不闻，熟视无睹。所作诗词，从各种不同角度，体现其观感。

一九九二年出版的《镜海诗词》第二期刊载佟氏《宵深于编辑室审稿竣率尔赋此》云：

乖离世态太纷纭，暴力纵横到丑闻。
更觉胸前心血荡，苍穹悬目接初昕。

所谓暴力、丑闻，心血震荡，这是对于社会治安及社会道德等问题的深切忧虑。

一九九六年出版的《镜海诗词》第五期刊载佟氏五言古诗二首，其一《哀世风》云：

举世重金钱，痴儿坚情义。
铸情易戕身，行义短衣食。

芸芸斯众生，锱铢惟逐利。
论事祟奢谈，言行每多伪。
剽窃逞己私，惑人恒作祟。
世倘无痴儿，天地亦魑魅。
但求安其心，毋辨愚与智。

诗篇将金钱与情义对举，谓芸芸众生，惟利是图，奢谈、多伪、剽窃、惑人，只是为一己私利；而自己则愿坚守情义，即使“易戕身”或“短衣食”，也在所不惜。这是对于日下之世风的批评与揭露。

其二《葡京娱乐场即事示友》云：

闹市矗高楼，如笼亦如刃。
人流烟雾中，赴膻若蚁阵。
惟闻呼卢声，是间无禁政。
摇曳转轮盘，飞牌俨行令。
听骰复辨色，大小互猜竞。
腰缠万贯来，散似流水迅。
忐忑投手间，囊空未悔吝。
踉跄奔典肆，乞贷如饥馑。
继作高利囚，苍颜惨灰烬。
一身债难偿，倾家妻儿殉。
一身债待赎，含羞搔云鬓。
小赌岂怡情，大赌能致命。
奈何赌命者，此理未深信。
豪博与小怡，两者戒之慎。
人溺知己溺，屈刀堪为镜。

诗篇写赌场，谓其“如笼亦如刃”，并以典型事例，反证经理部“敬告”——“博彩无不胜，轻注好怡情。闲钱来玩耍，保持娱乐性。”——以为“豪博与小怡，两者戒之慎”，可看作一首戒赌的劝世歌。

佟氏五古继承中国古代乐府民歌所谓“感于哀乐，缘事而发”的传统，注重写实，多所感发，并且十分突出讽喻意义。佟氏所写，尽管只是诸景中的某个侧面，而并非整体，但其所感发，却体现出赌城一位文化人的价值取向。这是应当引起注意的。

那么，作为一位文化人，长期生活在这座小城，佟立章究竟有何理想与追求，亦即如何看待社会人生？几首小诗，似可回答这一问题。例如《自笑》：

自笑平生不了痴，未沦穷饿尚耽诗。
只缘回梦嗑红叶，一片秋心落砚池。

又如《与陆觉鸣茗叙》：

沦杯新沏若蒸霞，君慕咖啡我品茶。
岂是书生无一用，最关情处只桑麻。

又如《家居即景》：

长条新梦绿无涯，聊喜阳台学种瓜。
蕞尔蜗儿真自乐，一椽堪寄即为家。

诗篇道及三种情事：耽诗、品茶及种瓜。耽诗者，乃因红叶题诗、情缘未了之故也。四十年来，欲死欲生，几乎都为了这一情事。这是下文所将详加说明的。而品茶及种瓜，这是赌城中书生自得其乐的一种生活方式。“君慕咖啡我品茶”，西方、东方两种文化并存，又有鲜明的倾向性。三种情事，具体体现其生活情趣，也明白体现其社会观及人生观。三种情事，三方面题材范围，构成佟氏晚晴诗词的三个重要题目（主题）。其余篇章，即可看作其说明与补充。

例如《江行观日落述怀》：

引路天风我独行，江堤潮落又潮盈。
有生未了惟诗债，投老全真识玉清。
不易逢人输肺腑，应知拭目辨阴晴。
日轮跳荡沉犹壮，听彻飞涛裂石声。

诗篇题称“江行观日落述怀”，乃面对江潮与落日抒写观感。即谓江潮有落有盈，而我则一身诗债，有生未了；我生世上，独来独往，虽不易与人尽输肺腑，但仍具备对于阴与晴的辨别能力，正像跳荡着的落日一般，虽沉犹壮。诗篇写景、写人（我），富有性情，使得景与人（我）完全融为一体。尤其是结处之“听彻飞涛裂石声”，既为眼前实景，又是诗人心境之体现。所谓理想与追求，当不难领会得到。

又如《读报有感》：

有幸为诗客，无能作桀雄。
不求附骥足，终未薄雕虫。
天地凭增色，江山起壮容。
遥思宁得已，斜照漾青丛。

诗篇前解以“诗客”与“桀雄”对举，并以“雕虫”与“骥足”对举，两相对照，表明自己的选择；后解说意愿，谓其为诗客、作雕虫，欲令天地增色、江山壮容，即使黄昏已近，亦欲令其余晖（斜照）将青从照耀。未曾揭示报上有关感发对象，只是直说其理想追求，自然显得更加坚定不移。

因此，佟氏曾一再表示："未因忧患识时宜"，或者"沉浮未解识时宜"。佟氏坚信，尽管世味多艰，世变难测，而其仍然爱恶分明，痴顽到底，其初衷或素心，绝不因为一时私念而有所改变（参见《品茶》、《视友》）。所谓"屹立知非易，推诚人笑痴。惟欣忘世味，一日一新诗"（《案前戏作》），正是其理想与追求的实际体现。

（三）梅花体态，心上倩影

近代以来，凡是多情多感的诗人墨客，多半喜欢晏小山。例如沈祖棻尝戏云："情愿给晏叔原当丫头。"而吴世昌则云："我平生为词，亦经小山以入清真、稼轩，而不听止庵之'问途碧山'，与《涉江词》作者虽同时而不相见，徒能读其遗书，痛其惨死，亦人间之恨事也。"沈、吴二氏之所以喜欢小山，就思想根源看，当由于一个"痴"字。对此，黄庭坚曾有具体说明："余尝论叔原，固人英也，其痴亦自绝人。爱叔原者，皆愠而问其目。曰：仕宦连蹇，而不能一傍贵人之门，是一痴也；论文自有体，不肯一作新进士语，此又一痴也；费资千百万，家人寒饥而面有孺子之色，此又一痴也；人百负之而不恨，已信人终不疑其欺已，此又一痴也。乃共以为然。"即，小山之痴，大致体现于四个方面。我不知道，佟立章之写诗填词，是否同样倾心于晏小山，未见明言。但据其所作，所谓诗痴与情痴，我看已达到相当痴迷的地步。这一点，步峰《佟诗札记》已指出，并以之与陆游作比较，说明其痴迷乃有过之而无不及。相信佟氏亦有同感。这是我所以提起晏小山的缘故，说明佟氏之痴有一定根源，值得探讨。

首先，从一般意义上讲，我认为，佟氏其痴，主要在于一个情字。正如周邦彦《庆春宫》所云："许多烦恼，只为当时，一晌留情。"这是令其一生所无法了断的情。即使努力参禅，"参得禅三昧"，也不能将心魔驱赶（《题照》、《消夜倚枕作》）。

其次，从个别意义上讲，佟氏其痴，乃具有特殊含义，即其四十年来，旧梦重温，究竟是为着凭吊遗迹，还是为着追寻鸿影？这当中是有区别的。就有关篇章看，佟氏对其所留情者往往并不隐瞒，或者竟将名字点明。旧佳人，老地方，颇能见其踪迹。但是，佟氏所在乎的，是否就在于此？并不尽然。例如《卜算子·庐园遇旧》：

玉立并梅仙，情沸喧啼鸟。九曲回肠认小桥，筛落光幽俏。黯欲问天宫，刚是新晴好。一径飘萧柳色娇，忍令佳人老。

词章所写，实有其人，即旧佳人也，而且在老地方。这一切，词题均明白标榜。其时，佳人出现，"情沸喧啼鸟"，确实颇受惊动。不过，这一惊动，却不因为佳人重现，而因为佳人老去。看：刚刚分明大好晴天，为何一下子黯淡无光？一路都是娇娆柳色，能忍心让佳人独自老去吗？这一惊动，实际上就是一种感觉，一种实实在在的感觉。只不过是，这种感觉已非当时的感觉。这并不是佟氏所愿意得到的一种感觉。这说明：佟氏重温旧梦，往往寄托于梦中及心上。这就是当时并非为着再拾旧欢，回到原来地方去。所以，佟氏之所追寻，往往寄托于梦中及心上。这就是当时所留下的青春影相——惊鸿影。例如《牡丹诗》：

为君初写牡丹诗，坐对图开倾国姿。
破梦欲寻惊倩影，香腴双靥玉为肌。

又如《摊破浣溪沙》：

少想当年迴向尘。梅花体态玉精神。行见星星乍飘白，一绢云。
香暖诗囊初铸句，风窥灯火尚留痕。长系青春心上影，眼前人。

诗篇、词章所写的一切——双靥肌肤，体态精神，都是当年所留的第一印象，即当时的感觉。佟氏一生所不能忘怀的正在于此。

佟立章平生，痴迷于情，执着于爱。然其既已将不舍之追寻，寄托在梦中心上，其对于情与爱的见解，也就不同一般。例如《园中留题》：

偶尔何妨载酒行，百般不了只心盟。
尘寰无爱成何世，爱到梅花未滥情。

诗篇有意将两种各自相对的事相——载酒行与只心盟、爱与未滥情，铺排展示，以表现其独特的爱情观。即谓：偶然之间，可能也曾浪迹江湖，但其牢牢记住的只是心上的盟约。人世间尽管到处都充满着爱，但他未曾滥用感情，而只是爱怜梅花。

为此，佟氏即将其一切情爱用在梅花上。而荷花、菊花以及柳树，包括所有雪月风花，即可看作对于梅花的补充。这就是佟氏所痴迷及执着追寻的心上影。所以，佟氏晚晴诗词，尽管多写花、写月，却不可当一般吟弄风月之作看待。其所写风花雪月，有人在，又有性情在。诸如："荒诞原知幻作真，奔腾空想渡云津。心宫自有嫦娥在，低首甘为拜月人。"（《中秋节前夕遣怀》）"登盘金饼泛西风，佳夕其谁笑语同。负此清圆不看月，嘘寒梦到小楼东。"（《中秋节漫赋》）"不辜前约此徘徊，菡萏连云十里开。休笑诗情如水漾，梦魂曾为抱香来。"（《重访白藤湖荷花》）"九曲桥横碧水池，频年并影误心期。知情独有回春柳，为借回风一扫眉。"（《春朝卢园访柳》）"只许相怜未许亲，已非青鬓眼前人。回黄转绿年年事，流逝无端又一春。"（《春末探柳》）等等。这些诗篇，或者既将心上影幻想在月宫，又埋怨月圆人未圆，不再拜月而梦小楼东——碧落、黄泉，上下求索；或者既抱香人梦、望柳展眉，欣喜不辜前约，又未敢相亲，谓青鬓已改，非复眼前人，无端地恼怒起流逝的春光来。所谓无理而妙，通篇都是痴情人语。这都是佟氏其人、其真性情的生动体现。

正因为如此，四十年来，痴迷执着，佟氏乃以其全部心力，偿还诗债与情债。所谓"抛残岁月未相忘，飘渺神光水一方。不尽绵绵无限意，在衣为领带环裳"(《有忆》)。佟氏明明知道，其追寻目标，犹如飘渺神光一般，可望而不可即；其追寻结果，只能是无有断绝之期的怨与恨，而其仍然不羁、未悔，继续追寻，即使"扬灰煅骨"，也将化作春泥，培护其心上的花。可见，其对于诗歌及爱情的态度，乃何等决绝。这是我读佟氏晚晴诗词的总体印象。

——原载《今词达变》，澳门大学出版中心一九九九年版

诗运与时运

——二十一世纪诗坛预测

孔夫子考察子贡，看其可不可与言诗，有无资格与言诗，其中有个条件就是，告诸往能否知来者。可见，所谓知来者，亦即预测，实际上就是对于往的一种回顾与反省，主要看能否从中吸取点什么。故此，对于本文，亦当只作一般文章看待。全文三个部分：第一部分，关于诗词读本的出版状况以及诗界、词界领袖人物的预测；第二部分，中国诗坛“双向流动”现象——新体白话诗与旧体格律诗的生死搏斗；第三部分，总结经验，预示未来。

一

中国传统诗词，自两千多年前的古歌、古谚谣，到《诗经》、《楚辞》，到汉魏乐府，到五言、七言古诗，到唐代近体诗，到宋词、元曲，乃至于当今的各种流行歌曲，品种繁富，姿彩各异，为大中华的文明建设，提供宝贵资源。二十世纪，对于新诗与旧诗，亦即新体白话诗与旧体格律诗，两种不同的诗歌样式，究竟孰胜孰负，孰存孰亡，这么一类问题，纷争不已。直至世纪之末，权威出现。谓：“大路朝天，各走半边。”[①] 新诗与旧诗，方才相安无事。

我这里所说旧诗，所指乃一般的古典诗词。这一种诗歌样式，通常被叫做旧体诗，或者古体诗。这是相对于新体白话诗而说的，因称之为旧体格律诗。二十世纪，自从胡适声称五百余年来诗词为“半死之诗词”[2]，旧体格律诗就一直不得翻身。既不受史家的重视，作者与读者也不敢正面对待。世纪之末，旧体格律诗与新体白话诗，平起平坐，平分秋色。这是一件大好事。但是，也有让人忧虑的问题。比如：大家都来写作旧体诗词，大家都是诗人。诗坛上，既有诗官，又有官诗；既有诗商，又有商诗。各种各样的交易，各种各样的诗集与词集。有序、有跋，有题、有赞，风头十足。无论自己出钱买书号出版，还是不要书号。应有尽有，令人应接不暇。这一状况，究竟好或者不好？其发展前景又将如何？一九九九年十二月三十一日，在新世纪到来之前，香港《大公报》艺林副刊以《百年回顾，迈向新世纪》为题，刊登程千帆、饶宗颐、王伯敏、葛路、朱金城等十四名学者文章，以表达观感。应主事者之邀，对于二十一世纪诗坛，本人亦曾尝试作了两项预测。

第一，出版读物：从经典读本到经典读本。

第二，领袖人物：（1）从胡适之到胡适之。（2）从王海宁到吴海宁。

两项预测，通过回顾以往以展示未来。出版读物，是有关诗词的阐释文本。二十世纪，从五十年代到九十年代，五十年间，真真正正走了一个大圆圈。先是诗界前辈的几部读本，如余冠英的《诗经选注》、《汉魏六朝诗选注》，冯至、浦江清的《杜甫诗选》，以及钱锺书的《宋诗选注》，甚是受到欢迎，堪称经典；再是鉴赏热的出现，带抄连炒，将原有作品解读变成诗学辞典、词学辞典，而所谓美学阐释及文化阐释，又将原有诗学之发明，换上玄学包装，两个方面的读本，充塞市场，掩盖万有；最后是白文文本出现，预示一切将从头来过。白文文本，不加任何注释、品评之读本。这是对于抄风、炒风以及玄学之风的反动。新旧世纪之交，由上海古籍出版社刊行有关《诗经》、《楚辞》、《乐府诗集》以及陶渊明、谢灵运、王维、李白、韩愈、杜牧等作品全集，即为其中精品。二十世纪，出版界之由经典读本到鉴赏辞典，由鉴赏辞典到阐释文本（美学阐释以及文化阐释），由阐释文本到白文文本，其种种迹象，已清楚表明，二十一世纪的出版读物，必将返回经典。而所谓经典，则应当包括经得起时间考验的读本，有清代或清代以前之所传，亦有近人之所述作。对于出版界所出现的这么一种循环，于世纪之末，在有关文章中，本人曾以下列程序对之加以描述。

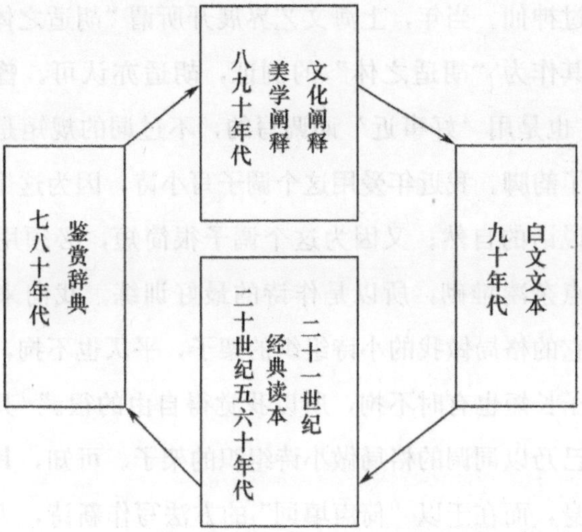

至于领袖人物，说的是新体白话诗的出路以及词学批评模式的运用问题。新体白话诗，从它的诞生，到成长、壮大，到困惑、迷茫，至今已将近一百年。在这一期间，词学研究经历其开拓期、发展期，乃至蜕变期，同样处于困惑、迷茫状态。谓：从胡适之到胡适之。指新诗旗手，除了胡适之外，还应当是胡适之。一百年前，胡适领导文学革命，试图"为大中华，造新文学"（胡适《沁园春》）。在以白话写作新诗过程，有"胡适之体"，为展示康庄。"胡适之体"是以白话（或口语）创造的格式解放、体质充实、风格诙谐的新词体，可称之为"解放体"，或"白话体"，与大陆诗坛所通行的"干部体"相当。为诗？为词？身份并不怎么明确。例如《飞行小赞》：

看尽柳州山，看遍桂林山水。天上不须半日，地上五千里。　古人辛苦学神仙，要守百千戒。看我不修不炼，也腾云无碍。

这是一首词，也可以说是一首诗。一九三五年四月七日，发表于北平《独立评论》第一四五号，后收入《尝试后集》。前四句说“飞行”，不须半天时间，便看尽柳州、桂林山水；后四句为“赞”，不修不炼，腾云无碍，赛过神仙。当年，上海文艺界展开所谓“胡适之体新诗”的讨论，有人将其作为“胡适之体”的例证，胡适亦认可。曾说：“其实‘飞行小赞’也是用‘好事近’词调写的，不过词的规矩是上下两半同韵，我却换了韵脚。我近年爱用这个调子写小诗，因为这个调子最不整齐，颇近于说话的自然；又因为这个调子很简短，必须用最简练的句子，不许有点杂凑堆砌，所以是作诗的最好训练。我向来喜欢这个调子，偶然用它的格局做我的小诗组织的架子，平仄也不拘，韵脚也可换可不换，句子长短也有时不拘，所以我觉得自由的很。”③其时，胡适明白指出，自己乃以词调的格局做小诗组织的架子。可知，其用意似乎已不在作品本身，而在于以“倚声填词”的方法写作新诗，为新体白话诗创作开辟新路。不过，对于胡适的用意，无论新诗作者，或者旧诗作者，亦无论当时的诗评家，或者后来的诗评家，几乎都不曾理会。故此，世纪之末，我曾以《旧文学之不幸与新文学之可悲哀——二十世纪对于胡适之错解及误导》为题，写了一篇文章，以表达观感。以为胡适的“文学革命”，令旧文学白白挨了一刀，新文学对之也并不领情。进入二十一世纪，诗界倘若还有什么革命的话，不知是否仍将胡适的帅旗扛将出来。谓：从王海宁到吴海宁。指词界领袖人物，于王海宁之后就是吴海宁。两个海宁，一个是王国维，另一吴世昌，皆浙江海宁人氏。二氏生世艰难，而都颇具开拓精神。王国维倡导境界说，创立中国新词学。王之前，词的批评模式是本色论，以似（词）与非似（词）论优劣，属于旧词学；王之后，推行境界说，以有（境界）与无有（境界）

定高下，属于新词学。王国维堪称中国当代词学（新词学）之父。二三十年代，境界说被推演为风格论，由“词以境界为最上”，变成“词以豪放为最上”。之后数十年，直至蜕变期的反思探索阶段（一九八五年至一九九五年），某些具一定创造精神的论者，包括风格论者，相继认祖归宗，回归境界说。吴世昌标举结构分析法，以生（联系）与无生（联系）为中介，通过事，将物与我、景与情，联系在一起；使情、景、事三者重新组合，造出另一境，以达到美学上的最高要求。由结构分析法到词体结构论，为词学本体理论的确立奠定基础。二十世纪，境界说之被异化及再造，从离开本位到回归本位，无论其反面，或者正面，都源自王国维，乃王国维的世纪；而词体结构论，不知何故，却颇难获得认同。进入二十一世纪，由李清照、王国维、吴世昌所建造的三座里程碑，三种批评模式，传统词学本色论、现代词学境界说、新变词体结构论，随着词学新生代的崛起，也许将越来越引起注视。

两项预测，前者从图书市场的变化，看读者的价值取向；后者从批评模式的转换，看词学学科的衰微与兴盛。

二〇〇〇年四月，在中国首届宋代文学国际研讨会闭幕式讲话，曾说及这两项预测。详见拙文《以批评模式看宋代文学研究》，载《新宋学》第一辑。以下，准备说第三项预测，关于旧体格律诗的创作问题。

二

一九一六年七月二十二日，胡适第一个尝试以白话文创作新诗。二十世纪中国诗坛，新体白话诗与旧体格律诗，因此进入激烈的阵地争夺战。将近一百年时间，如果将诗运与时运联系在一起，进行综合考察，那么，新体白话诗与旧体格律诗的争夺过程，即可划分为两个阶段。一九一六年至一九七六年，为第一阶段，六十年；一九七六年至二〇三六年，为第二阶段，亦六十年。第一阶段，已成为过去；第二阶段，方才过去一半。所谓"国家不幸诗家幸，赋到沧桑句便工"（赵翼《题遗山诗》），诗之工与不工，与时运究竟有何牵连？于这两个阶段，应可获知大概。

第一阶段（一九一六年至一九七六年）：旧体格律诗之死而复生

二十世纪，由胡适所引起的新体白话诗与旧体格律诗的争夺战，在一定意义上讲，就是两种不同诗歌样式的生死搏斗。但是，六十年间，旧体格律诗与新体白话诗，却并非完全处于互不兼容、互相排斥，或者互相替代的状态，而曾两次相互调换位置，各自朝着相反的方向流动。一次是旧诗向新诗的流动，另一次是新诗向旧诗的流动。两次流动，我曾称之为当代中国诗坛"双向流动"现象。在中国诗歌发展史上，这当是十分有趣的一种现象。不过，这一现象的出现，并非偶然，就新体白话诗与旧体格律诗的发展趋势看，这是两次生死轮回的必然结果。

（一）新体白话诗与旧体格律诗的第一次生死轮回

胡适所作第一首白话诗——《答梅觐庄》，计一百余句，一千多字。时，就读纽约哥伦比亚大学。原本只是友朋间有关死字、活字问题的争辩；没想到，事情越弄越大，竟"引起了一场大笔战"。事缘当年，《留美学生季刊》同仁在绮色佳聚会，任叔永有四言长诗《泛湖即事》寄胡适。胡适看后写信说：诗中所用"言"字"载"字，皆系死字；"猜谜赌胜，载笑载言"二句，上句为二十世纪活字，下句为三千年前之死句，殊不相称也。叔永不服，回信辩驳；而梅光迪（觐庄）则致书代抱不平。谓文学革命"非尽屏古人所用之字，而另以俗语白话代之之谓也"④。以此之故，胡适做了这首白话游戏诗进行答辩。但是，正因为如此，所谓新文学与旧文学以及活文学与死文学，才有后来一系列事件的发生。

这里，先看看胡适当时，究竟是怎样将事情做大的。一九一六年八月二十一日，胡适日记记载：

我主张用白话作诗，友朋中很多反对的。其实人各有志，不必强同。我亦不必因有人反对遂不主张白话。他人亦不必都用白话作诗。白话作诗不过是我所主张的“新文学”的一部分。前日写信与朱经农说：

新文学之要点，约有八章：

(1) 不用典。

(2) 不用陈套语。

(3) 不讲对仗。

(4) 不避俗语（不嫌以白话作诗词）。

(5) 须讲究文法。

——以上为形式的方面。

(6) 不作无病之呻吟。

(7) 不摹仿古人。

(8) 须言之有物。

——以上为精神（内容）的方面。能有八事的五六，便与“死文学”不同，正不必全用白话。白话乃是我一人所要办的实地试验。倘有愿从我的，无不欢迎，却不必强拉人到我的实验室中来，他人也不必要捣毁我的试验室。⑤

在与友朋的答辩过程，胡适尽量避免意气用事，考虑问题，都较切合实际，并且善于从对面设想，于另一个角度进行反省。胡适深知，人各有志，不必强同。因将自己的主张，归结为新文学八事。依此八事，进而撰成《文学改良刍议》一文，以为“文学革命”纲领。就方法论而言，这是从个别到一般的提升。而实际效果，即将朋友间的答辩，纳入“文学革命”轨道，令其以白话作诗的主张，成为“新文学”的一部分。

一九一七年一月一日，胡适《文学改良刍议》一文于《新青年》杂志二卷五号发表。二月一日，陈独秀《文学革命论》一文亦于《新青年》杂志二卷六号发表。此时此刻，诗运与时运，已巧妙地连接在一起。因而，这场“大笔战”，也就不单单是友朋间的事情。当时，《新青年》的主编是陈独秀。其二卷五号，除刊登胡适的文，还刊登胡适的白话诗《蝴蝶》。一九一八年，四卷一号（一月十五日出版），刊登胡适、刘半农、沈尹默三人白话诗九首。《新青年》遂成为最早发表白话诗的刊物。至一九一九年，《新青年》外，并有《星期日》、《觉悟》、《星期评论》、《工学月刊》、《学灯》、《少年中国》、《新生活》、《新潮》、《平民教育》等杂志及报纸副刊，亦相继刊登白话诗。一九二〇年，胡适《尝试集》及另外两部新诗集（《新诗集》及《分类白话诗选》）出版。所谓时势造英雄，胡适之作为“文化革命”的旗手，局面已经展开，地位亦已经奠定。可以这么说，中国的新体白话诗，是借着“五四”新文化运动的声势而兴起的。

“五四”新文化运动，以白话文著书立说，“警辟之至，大快人心”（鲁迅语）[6]；以白话文创作新体诗，当其初起之时，生机蓬勃，甚是引人注目。而旧体格律诗，随着旧文化、旧文学之遭受抨击，则出现濒临绝境的危机。其时，若干旧诗作者，如沈尹默、俞平伯诸氏，纷纷改途易辙，写作新诗。于是，诗坛上出现第一次流动，乃旧诗向新诗的流动。

沈尹默，“五四”之前已有诗名，“五四”时期为《新青年》编辑之一。俞平伯，四代家学，旧学根基深厚，一九一六年所作五律《丙辰上巳公园》，技法已甚圆熟。沈、俞二氏，尤其是俞，其对于刚刚出世的中国新诗的发展，有着举足轻重的作用。新体白话诗出现，有反对者指出：“你们这班人都没有诗人的天才，要来冒冒昧昧改造中国是决不行的，好比一个极好的题目，给‘冬烘先生’糟蹋了，你看《新青年》、《新潮》登载的白话诗，不中不西，像个甚么呢!”对此，俞平伯即予反驳，并说明：“不是我们大言不惭说我们的确有诗人的天才，我们并且还承认我们恐怕不是；但尽管不是天才，学做几首诗，也没有多大害处，果然真有极好的新体诗出现，我们自然愿意‘改途易辙’的。太阳出了，萤火灭了；雄鸡叫了，夜猫没有声音了；我们做萤火、夜猫的资格，谁还能说不够呢！我以为天才既没有一定的标准，也不是‘生而知之’的，我们是个现代的人做现代的诗，不论好坏，总没有甚么不可。至于谁是天才，谁不是天才，将来自然知道。现在只要大家往前去，有一分力做一分事，我们也丝毫没有客气。”⑦

一九一八年五月，俞平伯于《新青年》四卷五号发表新诗处女作——《春水》，与鲁迅小说《狂人日记》同时面世。一九二二年三月，于亚东图书馆出版《冬夜》，乃继胡适《尝试集》、郭沫若《女神》之后，中国最早新诗结集之一。俞平伯不仅在创作上努力实现“极好的新体诗”的出现，而且在理论上对于新诗所谓“真正精神和价值”的存在加以科学说明。俞平伯主张：如真要彻底解决怎样作诗，就得先明白怎样做人。这就是俞氏的诗学观。那么，从这观点出发，其所谓“借当代的语言，去表现自我”⑧，也就能够比较有意识地显示新诗的精神和价值。

胡适宣称，我的“建设新文学论”的唯一宗旨只有十个大字：“国语的文学，文学的国语。”⑨将以白话（国语）作诗，当作建设“新文学”的一个组成部分。经过一场大辩论，信心更加坚定。胡适以为：“白话文学在小说词曲演说的几个方面，已得梅（光迪）任（叔永）两君的承认了。”“现在我们的争点，只在‘白话是否可以作诗’的一个问题了。白话文学的作战，十仗之中，已胜了七八仗。现在只剩下一座诗的壁垒，还须用全力去抢夺。待到白话征服这个诗国时，白话文学的胜利可说是十足的了，所以我当时打定主意，要作先锋去打这座未投降的壁垒：就是要用全力去试做白话诗。”⑩

（二）勒马回缰与批判反省

由于胡适的坚持，即使“同志太少”，“须单身匹马而往”，也还是努力做他的试验，诗界最后壁垒，终于被攻破了。旧体格律诗与新体白话诗所展开阵地争夺战的第一个回合，新体白话诗占优势，旧体格律诗败下阵来。但是，文学革命毕竟不同于文化运动，诗词创作毕竟也不同于白话运动，不单单是个文言和白话孰优孰劣问题。因而，也正是在这个时候，新诗阵营亦曾展开反省，有的作者甚至还给自己的阵营来个回马枪。

一九二〇年八月十五日，胡适在《尝试集·再版自序》中曾坦率地说：《尝试集》“第一编的诗，除了《蝴蝶》和《他》两首之外，实在不过是一些刷洗过的旧诗”，“第二编的诗，虽然打破了五言七言的整齐句法，虽然改成长短不整齐的句子，但是初做的几首，如《一念》、《鸽子》、《新婚杂诗》、《四月二十五夜》，都还脱不了词曲的气味与声调”。一九二二年三月十日，在《尝试集·四版自序》中，又说：“我现在回头看我这五年来的诗，很像一个缠过脚后来放大了的妇人回头看他一年一年的放脚鞋样，虽然一年放大一年，年年的鞋样上总还带着缠脚时代的血腥气。”[11]

一九二二年五月，梁实秋在《读〈诗的进化的还原论〉》中称：“自白话入诗以来，诗人大半走错了路，只顾白话之为白话，遂忘了诗之所以为诗，收入了白话，放走了诗魂。”[12]

闻一多以为“新文学兴后，旧文学亦可并存”，以为“律诗亦未尝不可偶尔为之”[13]，而对于一味依傍外国，盲目按照别人的声口腔调写诗的做法则持怀疑态度。一九二五年四月，致函梁实秋，附录旧体诗四首，其中“废旧诗六年矣，复理铅椠，纪以绝句”一首云：

六载观摩傍九夷，吟成舌鴃总猜疑。

唐贤读破三千纸，勒马回缰作旧诗。[14]

一九二六年五月十三日，闻一多于《晨报》副刊发表《诗的格律》，提倡音乐的美、建筑的美、绘画的美。谓：新诗的格式区别于律诗之处在于，律诗格式具有一定的规定性，而新诗的格式层出不穷；律诗的格律与内容不发生关系，新诗的格式因内容而异；律诗的格式由别人决定，新诗的格式则“可以由我们自己的意匠来随时构造”[15]。闻一多并有《死水》诗集，为新诗创作提供样板。

（三）新体白话诗与旧体格律诗的第二次生死轮回

新诗阵营，自我批判精神，甚可钦佩。只可惜，此后几十年，新体白话诗创作仍然不如人意。其发展、演变之具体情状，究竟如何？所谓困惑、迷茫，是不是已经到达走投无路的境地？有关种种，尚待新诗界有识之士对之加以描述。这里，只说二十世纪六十年代的某些状况，而且主要是大陆诗坛状况。

一九六五年七月二十一日，毛泽东在给陈毅的一封信中说：“用白话写诗，几十年来，迄无成功。”此言一出，颇有些震撼，而论者则各自发表观感。或以为，十分伤感而又无奈，或以为，是对“五四”以来的中国新诗的彻底否定（因曾调侃新诗，说给二百块大洋也不看），或以为，主张新诗在民歌和古典诗歌的基础上发展，将导致民歌和古典诗歌的复归，白话诗下台。看起来，时势发展似乎对新体白话诗不利，实际上，当时的旧体格律诗，命运也不见得比新诗好。早在一九五七年一月十二日，毛泽东在给《诗刊》主编臧克家的信中，就曾指出：“这些东西，我历来不愿意正式发表，因为是旧体，怕谬种流传，贻误青年；再则诗味不多，没有什么特色。”并说：“诗当然应以新诗为主体，旧体可以写一些，但是不宜在青年中提倡，因为这种体裁束缚思想，又不易学。”因此，旧体格律诗的创作活动，大致都在地下进行。一直到“文化大革命”前夕，全国各地的报纸杂志，似乎都遵循着这么一条不成文的规则：须要有身份、有地位者，方才有资格发表旧体格律诗。“文化大革命”期间，中国诗坛，则只有毛主席诗词和误以为毛主席诗词的诗词独领风骚。

一九八五年九月，北京光明日报出版社曾将《光明日报》东风副刊自一九五八年一月一日创刊至一九八四年间所刊载的旧体格律诗选编出版，其中所录，词作品不到百篇，诗作品二百余。有关作者包括：沈尹默、俞平伯、高亨、唐兰、沈从文、赵朴初、吴晗、邓拓、邓云乡等，皆非一般人物。而大批作者，包括长期退居乡里的老一辈诗人，其所作大多登不了大雅，只是自藏箧中，或者在二三友朋中流传。

一九七六年清明节前后，天安门广场爆发"四五"诗歌运动。旧体格律诗创作，借势从地下转向地面。因而，也正是在这么个背景下，中国诗坛出现另一种景观——某些原来写作新诗的作家，如臧克家、陈迩冬、秦似、程光锐、刘征、丁芒、李汝伦等，皆转而专写旧诗或者写旧诗而兼写新诗。这是中国诗坛所出现的第二次流动，由新诗到旧诗的流动，也可以说是新体白话诗和旧体格律诗的第二次生死轮回。

第二阶段(一九七六年至二〇三六年)：旧体格律诗之生而复死

新体白话诗和旧体格律诗的第二次生死搏斗，旧体转败为胜，死而复生。旧体格律诗因此又被推上历史舞台。这一过程，如从"四五"运动算起，至今也已三十二年。就中国大陆而言，这是翻天覆地的三十二年。其间，诗运与时运，较前六十年，情况亦有些变化。不过，旧体格律诗于复生期，同样经历一场大辩论。议题中较为引人注目的是：旧体格律诗究竟是虫，还是龙？为什么一再打不倒？论辩多时，至八十年代，各地诗词学会（协会）成立，在许多人看来，旧体格律诗不仅不再是一条虫，而且简直变成了一条龙。而且，随着改革开放浪潮之兴起，旧体格律诗这条龙，更是从田间飞上了天。所谓形势大好，或大好形势，诗国处处，经常都能感受到这一气氛。

（一）复生期——由民间走向台阁

1. 诗坛上的"两个凡是"

一九七六年十月，"四凶"覆灭。政治上出现"两个凡是"："凡是毛主席做出的决策，我们都坚决维护；凡是毛主席的指示，我们都始终不渝地遵循。”随之，诗词界也有“两个凡是”：凡是无产阶级革命家，都会写作诗词；凡是平反昭雪，都要发表诗词。

一九七八年五月二十八日，北京《人民日报》于赵树理病逝不久，曾发表其遗作《金缕曲》，并附说明：“据赵树理同志的亲属记忆，此词写于一九六五年初。原词无标题，词牌名为编者所加。原载《诗刊》第五期。”其词云：

岁历翻新页。喜回头、一年过去，奇峰千迭。铁臂银锄高下舞，改变乾坤陈设。看不尽，山飞水越。处处红旗赶大寨，听歌声、洋溢乎中国。传捷报，满腔热。 神州豪气多风发。任凭他、迷天雪乱，压城云黑。高举大旗红浪涌，多少雷锋王杰。开万世，太平事业。宇宙无穷无尽愿，愿征程、奋翼冲天阙。射白虎，揽明月。

其实，此词并非赵树理所作，而乃发表于一九六六年一月五日该报之《贺新郎》，题称“新年献词”，作者赵朴初。词云：

岁历翻新页。喜回头、一年过去，奇峰千迭。铁臂银锄高下舞，改变乾坤陈设。看不尽，山飞水越。处处雄心超大寨，听歌声洋溢乎中国。传捷报，满腔热。 神州意气多风发。任凭他、迷天雪乱，压城云黑。高举大旗红浪涌，多少雷锋王杰。开万世，太平事业。宇宙无穷无尽愿，愿征程、奋翼冲天阙。射白虎，揽明月。

二词对读，只几处字面稍有改动。如“雄心超大寨”，改作“红旗赶大寨”；“意气多风发”，改作“豪气多风发”。为什么出现这一状况？同样一首词，两名不同的作者，先后于同一报刊发表。除作者自身所造成，比如，赵树理当时或许见到报上新发表的词章，觉得不错，就将其抄录下来，存抽屉里，身后无知，致使家属误当手稿，找出发表，此外，一个重要原因，应当就是为着平反昭雪。所谓“生的伟大，死的光荣”，为发表旧体格律诗遗作，正显示其身份及地位。此类事例，在那个以道德政治为最高人生价值的年代，并非绝无仅有。

2. “一文一武两皮包”和“一武一文两草包”

一九八七年五月三十一日（端阳节），中华诗词学会在北京成立。以老一辈革命家及老一辈骚人词客为旗帜，以弘扬中华文化、继承传统诗教为号召，登高一呼，八方响应。无多时，全国二十几个省市相继成立各式各样的诗词组织。直至今日，中华诗词学会会员已经有一万四千多名，加上各省、市、县诗词学会（协会）的成员和众多诗社社员，全国经常参加诗词活动的人数，据闻，已在百万以上。旧体格律诗的组织及创作，其规模之大，范围之广，声势之盛，乃有史以来之所未有。

中华诗词学会成立，意义重大，影响深远。而其创立之初，筹备委员会中几位核心人物之奔走、策划，亦甚艰辛。所谓“筚路蓝缕，以启山林”，如果没有当初，也就没有今日。用某老干部的话讲，叫做发挥“余热”。即趁自身离开官场不太长久，加紧为诗词做点事情。从批个房子，给点钱，到拨巨款、办刊物，并配备编制，确实功不可没。二〇〇七年五月，在中华诗词学会成立二十周年之际，诗会元老、发起人之一王澍，曾撰《参与筹建中华诗词学会的往事钩沉》一文，用以备忘。而诗人荒芜，早在学会成立不久，就有《长安杂咏》发表在《人民日报》。其中一绝，歌咏诗词学会。有云：“一文一武两皮包。”一九九五年，撰写《新声与绝响》，误将荒芜名句之平起格记成仄起，变作“一武一文两草包”。王澍说：“草包”云者，不像荒芜风格；其谓“皮包”，乃指诗会筹委会相当于一家皮包公司。据此，我作了更正。但所谓“草包”云者，仍然在自已的脑海中，就像是一团黑云，始终挥之不去。因借此机会，忆古思今，以表示对于几位筹委的怀念，包括钱昌照、周谷城、姜椿芳以及周一萍、汪普庆诸前辈。不过，所有这一切，在一定程度上讲，似乎也为诗词之走向台阁，令“草包”充当“司令”，创造条件，提供机会。这应是当初所料想不到的。

（二）覆亡期——变新声而为绝响

1. 一步错着，生而复死

第一个六十年，诗界领袖人物有胡适；第二个六十年，找不到代表人物，大家都是首领。诗词走向台阁，一批从第一线退了下来的老革命，以天下为己任，把自己多年的革命精神及经验，带到诗词中来。所谓“臣之壮也，犹不如人”，自己的过去既已成为过去，那么，眼下之发挥“余热”，就当将过去式变成现在进行式。因此，一方面是，历史重任在肩，使命感沉重空前；另一方面却是，诗词自身之为篇幅所限，或者四句二十八个字、八句五十六个字，或者四字《沁园春》，五字《水调》，七字《鹧鸪天》、《步蟾宫》，皆不堪重负。旧体格律诗创作，处于极端的两难局面。怎么办呢？有的人将自己的头颅，拴在人家的马车上，跟得紧没问题，如不小心，误踩禁区，或者忘记将临街的窗帘拉下，那就十分难堪。在这一情况下，为着政治正确，唯一办法，就是牺牲诗词。比如，将某些意思不太明确的意象，换上义界分明的概念，或将某些比较委婉的表达，换上直接的说教，以概念堆砌替代意象、意境创造。诗词活动，政治行先，以求得自我完善，一般不犯大过错。但是，破诗体，诬诗体，诗词自身则受到最大的损坏。第二个六十年，“干部体”的出现，令这一状况愈演愈烈。

“干部体”乃从“胡适之体”而来，又非完全等同于“胡适之体”。当初，胡适的试验品，尽管也有人不愿意接受，以为“没有一首不是平庸的”（朱湘语），但其“为大中华，造新文学”，于创作方法上的提示，于今相信并未过时。第二个六十年，“胡适之体”经过修正与蜕变，出现两种情况：一为胡适真传，一为其变种。所谓真传，就是对于“胡适之体”的效法与承继，能够真正得其佳处，接其衣钵。比如宋亦英，其以白话入词，解放词体，对于胡适建造新词体所产生的弊病，既能够妥善地加以克服，在词的体貌亦即艺术形象及作风上，又善于吸取所长，弥补其不足。因令其承袭胡适之格式重构，不至太离谱，有关“意近而旨远”的表现方法，亦收到较佳效果。其作风，亦于诙谐、幽默之外，补之以庄重，颇有出蓝之胜。这是“干部体”中的优秀代表。多年来，诗界之效法胡适，大多到不了这一层次。至于变种，乃“胡适之体”蜕变的结果。“胡适之体”的蜕变，指的是胡适解放词体之有关弊端与偏颇在中国诗坛所产生负面影响的一种具体体现。其中，既包含“胡适之体”对于词坛的误导，又包含词坛对于其体的错解。相关事例，我在《中国当代词坛“胡适之体”的修正与蜕变》一文中，已加以揭示。这里，所谓误导与错解，既说明大陆诗坛之所以产生这么多政治标本，胡适摆脱不了干系，又说明无论是新诗作者，或者是旧诗作者，对于胡适当初之所创立，大家都会错了意。因为胡适之“胡适之体”，原意乃在于，为新体白话诗创作寻找生路，并非为着旧体格律诗。但是，实际情况却是，对于胡适的试验品，新诗作者不学，旧诗作者学。而旧诗作者之所学，大多避难就易，不学好的，专学不好的。这分明就是一种历史的误会。因而，新诗与旧诗之有今日，也当是一种历史的宿命。

2. 诗词前景，可堪忧虑

二十年前，编纂《当代词综》，对于生活在二十世纪的词作者，依其词学观念及创作活动，我将其划分为三派：解放派、尊体派、旧瓶新酒派。当下，对于旧体格律诗作者，如依其地理分布，我看亦可将其划分为三大门类：台阁诗词、山林诗词及学院诗词。至于网络诗词，大体上应当也包括在这三大门类之内。

三大门类，而非三大派别。说明并非互相排斥。那么，各个门类之具体情状又如何呢？上文着重说台阁诗词。此外两个门类，山林诗词及学院诗词，尽管与之有所区别，而其弊病却仍有共通之处。

“文化大革命”之前，主持《人民日报》工作的邓拓，对于旧体格律诗作者曾提出忠告：

你最好不要采用旧的律诗、绝句和各种词牌。例如，你用了《满江红》的词牌，而又不是按照它的格律，那么，最好另外起一个词牌的名字，如《满江黑》或其他，以便与《满江红》相区别。[16]

事隔三十余年，一九九八年九月，被学界推尊为国学大师的季羡林，在其为另一位国学大师饶宗颐《清晖集》所作序中，亦曾指出：

五四运动以来，白话诗兴。羡林平生不为诗，白话诗之成败，得与失，实不敢赞一辞。然而，既称之为诗，必有诗之形式。今之为诗者，实为散文，而必称之为诗，且侈谈理论，滔滔如悬河泻水，意气昂然。以外道如不佞者视之，诚属方凿圆枘，又如丈二和尚，摸不着头脑。内容与形式之矛盾，登峰造极矣。间亦有从事旧体诗词之创作者，又多不识平仄，无论诗韵，致为新派所诟病。[17]

邓拓所说，指的是当时许多“笑掉人牙”的作品。挂着招牌，只是按字数多少填制。不管平仄韵部，也不管有无诗味、词味，填够字数，就算是一首“满江红”或“沁园春”。湖南一位农民诗人，曾以《浪淘沙》，嘲讽其做法。词云：

何谓浪淘沙。同志知吗。仄平声韵竟全差。若谓填词填字数，笑掉人牙。

学海本无涯。多读名家。滥竽充数误童娃。实在无聊难打发，喝碗香茶。[18]

而季羡林所说，则包括新诗与旧诗。新诗问题，留待下文细叙。至旧诗，谓不识平仄，似未点中要害。因为这些年来，经过多种训练，相关作者，于合辙归韵，大致上已不成问题。但序文所揭示内容与形式之矛盾，却带一定普遍性，新诗、旧诗，二者皆然。

就目前状况看，台阁体之备受非议，主要在其诬诗体与破诗体，而山林诗词及学院诗词，于体式、体制，一般技术、技巧，虽多讲求，但在意识形态上，紧跟或不紧跟，激进或保守，亦经常令自己处于两难境地。三大门类所遭遇的困惑，依旧是内容与形式的矛盾问题。然而，最要命的还是，三大门类的作者，似乎都缺乏危机意识，缺乏自我批判精神。大多只看到一面，忽视另一面。自我感觉良好。似乎自己就是天生的一部诗词制作机器，丁亥、戊子，诗集、词集，没个完了。令得写诗的人比读诗的人多，非物质文化遗产，堆积诗国与诗城。十多年前，曾向编辑、出版此类书籍的某主事者建言：以控制数量的方法保证质量。非但未见效应，相反却越出越多。没有刹车迹象。长此以往，诗将不诗，词将不词，奈何？

三

新诗与旧诗，其发展、演化经历两次轮回，既为自身生长规律所制约，亦与时事相关。两个阶段，两次流动，须认真加以反省与回顾。两千多年前，孔夫子之考察子贡，看其可不可与言诗，有无资格与言诗，其中有个条件就是，告诸往能否知来者。可见，欲知来者，必先对于往有过深刻的了解。而预测云者，亦然。

（一）形式与内容

在中国文学史上，诗歌一早就可以白话与文言进行划分，而新体白话诗和旧体格律诗两大类别之相互对立及相互融合，却于二十世纪方才出现。具体地说，即“五四”新文化运动之前，中国诗坛乃旧诗一统天下，以白话语体文作诗，方才出现新诗与旧诗的争斗，出现新诗与旧诗的第一次轮回。

论者以为，旧诗格式固定、格律森严，难以容纳新的思想内容。新诗之兴，其所推行变革，从语言开始，进而乃方法。一九一五年九月二十日，胡适离开绮色佳，转学纽约哥伦比亚大学，在火车上用叔永游戏诗韵，写了一首七言律诗，寄给绮色佳诸友。其云："诗国革命何自始，要须作诗如作文。"[19]作诗如作文，就是要求用白话语体文作诗。而具体做法，胡适将其归结为两大步骤：第一，革新工具；第二，改良方法。谓："一部中国文学史只是一部文字形式（工具）新陈代谢的历史，只是'活文学'随时起来替代了'死文学'的历史。文学的生命全靠能用一个时代的活的工具来表现一个时代的情感与思想。工具僵化了，必须另换新的、活的，这就是'文学革命'。"[20]至于方法问题，则谓："我们如果真要研究文学的方法，不可不赶紧翻译西洋的文学名著，做我们的模范"[21]。其所创"胡适之体"，并将其经验归纳为三条戒律：第一，说话要明白清楚；第二，用材料要有剪裁；第三，意境要平实[22]。胡适以为，中国近年的新诗运动，可算得是一种"诗体的大解放"。谓："因为有了这一层诗体的解放，所以丰富的材料，精密的观察，高深的理想，复杂的感情，方才能跑到诗里去。"[23]

十分明显，这一新诗运动，旨在打破旧诗原有模式，借助西洋典型，以重造现代中国诗歌，其目标亦甚高远。

但是，新诗的成长，偏重于借鉴而忽视继承。所谓先天不足，加上后天培植不得法，几十年来，其成效一直未能达至令人满意的程度。胡适的试验，本来希望为新诗创作开辟生路。所作歌词，包括少数挂有词牌及多数不挂词牌而已被当作新体诗的词作品，本来就为着向诗界展示，以倚声填词的方法写作新体白话诗的经验。其良苦之用心及美好之用意，却一直得不到正面的回应。闻一多诸辈，从形式入手，进行音尺试验，尝试以新体格律替代旧体格律，并有《死水》为样本，亦激荡不起一丝涟漪。

第一个六十年，内容与形式的矛盾困扰着新诗，却为旧诗的生存发展留下空间。第二次轮回，旧诗复活，新诗向旧诗的流动，在一定意义上讲，主要由新诗自身所促成。这当是新诗创造者胡适等人所料想不到的。

一九八七年，在《臧克家旧体诗稿》自序《自道甘苦学旧诗》中，臧氏曾明确宣称："我爱新诗，更爱古典诗歌。我写新诗，也写旧体诗。'我是一个两面派。'"并且，还以自己的实践论证："有些境界，用新诗写出来淡而无味，如果出之以旧体，可能成为精品。"例如："诗情不似潮有信，夜半灯花几度红。"这是臧氏所作七绝《灯花》的三、四二句。臧氏说如果把它译成："诗的感情不像潮水那般有定时，夜半袭来，好几次打开灯赶忙写下来。"[24]试比一比，明眼人自然会觉得哪一种有深味，哪一种平无特色了。

一部诗歌史，就是一部诗歌形式创造史。旧体诗特殊的格式规定及其特殊的表现方法，造就一代又一代诗人。臧克家所谓"自道甘苦"，乃诗人体会有得之言，亦为重新选择及流动之重要依据。

上世纪九十年代，本人有《胡适词点评》于香港刊行。曾辑录胡适挂有词牌及不挂词牌的歌词作品，计三十一首。试图通过点评，还以本来面目，以追究其创作原意。进入新世纪，并于北京中华书局刊行增订本。将其歌词增至现在的一百零三首。其中，二十九首挂有词牌，七十四首未挂词牌。未挂词牌者，皆已脱离歌词身份，作为新体白话诗列归有关文集与诗集。今据胡适相关言论及有关词法，重新给挂上招牌，重新为之正名，谓为歌词，以见证其用心。但愿读者诸君，不会辜负老胡的一片心意。

（二）政治与艺术

中国诗坛，旧体格律诗之死而复生，至今三十二年。其所面临危机，与当初新体白话诗有所不同。新体白话诗的问题出在形式上，旧体格律诗的问题是，意识形态所造成的障碍，主要在内容，亦即意象与意境的创造上。

二十世纪，时运决定诗运，体现于意识形态统制。这是非正常的决定，乃诗之不幸。而其自身，尤其是诗词作者，实际也应负上一定责任。如曰："在其位谋其政，不在其位，不谋其政。"或曰："君子思不出其位。"旧体格律诗之作为一种文学样式，非同于一般政治斗争工具，作者本来应有自知之明。只是，由于自身生存与发展的需求，或由于其他什么缘故，当政治上某集团或个人出现炙手可热状况之时，大多主动挂靠，自愿充当其羔与雁，以期成为一个组成部分。诗界这种自觉行为，自然而然也就促进台阁诗词产生。三十二年来，官诗与诗官以及商诗与诗商两大景观的出现，已提供无数事证。不过，台阁诗词并非不能有。吉甫作颂，以雅以南。作为一介武夫，颂诗、赋诗，当时并未被剥夺资格。李白供奉翰林，其《清平调》三首，乃标准台阁体，同样并不妨碍其成为一代伟大诗人。三百篇中，风、雅、颂各得其所，各显其能，各有其存在的价值。作为颂诗，问题不在其自身，而在于如何赞颂。周谷城曾为慨叹：暴露黑暗易，歌颂光明难。在许多情况下，希望充当歌德派，看来也不太容易。尤其现在，政治斗争形势，如此错综复杂，碰上敏感题材，不知不觉，有意无意，为自己造成困局。此时，歌德派就更加难为了。这一状况的出现，除了主观意愿上的因素，应当还有意象与意境创造所产生的问题。

意与象，意象与意境，对其理解与创造，长久以来，大多以为内与外的关系问题，并依据唯物反映论将其划分为主观与客观两个方面，即包含主观的意和客观的境两个方面，要求在创作上做到物我交融，意与境浑，心与物共，用一句比较通行的话讲，就是情景交融，或者主观与客观的统一。实际创作活动中，由于意象本身的模糊性，有时亦产生歧义，造成误会。近日，某地一首歌咏地震的《临江仙·废墟下的自述》，就曾引起广泛争议，出现多种批评意见。而只就风与颂的立场看，有关争议则出现两种截然不同的判断。或以为讽刺，谓不仅亵渎死难者，而且亵渎了词牌名，唤作"幸福鬼"可也；或以为讽诵（讽颂），谓"不为苍生说人话，只向豪门唱鬼歌"，民众尸骨未寒，已大跳忠字舞，应为文坛“谄媚派”之巨作[25]。这是一种情形。而另一种情形却是，作为意象自身，似乎也有一定期限。如说乡愁，用邮票和船票，乃至坟墓等物象以寄托乡情，虽曾产生过强烈的回响，由于时过境迁，不复依托，也就失去意义。眼下诸多物象，远不如白云、黄鹤，千载悠悠，来得长久。那么，为着紧跟，需要表态，只好以义界明确的概念替代意思含糊的意象，以色彩鲜明的政治术语入诗、入词，用直接说教的方式替代意象、意境创造，因令得大量标语、口号、顺口溜一类作品，充塞诗坛、词坛。三十二年前如此，三十二年后，亦复如此。

当然，对于政治与艺术，乃至对于意象与意境的创造问题，也并非没有掌握得比较好的。前辈作者中，远一点的如李白，近一点的有刘永济，都曾为此积累宝贵的经验。刘永济精通文史，并懂得列宁、高尔基。至二十九岁方才填词。对其所作，曾有这么一段检讨。谓：“予曾于己丑年，都录辛未以后所为词。分为三集，曰语寒，曰惊燕，曰知秋，共二百有余阕。并为自序一首，以述予作词缘起。后更检阅，觉其中讥讽时事，忧生闵（悯）乱之作，不出文人旧习。一凭主观，所觉于卅年来客观存在中，巨大历史变革，绝无反映其发抒心情，流连光景之词，亦不出布尔乔亚意识形态。殊无存稿之价值。偶读高尔基回忆录，自称曾思将其中从革命中估计知识分子作用之谬见删去，继思留此以告世人有何不可，且举列宁人当自错误中学习一语以自解，谓留之使世之以主观论事者知其非。然则予亦可以高尔基此语自解，存之使世人知我之过。”[26]刘永济以为：诗人面向巨大的历史变革，除了“为时”、“为事”，还应当为自己——表现个人哀乐。前者据白居易所说；后者即况周颐所谓“君子为己之学也”。否则，殊无价值。刘永济似乎以为：作为一名知识分子，在革命大潮中赋诗作词，无论怎么忧生悯乱，皆不出布尔乔亚（Burgensis）意识形态。如加上一个“小”字，就是我们现在常说的“小资”。这是有关政治与艺术的关系问题。至于意象与意境创造，刘永济曾以“沉思”二字，为揭奥秘。这是当年初学词，游沪滨之时，以其所作《浣溪沙·几日东风上柳枝》请益蕙风（况周颐），蕙风之所亲授。谓："能道沉思一语，可以作词矣。词正当如此作也。"[22]此所谓"沉思"，蕙风未说明，刘永济亦未说明，只是暗自高兴。这究竟是怎么一回事？我想以李白为例，试加阐发。李白的《清平调》，咏名花、咏倾国、咏君王，谓"名花倾国两相欢，常得君王带笑看"。既将名花、倾国、君王三者关系摆平摆正，又能见性情，表明其并非只懂得拍马的奴才。其关键就在于，"沉香亭北倚阑干"那一刻所进行的思考。即从春风所释放出来的"恨"，体悟到"花不常开，月不常圆，人不常好"这一放诸四海而皆准并且千古不变的定律。这就是"沉思"所达致的艺术效果，亦李白之所以成为李白的体现。相反，如套用蕙风的话讲，即可说，凡作词不能道"沉思"一语，就只能充当一名言必称"喳"的奴才。

眼下，中国诗界台阁、山林、学院三大门类，其所面临问题，尽管各有侧重，但对于前辈经验，无论正面，或者反面，都应当引以为镜。

附注：

①艾青：《马万祺诗词选二集·序》，《马万祺诗词选二集》，中国文史出版社一九九九年版，第二页。

②胡适《札记》第十册五年四月五日夜有云："惜乎，五百余年来，半死之古文，半死之诗词，复夺此'活文学'之席，而'半死文学'遂苟延残喘以至于今日。……文学革命何可更缓耶，何可更缓耶。"据胡适：《尝试集·自序》，《尝试集》，远流出版事业股份有限公司一九八六年版，第二三页。

③胡适：《谈谈"胡适之体"的诗》，《尝试后集》，远流出版事业股份有限公司一九八六年版，第六六页。

④胡适：《四十自述》，远流出版事业股份有限公司一九八六年版，第一一三至一一八页。

⑤胡适：《胡适留学日记》（四），商务印书馆一九四八年版，第一〇〇二至一〇〇三页。

⑥胡适《五十年来之中国文学》出版之前，曾寄赠鲁迅。鲁迅于一九二二年八月二十一日致胡适书云："大稿已经读讫，警辟之至，大快人心！我很希望早日印成，因为这种历史的提示，胜过许多空理论。但白话的生成，总当以《新青年》主张以后为大关键，因为态度很平正，若夫以前文豪之偶用白话入诗文者，看起来总觉得和运用'僻典'有同等之精神也。"鲁迅：《鲁迅书信集》上卷，人民文学出版社一九七六年版，第四八页。

⑦俞平伯：《社会上对于新诗的各种心理观》，《俞平伯诗全编》，浙江文艺出版社一九九二年版，第五九七页。

⑧俞平伯：《冬夜·自序》，《俞平伯诗全编》，浙江文艺出版社一九九二年版，第六四一页。

⑨胡适：《建设的文学革命论》，《文学改良刍议》，远流出版事业股份有限公司一九八六年版，第五七页。

⑩胡适：《逼上梁山——文学革命的开始》，《四十自述》，远流出版事业股份有限公司一九八六年版，第一一九页。

⑪胡适：《尝试集》，远流出版事业股份有限公司一九八六年版，第三五页及四七页。

⑫《晨报》副刊一九二二年五月二七至二九日。

⑬闻一多：《律诗底研究》，《闻一多全集》第十卷，湖北人民出版社一九九三年版，第一六六页。

⑭致梁实秋函。据闻一多：《闻一多全集》第十二卷，湖北人民出版社一九九三年版，第二二二页。

⑮闻一多：《诗的格律》，《闻一多全集》第二卷，湖北人民出版社一九九三年版，第一三七至一四四页。

⑯邓拓（马南村）：《三分诗七分读》，《燕山夜话》，北京出版社一九七九年版，第二五页。

⑰据饶宗颐：《清晖集》，海天出版社一九九九年版。

⑱据伍锡学：《田畴草》，中州古籍出版社一九九四年版。

⑲胡适：《四十自述》，远流出版事业股份有限公司一九八六年版，第一〇三页。

⑳胡适：《逼上梁山——文学革命的开始》，《四十自述》，远流出版事业股份有限公司一九八六年版，第一〇六页。

㉑胡适：《建设的文学革命论》，《文学改良刍议》，远流出版事业股份有限公司一九八六年版，第七二页。

㉒胡适：《谈谈“胡适之体”的诗》，《尝试后集》，远流出版事业股份有限公司一九八六年版，第七〇至七四页。

㉓胡适：《谈新诗》，《文学改良刍议》，远流出版事业股份有限公司一九八六年版，第一八一页。

㉔臧克家：《臧克家旧体诗稿》，武汉出版社一九九二年版。

㉕刘鉴强：《只向豪门唱鬼歌》，《亚洲周刊》二〇〇八年第二十二卷第二十五期。

㉖刘永济：《录稿后记》，据《诵帚盦词》，一九八〇年油印本。

㉗刘永济：《诵帚盦词集自序》，据《诵帚盦词》，一九八〇年油印本。

原载广州《学术研究》二〇〇八年第九期；

又载江苏《常熟理工学院学报》二〇〇九年第一期

大雅正声与时代精神

——为新世纪的歌德派正名

“我志在删述，垂辉映千春。”（李白诗句）诗的时代，诗的国度。复兴大雅，重振正声。对于中国当代诗词的创作及研究，凡有志于此道者，都具一定使命感和社会责任感。这是一种价值取向在两个方面的不同表现，一方面是诗学，一方面是诗教。诗学目的在于诗的自身，诗教目的在于诗的外部。一个是审美的标准，一个是功利的标准。两个方面、两种表现，两种不同的批评方法，孔夫子早已为之定下规矩，并且创立了一整套中国式的原则。

一、新诗与旧诗：胡适与毛泽东

中国诗坛，在二十世纪着实热闹了一番。尤其是胡适的出现。一九一六年，胡适的新体白话诗发表。中国诗坛从此增添了一个新品种。之前，自三百篇以后的古、近歌诗，一统天下；自胡适出，才有另一品种，以相对举。一个是新体白话诗，一个是旧体格律诗。简单讲，一为新诗，另一为旧诗。新诗与旧诗，从此以后，就在诗坛争胜。我将这段历史划分为两段，两个六十年，两个甲子。并且为之下了断语。第一个六十年，从一九一六年到一九七六年；第二个六十年，从一九七六年到二〇三六年。只就旧诗而言，第一个六十年，死而复生；第二个六十年，生而复死。而新诗呢？毛主席说：“用白话写诗，几十年来，迄无成功。”此前如是，此后又如何？

但我的这一断语，是从主席那里学来的。这是一种文学语言的描述。

二十世纪中国诗坛，新诗与旧诗，在其发展、演变的第一个六十年，胡适与毛泽东，两位领袖人物，其开天辟地的历史贡献将永载史册。

（一）胡适与“胡适之体”

1. 半阕《生查子》及其创作灵感

胡适喜作《沁园春》，在其明确挂上招牌的二十九首歌词作品中，七首寄调《沁园春》。以下所录，为其中一首。其曰：

弃我去者，二十五年，不可重来。看江明雪霁，吾当寿我，且须高咏，不用衔杯。种种从前，都成今我，莫更思量更莫哀。从今后，要怎么收获，先那么栽。　　忽然异想天开。似天上诸仙采药回。有丹能却老，鞭能缩地，芝能点石，触处金堆。我笑诸仙，诸仙笑我。敬谢诸仙我不才。葫芦里，也有些微物，试与君猜。

歌词附小序：“五年十二月十七日，是我二十五岁生日。独坐江楼，回想这几年思想的变迁，又念不久即当归去，因作此词，并非自寿，只可算是一种自誓。”这是自寿，也是自誓。这一年的四月十六日，另有同调歌词题称：誓诗。此前所作，其谓“更不伤春，更不悲秋，以此誓诗”，在于破解对于诗歌创作的一种传统观念，对于破旧的宣誓；此时所作，其谓“要怎么收获，先那么栽”，乃对于立新的宣誓。破旧好理解，立新可就甚费斟酌。请留意歌词煞拍的语句：“葫芦里，也有些微物，试与君猜。”就是说，我老胡倡导“文章革命”（文学革命），到底有何奥秘？诸位老兄，包括新诗、旧诗的朋友，有谁猜得出来？

到现在，新诗界的朋友猜不出，可能也没人猜，同样，旧诗界的朋友也没人留意这一问题。但是，我猜着了，早在二十年前，就知道老胡的葫芦里，究竟卖的是什么药。能知道吗？什么药？不就是收到他在不久之后所出版的《尝试集》里面的那些“微物”吗？比如，《希望三首》：

我从山中来，带得兰花草。
种在小园中，希望开花好。

一日望三回，望到花时过。
急坏种花人，苞也无一个。

眼见秋天到，移花供在家。
明年春风回，祝汝满盆花。

这三首“诗”，写于一九二一年（民国十年）十月四日，在北京大学任教职。时年三十。见《胡适的日记》（一九二一年十月四日）。载北京《新青年》第九卷第六号（一九二二年七月一日）。收入《尝试集》。语言学家赵元任曾为之谱曲。这是旧诗还是新诗呢？从字面上看，没人说是一首旧诗，是一首词。一首怎样的词，一首由半阕《生查子》所构成的词。三个半阕，构成一组联章。

由半阕《生查子》所构成的“诗”，这就是胡适葫芦里所藏的“微物”。怎么样？知道胡适想干什么吗？他想提示新诗界的朋友，用填词的方法作新诗。《生查子》，双调四十字，上下片各两仄韵。格式与五言古绝相仿。胡适拿来，砍去一半，留下一半，即据为己有。成为自己谱写歌词的一种独特方式。

那么，胡适用半阕《生查子》作“诗”的灵感从哪来的呢？从陈衡哲女士那里来。胡适《寄陈衡哲女士》一“诗”有云：

你若先生我，我也先生你。

不如两免了，省得多少事。

这首“诗”，写于一九一六年（民国五年）十一月一日，在哥伦比亚大学。时年二十五。载同日日记。谓不必以“先生”相称，是否有亲近之意，未可知。但有一事可以肯定，对于陈女士《咏月》，老胡颇极赞赏，以为“绝非吾辈寻常蹊径”（致任叔永书）。说明老胡的试验，应与陈女士所作相关。

陈衡哲《咏月》诗云：

初月曳轻云，笑隐寒林里。

不知好容光，已印清溪底。

2. 为新体诗创作寻求生路

胡适与陈女士相比，才气及情致，均大为不及。胡的一百首，也抵不过女士一首。陈女士所作，乃偶一为之，非同胡适，做“文章革命”（文学革命）。就其主观愿望看，应当还是一首诗，五言古绝，而仍非词。不过，这一故事，揭示了一个秘密：借用半阕《生查子》之句调谱写新词，以填词方法作新诗，这是胡适为创造新诗体所进行的一次有意识的“尝试”。

除了半阕《生查子》，这是大量填制的词调，此外，《西江月》、《临江仙》、《鹊桥仙》以及《好事近》，亦曾填制。而对于《好事近》这一词调，则特别感兴趣，所填制篇章之数量，仅次于《生查子》。其《小词》（《好事近》调子）有云：

回首十年前，爱着江头燕子。一念十年不改，记当时私誓。　当年燕子又归来，从此永相守。谁给我们作证，有双双红豆。

这首词写于一九二九年（民国十八年）二月十三夜，任上海中国公学校长。时年三十八。载《胡适之先生诗歌手迹》，收入《尝试后集》。江头燕子当为其遵母命所娶之妻江冬秀。明确标榜《好事近》调子。基本上依循《好事近》格式填制，字数、句法都不变，尤其上下两结，皆为上一下四句式，颇能突出词调特色。但在平仄安排上，个别字声有所违拗，上下两仄韵，一为四纸、八霁，一为二十五有、二十六宥，亦不同韵部。此小小突破，当为所谓解放词体之必然结果。

胡适的"尝试"，目的在于为新体诗创作解决形式问题。正如黑格尔所说，文学创作的成败在于，能否找到合适的形式。一九二四年，闻一多的实验，亦为着解决形式问题。新诗的不成功，关键就在于找不到合适的形式。胡适是位洋博士，外面有什么新奇的形式，诸如十四行之类，相信都会拿来，但他还是在老祖宗的库房里找。说明，自家的器物，还很好用。但他不明说，又放进《尝试集》，作为新诗放行，起了一定误导作用。就是让你猜不着。所以，将近一百年，他为新体白话诗所做的努力，尚未引起学界的注意。拙编《胡适词点评》于一九九八年十二月于香港出版，行之未远，又于二〇〇六年七月由中华书局出版《胡适词点评》（增订本）。"点评"有"代序"，题称"为新体诗创作寻求生路"，特别揭示胡适的这一良苦用心。

3. 旧文学之不幸与新文学之可悲哀

胡适的创作，立足本土，就地取材。其所作"尝试"，究竟成功不成功呢？这一问题尚有待历史的检验，而只就外部情况看，他的破与立，无论新与旧，却好像都有点不讨好。他将词体拿来，分拆开了，为新体诗创作留下示范，新诗界朋友不领情；他对于旧体所采取的各种破坏的行为，旧诗界朋友也不满意。

有关胡适及其始终皆未能适的各种现象，确实有趣。多年前，我曾为文叙说自己的观感。其中一篇题称“旧文学之不幸与新文学之可悲哀”，而副题则云“二十世纪对于胡适之错解及误导”。载香港《镜报》一九九九年五月号。文章说：“旧文学被当作死文学，白白挨了一刀，新文学之作为活文学，活得也并不怎么精彩。”而老胡则始终不明白：胡适？胡适？为什么到头来还是一个，胡适之？

不过，他在破与立当中所体现反传统的精神，对于诗界革命，无疑也曾产生一种推进作用。值得探究，作一公允的评价。他的另外两首《沁园春》，一着眼于文章革命，一着眼于世界革命，堪称时代的新声。标举文章革命者，立题“誓诗”，前文已引述。其词曰：

更不伤春，更不悲秋，以此誓诗。任花开也好，花飞也好，月圆固好，日落何悲。我闻之曰，从天而颂，孰与制天而用之。更安用，为苍天歌哭，作彼奴为。　　文章革命何疑。且准备搴旗作健儿。要前空千古，下开百世，收他臭腐，还我神奇。为大中华，造新文学，此业吾曹欲让谁。诗材料，有簇新世界，供我驱驰。

这首词写于一九一六年（民国五年）四月十二日，在纽约哥伦比亚大学哲学研究部杜威门下攻读哲学。时年二十五。载上海《留美学生季报》春季第一号（一九一七年三月）。作者称，题目叫做“誓诗”，“其实是一篇文学革命宣言书”。其攻击目标为五百余年来“半死之诗词”（《尝试集·自序》）。于题材方面，即反对“无病生呻”，反对伤春、悲秋，而主张乐观，主张进取；于体制方面，即尝试以白话入词，对原有之格局规制进行重构。故以为下半首（下片）为《去国集》之尾声，《尝试集》之先声（同上）。

另一首《沁园春》题称“新俄万岁”。题下附小序：“俄京革命时，报记其事。有云：‘俄京之大学生杂众兵中巷战，其蓝帽乌衣，易识别也。’吾读而喜之，因摭其语作《沁园春》词，仅成半阕，而意已矣，遂弃置之。谓且俟柏林革命时再作下半阕耳。后读报记俄政府大赦党犯，其自西伯利亚召归者，盖十万人云。夫放逐囚拘十万男女志士于西伯利亚，此俄之所以不振而'沙'之所以终倒也。然爱自由谋革命者乃至十万人之多，囚拘流徙，挫辱惨杀而无悔，此革命之所以终成，而新俄之前途所以正未可量也。遂续成前词以颂之，不更待柏林之革命消息矣。"其词曰：

客子何思，冻雪层冰，北国名都。想乌衣蓝帽，轩昂年少，指挥杀贼，万众欢呼。去独夫沙，张自由帜，此意于今果不虚。论代价，有百年文字，多少头颅。　冰天十万囚徒。一万里飞来大赦书。本为自由来，今同他去，与民贼战，毕竟谁输。拍手高歌，新俄万岁，狂态君休笑老胡。从今后，看这般快事，后起谁欤。

这首词写于一九一七年（民国六年）四月十七夜，在哥伦比亚大学。时年二十六。载北京《新青年》第三卷第四号（一九一七年六月一日）。收入《尝试集》。以时事入词。有关事件之本末，小序已讲得十分清楚。上片（上阕）记述俄京大学生革命事迹，下片（下阕）借十万囚徒获赦，赞颂自由与革命。大题材、大感慨，颇能增强其体质；可为"文章革命"之范例。

这是一百年前的作品，如在今日，和一众革命诗词排列在一起，相信亦不遑多让。周策纵著《The May Fourth Movement: Intellectual Revolution in Modern China》（《五四运动史》），对于那个时期的人物及事件，有专门的研究。他曾有文章指出，毛泽东《沁园春·雪》受到胡适的影响。胡适词发表在前，如受其影响，亦无庸讳言。

以上是胡适在中国诗坛第一个六十年所作贡献。以下看毛泽东，看其于中国诗坛所创立的样板及其领导地位。

（二）毛泽东诗词中的毛泽东

1. 胸襟、抱负与气象

一九二五年晚秋，三十三岁。毛泽东作《沁园春·长沙》，一展胸襟与抱负，词云：

独立寒秋，湘江北去，橘子洲头。看万山红遍，层林尽染；漫江碧透，百舸争流。鹰击长空，鱼翔浅底，万类霜天竞自由。怅寥廓，问苍茫大地，谁主沉浮？　　携来百侣曾游，忆往昔峥嵘岁月稠。恰同学少年，风华正茂；书生意气，挥斥方遒。指点江山，激扬文字，粪土当年万户侯。曾记否，到中流击水，浪遏飞舟。

湘水楚天，钟灵毓秀。这首纪游词，是毛泽东登上诗坛的第一首歌词。旧地重游。问苍茫大地，谁主沉浮？表现青少年时代以天下为己任的理想抱负。

一九三四至一九三五年间，作《十六字令》三首，云：

山。快马加鞭未下鞍。惊回首，离天三尺三。

山。倒海翻江卷巨澜。奔腾急，万马战犹酣。

山。刺破青天锷未残。天欲堕，赖以拄其间。

自署创作时间是“一九三四至一九三五年”时，率领中国工农红军长征。三首，四十八个字，推敲了一年。三首小令，歌咏对象是山，也是人。韵味郁浓。咀而嚼之，齿罅生香；百读不厌，名副其实。

一九三五年十月，四十三岁。走完长征最后一段行程，即将到达陕北。登上岷山峰顶，毛泽东写下《念奴娇·昆仑》云：

横空出世，莽昆仑，阅尽人间春色。飞起玉龙三百万，搅得周天寒彻。夏日消溶，江河横溢，人或为鱼鳖。千秋功罪，谁人曾与评说。

而今我谓昆仑，不要这高，不要这多雪。安得倚天抽宝剑，把汝裁为三截。一截遗欧，一截赠美，一截还东国。太平世界，环球同此凉热。

马克思说："任何一种解放，都是把人的世界与人的关系还给人自己。""历史的结果就是：最复杂的真理，一切真理的精华，（人们）最终将会自己了解自己。"

《礼记·礼运》："大道之行也，天下为公。"毛泽东了解马克思与孔子的大同，谓"太平世界，环球同此凉热"。歌词所表现的不仅仅是一种胸襟与抱负，而且是一种气象。乃气象，而非一般的气魄，或者气概。读此词者，应特别留意到这一点。

一九三六年二月，四十四岁。毛泽东作《沁园春·雪》：

北国风光，千里冰封，万里雪飘。望长城内外，惟余莽莽，大河上下，顿失滔滔。山舞银蛇，原驰蜡象，欲与天公试比高。须晴日，看红装素裹，分外妖娆。　江山如此多娇。引无数英雄竞折腰。惜秦皇汉武，略输文采；唐宗宋祖，稍逊风骚。一代天骄，成吉思汗，只识弯弓射大雕。俱往矣，数风流人物，还看今朝。

歌词作于一九四五年，国共于重庆谈判。此词于十月七日在重庆《新华日报》上发表，曾轰动一时，并即引发中国词坛上的一场政治较量。

概言之，中国诗坛第一个六十年，胡适倡导"文章革命"（文学革命），为着新文学，他所作"尝试"，所有建立，都为着解决新体诗创作的形式问题。其对于旧体，较多的是破坏作用。但这六十年，新诗不成功，该怪谁呢？怪新诗自身，不听老胡的话。

2. 民歌、古典与新诗

毛泽东主张内容与形式并重，民歌、古典、新诗并举，具建设性，颇具深远意义。一九五八年三月二十二日，毛泽东在成都中央工作会议上关于中国诗歌出路问题的讲话曾说："我看中国诗的出路恐怕是两条：第一条是民歌，第二条是古典，这两方面都提倡学习，结果要产生一个新诗。现在的新诗不成型，不引人注意，谁去读那个新诗？将来我看是古典同民歌这两个东西结婚，产生第三个东西。形式是民族的形式，内容应该是现实主义与浪漫主义的对立统一。"这段话，有个共同目标，新诗、旧诗，于今仍须记取。

二、易好与难工：暴露黑暗与歌颂光明

第一个六十年代表人物：胡适、毛泽东。第二个六十年，群龙无首。暂时找不到代表人物。第一个六十年，如再划分得细一些，可以一九四九年中华人民共和国成立为分界线，再行划分为两个时间段。第一个时间段，民国阶段。三十余年，属于新诗、旧诗各自的创造期。相关问题，有待文学史家给予评说。这里着重说第二个时间段，共和阶段。二十余年，新诗、旧诗，皆进入破旧立新阶段。目标一致，而表现各不相同。这里只说旧诗。两个事证，可知大概。

(一) 歌德派及其书写模式

自一九四九年中华人民共和国成立，至一九七六年"文化大革命"结束。这是二十世纪中国诗坛第一个六十年的共和阶段。这一阶段，新诗、旧诗，相关书写，基本上都以歌德派的形式出现。新诗暂勿论，以下是旧诗的两个事证。

事证一："毛主席诗词"及"未发表的毛主席诗词"。

一九六三年十二月，《毛主席诗词》出版。一九六四年初，山东大学高亨教授《水调歌头》盛传一时。这首词颇具毛诗作风。据称，有人当面问过毛泽东，以求证实。毛听后哈哈大笑，说："词写得不错嘛，

有气势，不知谁写的。”查实为高亨所作，《人民日报》即花边框起，重新发表，为正视听。词云：

掌上千秋史，胸中百万兵。眼底六洲风雨，笔下有雷声。唤醒蛰龙飞起，扫灭魔炎魅火，挥剑斩长鲸。春满人间世，日照大旗红。抒慷慨，写鏖战，记长征。天章云锦，织出革命之豪情。细检诗坛李杜，词苑苏辛佳什，未有此奇雄。携卷登山唱，流韵壮东风。

但是，陈明远就不够好彩（运气不好）。他的《沁园春·咏石》，“文化大革命”中，红卫兵将其误当未发表的毛主席诗词传播，之后又说他冒充，坐了几年牢。其词曰：

璞玉一方，切琢无疵，磨砺发光。岂怡红公子，命根维系，梁山好汉，天道周行。烈火难熔，狂风不倒，迸出齐天大圣王。传千古，数几多宝库，龙窟云冈。　谁言铁石心肠。有热血沸腾涌满腔。任离合悲欢，无求德色，嬉笑怒骂，皆为文章。上补青天，下填沧海，焚身裂骨自刚强。了此愿，亦不枉平生，非梦一场。

这首词，咏物言志，雄健豪爽，颇有毛诗气派，难怪红卫兵误传。为着纪念这段历史，特将其载入《当代词综》（第四册第二〇一二页），以为备忘。

相关篇章，之所以容易被混淆，甚至被误认，说明相互之间必定有许多共通之处，诸如题材内容、叙述方法以及语言风格等等，而且，这一些在某一历史阶段似乎也已形成一定套数。此类现象，文学史上也曾出现。例如辛弃疾与刘过，刘学稼轩，词多状语，作出来的词，与稼轩很相像，有位老前辈就曾怀疑，刘是辛的枪手。其实，那是不可能的。前阵子，网上流传，主席《沁园春·雪》出自胡乔木手笔。胡的女儿已出来代为否认。无论如何，那是学不来的。因为身份不一样，胸襟也自不同，更不用说气象。

事证二：说人家是修正主义，自己不比人家修得更加厉害。

一九六四年十月，中华人民共和国成立十五周年，胡乔木所作《水调歌头·国庆夜记事》有云：

今夕复何夕，四海共光辉。十里长安道上，火树映风旗。万朵心花怒放，一片歌潮直上，化作彩星驰。白日羞光景，明月掩重帷。天外客，今不舞，欲何时。还我青春年少，达旦不须辞。乐土人间信有，举世饥寒携手，前路复奚疑。万里风云会，只用一戎衣。

这是胡乔木的得意之作。但其中有不少重复的字，如十里、万里、万朵，还有两个复字，我觉得并不纯熟。字面上缺少锻炼。编纂《当代词综》，不录此词，而录另外的篇章，计十篇。但他不同意。说："我的那几首《采桑子》说愁，其实是诡辩；另有几首反修，现在我们不比人家更修。为什么不选我的《水调歌头》?"

胡乔木的事证说明，诗词创作紧跟政治形势，与时俱进，但有些时候，时势的发展、变化，既不可预料，又不由自主，不能不跟，也不能跟得太紧。

以上二例，应可见歌德派书写之一斑。作者圈子很小，作品亦不多见，仍然处于模仿的阶段。

（二）老干体及其书写模式

第一个六十年的共和阶段，诗词创作，尤其是诗词的发表，还是少数人的行为，多数人的创作基本上仍在地下进行。一九七六年，进入第二个六十年，旧体诗创作从地下转向地上。和第一个六十年相比，第二个六十年，最明显的特征是，政治上的"两个凡是"，赋予诗词创作重大的历史使命。诗词创作的意识形态化，令得诗词界亦出现"两个凡是”：凡是无产阶级革命家都会写诗词，凡是平反昭雪都要发表诗词。诗词界“两个凡是”的出现，一方面对于诗词创作及相关诗词活动有一定推进作用，另一方面也令得诗词创作有点泛滥成灾。

1. 马背与台阁

上世纪八十年代初期，解放军某部团长唐伯康提出“中华诗词”这一概念，并编纂《当代中华诗词选》。这是以中华诗词为标榜的第一部诗词总集，一九八九年八月由甘肃人民出版社出版。其间，中华诗词学会成立。学会由一批尚未退下岗位或者刚刚退下岗位的老革命、老干部带领，从无到有，迅速拉起队伍，创建阵地。此后，“老干体”一词，就在诗坛流行。老干体与歌德派一起被捆绑，都被纳入台阁派的书写范围之内。即使某些并不在台阁或者曾在台阁已离开台阁的作者，同样被纳入台阁派的书写范围之内。其范围之广，队伍之庞大，可以想见。

2. 挑战与应战

在这一背景下，昔日的歌德派以及今日的老干体，既迎来新的挑战，也面临着新的困境。一九八七年五月三十一日（端阳节），中华诗词学会在北京成立。第一任会长钱昌照借出北兵马司胡同十七号作为学会会所，筚路蓝缕，终于为传统诗词创作开辟了一片天地。钱昌照谢世，周谷城接任会长，面对眼前局势，曾为感叹：“暴露黑暗易好，歌颂光明难工。”诗词创作除了勇于向固有观念说不，“莫再谦称传谬种，敢将敦厚育英才”（周谷城诗句），在实践过程中，树立正确的观念，还须于诗词历史进程，总结、吸取经验与教训，包括对于概念、意象运用所出现的经验与教训。这就是所谓探本与溯源。

第二个六十年，已去掉一大半。中国古典诗歌由第一个六十年之死而复生，在第二个六十年，到达二〇三六年之时，会不会让生而复死的预言实现？昔日的歌德派以及今日的老干体，必将产生一定的作用。有关歌德派以及老干体，为何还要在其前头加上个昔日和今日的修饰语呢？其实，就所描述的对象看，并无特别用意。只是表述上的一种小小的变化，亦非技巧，因为歌德派和老干体，实际上是同一个概念。于歌德派前头加上昔日二字，说明乃古已有之，并非今日之所独创；于老干体前头加上今日，表示乃今之新名目，同样并未否定其旧时已有。昔日与今日，在这里并无专门的指向。歌德派和老干体，其来龙去脉，得失利弊，以及发展前景等问题，同样是目前所当面对的问题。

三、近源与远源：歌德派的今天与明天

正如上文所述，歌德派和老干体，尽管都是共和以来的新名目，但寻根究底，亦都有其来历。而作为新名目，其于共和期间的出现，大都带有贬义。例如，歌德派，已成为文艺界乃至文化界对于歌功颂德一班人的称呼；老干体，亦已成为诗词界对于一班退休或者还没退休的老干部所作诗词的称呼。做法皆未甚妥。故此，我说歌德派和老干体的近源与远源，将其置之于历史发展的过程中进行考察，既为着认识其作为诗六义中之一义的真面目，带有正本清源的意思，亦为着总结、吸取历来以诗六义进行创作的经验与教训。

对于共和期间所出现的歌德派和老干体，应当正面直对，无须回避。相关作者有勇气以歌德派自居，以老干体自命，乃自信心的表现，值得赞赏，值得支持。我遇到多位有此自信的诗人和词人，很受鼓舞。二〇〇二年，“大雅正声与时代精神”学术研讨会在澳门举办时，我就曾呼吁：“对于新的大雅正声，现代的雅与颂，包括言王政之大雅与小雅以及美盛德之各种颂歌，应当有个合适的评价。”还呼吁：“将历史与现状联系在一起，对于雅与颂进行综合考察。既从现代的角度，对于传统的大雅正声进行科学的分析，评判其地位及影响，又从传统的角度，对于新世纪的大雅正声进行历史的关照，评判其现状及前景。用一句比较新潮的话讲，那就是传统的现代化和现代的传统化。”时间过去十二年，相关话题仍未过时。

（一）传统风、雅、颂的历史定位及创作经验

1. 比重及定位

传统的风、雅、颂，在历史上早有定论。《诗》三百当中，十五国风一百六十篇，大雅、小雅一百〇五篇，周颂、鲁颂、商颂四十篇。三种体裁或者式样，各有一定比重，各占居一定地位。有所偏重，而又无所偏废。几千年来，就是这么一种状况。

比重牵涉定位，说明不是一个简单的数字问题。也是在十几年前，一位朋友主持诗词丛书出版工作，曾征询意见，我告以“控制数量的方法保证质量”，亦希望重视相关数字。有感于此，与诸生言诗，也曾说及，现今诗多好少，或者说写诗的人比看诗的人多，诗界之第一要务，须将孔夫子的“四个可以”加上一个可以，成为“五个可以”。这就是诗可以兴、可以观、可以群、可以怨，还得可以删。这应当是个大前提。有朋友一年一部诗集，除了备忘以外，可能还得承担一定风险。

以下说诗六义问题。这是传统风、雅、颂创作的整体经验。《诗》六义包括风、雅、颂与赋、比、兴，对于乐歌创作而言，包括写什么和怎么写两个方面的问题。风、雅、颂，说的是题材问题，包括内容范围及题材要素。用当时的话语讲，是大政事和小政事，以及风土、习俗；用现代的话语讲，就是天文、地文、人文，以及事理、情思、物景。一个属于题材范围，一个属于题材要素。或者说，一个是自然物象，一个是社会事相。赋、比、兴说的是体裁问题，包括乐歌式样及表现手法。用当时的话语讲，是赋笔白描，还是比兴寄托；用现代的话语讲，就是叙事，并于叙事过程说情、言志。

2. “生民”的典范

《生民》，这是诗大雅中《生民之什》的其中一篇。诗篇歌颂周民族第一祖先后稷。从其奇特的出生说起，再列述其文武之功，并以配天。谓其所有，来自于天。其全部事业，一地一天，即对地种谷，对天祭祀。这就成为一组大型宴会上的雅歌，叙事长诗，为周朝开国史诗，堪

称大题材、大叙述的典范。

史诗的制作，以人配天。人与天，相距遥远，究竟如何追配？“近取诸身，远取诸物。”这是先贤所开示的方法。在时间与空间上，由近与远的推移与转换，达致通天的目标。

3. 曹操与陶潜的经验

(1) 曹操《龟虽寿》，从个别到一般的提升。

曹操诗云：

神龟虽寿，犹有竟时。
腾蛇乘雾，终为土灰。
老骥伏枥，志在千里，
烈士暮年，壮心不已。
盈缩之期，不但在天。
养怡之福，可得永年。
幸甚至哉，歌以咏志。

神龟、腾蛇，各有所长，亦各有其局限；老骥、烈士，各有局限，亦仍然尽其所能，不愿意停止。这一切，属于个别事物、个别现象。盈与缩，寿与夭，福与祸既在于天，亦在于人。只要调养好身心，同样可得久长。这是一般的道理。从个别到一般，从具象到抽象，达至咏志的效果。以具体物象咏志，而非以概念。于具体物象，体察物理，加深对于久长与短暂，包括天道与人事的认识，颇堪效法。

(2) 陶潜形、影、神，由诸身到诸物的推移。

陶潜《形影神》三首，其序称：“贵贱贤愚，莫不营营以惜生，斯甚惑焉。故极陈形影之苦，言神辨自然以释之。好事君子，共取其心焉。”三首歌诗，包括《形赠影》、《影答形》，以及《神释》。分别歌咏形、影、神，乃以自身的存在及存在的形式以追配人、地、天，而后托体山阿，实现通天的目标。其近与远的贯通与联想，同样也值得效法。

（二）二十世纪风、雅、颂的扭曲及错位

二十世纪，时事多变，对于文学问题，把握不定。二十世纪八十年代以来，言路放宽，注重独立思考，但是容易走极端。原来只允许歌颂与赞美，为政治服务，现在不愿意当歌德派。作为传播文化、推进文明建设的高等学府及学术研究机构，在一般情况下，似乎也只是着眼于风。将风当作文学主流，喜欢讽刺，喜欢揭露与批评，不喜欢雅、颂，以为歌德派。这应是一种偏废。

就题材的处理看，当代歌德派以及一班老干部的诗词创作，叙事、言志，大多以天下为己任。言大政事，一人与天下；言小政事，诸侯与诸侯。以天地为背景，展现历史上的人物与事件。诸如毛泽东《沁园春·雪》，就是这样的大题材、大制作。以眼前的物景与物景下的人和事，直接以配天。

除了在题材上，于为时、为事的同时，也为自己，仍可在时空位置上，于大与小以及远与近等多个方位，进行调整，寻求深长、远大之旨，亦可望与天相配。

（三）二十一世纪风、雅、颂的创造及归位

两个源头，胡适、毛泽东以及《诗》三百的雅与颂，于近与远，均已为展示方法与途径。而只是就近的讲，步入新世纪，元亨利贞，万物资始，今日歌德派，现代的雅与颂，于吸取两个源头资源的过程，仍然须要做些什么呢？以下三事，似当留意。

其一，内容与形式，始创与守旧。

孔夫子提倡“述而不作”，朱夫子将其解释为始创与守旧。以之阐发诗词创作的相关问题，应可作如下表述：内容须始创，形式宜守旧。内容随着时代变化而变化，形式相对稳定。中国古典诗歌既然是古典，就得遵守古典的游戏规则，认认真真玩一玩。形式不能变，不能够轻易突破。无需做出许多花样。比如新诗韵等等。

其二，对立统一，相辅相成。

从文学材料分配与组合的角度入手，上片布景、下片说情，一句话就能读懂全部宋词。正与反的组合，构成二元对立定律。柳永的程序化将词的创作推向数码时代。李清照正与反的组合揭示易安体的秘密。辛弃疾正话反说、反话正说以至于无正无反、亦正亦反，无穷变化，令人应接不暇。阅读宋词，两个字，正与反，切须谨记。

其三，词才与词心，感觉与认识。

秦观的两句话，“两情若是久长时，又岂在朝朝暮暮”，千百年来，博得多少小姑娘的芳心。而最令乃师吃紧（担心）的却是另外两句话：“销魂。当此际，香囊暗解，罗带轻分。”因后者所呈现的是一种状态，无法抵赖，而前者却不一定就是心底里的话。乃词才，而非词心。文学作品是作得让自己都有口难辩好呢？还是说了等于没说好？至于“砍头不要紧，只要主义真。杀了夏明翰，还有后来人”和“慷慨歌燕市，从容作楚囚。引刀成一快，不负少年头”，二者相比较，一个重如泰山，一个仅仅是一种感觉。相信也有明显的区别。文学创作亦各有各的抉择。

总而言之，新世纪的风、雅、颂创造，仍须遵循老祖宗所制定的原则，诗学与诗教并重，审美与功利兼顾，各就各位，共同为复兴大雅，重振正声，做出各自的贡献。

甲午处暑后三日于濠上之赤豹书屋

中央文史研究馆主办“雅韵山河——当代中华诗词学术研讨会”论文

二〇一四年九月十六日　北京

不学诗，无以言

——两岸四地及日本韵文读写状况

一

古代韵文，从较大范围上看，所指当为古代一切有韵之文，无论诗或者非诗，都包括在内，此乃与无韵之文——散文相对而言；而从较小范围上看，所指则为韵文中之诗歌，并不包括非诗之韵文，具体地说，就是诗、词、曲或者歌赋。因此，一般将其当作古代诗歌（Classical Poetry）看待。

古代韵文之作为一门必修科目而被列入大学教程，这在具有古老传统之中国，虽并非绝无仅有，但就当前状况看，却甚为难得。因为自从一九四九年以后，内地各高等院校均不开设古代韵文这门课，原有诗选、词选或者诗词选，亦被并入有关古典文学科目，作为文学史进行讲授。半个世纪以来，所谓教授不教，学生不学，古代韵文一直未能走上大学讲台。前几年，在全国政协八届二次会议上，孙轶青、范静宜、傅璇琮、张常海、张西洛、沈鹏联合发言，曾提出建议：“大学中文系应设诗词必修课，中文系毕业的学生应该学会创作符合格律的诗词。”这建议至今尚未实现。台港二地，个别院校据说仍然坚持韵文教学，并要求学生进行写作训练，亦尚未全面推广。面对这一状况，澳门大学开设古代韵文这门课，确实值得重视。

半个世纪以来，两岸四地——大陆、台湾、香港、澳门，由于不学诗所造成的后果，已是明显可见。在写诗填词方面有关问题，两年前，拙文《新声与绝响——从澳门看诗词创作状况及前景》曾加披露。这里着重说品诗论词问题。这一问题可以从出版状况得到反映。但整个出版界，包括所有图书市场，真不知从何说起，只能粗枝大叶，说点观感。我以为，从时间推移看，自五十年代至今，有关古代韵文之出版，如以具体出版物为标志，似依照下列程序进行：

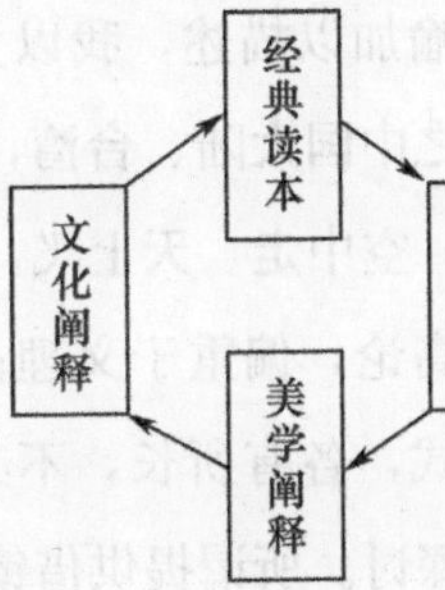

出版界这一程序之推进，既因应社会需求，亦体现古代韵文读与写之实际水平。五十年代及六十年代初期，经过反右以及教学改革，古代韵文逐渐丧失地盘，而有关专门家并未退下阵来，出版界仍以刊发各种经典读本为主。例如人民文学出版社所推出一套古典文学读本丛书，包括余冠英《诗经选注》、《汉魏六朝诗选注》，冯至、浦江清等《杜甫诗选》，钱锺书《宋诗选注》等，皆堪称典范。有一位从事研究及出版工作四十余年之学者谓该丛书“对我们一代人是起了培育、辅导作用的”（傅璇琮语）。这当是实情。但是，七十年代末及八十年代之后，鉴赏热兴起，马二先生领导出版新潮流，情况即发生较大变化。一方面，连炒带抄，原有作品之解读，被变成诗学辞典；另一方面，立异标新，本来诗学之发明，被换上玄学包装。这一变化，不仅将一片薄瓦变巨砖，令人不胜负荷，而且诗词本身也不知道被变到哪里去了。这当也是实情。这一状况之出现，除了社会环境影响以外，相信与高校教学有关。因为韵文被当作文学史讲授，尽管亦提及作品，却比较注重时代背景及作者生平，往往以史代诗，将文学课变成历史课或一般政治常识课。加上老成凋零，新一代接不上，自然另找出路。这就是我所说后果。

二

出版状况，反映不学诗后果。从时间推移看，五十年状况，大致有如上述。从空间转换看，两岸四地之大陆、台湾，再加上日本，有关状况似乎亦可以为这一后果提供借镜。这主要体现在读与写之方法、步骤上。如用一种不很恰当之比喻加以描述，我以为，古代韵文之读与写，其具体方法与步骤，在目前之中国大陆、台湾，以及日本，通常以下列三种方式出现，即：地上爬、空中走、天上飞。三种方式，一种是爬格子，着眼于考据；一种是创高论，偏重于义理；一种则为二者之折中，考据、义理都来得。三种方式，各有所长，不必多予评判；至其所短，主要是偏废词章，则须加以探讨。所谓提供借镜，其用意即在于此。

先说考据。这是读与写之基本功，亦产生经典读本之基础，未可忽视。以为地上爬，相信并无恶意。而且，就目前趋势看，人脑与计算机结合，其前景当无法估量。但是，有些考据是否有用，却值得怀疑。我看过一份博/硕士论文摘要，有人比较研究五代诗词，从语言入手分析归纳。为比较总体风格，将五代诗词语言分为天文、时令、地理篇；人事篇；形体、服饰篇；稼穑、农桑、草、木、花、果篇；禽、兽、虫、鱼篇；宫室篇；乐律、器用、法宝篇及采色篇。为比较个人风格，再将韦庄、张泌、和凝、李后主、欧阳炯、孙光宪、牛峤、牛希济、李珣、顾敻等人诗词语言加以规划。研究结果，谓诗词之间语言，可分为诗用词不用、词用诗不用及诗词皆用三部分。并通过表达方式及出现次数，说明诗词皆用，亦有异同。以为可证实“诗庄词媚”以及“诗之境阔，词之言长”这一论断。实际上，此乃将韵文当语文，进行一般分类、统计，而不将韵文当韵文，此分类、统计，未必有助于读与写。这就是对于词章之偏废。

再说义理。一九八五所谓“方法年”，学界门户大开，新学科、新方法，天下风行。在古代韵文方面，美学阐释、文化阐释一类著述相继出现。就总体目标看，此类著述之走向，大致有二：或借助美学理论、文化学理论及方法尝试解释韵文中问题，或利用韵文中材料尝试印证美学理论、文化学理论及方法，各有各精彩。由此所建造之架构、体系，看起来也比传统义理显赫得多。但二者似乎都欺骗了韵文。例如：有一本书说宋代词学，将词学主张提升为审美理想。乍一看很美学，似有点石破天惊，仔细看却发现所说都是一些老话题，诸如豪放、婉约以及高雅、低俗等等，不知何谓新意。另有一本书说《诗经》，将三百篇放在人类思维及符号功能历史发生之宏观背景下，进行人类学之现代阐释与破译。古今中外，融会贯通，颇能体现其学问、胆略及气概。作为人类学著述，甚为可观。但作为《诗经》读本，究竟合适与不合适，就当细加斟酌。如说《卷耳》，既断定二章以下为咒术幻相，又提出疑问，谓征人之妻何故有仆、有马，言必称金罍、兕觥。显然只是注重于咒术这一文化话题，而忽略构造幻相之另一诗艺话题。两种走向，均努力向上，只可惜脚不着地。这当也是一种偏废。

以上有关读与写之两种方式，两岸学者大多乐意为之，而稍微有所侧重。最近几年，互相交流，互通有无。此岸某些学者，跟着玩资料，彼岸则将高唱“义理”之博士学位论文引进。彼此热闹一番，但偏废词章之状况并无改善。至于第三种方式，所谓折中，则在日本出现另一状况。

三

日本人将中国文学看作第二国文学（神田喜一郎语），对于古代韵文之读与写，一向特别用功。我见过若干颇具水平之专门著述，颇多获益。但是，有一部关于柳永之专著，却令我产生疑虑。即：所谓大陆、台湾两种读写方法之折衷，究竟是并取其长，还是兼收其短，看来很难说得清楚。这部专著于第一章研究序说，论柳词构筑法，似乎想论证这么一个问题——古典主义手法与词的文体结合问题，颇有些新意，而落到实处，却货不对办。例如：构架法之一，乃以《雨霖铃》为例，将援引、借鉴前代作品之词句，诸如“寒蝉凄切”、“对长亭晚”、“都门帐饮无绪”、“兰舟”、“执手相看泪眼”、“竟无语凝噎”、“念去去”、“千里烟波”、“楚天阔”、“多情自古伤离别”、“更那堪、冷落清秋节”、“今宵酒醒何处”、“杨柳岸”、“晓风残月”以及“应是良辰好景虚设”等，一一列出，并详细考订。而后得出结论：“中国文学史中形成的种种‘离别’意象，的确被大量地使用，而且词的意境全然是由这些传统意象构建的。”看似有文有理，十分切近——论者以为，“这是理解词作内容最为切近的方法”；实则只是说明所使用材料以及材料之来源，至于这些材料之如何变成词，却均未涉及，亦即既无构与架，又无所谓法。而构架法之二，以《鹤冲天》为例，检索语汇出处，同样也不见其法。这就是东洋状况。

由于见闻所限，以上描述难免以偏概全。但我相信，作为一面镜子，对于出版界、诗界之自我检讨，当有所助益。而且，就某些迹象看，我所揭示问题，实际上似乎也已经逐渐得到纠正。例如：白文本之推行以及旧读本之重印，我看就是对于炒风、抄风以及脚不着地作风之反动。白文本，不加任何注释、品评之读本，一般依据专门家选择、校正之善本翻印。近年由上海古籍出版社刊行之有关《诗经》、《楚辞》、《乐府诗集》以及陶渊明、谢灵运、王维、李白、韩愈、杜牧等作品全集，即为其中精品。编者以为，这是为满足不同层面读者需要所作尝试。我想，必将受到欢迎。旧读本范围较广，主要是经得起时间考验之读本，有清代或清代以前之所传，亦有近人制作。多数于五十年代及六十年代初曾刊行，少数为三、四十年代旧本。每集发行多在万册以上，可见有一定市场。此等迹象说明：古代韵文出版之由经典读本到鉴赏辞典，由鉴赏辞典到美学阐释以及文化阐释，最后又返回经典读本，可能是一种必然进程。

当然，这一进程，其中应包含着探索与反思。出版界需检讨，诗界也当检讨。几回与诗界朋友见面，都曾提及这一问题。本人亦专注于理论研究，但经常提醒自己，不能有所偏废。否则，几十年所做功夫就将白费。而且，既以此为职业，教书、教人，如不得法，亦将误人、误世。因此，愿借此机会，将自己读与写之粗浅体会以及所知有关专门家之读写经验，加以推广，以便取长补短，学好古代韵文这门课。

——原载一九九九年四月十八日、五月二日、五月十七日
澳门《澳门日报》新园地副刊；
又载北京《文史知识》二〇〇五年第二期

天分与学力
——诗词欣赏及写作

吉甫作诵，以雅以南。
燕及朋友，则百斯男。

——集三百篇句

彭玉平（中山大学文学院教授）：

各位老师、各位同学，今天我们很荣幸地邀请到澳门大学中文系施议对教授，来给我们做这场“天分与学力——诗词欣赏及写作”的主题讲座。施议对先生一九八六年毕业于中国社会科学院研究生院，是中国恢复研究生招生制度以后的第一批文学博士。他的导师是著名的词学家吴世昌先生，而他在“文化大革命”前做研究生时的另一位导师是著名的词学家夏承焘先生。他的两位词学导师在中国二十世纪的词学史上都有着非常重要的地位。毕业以后，施先生曾经在中国社会科学院文学研究所工作多年，之后移居香港，又在港澳两地工作多年。施先生的研究，由于他生活的背景和学习的背景不同，所以体现出一些与我们内地学者不同的特色，比如港澳的学者跟外边的交流比较多。所以，他在做学问的方法、做学问的角度方面，以及做学问的一些标准方面、看法方面，都有很多新的地方。就我跟施先生的多年接触来看，我觉得他是一个很有想法的人。就“天分与学力”这个题目来说，大家应该是熟悉的，但我相信施先生一定可以讲出让我们感到新鲜的东西。

在介绍施先生之后，我还想介绍一位嘉宾，那就是我们中山大学中文系，八十高龄、德高望重的邱世友先生。邱先生也是研究词学的、也是能写词的，施先生也是研究词学，也是能写词的。他们两位年龄相差十多岁，但却结成忘年之交。我手上有一份二〇〇一年邱世友先生写给施议对先生的信。邱先生非常注重故交情怀，今日还特意将这封信找出来。这封信不是一封普通的嘘寒问暖的信，而是涉及一些学术的源流、学术的定位的问题。而且是用古文书写，古色古香。大家边听，恐怕也要边想。以下是信件内容：

议对词家道席左右：

武夷相晤，又赓澳门之娱。玉女倒影，云窝境清；与夫普济妈祖诸寺，消人烦郁。一时飘飘若仙。分携即往福州。游鼓山、乌石、西禅诸胜，观唐宋名家石刻暨近代楹联。蔡襄、严复隔代如在。榕城历史文物之盛，为之流连低回感叹！

大作《宋词正体》，未遑细读，然于拙文《柳永词的声律美》已具引矣。顾吾兄从学于夏、吴二大家，得通变之思于吴（世昌），得实证之学于夏（承焘），斯二者词学专家，各以其治学特点授兄，而兄则融二家之长，成独有之治词风格。《宋词正体》其表见也。如论东坡、少游，大有异焉。东坡于柳（永）多微词，而犹学柳之长调，掩而不宣耳。少游则学柳之词心焉，变柳之体而得其正。其语尘下者变而为婉丽矣。是知苏门词学，各有其风格，各有其韵味，皆有诸柳三变耳。吾兄问学得吴通变之理者，重在西学；得夏实证之义者，重在中学。窃以中学为体，西学为用之旨共勉哉！夫通而不滞，证而有据，词学之发展，在乎左右者也。

圣诞节将临，尚祈继澳门、武夷之欢，永持其心境而已矣。

邱世友

谨勒二〇〇一年十二月二十三日

我们为两位前辈深厚的学术交情鼓掌！下面我们大家用掌声有请我们今天的演讲嘉宾施议对教授！

各位老师、各位同学：

今天非常高兴能跟大家见面，而且邱世友教授到这里来给我捧场、支持，邱先生还带来他给我的一封信。这封信我也是珍藏着的，感到非常宝贵，有这封信，今天到这里来跟大家做这个讲座我感到特别有意义。在这里主要也是把我的心得跟大家来交流一下，而且在座还有很多老师都是老朋友。我跟邱世友教授是忘年交，他对于我来说是亦师亦友，我是他的晚辈。在座的海鸥教授、玉平教授，我们都是同一辈的朋友，只是先后差了几年，现在都还是一起在努力着。刚刚邱教授那封信，对我来说是非常宝贵的，特别是他对我两位导师的评价，以及我对于两位导师，到底承继了些什么，看了这封信以后才引起我的思考。在这之前，我还有点不是非常自觉。邱世友教授给了这封信，我才真正明白，我这两位导师，我要向他们学习什么呢？吴世昌先生的通变之思，是西学；夏承焘先生的实证之学，是中学。中学为体，西学为用。邱先生讲得太好啦。毕竟是研究文论出身的。而且，在词学方面，他的成就也相当出众。所以说，邱世友教授这封信对我是一个非常大的鼓舞。

一、开场白

今天讲这个题目，书面上的依据还不太多，主要是讲我个人在教学与科研中的一些体会、一些经验。

（一）外交比试，诗词大战

大家都说，我们的国家，是一个诗的国度，而且还说，澳门是个诗城，那么，身在其中，自然离不开诗，离不开诗人。所谓“不学诗，无以言”，这是孔夫子的教导。在实际当中，诗词跟我们的生活，关系也非常密切。特别是一九九一年年初，从中国社会科学院移居到香港以后，所见到的情景，更加让我觉得学诗、言诗的重要。我在香港工作两年，一九九三年到澳门大学任教。一九九七年香港回归，一九九九年澳门回归，都曾亲身经历。香港回归之前，中、英两国的外交大战，可以说是一场诗词大战。自从上世纪八十年代开始，中、英两国就香港前途问题，已进行了一轮又一轮的谈判，但都不得要领。到第二十轮谈判，最后一个大障碍已经解决，中国代表团团长周南引用李白诗句"两岸猿声啼不住，轻舟已过万重山"，以喻谈判已接近大功告成。我到香港的时间是一九九一年二月十四日，西方情人节的那一天。之前，许家屯逃跑到美国去；之后，周南接任。报载，许家屯出走，抛下两句话给港人，叫"百骏竞走，能者夺魁"。两句话是他自己作的，不是诗里面的经典。邓小平说，香港回归，马照跑、舞照跳。他说，有能力的可以跑在前面。香港人中意跑马，许家屯这两句话，对于香港人来说，既非常中听，也很受用。周南上任，丢给港人半句诗："春到枝头。"四个字，不得了。整个香港的舆论界都为之轰动。所谓"两岸猿声啼不住"，当时情景，记忆犹新。可知，诗词大战，周南是其中一位关键人物。而周南者，并非他原来的名字。他原名叫什么，已经被人们所遗忘，这是他参加革命时所起的名字。也正因为周南这名字，当毛泽东接见他的时候，引起了兴趣。毛泽东接见，这是陈毅的引荐。当时，周南还是个小科长，十七级干部。但毛泽东见了他，听到周南二字，非常高兴。说，《诗》唱周南第一章，马上记住这个周南。这个周南是一位外交家，到香港后，即刻掀起诗词大战。那么，诗词大战，到底怎么个打法呢？一般讲，大多是碰到了什么大一点的政治事件，就来两句。中方的官员引诗，代表港英的彭定康也引诗。记得彭定康将要走的时候，他做个政治报告。这个政治报告带着很浓厚的情感气味，表示很舍不得。但报告中所引用，不是中国的诗，而是美国诗人杰克·伦敦的诗。番邦鬼佬，杰克·伦敦所写，肯定不是文言文，但这个翻译好厉害，给他翻成八个字：宁为尘土，不作灰飞。谓宁愿做尘土落到地上，不愿做尘灰在天上飘飞。也是陈诗以言志。香港的这场诗词大战，一直到彭定康回老家，周南北上，方才告一段落。

（二）学诗立言，非诗之福

在中国历史上，诗词大战，由来已久。不学诗，无以言。学诗立言，对于所谓小子，很有必要。可为立身之助。但学诗为着立言，却并非诗之福。以往如此，今日亦然。前面集句中的吉甫，某诸侯手下一员武夫。当时可能也是一位著名的诗人。说明在孔夫子那个年代，引诗、用诗，并非专利。从政的学诗立言，做生意的也不例外。只是各有所用，各取所需，大都断章取义罢了。最著名就是《左传》所记载的诸侯会盟。那个时候，诸侯与诸侯之间，用诗来打仗，情况很普遍。现在是不是还可以用诗来打仗？兵对兵，将对将，周南对彭定康。这较为上层人士的比拼，而低层一点的呢？前不久，香港税务局一位局长也引诗，很有意思。那时，香港正退税。每个打工的中产人士，大概都可以退得千百元至几千元。税局鼓励消费。局长引唐诗“去年今日此门中，人面桃花相映红”，谓眼下店铺的门开得好好的，买得到好东西，要抓紧。要不然，过了一夜，店铺执笠，店门可能就关闭啦。他这么理解这首诗，真是无奇不有。不过，泱泱大国，学诗、用诗，当然也有个水平、有个风度，不至像香港局长那般。而今，温总出巡，到香港是黄遵宪，到印度就泰戈尔。旧体、新体，样样来得。无论到什么地方，都会有相应合的诗句引用。最近好像少了一点。至于江总那就更多了，无论去到哪里，必定有诗。可见，诗词在我们中国是多么重要啊。学诗立言。有了诗，就能掌握话语权。许多人因此也加紧写诗。只可惜，写诗的人很多，看诗的人却仍然比写诗的人来得少。

（三）人天之间，把握自我

在这种情况下，我今天讲这个题目，天分与学力，究竟想干什么呢？我的来意如何？大家多少可以猜想得到。是不是鼓励大家多写一些呢？好像不是这个样子。今天我来，主要想根据我掌握到的有关诗词欣赏及写作的一些状况和材料，跟大家探讨一下，究竟有没有天分这回事，有天分怎么办？没有天分又当如何？要大家知道，诗词这个东西是要有点天分的。那没天分怎么办呢？没天分写不写？也不能说叫他不写。等一等再看看没天分怎么处理。而天分以外，学力又有什么用处？古人曰："天分稍次，学而能之。"天分与学力，还是可以互相补救的。只要肯下功夫，仍将有所得益。

开头的这一段话，说明学诗的一个侧面，表现一种风气。总的讲，我讲这个题目，就是要大家了解诗词是个什么东西，来更好地爱护诗词、维护诗词，也维护自己。

以下准备讲三个问题：一、诗词发展及现状的分析与判断；二、诗词涵养及潜力的检验与评估；三、诗词涵养及潜力的增添与发掘。三个问题，有关天分，亦有关学力。既决定于天，亦决定于人，在人天之间。目的在于把握自己的位置，明确重负，知道如何面对。

二、诗词发展及现状的分析与判断

（一）诗词发展的两个六十年

不说两千年，或者五千年，而说一百二十年。一百二十年，分成两个阶段。第一个阶段，一九一六年至一九七六年，六十年，一个甲子。说诗运与时运，属于诗和时代的关系问题。第二个阶段，一九七六年至二〇三六年，也是六十年，一个甲子。说诗运与文运，属于文风与学风问题。

1. 第一个六十年（一九一六至一九七六年）

第一个六十年为什么从一九一六年算起呢？因为这一年，胡适发表第一首新诗。新诗出现，宣告旧诗死亡。胡适并于一九一七年发表一篇重要文章《文学改良刍议》。这篇文章对于新文学的兴起及旧文学的衰亡，起了非常大的作用。这方面的历史，大家可以留意一下。由于新诗登场，诗坛上出现第一次流动，由旧诗到新诗的流动。原有旧诗作者，改弦易辙，写起新诗来了。几位老前辈，沈尹默、刘半农，原来写旧诗，改而写新诗；年青一代如俞平伯，旧诗已经入门，也开始改写新诗。到了二十年代，闻一多出现，便稍有些不同。闻一多原本也是由旧诗改而作新诗的，也想在形式上对新诗有所突破，为新诗提供个合适的形式。因为诗歌的发展，实际上就是诗歌形式上的创造，一部诗歌发展史就是一部诗歌形式创造史。闻一多非常明白这一道理。他的《死水》，努力为新诗的形式创造，寻找建筑美、绘画美和音乐美。希望在这几个方面来为新诗创作提供样板，寻找出路。在这首诗后面曾署有一个写作时间：一九二五年四月。而同在这一时间段，他在致梁实秋的信中，却提及自己的一首旧诗——《废旧诗六载矣，复理铅椠，纪以绝句》。曰：

六载观摩傍九夷，吟成鴂舌总猜疑。
唐贤读破三千纸，勒马回缰作旧诗。

以为当回过头来，提倡旧诗。这是二十年代的事。不过，那个时候的新诗毕竟还是新的诗，是一种新的诗歌样式，不会那么快就收场。之后，经过三十年代直至四十年代，新诗尽管亦曾遭到质疑，也许不一定再有那么多人拥护，而仍未曾取代旧诗。到什么时候旧诗才真正没有自己的地位呢？一九四九年。那时候，不知何故，旧诗基本上就没人敢写了。只能偷偷地写，放在自己的抽屉底下。一时间，新诗一统天下。整个中国，写旧诗的除毛主席以外，郭沫若偶尔发表几篇，其他就是政协的主席、副主席，偶尔也发表一二篇。“文化大革命”期间，只有毛主席才写诗词，毛主席的诗词，独领风骚。这里，我特地推举一首当时被误认为是毛主席诗词的词给大家，这就是陈明远的《沁园春·咏石》。“文化大革命”当中，这首歌词被作为“未发表的毛主席诗词”而广泛流传。但因为这首词，陈明远也下了监牢，说他伪造毛主席诗词。为了保留这一伟大的误会，我特意将这首词收入《当代词综》，放到殿后的位置上。

这是第一个六十年。代表人物——胡适。中间，出了个闻一多。最后，毛泽东说："用白话写诗，几十年来，迄无成功。"

2. 第二个六十年（一九七六至二〇三六年）

第一个六十年，中国旧体诗词打不死。由于新诗迄无成功，旧诗方才有了机会。是一条龙，而不是一条虫。一九七六年，四五运动，旧诗复活。这是天安门事件（四五运动）所开始的另一个六十年。天安门事件，大家在天安门贴出诗词标语。诗词创作由地下转向地面，因为带有政治色彩，诗词被披上外衣，一上来就不得了。紧接着，华国锋当政。政治上有"两个凡是"："凡是毛主席做出的决策，我们都坚决维护；凡是毛主席的指示，我们都始终不渝地遵循。"政治上"两个凡是"，大家都知道，诗词界"两个凡是"就未必知道。诗词界"两个凡是"：凡是无产阶级革命家都会写诗词，凡是平反昭雪都要发表诗词。第一个"凡是"，凡是无产阶级革命家都会写诗词。毛泽东不用说啦，还有董必武、朱德，以及陈毅、叶剑英，都会写诗词。华国锋也会，他有两句诗：

昔日从你脚下走，今朝从你头上过。

原是说兴修水利的，但联系到现实社会，这两句话都已变成现实。不是吗？他那个时候，是国家主席、党中央主席、军委主席，真的就"从你头上过"了。诗词很神圣，不能随便写。这是第一个"凡是"的事证。第二个"凡是"，你们去查阅一下北京《人民日报》就知道了。那是一九七八年，改革开放开始，"文化大革命"结束。一批老革命家复出，或者来不及复出就已离世，需要平凡昭雪，都需要发表诗词作品。其中，有一首《金缕曲》，在这一年的五月二十八日北京《人民日报》发表，就是为着替赵树理平反昭雪。报纸编者注云：据赵树理同志的亲属记忆，此词写于一九六五年初。原词无标题，词牌为编者所加。原载《诗刊》第五期。但这首词却另有所属，作者姓赵，不是赵树理，而是赵朴初。同样在北京《人民日报》发表。时在一九六六年一月五日。题称《贺新郎》，副题：新年献词。这是十几年前的事。那么，后来的《人民日报》为什么将赵朴初的词当作赵树理的词来发表呢？因为他是一名无产阶级革命家，此其一；另一个是因为，他需要平反昭雪。所以，就将这一首词拿出来发表。究竟赵树理会不会写诗词呢？应该写的，我没有注意收集他的作品，而这一首我倒是非常注意的。一看是赵树理的作品，我就赶快剪下来，赶快往我的本子上贴。我的本子是自制的一个词的钞本。按词调排列，一贴就贴到了赵朴初的头上去了。同样一首词，到底是谁抄谁的呢？想了又想，我猜想，应该是一九六六年初，赵朴初这首词发表，赵树理看到了抄下来，放在抽屉里，没有注明是赵朴初的。两首比较，个别字面为什么又有不同呢？也许因为非实时抄记，乃事后凭记忆录下。后来，赵树理去世，家属看到手迹，即送编辑部发表。对于这段公案，当时很想写个信给《人民日报》编者，后来想想，自己明白了也就作罢，不必追究。我以为，此事不能怪编辑，只能怪“两个凡是”。“两个凡是”，将诗词摆到祭坛上，究竟是诗词之福，还是诗词之祸？都可以讨论。就文学与政治的关系看，是将学诗立言摆到极其崇高的位置之上。只是，作为中国语言文学系的师生，应当冷静地想一想，孔老夫子说“小子何莫学乎诗？不学诗，无以言”，到底为的是诗，还是为的是言？并且不妨也想一想，当今学诗立言，究竟是为着诗，还是为着言？这种事实证明，为着政治的需要，为着现世的荣华富贵，学诗、引诗，我们的老祖宗一早就已经自己在破坏着诗。以前这样，现在也是这样。

（二）诗词的当前状况

1. 官诗与诗官以及商诗与诗商

就当前的状况看，我们的诗词究竟被破坏到哪个程度呢？上世纪九十年代中期，我有一个系列文章，用以描述这一状况。其中，“官诗与诗官”以及“商诗与诗商”两个小标题，可供观览。官诗与诗官，一指当官而作诗，一指作诗而当官。二者都有点特别。商诗与诗商，一指营商以作诗，一指作诗以营商。二者同样也有点特别。两个命题，皆有感而发。可以讲一些具体的例子来说一说。先说官诗与诗官。当官的作诗，作诗的当官，自古以来就是这个样子。诗人中哪个不当官啊？苏东坡、陈亮等等，都是当官的。而且，当官的所作的诗并不坏。那诗官呢？作诗而当官，这应当是一个新物种。以前不一定有。一九八七年诗人节，中华诗词学会成立。从会长到理事，设有很多官。但论资排辈，会长、副会长是部长级或者部长级以上的老干部，秘书长也是部长级的。我是发起人之一，中国首批文学博士。当时只有处级，虽是专家，也只能当个理事，在学会充当责任编辑。在学会做了一段时间，对其内幕有一定了解。有位先生叫荒芜，作有《长安杂咏》一组诗歌于北京《人民日报》发表。其一有云："一文一武两皮包。"所咏正是刚成立的中华诗词学会。两名副会长，一名文官，全国文联出身；一名武官，解放军将官。借用钱昌照北兵马司的一座四合院做办公室。其他一无所有。1995年，撰写《新声与绝响》，误将荒芜名句之平起格记为仄起，变作"一武一文两草包"。王澍见到了来信说，是皮包，而非草包。荒芜先生并无贬意，只是说明，这是一家皮包公司。这是因诗而官的一个真实事例。再说商诗与诗商，这一问题也值得注意。中国的读书人，向来不太看得起商，而现在的商变成儒商，一旦诗落到商的手里，处境就很凄凉。有位生意人，利用中华诗词这一招牌，办文化研究所、办出版社。以每人一百元的价格广泛招揽研究员，又以一个书号二千元，为诗词家树碑立传。

一百元，一个研究员，给发个证书，可以上名片。这下就发达啦，最少有几万、十几万人想当研究员。出版社也一样，头衔那么显赫，二千元很值得。去年到某地，知道这是一个人的生意。见面时，口无遮拦，给戳穿了。我说："中华诗词有这么个出版社，怎么我不知道呢？"原来这是在香港注册的出版社。在香港想办一千个、一万个这样的出版社，那是很容易的事情。但一个愿打，一个愿挨，也就没话说了。研究员也一样，一百大元，研究员，何乐不为呢？

2. 好为人师，自我作古

官诗与诗官以及商诗与诗商，于第二个六十年的中国诗坛，构筑起两道风景线，现出一些怪现象。现在再来看一看，在这两道风景线下，诗词被糟蹋的情状。

以下引了两首诗。第一首，某氏《采茶乐》：

雨霁山头蔚翠苍，姑娘结队采茶忙。
三三五五摇摇摆，绿绿花花艳艳妆。
树树株株挑剔遍，疏疏落落塞盈筐。
金乌西坠呼归去，说说谈谈笑靥张。

摇摇摆摆，变成摇摇摆；说说笑笑，变成说说谈谈。平时讲话，本不至此，作诗却无所忌讳。这说明写诗和讲话有差异，差得好远，是不是为了追求一种陌生感呢？不得而知。但是编辑看了也放他过。这是一个例子。

第二首，这就更加了不起。某市一个镇的党委书记，有诗词作品三部曲，还搞了一个发行仪式。并且写了一首和崔颢的诗，自以为：“我所写的七绝《和〈题都城南庄〉》，是我在立意上创新的尝试。”想用作样板，以与崔颢并列。他的和作是：

桃花盛放洛城红，人面桃花斗艳中。
人面万张随处见，桃花人面笑春风。

崔颢的《题都城南庄》，人面、桃花，去年、今年，遇与未遇，形成对比，表达一种失落感。此君和作，人面、桃花，桃花、人面，斗艳中、笑春风，字面上颠来倒去，根本表达不出什么意思来。

诗词界，如此好为人师、自我作古的现象，并非仅此一例。故此，本人目前的忧虑，是两个“恐怕”：恐怕污染环境。将来诗集词集越出越多，不知道该往哪里放。恐怕损害诗体。因为诗多好少，鱼龙混杂，败坏了诗词的名誉。

这是第二个六十年的状况，和第一个六十年相比，在新与旧的相互交替上，同样出现过一次流动。第一个六十年，是旧诗向新诗的流动；第二个六十年，是新诗向旧诗的流动。两次流动，我称之为文学史上的一次双向流动。两个六十年，前一个六十年已成为过去；第二个六十年，过去三十年，还有三十年。现在是二〇〇五年，再过三十年，诗词的命运如何，等一等可来个预测。这就是我要讲的第一个问题，诗词发展及现状的分析与判断。

三、诗词涵养及潜力的检验与评估

（一）两种不同层面的检验与评估

为方便检验与评估，以下先说几个具体事例：

其一，姜亮夫。早岁雅好吟咏，中学时就已有诗词习作千余首。自己满意，老师也觉得不差。到了清华研究院，呈交梁启超、王国维二位大师批览。颇想获得嘉奖，但出乎意料，两位导师都不给他讲好话，并且劝其勿再作，以为理多于情。作与不作。一句话，以为论定。他很伤心，想了一个晚上。为什么叫他不要写了呢，理由理多于情。是不是就不要再作诗词了，专心做学术研究。他想想，也有道理。因此，天没大亮就把那些诗词稿都烧掉了。后来，姜亮夫成为楚辞学家、敦煌学家。

其二，夏承焘。我的老师。十四岁作《如梦令》，当时的国文教师张慕骞，于最末三句，“鹦鹉，鹦鹉，知否梦中言语”。画了三个圆圈。不需要讲什么道理。三个圆圈，他记了一辈子。八十几岁得了老年痴呆症，老婆叫什么名字已经记不得，而这三个圆圈，仍然深深刻在他的脑海当中。三个圆圈，决定终生。他终于成为一代宗师。

其三，刘永济。壮岁游沪滨，二十九岁到上海，遇到朱祖谋、况蕙风，以所作《浣溪沙》请益。天才被发现。况喜曰："能道沉思一语，可以作词矣。词正当如此作也。"况喜，刘暗自欣喜。为什么两人都高兴，况因其可以作词而高兴，刘则没说。总之乃在于能说"沉思"一语。为什么能说"沉思"就可以填词了呢？况未说明，刘亦未曾说明。都在不言之中。这是本色论者的惯用伎俩。只能于具体作品中探寻。因此，现在先看看他的《浣溪沙》：

几日东风上柳枝。冶游人尽着春衣。鞭丝争指市桥西。　寂寞楼台人语外，阑珊灯火夜凉时。舞余歌罢一沉思。

歌词说冶游，谓东风上柳枝，春风将柳条吹绿，冶游人都着上春衣；鞭丝争指，骑着马纷纷奔向桥西而去。桥西，应当是个娱乐场所。这是上片。乃布景，亦于布景中叙事。其中冶游人，亦景中之景。是否包括作者在内，很难说。下片说情，表达对于上述事件的观感。谓人语外、夜凉时，舞余、歌罢，独自沉思。

依照况周颐的说法，就是由言内到言外的思考。而就歌词看，言内所指，乃上片所说冶游一事，包括歌舞；言外所指，应是下片所说歌舞以外的事。谓之能道沉思一语，此沉思，就是一种联想。

三个故事，姜亮夫一例，情和理，属于性情问题，这是有无天分于深层意义上的体现。夏承焘、刘永济，一个凭借三个圆圈，一个凭借沉思。用以衡量可不可以作诗，怎么进行判断呢？两个事例，夏承焘一例，只能凭借感悟，无需清楚道明；刘永济一例，则已清楚道明，谓看其是否能沉思，懂得联想。二例是有无天分于表层意义上的体现。以为能沉思，懂得联想，就可以作词。而联想又是怎么个样子呢？夏承焘的事例，乃由梦中言语联想到非梦中言语；刘永济的事例，是从歌舞中联想到歌舞外。这是况周颐所说的一种言外之意。

1. 表层意义上的检验与评估

依据刘永济的经验，一句话，能沉思，懂得联想，就具备天分，可以作词。不过，想就这一问题进行测试，还得请教孔夫子，看看他怎么对可不可与言诗进行测试。孔夫子授徒，既有教无类，又能够因材施教。三千弟子，七十二贤人。周游列国，都是一个团队出现。并且，在周游过程中，亦随时讨论问题。有一回，子贡提出问题：现在社会贫富不均，富的那么富、穷的那么穷，如果穷的人不要谄，不讲奉承话，富的人不要太骄傲，这个社会不就安定了吗？孔夫子说，这么说当然也可以，但不如说，贫困的人好乐（yuè），富裕的人好礼，那不更好吗？这里的乐读作 yuè，不读 lè，乃礼乐的乐，而非快乐的乐。乐和礼合在一起为礼乐，代表着文化。好像我们现在讲的建设经济大省，也要建设文化大省一样。这么一讲，子贡就开窍了，他很快联想到《诗经》里面的“如切如磋，如琢如磨”，说老夫子讲的不就是这一意思吗？孔夫子听了很高兴，就说，你现在可以和我一起谈诗了。为什么呢？因为告往，你就能知来者（此段据《论语·学而》）。孔子所说，由往到来者，就是一种联想。这是否可与言诗的一个先决条件，也是有无天分、聪明不聪明的一种表现。

发掘天分，懂得联想。联想方法，除孔夫子所说，告往而知来者，《诗》三百之由此物到彼物，即为另一方法。两个方法，一纵向，一横向，从时空两个角度，移动及变换，概括所有。这是一种思维方式，曰联想；与之相对应的另一思维方式，曰推理。一般讲，推理具有严密的思维逻辑，做事必讲究，作诗不一定；而联想则海阔天空，无有边际，作诗正当如此。

2. 深层意义上的检验与评估

以联想判断其可不可与言诗，可不可以作词，在某种意义上讲，这种测试方法，似乎比较容易计量，故称之为表层意义上的检验与评估。

至深层意义，则指性情，或者才情。这是较难计量的。在很大程度上讲，这种测试方法，就是一种主观判断。对于一个人写不写诗，填不填词，写得好不好，填得好不好，有没有天分，只是凭借感悟。有时很准确，有时也有失误。例如，海鸥教授写新诗、也写旧诗，我写旧诗、不会写新诗。大致情况能知。但邱教授给我说，他不会填词，我就上当了。当时编纂《当代词综》向他要稿，他不给。其实，他的词填得非常好而且非常本色。结果，《当代词综》就没有（收录）他的词，只好看看有没有机会补编。由于邱教授的关系，黄海章教授也与我通信了，寄作品给我，非常感谢邱教授的帮忙。

(1) 印象、感觉与状况

有无写诗作词的性情，或者才情，这是在较深层面对于天分的测试。通过具体作品揭示，这种性情，或者才情，大多通过印象、感觉，或者状态，得以呈现。

例如，单衫杏子红，双鬓鸦雏色。这是《西洲曲》所描述主人公的衣着及妆扮。由于折梅、忆梅，结下因缘，又于树下、门中，盼郎不至，因特别穿上这件衣服，出门采红莲。这是第一次见面所穿衣服。第一印象，看郎记得不记得。

又如，记得小苹初见，两重心字罗衣。晏几道《临江仙》所记述。谓酒醒、梦后，再三思忆，也还是第一次见面所留下印象最深刻。

又如，伤心桥下春波绿，疑是惊鸿照影来。陆游《沈园二首》中的句子。谓故地重游，尽管梦断香消，此身亦行将化作稽山上土，但记得最深刻、最令其刻骨铭心的，也还是伊人当时在伤心桥下、绿波中所留下的印象。

诗歌作品中所呈现印象和感觉，尤其是第一印象和第一感觉，最是令人心动，状况的呈现亦如此。

例如，秦观的名句，“两情若是久长时，又岂在朝朝暮暮”，历来备受赞赏，或以为“古之伤心人”（叶梦得语），以为“他人之词，词才也；少游之词，词心也”（冯煦语）。其实，只是一种抽象了的道理，一种假设，信不信由你。有词才而不一定有词心。千余年来，尽管也让不少人上当，但只要对比一下，秦观在另一场合所呈现的状态，“销魂。当此际，香囊暗解，罗带轻分”，就不难确认，怎么样才是真心实意，才算是出自于内心。两者相比，前面的山盟海誓，终不如后者所呈现的这么一种状态来得真切。后者的一种状态，瞒也瞒不住，辨也辨不清，所以，他的老师才那么紧张。这才是真正的词才与词心。

感觉、印象，以及状态的呈现，真正动人心魄，能够触动生命。正如孔夫子所说，诗可以兴，这就是诗歌所具备一种感发兴动的力量，也是天分的体现。

（2）本色与非本色

有人说，对待客观世界，政治家依靠的是口号，哲学家依靠的是概念，那么，文学家依靠的是什么呢？意象？或者形象？是印象、感觉，或者状态的呈现。一般说本色、非本色，或者当行、不当行，亦取决于此。

以下，看李清照、辛弃疾的《醉花阴》：

李清照	辛弃疾
词题：主题，赏菊。	词题：主题，赏菊。
赏菊的一种过程：感觉与印象。	赏菊的一种体验、体会。
感觉凉，印象瘦。	体验老，认识了。
感性认识阶段。	理性认识阶段：归纳、提升。
上片：布景。	上片：布景。
景物：雾、云；玉枕、纱厨。	景物：黄花、人。老。
	花比人老。精神。

薄雾浓云愁永昼。△	黄花谩说年年好。△
瑞脑消金兽。△	也趁秋光老。△
佳节又重阳，	绿鬓不惊秋，
玉枕纱厨，	若斗尊前，
半夜凉初透。△	人好花堪笑。△
下片：叙事。把酒东篱。赏菊。	下片：说情。言志。
黄花、人。瘦。	归隐。
人比黄花瘦。精神及姿态。	意愿。
分量：感觉，轻。因缘未了。	分量：意愿，重。因缘了。
东篱把酒黄昏后。△	蟠桃结子知多少。△
有暗香盈袖。△	家住三山岛。△
莫道不消魂，	何日跨归鸾，
帘卷西风，	沧海飞尘，
人比黄花瘦。△	人世因缘了。△

两首词之所歌咏，皆重阳赏菊，乃同一题材。李清照所作，上片布景，下片叙事，着重说感觉及印象。辛弃疾所作，上片布景，下片说情、言志，着重说体验及认识。层面不一样，效果也不一样。一个当行本色，一个则稍涉理路，就乐府歌词讲，乃为别调，属于另一体。

四、诗词涵养及潜力的增添与发掘

况周颐论填词，曾于《蕙风词话》（卷一）说过这么一段话：

填词之难，造句要自然，又要未经前人说过。自唐五代已还，名作如林，那有天然好语，留待我辈驱遣。必欲得之，其道有二：曰性情流露，曰书卷酝酿。性灵关天分，书卷关学力。学力果充，虽天稍逊，必有资深逢源之一日。书卷不负人也。中年以后，天分便不可恃。苟无学力，日见其衰退而已。江淹才尽，岂真梦中人索还锦囊耶？

性情流露，书卷酝酿。既有关天分，亦有关学力，正好可作为今天讲题的一种书面依据。天分与学力，先天与后天。说得倒还比较允当。

那么，如天分过之，又当怎么办呢？《诗》大序有云："发乎性情，止于礼义。"则须有所约束。这是圣人一早为之定下的原则。孔门诗教原则。作诗、做人，都不能违背这一原则，不能没有个度。例如苏轼填词，他自己也说，豪放太过，恐造物者不容人如此快活。实际情况亦如此。苏轼自身也有保守处，非如柳永那般毫无顾忌。非真正解放派。

我与邱世友教授交往已有二十几年，相识、相知，无话不谈。有一回，他告诉我，张海鸥说，陈永正赠给他四个字：敛才就范。我有一点惊讶。这不就叫他不要那么多才，那么多天分吗？要他用学力来抑制天才。也因为这四个字，我想起，在澳门回归之前，邱教授也曾送给我十二个字，那就是周济评稼轩的十二个字，曰："抗高调，敛雄才。变悲凉，成温婉。"不单单讲作诗填词，也讲怎么做人。那时候，对于这十二个字，还不是怎么放在心上。之后，师友间也有类似劝告，我才逐渐有所体会。有一回到天水参加一个学术研究会，火车上巧遇邓魁英教授，我硕士学位论文答辩委员会委员。在同一卧铺车厢。这一车厢，邓教授外，还有两名外国女孩，一名小商人。我一进车厢，她们就投诉，说这名小伙子抽烟。我想整一整这名年轻人。我问：你是干什么的啊？答：做生意的。我又问：做什么生意啊？答：搞运输的，运木材。我说：我也是搞印书（运输）的，跟你同行。他很高兴，想请我抽烟。我给他说：你会抽烟，我现在就考你一个问题，看看你到底真会抽烟还是不会抽烟。我说：如果我们两人都会抽烟，你的烟瘾很大，我的烟瘾也很大，我向你要烟，你那里只剩下一支，你给不给我？我这样问他。他回答我说：我只剩下一支，不能给你，等到了站，我买十包给你。果真是做生意的。我说，不要你的十包。并说，这是中国人观念，中国人的做法，日本人不一样，西方人也不一样，他们剩下一支，不给你就不给你，会明讲。中国人就是要么一会儿我多买一包给你，要么我们一人一半，或者一人一口，是这个样子的。聊了一会儿，我就跟他讲，你不能在这里抽烟。这样，他就不抽了，还要请我喝酒。然后，到达天水，邓魁英教授看我一路上教训着他，研讨会开会期间，赠给我一句话：得饶人处且饶人。但我这人秉性如此，总是改不了啊，太狂了。由北京到港澳，也是这个样子，也是很狂。在讲澳门大学之前，先讲一讲在北京的一段经历。来港澳前，我在中华诗词学会的一个角色是责任编辑，负责编辑《中华诗词》，而主编则是大名鼎鼎的毕朔望。我想，我是中国社会科学院文学研究所副研究员，又是诗词方面的专门家，来你这里当责任编辑，那我就编。完全不考虑其他因素，不买他们的账。最近看了一篇文章，中华诗词学会十年回顾一类的文章，有一段是写我的，可把我写活了，我很佩服。文章说："毕朔望当了主编，他整天就在家里等着施议对把稿子一起送去给他——他很想把这个稿子给他出两个版本，有英文版也有中文版，结果等来等去，等到施议对送去的稿子连号码都编好了，这样给他，他就感到很没脸，他就不要当这个主编了。"我还不知道我这样得罪了他，现在想起来都追悔莫及，当时太狂了，以为我来当你这个主编也还是绰绰有余，所以我编好了再给他，他主编往哪里摆呢。这个都是二十年前的事，像这种事情会总犯的，屡教不改。到了澳门大学，有一位朋友，跟我比较好，大我几岁。他说有人反映，你太骄傲了，我心里就想，不讲我狂都算好了，讲我骄傲都算客气了。我就反问他：你有没有骄傲过？他想了半天说他曾经骄傲过。我再问，什么时候骄傲过呢？他说二十几岁的时候骄傲过。我就说，我到现在还骄傲，还不更加骄傲！讲得他没话说，他就不敢再劝我了。这就是附带讲了的一个问题，可能这个问题与天分与学力这一讲题也有点关系。

讲到这里，我想跟大家做一个小小的测试。选字填诗，看看大家有无兴趣。这是我教我的学生的事例，拿两句子我们看看。比如写一朵花，这朵花应该怎么写呢？有几个选择，看看哪个合适一些。

一枝□（才、未、已、初）发□□（正逢、未逢、不胜、能胜）春，欲写香笺笔□（已、正、未、才）匀。参考答案（一枝初发不胜春，欲写香笺笔未匀）。

这一测验说明，事物的组合，最好不要正跟正、负跟负。《易经》上说，“一阴一阳之谓道”。我在词学方面，推广词体结构论，二元对立定律，就是《易经》有关阴阳组合的道理。一阴一阳，一正一反。实际生活中亦如此。我在澳门大学，邓国光教授是我的好搭档，当年的中文学院，他是正院长，我是副院长，合作无间。但我们两个太正了，两个都正，正正得负，做一年就下台了。所以，要一个正一个负就好。一个往东走，一个往西走，可能走得更好。太一致了，就无法无天，就不能做好。诗词也是这个样子。所以，这个小测验，一正一负，相反、相对，组合的效果就好一些。两个都正，效果不一定就好。这既是一个重要的原则，或者道理，也是有关方法的问题。

就讲这么一些，供大家参考！谢谢大家！

彭玉平：

今天我们听了施议对先生一个多小时的讲座，我觉得有一种很亲切的感觉。这个讲座的核心是关于诗词的天分与学力。他有一个取材的范围，这个范围主要是以二十世纪为核心的这些资源，这个领域也是我所关心的。施先生曾经编过一套书《当代词综》（四本），承他关爱，送了一套给我。这四本词综好在哪里呢？我们知道，朱彝尊编过《词综》，还有《续词综》、《国朝词综》，挂“词综”这个名字需要慎重，而且需要胆量。这个胆量就需要有一些骄傲的心理。施先生不断在讲他这个骄傲的经历，我想骄傲是需要资本的，根据我的理解，施先生是有资格骄傲的。他的《当代词综》就是他带有骄傲的眼光来编辑的。虽然是四大本，但二十世纪的词人是非常多的，特别是一些干部退休以后，老干体盛行，寄给他的作品非常多，假如说施先生不骄傲的话，那这套《当代词综》恐怕就变成“泥沙俱下”了。所以，我想学术上是需要一点骄傲，需要一点清高的，把门槛提高，这样的话，学术的境界也就提高了。所以我想说，今天施先生的讲座，除了这个内容之外，他嬉笑怒骂皆成文章，从各个领域，各个角度来讲，围绕诗词这个核心，我个人受益很深，我们对施先生精彩的演讲表示感谢。

下面请中文系副主任王坤教授为施先生颁赠名师讲坛证书。

今天的讲座就到这里，谢谢大家！

广州中山大学第四十六次名师讲坛，二〇〇五年四月二十八日，
据燕鑫桐记录整理

绝句作法三步骤

从格式上看，所谓绝句——五言绝句和七言绝句，除了正格与偏格（或变格）不同，平起与仄起有别，尚有所谓古绝或拗绝者也，颇为繁复多样。初学对此无不伤透脑筋。但是，如果从立意、布局的角度看，却大可以将其简单化，当它不过是由四句话所组成的一种小玩意儿，绝对写得出来。

以下试以三个步骤，即立意、布局与定型，分别加以说明。

第一步——立意。

简单地说，意，就是题材及所要表达的意思；立，就是选择及确立。

首先说题材及意思，此二者也就是通常所说内容及主旨。前者属于写作的对象，后者属于写作的意图（目的），亦即通常所说的描写什么、表现什么。这是落笔之时（或之前）必须考虑清楚的。例如，澳门大学古代韵文班林远茵同学所作《春草》："春来小草作先锋，好向人间着翠浓。雨打风吹都不怕，碧云深处认无踪。"其描写对象为春草，写作目的即在于：表现一种先锋作用及奉献精神。写的时候，不管有意无意，我看都曾顾及。这是对于题材及意思的初步思考。如果再进一步，不妨将这一"意"字，主要是题材及意思，尽量加以扩大，以展开自己的视野。即：将宇宙空间，所有一切，包括天文、地理、人文，都看作描写对象（题材范围），举凡日月星辰、风云变幻、山川形胜、草木虫鱼乃至"食"、"事"、"怨恨"以及诗书礼乐，一切所有，都可以入诗、可以人词。但是，话说回来，这一切又都可加以缩小，即归纳为三个要素——物景、事理、情思，因为任何作品所写都超越不出这三个要素。经此再思考，即扩大与缩小，对于题材及意思的理解，我看也就比较清楚了。这就是说，究竟写些什么，即题材及意思究竟为何物，我的回答是：无非物景、事理、情思三项。

其次说选择及确立，这也不须说得十分复杂。总的看来，大致新与旧、大与小、有理与无理三种对立关系可供选择。依据内容及主旨的需求，可能新比旧好，大比小好，有理比无理好，但也未必。例如，当代十大词人之一李祁书斋的一副对联："阶上草新，尊前人旧。"此新与旧就不宜掉转过来。又例如，温庭筠《菩萨蛮》："新贴绣罗襦，双双金鹧鸪。"主人公无端端地恼怒起金鹧鸪来，似无理至极，但其由金鹧鸪之"双双"联想到自身之"单单"，其无理之理却已进入痴的境界，这就比一般有理深刻得多了。至于大与小，同样也并非绝对。各有各的追求，各有各的选择，相信都能掌握好自己的标准。

第二步——布局。

实际上，这就是文学材料的分配与组合问题。三种要素——物景、事理、情思，四句话，如何分配与组合？依据唐人的经验，如从结构模式看，其布局方法，主要有以下二种：

（一）一句一意独立分配法。

这是将材料（物景、事理、情思）平均分配成四份，以四句话分别加以描述并共同表达一种意思的布局方法。典型作品为杜甫的绝句："两个黄鹂鸣翠柳，一行白鹭上青天。窗含西岭千秋雪，门泊东吴万里船。"四句话分别描述四种物景——黄鹂、白鹭、雪和船。四种物景分布在四个不同方位，各自独立，但皆触动诗人之眼、之心，四句合在一起，即共同表达一段思乡之情。同学中也有用此法者，例如，澳门大学古代韵文班同学何德仪所作《春》："东风临大地，春雨洒人间。百花相竞艳，蜂蝶不偷闲。"四种物景分别为东风、春雨、百花、蜂蝶，各有各忙，但共同表达的是春天所出现的生机。如此分配与组合，效果甚佳。由此所构成的结构模式称独立式。

（二）两句一意平均分配法。

这种布局方法在唐诗中最为常见。无论物景、事理或情思，作者所要说的话，即材料，都可以划分为两半，而后加以组合。因此，最常出现的模式是：首二句布景，次二句说情、叙事或造理。一首绝句到手，即把它切成两半，前半说什么，后半说什么，基本上不会突破这一模式。阅读欣赏依此模式，写作也大致如此。例如，澳门大学古代韵文班何晓敏同学的《夹竹桃》："好风裁出眉间黛，和露润成腮里红。清远妖娆两兼得，天成风韵傲芳丛。"首二句状物形，犹如布景一般，即为物之外形美；次二句说物理，即说理，体现精神，为物的升华，进一步显示其内在美。前后两半互相映衬，诗篇所写物景虽甚小，而所表达的意思却不甚"小"。这一分配组合法所构成的结构模式称平分式。

当然，所谓分配与组合，即布局，主要是为了表达好所要表达的意思。布局好，意思也好，才称得上一首好诗。上课时，我曾以澳门的眼前物景"双桥连海岛，一水接云天"征求续作（当时仅二桥），此为布景，同学集体续作称："鸥鹭翻飞乐，渔翁独钓闲。"亦为布景，构成一句一意独立式结构模式。课下吴国慧同学续作称："两制同一国，齐心协力鞭。"叙事而兼说情，构成两句一意平分式结构模式。两种布局方法皆无不可，但看其组合的结果，却觉得各有不足之处。如前者，画面中的四种物景似颇为融洽，却让人有一种隔世之感；而后者，所叙事与情甚合时代精神，但因分量太重，不知前面所布置的物景——桥和水，是否承载得了？这是应当仔细加以推敲的。

第三步——定型。

这也是重要的一个步骤。一首诗四句话写出来了，看看意思并不错，但就是平仄、韵律不协调，定不了型，仍然不能算是一首合格的绝句。所谓定型，即要求所写出的四句二十个字或二十八个字，符合绝句格式类型的要求。所写出的四句，或正、或偏、或拗，都当有所依据，而后贴上合适的标签，方才成为合格品。

以上所说三个步骤，为写成一首绝句的基本步骤。但三个步骤当中，人们往往忽视定型这一步。以为只要写出四句话来，也就是一首绝句了。这是对作者而说的。至于读者，不知是不是学校和老师的责任，有的读书人或写书人，甚至连绝句与律诗都分不清楚。例如，有一位名记者，也是著名的报告文学作家，就曾将其生父的两首七言绝句，合并为一首七律公开发表。两首七绝为：

敢道滹沱麦汁香，臣渐仓卒帝难忘。
艰难险阻亲尝尽，天使他年晋国强。

蔼蔼苍松伴紫芝，颔眉妙墨出瑶池。
朽株新被祥风拂，一夕青回两鬓丝。

此等误差实在并非罕见，偶尔翻阅有关书籍，都常有所发现。当然，多数诗词作者乃不会出现此等大误差，但小误差，或者并不太小的误差，却是常见的。

实际上，有关绝句的定型工作并不太麻烦，无非协韵和调平仄二项。仅仅那么四句话，那是不难掌握的。而且，其用韵及平仄安排的规则与一般近体诗的格律规则也基本相同。这里，只要记住两条规则也就一通百通。一条是双句用韵、单句一般不用韵的韵协规则，另一条是相间、相反、相黏的平仄安排规则。有此两条，相信可将一首绝句定型。例如，澳门大学古代韵文班郑嫦娥同学的《榴花》：

昨夜榴花初着雨，轻盈一朵娇无语。
天涯可有解花人，莫负芳心千万缕。

这首诗源自琼瑶小说《一颗红豆》当中的《问斜阳》。琼瑶原作为：

昨夜榴花初着雨，一朵轻盈娇欲语。
但愿天涯解花人，莫负柔情千万缕。

二者相比较，题材及意思一样，亦即内容及主旨基本相同。不过，格式不同。琼瑶所作，首二句取自唐寅《妒花歌》的开头二句。唐寅歌曰："昨夜海棠初着雨，数朵轻盈娇欲语。"琼瑶将海棠改作榴花，数朵改为一朵。合为四句，句式整齐。一、二、四句所用韵为六语（语）、七麌（雨、缕），基本符合用韵规则，但四句都以仄起，犯失黏禁忌，不合古典格律诗的平仄规定，尚未定好型，还只能算是一首现代新体格律诗。郑嫦娥依据古典格律诗的平仄组合规则，对它作了调整。将"一朵轻盈"改成"轻盈一朵"，"欲"改成"无"，并将"但愿天涯"改成"天涯可有"，令其成为一首合格的古体绝句。就绝句的定型看，这位学生将现代新体格律诗改而成为古典格律诗，所作调整是成功的。只是从原创角度看，这位学生的作品，还只能算是改某某之作。有关知识版权问题，仍须清楚交待。这是题外话。

总之，通过第一、第二两个步骤，立意与布局，先写出四句话，而后再通过第三步加以定型，一首绝句，大致可以写成。一般初学，不妨采用这三个步骤，按部就班，进行练习。至熟练之后，当可三个步骤同时进行；四句写成，随即定型。但这是需要反复实验的。

原载北京《文史知识》二〇一二年增刊（第二辑）

百年词通论

——《当代词综》前言

词兴于唐、盛于两宋，历经元、明、清，乃至民国初期，似乎已经走完了自己的路程；在现代文学史上，词这一特殊诗体，似乎也已销声匿迹。据查，一九四九年后出版的若干部现代文学史，都不曾提及词。而且，就是在词学界，也未见有人对于近百年来词的生存及发展情况进行过专门研究。这是词史上的一段空白，值得探讨。

实际上，近百年来，词这一特殊诗体并未被历史所淘汰。它深深地植根于中国传统文化的沃土当中，并以其顽强的生命力，继续开花结果。近百年来词的发展史，是全部词史的一个重要组成部分。

近百年来的事实证明：无论社会发生多大变化，文学领域出现过什么热潮，词这一特殊诗体总是广大人民群众所喜爱的一种文学样式。在每一个历史转折关头，或者当国家、民族处于危难时刻，人们总喜欢运用词这一特殊诗体为时代发叫号，或自抒心曲。随着社会历史的发展变革，词作者从现实生活中不断吸取养分，不断充实自己，词的视野越来越宽阔，词的形式也越来越具有对于表达各种不同内容的适应性。词这一特殊诗体仍然与变化发展着的时代一起变化发展，与时代共存。回顾近百年来词的发展史，探寻其演变轨迹以及若干带有规律性的问题，对于现代文化史研究，无疑是一个很有意义的课题。本文拟就《当代词综》所涉及的问题，诸如近百年来词的发展情况，在当今具体社会条件下，词为什么能够生存与发展，对于百年词业究竟应当如何评价，当前词业现状及今后发展方向，亦即词的出路问题，等等，进行探讨，希望为当前的创作及词体发展变革，提供某些有益的借鉴。

一

探讨近百年来词的发展情况，必须从晚清词坛说起。

清代词的复兴，经过浙、常二派，至晚清出现新的高峰。晚清词业对近百年来词的发展产生了直接的影响。这种影响包括两个方面：一方面是王鹏运、郑文焯、朱祖谋、况周颐以及文廷式的影响；另一方面是王国维的影响。

王、郑、朱、况，号称清季四大词人，文廷式异军突起，兀傲难双，也颇受词界推重。王、郑、朱、况及文廷式，出生于道咸期间（一八二一至一八六一），活动于同光期间（一八六二至一九〇八），除了文廷式、王鹏运外，郑、朱、况三人都进入民国。他们是晚清词业中兴的代表人物，同时，他们的词业也是近百年来词业的一个组成部分。王、郑、朱、况以及文廷式，其成就除了词的创作以外，主要在校勘学与词论。词学史上，词的校勘学是由王鹏运和朱祖谋建立起来的。在此之前，人们虽然也曾从事过词籍校勘工作，并有多种词总集、词别集乃至词丛刻刊行，但以毕生精力校词并使这一工作成为一种专门学问的，当推王、朱二氏[①]。王鹏运有《四印斋所刻词》，汇刻《花间集》以迄宋、元诸家词二十一种六十二卷。朱祖谋辑校唐、宋、金、元百六十三家词为《彊村丛书》，计一百七十五种二百六十卷，并继王鹏运之后，校订梦窗四稿。王、朱所校词，一时奉为楷模。至于词论，况氏诸种词话，一时推为绝作。况氏提出重、拙、大三个字为论词标准，对于词这一特殊诗体所包括的诸多问题，如词境、词笔、词句、词律、词与诗之别、词与曲之别以及词之代变等问题，进行精密研究，堪称千年词学之集大成者。朱、况等人的词业建树，为近百年来词的发展起了一定的奠基作用。

与王、郑、朱、况及文廷式相比，王国维则有所不同。王国维出生于光绪年间，比朱祖谋小二十岁，比况周颐小十八岁，他的词业活动并不比朱、况二氏为晚。朱氏四十后始从事倚声之学，况氏至五十岁，其词论方才完备，王国维发表《人间词话》不过三十出头。但是，朱、况二氏的目标乃在效法前贤，而王国维的目标则在超越前贤。在政治上，王国维与朱祖谋等人同属保守派，在词业上，王国维却是革新派。王国维是一位大学者，他以做学问的态度与方法治词，将西方哲学思想引进词论，融入词中，为百年词业发展开辟了一条新路。王国维论词，倡导境界说，曾声称："沧浪所谓兴趣，阮亭所谓神韵，犹不过道其面目，不若鄙人拈出'境界'二字，为探其本也。"他对自己的创作自视甚高，曾说："余之于词，虽所作不及百阕，然自南宋以后，除一二人外，尚未有能及余者，则平日之所自信也。虽比之五代、北宋之大词人，余愧有所不如，然此等词人，亦未始无不及余之处。"②

综观王、郑、朱、况、文廷式及王国维两方面的词业活动，可见晚清词业既是千年词业的终结，又已开始了新的探索。两个方面的词业活动对于近百年来词业建设影响极为深远。

以下试将近百年词的发展史划为三个时期，分别加以叙述。

（一）清朝末年至民国初期

清末至民初，这是中国社会历史发展的一个重要转折时期，词坛上以复旧势力占主导地位。晚清词坛代表人物王、郑、朱、况及文廷式，其词业活动主要在这一时期。王国维创立新词论，创作哲理词，其影响尚未产生实质性的效果。所以，这一时期的词业活动仍以四大词人为中心。

四大词人的活动包括前后两个阶段。前一个阶段以王鹏运为主，重镇在北京。王鹏运（一八四八至一九〇四）字幼遐，自号半塘老人，晚号鹜翁，广西临桂人。其词承袭常州派余绪而发扬光大，论者以为常州派流衍于广西的一个支派。郑文焯（一八五六至一九一八）曾受王氏熏染，朱祖谋（一八五七至一九三一），况周颐（一八五九至一九二六）词学均出于王氏。所以，论者说清词，除浙、常二派外，曾称之为“桂派”[3]。王鹏运在京任职，曾于一八九八年创立咫村词社，邀郑文焯、朱祖谋、宋育仁等人入社。朱祖谋早年以诗名，刁为倚声，除了其亲家夏孙桐的引诱外[4]，即与王氏有关。一九〇〇年，八国联军侵入北京，王鹏运与朱祖谋、刘福姚集宣武门外教坊头条寓所（四印斋），相约填词，以发抒怀古之幽思，寄寓去国忧时之怀抱，成《庚子秋词》二卷。朱祖谋治词于此大有进境。况周颐虽未曾参与《庚子秋词》写作，但与王氏于同官京师期间，时以词学相砥砺，也甚多获益。后一个阶段以朱祖谋为主，重镇在苏州、上海。庚子乱后，王鹏运客死苏州，朱祖谋出为广东学政，不久亦称病引退，买宅苏州，以校词自任。朱氏治词，初学吴文英，晚又致力于苏、辛二家；他精于声学，有“律博士”之雅称。况周颐，目空一切，却以朱氏为良师友，曾说：“余之为词，二十八岁以后，格调一变，得力于半塘。比岁守律綦严，得力于沤尹。”但况氏善说词，朱氏晚年，凡有人问词，均转介于况氏[5]。在后一个阶段，朱、况二氏被尊为宗师、广大教主。民国初，王蕴章、陈匪石在上海发起春音词社，共推朱祖谋为社长。词社阵容甚为可观，并且坚持甚长久。第一批社员有庞树柏、吴梅、袁思亮、夏敬观、徐珂、周庆云、潘飞声、曹元忠、白曾然等人。陕西李孟符、义宁陈方恪也参加社集。最后一批入社的有叶楚伧、况周颐、郭则沄、邵瑞彭、林葆恒、叶玉森、杨玉衔以及林鹍翔、黄公渚等人。词社定期集会，限调限题填词，共有十集[6]。

清末至民初，新一代作者虽已登上词坛，而且，王国维的《人间词话》及《人间词》也以一种崭新的面目出现于词坛，但是，新的力量仍然未能与传统的势力相抗衡。这一时期的词创作，内容及形式都为复旧。人们看上了吴文英，试图从吴文英入手，以入清真浑化之境。词坛上出现了梦窗热。王鹏运、朱祖谋校梦窗、学梦窗，新一代词人如陈匪石、杨玉衔、蔡桢、汪东等人，也大作其四声词。词学梦窗，有利有弊，而梦窗热的出现，在当时特定的社会环境中，却有其特定的原因：第一，梦窗词晦涩，便于将诗文中不能言或不便言的内容隐藏于词中；第二，梦窗词讲究字面，人们以为，只要不拆开来，仍是十分炫人眼目的七宝楼台，便于为内容空洞的词打掩护；第三，梦窗词讲究技法、讲究声律，可为定期社课提供具体训练项目。因此，学梦窗，作四声词，这就成为清末民初词业复旧活动的一个主要标志。

（二）“五四”新文化运动至抗日战争时期

入民国以后，中国诗坛发生了巨大变化。在“五四”新文化运动之前，诗坛上已酝酿着一场革命。一九一六年七月，胡适第一个尝试以白话文作新诗[7]，八月，提出“新文学之要点，约有八事”，其中一条“不避俗字俗语”，包括“不嫌以白话作诗词”[8]。一九一七年，《新青年》二卷六号刊登胡适白话诗八首，一九一八年初，又于四卷一号刊登胡适、沈尹默、刘半农三人的白话诗八首。经过“五四”新文化运动的冲击，新诗统治着整个诗坛。在这一背景下，千年词业面临着生死存亡的严重考验。

从总的趋势看，旧体诗词，尤其是词，似乎已经没有继续存在的必要。这期间，一批原来写作旧体诗词的人，如沈尹默、俞平伯等，都改弦易辙，纷纷写起白话诗来。但是，中国的新诗，从它诞生的那一天起，就存在一个难以解决的问题——形式问题。新诗的发展，始终找不到合适的形式，这就为千年词业留下了一条生路。

由于新诗的挑战，这一时期的词作者，各显神通想方设法利用词这一特殊诗体在形式格律上及艺术表现手法上所具有的优势，努力为其在中国现代文学史上谋一席之地。这种努力，自然也包括胡适等人在内。因此，这一时期的词业，崇尚梦窗的局面已被打破，广大作者进行各种不同的探讨。

这一时期大约四十年，经历了多次重大社会变革，词业活动范围逐步扩大，词家、词论家对于社会活动的参与意识也逐步增强，但词业队伍尚未形成明显的宗派。为了叙述方便，依据作者处理词体自身所产生的内容与形式的矛盾时所采取的不同态度与方法，姑且把他们分作三派：解放派、尊体派、旧瓶新酒派。

胡适首创新体白话诗，又以白话入词，是解放派的首领。

词史上所谓白话词，古已有之。敦煌曲中保存的作品多为白话词（即当时的白话诗），柳永、李清照以及辛弃疾等人的某些作品，也以白话为之。但是，词史上第一个从理论和实践两个方面大力倡导白话词的作者当推胡适。胡适将旧体诗词称作“半死之诗词”[9]，以为旧体诗词内容陈旧，语言陈旧，缺乏时代精神。胡适想在词中进行一场革命。一九一六年四月十二日，胡适作《沁园春·誓诗》：

更不伤春，更不悲秋，以此誓诗。任花开也好，花飞也好，月圆固好，日落何悲。我闻之曰，从天而颂，孰与制天而用之。更安用，为苍天歌哭，作彼奴为。　文章革命何疑。且准备搴旗作健儿。要前空千古，下开百世，收他臭腐，还我神奇。为大中华，造新文学，此业吾曹欲让谁。诗材料，有簇新世界，供我驱驰。[10]

胡适称：这是一篇文学革命的宣言书。为此，他身体力行，曾写下一批白话词。同时，他还编撰《词选》，标榜词史上的解放派，为其文学革命张目。用胡适论苏轼的话讲，他的努力，就在于以绝顶的天才，用所谓新起的词体来作新诗[11]。

胡适的理论与实践，比王国维进了一步。王国维主境界说，只是在内容上，想以境界提高词的素质，尚未涉及词体变革问题。而胡适倡导白话词，不仅内容，而且形式都非常解放。他不要伤春、悲秋那一套，这是对传统题材的突破，他也不顾平仄用韵以外的格式规定，这是对传统作法的突破。但胡适的革命并非毫无节制。第一，胡适白话词的平仄、韵部大致符合格式规定，并未违背倚声填词的基本原则；第二，胡适尚未将白话词与新诗的界限完全打通，实行诗与词合流。关于这两条，胡适与当时另一名文学革命闯将钱玄同有着较大的分歧。钱玄同认为，胡适所作白话词仍用词的句调，嫌太文；并主张，不必说明“调寄某某”，即不用词牌，而直作不可歌之韵文。胡适不赞成钱玄同的意见，曾说：

词之重要，在于其为中国韵文添无数近于语言之自然之诗体。此为治文学史者所最不可忽之点。不会填词者，必以为词之字字句句皆有定律，其束缚自由必甚。其实大不然。词之好处，在于调多体多，可以自由选择。工调者，相题而择调，并无不自由也。人或问：“既欲自由，又何必择调。”吾答之曰：凡可传之词调，皆经名家制定，其音节之谐妙，字句之长短，皆有特长之处。吾辈就已成之美调，略施裁剪，便可得绝妙之音节，又何乐而不为乎！[12]

这段话乃体会有得之言，说明胡适的革命，除了充实其内容之外，还在于大胆利用词的语言近于自然这一特点，以句句字字皆有定律之词体，写作自由诗。当然，所谓利用，并非现成套用，而是经过改造而后利用。用胡适批判姜夔、史达祖、吴文英、张炎等人的话讲，就是冲破束缚，不要让音律与古典压死天才与情感[13]。一句话，就是要将词从许许多多清规戒律中解放出来，但并不取消词体本身。

不过，胡适对于旧形式的利用，态度乃较为激进，他的其他言论及具体做法，颇有破词体、诬词体之嫌，再往前迈进一步就是用算术的方法，按字数多少填词，而全然不顾平仄与韵部，也不顾词的特殊表现方法及特殊性格的做法。这也就是仇远所讥讽的腐儒村叟的做法：

……陋邦腐儒、穷乡村叟，每以词为易事。酒边兴豪即引纸挥笔，动以东坡、稼轩、龙洲自况。极其至四字《沁园春》、五字《水调》、七字《鹧鸪天》、《步蟾宫》，拊几击缶，同声附和。如梵呗、如步虚，不知宫调为何物，令老伶俊倡面称好而背窃笑，是岂足与言词哉。[14]

但胡适还不至于如此，他毕竟还是大手笔，他的白话词，得心应手，又有一定趣味，当代词坛不可少此一格。

在二十年代，当胡适提倡白话词之时，应和者寥寥，即有将无兵，难以成派。但是，几十年过后直至当今，胡适的解放体却颇为时行。这是文学史家不能不注视的现象。所以，在叙述"五四"新文化运动至抗日战争时期词的发展史时，特别介绍胡适和他的词业活动。

与解放派相对立的是尊体派。这一派的队伍相当庞大，而且代代相传，接连不断。这一派与前一时期的复旧派有着直接与间接的联系，但是又有所区别。这一派词作者的活动可分为两个阶段，即抗日战争之前及抗日战争之后两个阶段。

"五四"新文化运动以后，诗坛上旧体诗词受到了冷落，但从五四运动至抗日战争之前，旧体诗词，尤其是词，却获得了继续生存与发展的条件。首先，尽管有人批判旧体诗词，但批判归批判，文学革命并未升级为政治批判，喜欢旧体诗词的人仍然大做其旧体诗词。社会上有诗社、词社，定期开展活动，大学里开设专门的词学课程，培养词学人才。这一阶段，词的发展仍有广阔的天地。其次，有一个相对稳定的社会环境，为词业活动提供较为优厚的物质保证。因此，抗日战争之前，词业活动不曾间断。这阶段的词学重镇，北方有北京、天津，南方有上海、南京，四大重镇，词社活动相当活跃。

一九二五年，北京有聊园、趣园二词社。聊园由谭祖任主持，社友有奭良、俞陛云、章华、王式通、汪曾武、夏孙桐诸辈，计十余人。春秋佳日，揽胜寻幽，拈题辄相唱和。社集无定期，无刊物。趣园由汪曾武主持，社友均为聊园中人，无刊物，其吟咏散见于各家词集[15]。

一九一八年夏至一九三一年春，天津结须社，社友二十人，即：陈恩澍、查尔崇、李孺、章钰、周登皞、白廷夔、杨寿枬、林葆桓、王承垣、郭宗熙、徐沅、陈实铭、周学渊、许钟璐、胡嗣瑗、陈曾寿、李书勋、郭则沄、唐兰、周伟。月三集，限调与题。社集满百次，有《烟沽渔唱》四册刊行[16]。

一九三〇年冬，夏敬观在上海与同仁发起词社，共推朱祖谋为社长，名为沤社。沤社每月一集，集必填词，开始时有社员二十余人，以后不断增加，并有上海以外者。沤社词集刊行，作者二十九人，为朱祖谋、潘飞声、周庆云、程颂万、洪汝闿、林鹍翔、谢抡元、林葆恒、杨玉衔、姚景之、许崇熙、冒广生、刘肇隅、夏敬观、高毓浵、袁思亮、叶恭绰、郭则沄、梁鸿志、王蕴章、徐桢立、陈祖壬、吴湖帆、陈方恪、彭醇士、赵尊岳、黄孝纾、龙沐勋、袁荣法诸辈，得二十集。一九三一年，朱祖谋下世，社集活动曾有所销沉[17]。

沤社以外，上海尚有午社与声社。午社创立于一九三零年，比沤社稍晚，以夏敬观为中心。集中作者十五名，即：廖恩焘、金兆蕃、林鹍翔、林葆恒、冒广生、仇采、夏敬观、吴庠、吴湖帆、郑昶、夏承焘、龙榆生、吕贞白、何之硕、黄孟超[18]。声社创立于一九三五年六月十八日，社友为夏敬观、高毓浵、叶恭绰、杨玉衔、林葆恒、黄浚、吴湖帆、陈方恪、赵尊岳、黄公渚、龙榆生、卢前[19]。午社活动时间较为长久，至一九四一年社集出版时，仍隔月集会。

一九三五年，南京创立如社，历时数载，有《如社词钞》十二集，社内作者有乔曾劬、夏仁沂、仇采、陈世宜、林鹍翔、邵启贤、石凌汉、吴梅、汪东、廖恩焘、程龙骧、唐圭璋十二人。社外作者有夏仁虎、向迪琮、寿鉨、吴白匋、孙浚源、吴锡永、蔡宝善等人。

除了有组织的词社活动以外，三十年代，南北各大学都有词学教授：南京中央大学吴梅、汪东、王易，广州中山大学陈洵，湖北武汉大学刘永济，北平北京大学赵万里（二十年代尚有刘毓盘），杭州浙江大学储皖峰、之江大学夏承焘，开封河南大学邵瑞彭、蔡桢、卢前，四川重庆大学周岸登，上海暨南大学龙榆生、易孺。以上诸教授，吴梅、卢前兼治南北曲，余则专力为词[20]。据载，各大学还有词学研究会。上海暨南大学及杭州之江大学文理学院中国文学系，经龙榆生、夏承焘二教授指导，所创词学研究会，同学极感兴趣[21]。此外，上海还举办诗词函授社，帮助海内诗词爱好者探求途径[22]。

同时，在抗战之前，上海创办《词学季刊》，叶恭绰编集《全清词钞》，唐圭璋的《全宋词》经过七年时间编辑，也已大功告成。《词学季刊》自一九三三年四月出版创刊号，至一九三六年九月，出了十一期。这是三十年代词学研究的一个重要阵地。龙榆生与夏承焘，一个著词论，一个撰年谱，基本上每期都有文章，是这个刊物的两大台柱。《全清词钞》的编辑工作开始于一九二九年冬，叶恭绰发起，朱祖谋为总纂，由南北各专家分主选政兼征海内藏家所有清人词集。初由朱氏鉴定，朱氏下世，由叶氏自总其成。这是清词的一大结集。唐圭璋的《全宋词》将有宋一代二万多首词汇为一编并且进行了仔细的校订和科学的编排，为千年词业建立一大功勋。这一工作着手于一九三一年，一九三七年初稿竣事，一九四〇年由商务印书馆在长沙排印出版。一九四九年后所通行的《全宋词》就是在长沙版的基础上重新增补改编而成的。

抗日战争爆发，词业发展丧失了相对安定的社会环境。四十年代，由于某些文化教育机构内迁，重庆成为一个新的词学重镇。其余地区，除了南京、北京、天津情况较为特殊之外，倚声之学皆渐归沉寂，尤其是上海，一批批词家、词论家，或到内地，或到南京，集社联吟之举已成往事。

四十年代初，北京有延秋词社，天津有玉澜词社，但词事之盛皆不及往昔。这一阶段，词业较为兴盛的只有南京与重庆。一九四〇年十二月二十日，南京出版《同声》月刊创刊号，社长龙榆生。所谓“同声相应，同气相求”，这是以同仁刊物标榜的一个诗词学专刊。除了增加诗学内容外，其格局与三十年代的《词学季刊》大同小异。至一九四四年六月十五日第三卷第十二号出版，此刊计出版十二期，比《词学季刊》多一期[23]。在某种意义上讲，南京词业乃三十年代词业的继承与发展，其宗旨在保留传统。至于重庆，情况就较为复杂。当时，各派政治力量聚集在一起，持有不同政治观、文化观的文人学士也聚集在一起，词业活动已渐超出社课范围，有的已与当时的政治斗争联系在一起。

在后一个阶段，抗战烽火燃遍了全中国。山河破碎，失所流离，尊体派词人已无法像过去一样，拘拘于社课中讨生活。他们将社会动乱所产生的沧桑之感及悲悯之怀，一寄于词，使得词的质量及社会功能大为提高，出现了一批堪称词史的作品，即抗战词。例如杨玉衔、朱师辙、乔曾劬、周岸登、夏承焘、唐圭璋、詹安泰、丁宁、李祁、缪钺、沈祖棻等人的作品，都体现了这一转变。这一事实说明：所谓尊体派并非自我封闭的保守派，它和解放派也并非格格不入、毫无共通之处，社会发展变化，尊体派也随着发展变化。

以上所说是解放派与尊体派的活动，而旧瓶新酒派，如果从如何处理内容与形式的矛盾这一问题上看，它所采取的态度和方法，正是前两派的折中。这一派对于传统题材及传统表现方法，尤其是对于词的传统格式，既非采取推倒重来的做法，又非毫无保留地全盘接受。这一派不害怕旧形式，又不满足于旧形式，其指导思想可用两句话来概括：一是“古为今用”、“推陈出新”（毛泽东语），二是“师今亦好古，玩古生新意”（陈毅语）。这就是说只要酒是新的，就未必非得把旧瓶砸烂不可，应当大胆利用旧形式，表现新内容、新思想。当然，这种利用，必须服从于表现新内容、新思想的需要，是形式为内容服务，而不是内容迁就于形式。这一派的社会基础相当广泛。无论是教授、学者，或者是革命队伍中的干部、战士，都乐于进行这一尝试。

一九四二年，陈毅在江苏盐城创建湖海艺文社，为这一尝试树立了典范。艺文社由陈毅、彭康、李亚农、庞友兰、杨湘、唐碧澄、计雨亭、姜指庵、王冀英、顾希文、沈其震、范长江、王阑西、白桃、车载、乔耀汉、杨幼樵、薛暮桥、叶芳炎、扬帆、李一氓、阿英等二十二人发起，并邀请文艺界四十二人入社。陈毅有五言长歌《湖海开征引》：

今我在戎行，曷言艺文事。
慷慨每难免，兴会淋漓至。
柔翰偶驱策，婉转成文字。
不为古人奴，浩歌聊自试。
师今亦好古，玩古生新意。
大雅未能跻，庸俗早自弃。
李杜长已矣，苏黄非我类。
韩孟能硬瘦，温李苦柔媚。
元白自清浅，刘陆但恣肆。
降及元明清，风格愈下坠。
微时工穷愁，达时颂高位。
一生营营者，个人利禄累。
艺文官僚化，雕虫书可废。
岂无贤与豪，诗骨抗权贵。
谨存气节耳，高压即粉碎。
封建为基础，流变益疡溃。
晚近新诗出，改革仅形式。
其中洋八股，列位更末次。
应知时势变，新局启圣智。
人民千百万，蓬勃满生气。
斗争在前茅，屈伸本正义。
此中真歌哭，情文两具备。

豪气贯日月，英风动大地。
万古千秋业，天下为公器。
先圣未能此，后贤乏斯味。
若无大手笔，谁堪创世纪。
嗟予生也鲁，空有运斤意。
淮南多俊贤，历代挺材异。
诗国新疆土，大可立汉帜。
薄言当献芹，文坛望新赐。[24]

这真正是一篇诗文革命的宣言书，作者有意识地将旧诗词这一天下之公器作为战斗武器，要求艺文创作为革命斗争服务。该社创办《新知识》，刊载诗词作品[25]。湖海艺文社，在当时是抗日民族统一战线的一个组成部分，虽不是专业词社，但对于当时的词业活动及以后几十年的词业活动，却有极为深远的影响。

总的看来，无论是解放派、尊体派还是旧瓶新酒派，对于“五四”新文化运动至抗日战争时期的词业建设都有一定的推进作用。首先，这三派词人的活动，将词这一特殊诗体进一步推向广阔的社会人生。这一时期的词，可以用来抒写传统题材，也可以用来抒写革命思想，凡是其他文学样式能够表达的内容都可以入词。这是以往时代的词所不可比拟的。其次，关于这一时期词中三派，并无十分明确的界限，这一时期的词作家，尚未有明显的宗派意识，词业活动较少受外力干涉，不同风格、不同体式，可以自由发展，词坛上涌现了大批有成就的作者，留下了无数佳作。这一时期的词业还是兴盛的。因此，现代中国文学史应当有词的位置。

（三）中华人民共和国诞生至开放、改革新时期

经过战乱的四十年代，进入五十年代，人们又回到安定的社会环境当中来；除旧布新，百业待兴，词这一特殊诗体也以一种崭新的面貌出

现于诗坛。大批长期从事词的创作和研究工作的词学家，重新登上大学讲台和有关文化学术岗位，他们的工作得到了社会的重视与支持，他们的论著一批批从抽屉底下搬出来出版。同时，这批老专家（当时正当盛年），无论是解放派或者是尊体派，都尝试旧瓶装新酒，用词这一特殊诗体讴歌新时代，赞颂新社会，并且努力培养自己的接班人。一时间，中国词业似颇有振兴之势。不久，毛泽东《关于诗的一封信》公开发表，人们对于旧体诗词也渐出现不同看法。近四十年来，几经周折，词这一特殊诗体在中国大地上所经历的发展道路实在并不平坦。

一九五八年的"教改"、"大批判"，这是对于一九四九年以来所谓复旧的一次小清算，其时，在大学讲台上，词与其他古代文学品种，已被驱逐出境。至一九六二年以后的二三年间，所谓复辟，词与其他古代文学品种，才得到生存、发展的间隙。这是一次小反复。"文革"十年，除了毛泽东诗词和若干首被误认为毛泽东诗词的诗词作品以外，旧体诗词似乎已经绝迹。然而，所谓不平则鸣，这十年却出现了一批"牛棚诗"、"牛棚词"，许多原来写新诗的人，也喜欢利用词这一特殊诗体以抒发心中郁结之情思。但这类创作活动只能悄悄地进行。人们忍耐了十年，至"四五"运动，郁结在人们心底的才情与诗情，才像火山爆发一样，一下子喷射出来。这是一次大反复。近四十年来，经过这两次反复，中国旧体诗词，尤其是词，才有今日如此蓬勃发展的新局面。近四十年来的词业建设，除了词学校勘、词学论著及词的创作以外，还有两个转变是值得称述的：

第一，对于词体的认识，逐渐由外部转向内部。

近百年来，一门校勘学，两种词话（《人间词话》与《蕙风词话》）让人们忙得个不亦乐乎。四十年前如此，近四十年来，在新的词学理论尚未创立之前，亦复如此。其间，有关豪放、婉约之争就是一个明显的例证。八十年前，王国维发表《人间词话》，倡导境界说，令人耳目一新。但所谓境界，既适用于词，又适用于诗以及其他文体，并非词这一特殊诗体所独有。在这个意义上讲，王国维论词实际尚未进入词体的深层结构，他的理论并非词的本体理论。二十年代，胡适将中国词史划分为三个大时期：自晚唐到元初，为词的自然演变时期，即词“本身”的历史；自元到明清之际，为曲子时期，即词的“替身”的历史；自清到今日（一九〇〇），为模仿填词时期，即词的“投胎再世”，为词“鬼”的历史。胡适并将第一个大时期的词分作三个阶段：歌者的词，诗人的词，词匠的词[28]。如此大砍大划之后，胡适即祭起“言必称苏、辛，论必批柳、周”（借用吴世昌语）的大旗，将全部宋词作家分作二派。胡适的论断，虽颇有历史学家与哲学家的大气魄，借用一句时髦话讲，就是很宏观，但胡适论词实际上老打外围仗，他的论述，许多地方比王国维更加外行。胡适理论的缺陷，在当时看得不很明显，到了三十年代，经过胡云翼进一步发挥，直至近四十年，其缺陷就日渐显著。胡云翼编著《中国词史略》（大陆书局一九三三年版）及《中国词史大纲》（北新书局一九三三年版）将词分作女性与男性二种，极力主张冲破束缚，解放词体，拿作诗的题材与方法作词。二书完全是用胡适的理论模式印制出来的。一九四九年后，胡云翼编辑《宋词选》，一方面宣称“以苏轼、辛弃疾为首的豪放派作为骨干”，一方面痛批晏殊、欧阳修一派的词及周邦彦、姜夔、王沂孙、张炎一派的词（《宋词选·前言》）。胡云翼的理论是二十年代胡适理论的具体化，也是近四十年来以豪放、婉约“二分法”论词的突出代表。可以这么说，从王国维、胡适，到胡云翼，或以境界论词，或以风格论词，其共同缺陷就在于从外部立论，搔不到痒处。与胡适、胡云翼的理论相对抗的是词的本体论，这是从况周颐的重、拙、大理论发展起来的。近四十年来，万云骏发表了一系列文章并著《诗词曲欣赏论稿》，大讲特讲词的艺术规律，对词业建设起了一定的推动作用。但是，积重难返，要建立完备的词学本体论是极不容易的一件事。近四十年来，由于以豪放、婉约“二分法”论词，人们对于词体的认识往往只是停留在词的外部。有的人说词的风格，对于风格二字缺乏感性的认识，不断地征引，反反复复地兜圈子，说了老半天仍不清楚风格究意为何物；有的人说词的风格，虽颇为注重王国维所谓“要眇宜修”一类论述，但因为老是从欣赏到欣赏，从本本到本本，海阔天空，总是入不了门。这两种偏向是当前诗词界鉴赏热衷所出现的两大弊端。对于词体的认识，如何从外部引向内部，这是更新词学观念的一个重要环节。吴世昌论词，提倡读原料书，独立思考，力破胡说派和吠声派[27]，目的就在于实现这一转变。缪钺论词讲究作法，对于这种转变也进行了具体的探索。此外，近几年来若干中青年学者著文论词的结构方法，也是一种有益的尝试。但是，要实现这一转变仍须词界共同努力，并且需要一定的过程。

第二，词的创作从地下转向地面。

近四十年，可以登大雅之堂的作品实在少得可怜。一九八四年，光明日报出版社曾将《光明日报》东风副刊自一九五八年一月一日创刊至一九八四年间所刊载的旧体诗词选编出版，其中所录词作品不到百篇。一九四九年后，由于种种原因，各地都有一批供职文史研究馆或长期退居乡里的词作者，他们仍孜孜不倦地创作，但他们的作品大多自藏箧中，或在二三友朋中流传，他们的工作一直得不到社会的重视。这一现象对于我们这一诗的国度显然太不相称。最近几年，诗社、吟社遍地开花，这批埋名隐姓的作者就像出土文物一样，在诗界尤其引人注目。这批作者与退居二线的老干部以及广大业余爱好者相结合，成为当前旧体诗词创作队伍中的一支主力军。据不完全统计，全国各地诗词学会（协会）及各种形式的诗社、吟社，到目前为止已不下四五百家，公开出版发行的诗词刊物（包括报纸）十余种，内部印行的诗词刊物以及自刻自印的诗词别集已不可计数。各种刊物所登载的诗词，也不乏吐露民心真情的抒情之作。风流文雅，盛况空前。在众多的社团组织中，虽未见专门词社，专门的词业刊物也只有上海的《词学》一种，但词与诗并不分家。在目前形势下，词这一特殊诗体，其活动天地是极为广阔的。

近百年来词业，经过三个时期的演变发展，从复旧到革新，从革新到复旧，循环往复，形成了具有自己特色的当代词，即百年词。与千年词相比，当代词，即百年词的成分是较为复杂的，在它身上，复旧与革新永远存在着难以调和的矛盾。这是我对当代词，即百年词的总的看法。

二

本编采录对象为当代词，即百年词。近百年来，词这一特殊诗体，在上述三个时期的演变发展过程中，所涌现的作者当有数百成千之众；本编采录作者三百余家，词三千余首。三百作者，依其词业活动情况，大致可分为三代。王允皙、廖恩焘、何振岱、刘毓盘、赵熙、俞陛云、周岸登、林鹍翔、陈洵、杨玉衔、冒广生、夏仁虎、金天羽、张尔田、易孺、夏敬观、王国维、叶恭绰、郭则沄、吕碧城、马一浮、沈尹默、吴梅、陈世宜、寿鉨、黄侃、邵瑞彭、刘永济、蔡嵩云、汪东、乔曾劬等人为第一代，姚鹓雏、毛泽东、徐行恭、刘蘅、顾随、陈声聪、赵尊岳、张伯驹、沈轶刘、夏承焘、俞平伯、胡士莹、冯沅君、唐圭璋、周梦庄、龙榆生、詹安泰、陈娴、黄君坦、丁宁、陈家庆、李祁、钟敬文、缪钺、卢前、宛敏灏、吕贞白、胡邵、潘景郑、吴世昌、钱仲联、苏仲翔、沈祖棻、盛配、万云骏、何之硕等人为第二代，吴天五、任铭善、吴则虞、黄墨谷、陈迩冬、吴调公、周退密、戴维璞、徐定戡、蒋礼鸿、饶宗颐、张珍怀、寇泰逢、赵涛翰、秦似、刘逸生、盛静霞、琦君、罗忼烈、宋亦英、茅于美、陈邦炎、霍松林、吴绍烈、彭靖、喻蘅、史树青、叶嘉莹、刘征、张牧石、王筱婧等人为第三代、第四代。在当代词坛，第一代作者的主要贡献在于承前启后，第二代作者是中坚力量，第三、第四代作者乃后起之秀。以下着重介绍第二代词人中十名具有较大影响的作者：徐行恭、陈声聪、张伯驹、夏承焘、唐圭璋、龙榆生、丁宁、詹安泰、李祁、沈祖棻。

（一）夏承焘、龙榆生、唐圭璋、詹安泰

夏承焘（一九〇〇至一九八六）、龙榆生（一九〇二至一九六六）、唐圭璋（一九〇一至　）、詹安泰（一九〇二至一九六六），以毕生精力治词，不旁骛他业，著作等身，并且长期掌教，培养了一批又一批词弟子，对于当代词业建设有着突出的贡献。

夏承焘字瞿禅，号瞿髯，浙江永嘉（今温州市）人。十四岁即尝试填词，所作《如梦令》有句“鹦鹉，鹦鹉，知否梦中言语”，颇见词才。十九岁中学毕业，刻苦自修，三十岁前后即专门从事词学研究工作。夏氏治词，其突破口是白石声学及词人谱牒学。他的第一篇学术论文《姜白石旁谱考辨》在《燕京学报》发表，即引起词界广泛注视，他考订词人系年，著《唐宋词人年谱》，也为当代词学研究奠定了坚实的基础。但是，夏氏治词并不以此自限。他认认真真地编撰词人年表，不厌其烦地札录词例，对于某一词人的某一具体事迹，对于某一作品的某一特殊事例，一一进行过细研究，他把这一工作当作一项基础工程，他的目的是在这一基础上，进而构造词学史乃至学术史、文化史的高楼大厦。经过六十几年的努力，夏氏治词的远景规划尽管尚未实现，但他有二十余种词学专著传世，并留下《词林系年》及《词例》两巨著的未完稿，这却是前无古人的。同时，夏氏从事词的创作，也颇见其胸襟与气度。他通晓声律，而集中却绝少和韵之作，也极少见所谓四声词。四声配搭，只重去声，其余不拘[28]。他曾学习姜白石、张玉田和蒋竹山，却不忘“唤起龙洲斗豪语”（《谢刘海粟画家赠墨荷》中语）。夏氏不满意吴文英，有朋友谓其词“已由白石入梦窗”，则颇不以为然，谓：“予于二家实皆未用心也。”[29]夏氏曾自谓：“早年妄意合稼轩、白石、遗山、碧山为一家，终仅差近蒋竹山而已。”[30]并谓：“念宋词有深远坚苍一种，与唐五代之婉丽靡曼者不同。予好以宋诗意境入词，欲合唐词宋诗为一体，恨才力不足副之。”[31]夏氏治词，雄心勃勃，他想在词史上另辟新境。夏氏曾在日记中写下这么一段话：“思中国词中风花雪月、滴粉搓酥之辞太多，以外国文学相比，其真有内容者，亦不过若法兰西人之小说。求若拜伦哀希腊等伟大精神，中国诗中当难其匹，词更卑靡尘下。东坡之大，白石之高，稼轩之豪，举不足以语此。以后作词，试从此辟一新途径。王静安谓李后主词，有释迦、基督代人类负担罪恶意，此语于重光为过誉。中国词正少此一境也。”[32]可见，夏氏治词，并不拘拘于词内讨生活，其视野甚为开阔，其所作词绝非世俗所谓豪放、婉约二派所能概括。夏氏从二十余岁起，就在词界享有盛名，其生前即被尊为一代词宗。晚清四大词人中的朱祖谋，对夏氏极为器重。第一代词人中，周岸登、林鹍翔、杨玉衔、冒广生、金天羽、张尔田、夏敬观、吴梅、马一浮、刘永济诸辈，曾与夏氏共同探讨词学问题。第二代词人中，张伯驹、唐圭璋、龙榆生、詹安泰、黄君坦、丁宁、李祁、钱仲联诸辈，对夏氏甚钦佩，相与切磋更为密切。第三、第四代词人，有的为夏门弟子，有的是夏氏崇拜者，夏氏词业，代有传人。

龙榆生，原名沐勋，自称龙七，后又名元亮，江西万载人。早年从朱祖谋治词业，为其传灯弟子。朱祖谋去世，遗稿由龙氏整理刊行。龙氏治词，承袭朱祖谋衣钵，又有所创新。朱祖谋治词重在校勘之学，他不善说词，晚年有人求教，多转介至况周颐处。而龙氏则不同。龙氏除了笺注《东坡乐府》以进一步发明师说外，还善于说词。龙氏所著《词体之演进》、《东坡词综论》、《易安词综论》、《晚近词风之转变》、《如何建立中国诗歌之新体系》等文章，立论皆甚宏观。龙氏于三十年代在上海主办《词学季刊》，四十年代在南京主办《同声》月刊，几乎每期都有大块文章。在当代词人中，龙氏是足以与夏氏相匹敌的。但是，由于生活经历不尽相同，个人禀赋也不相同，其治词门径及词学观也就不一样。因而，其成就也就不同。夏氏生性乐观，一生中有两大嗜好：一为读书，一为游历。夏氏反对读书苦，主张读书乐。“平生好游，闻有佳山水即欣然往”[33]，将美好湖山也当作一部书来读。夏氏治词，讲究声音，讲究法度，但不作茧自缚，所谓情之所至，笔之所到，是毫无拘谨的。夏氏的词既是自我人生乐趣的具体体现，又是江山神秀之所钟，永远有一种灵气在其中。而龙氏则有所不同。年轻时因生计所迫，其心境与词境已带苦寒滋味。中年以后，遭遇艰难，身心未爽，其聪明才智不得充分发挥，成就受到一定限制。但龙氏乃治词能手，深知其中三昧，有关词的见解甚为精到。龙氏论词重意格，谓："夫所谓意格，恒视作者之性情襟抱，与其身世之感，以为转移。"[34]这就是说，词作之有无意境，品格之高低，是与作者的生活道路及思想情感密切相关的，要提高词的意格，必当于词外求之。这是一个方面。另一个方面，龙氏论词并重词内功夫，他很重视词作品对于作者性情的陶冶作用。夏承焘《天风阁学词日记》载："（一九三一年七月三日）接榆生信。谓予词专从气象方面落笔，琢句稍欠婉丽，或习性使然。此言正中予病。自审才性，似宜于七古诗，而不宜于词。好驱使豪语，又断不能效苏、辛，纵成就亦不过中下之才，如龙洲、竹山而已。梦窗素所不喜，宜多读清真词以药之。"夏氏自我剖析，与榆生之启发密切相关。由此可见，龙氏深知治词门径，对于填词此道，堪称行家里手。龙氏在词史上的贡献，大致包括三个方面：第一，创办词学刊物，在三十年代，成为上海词学重镇的一位中心人物；第二，著词论，为词学宏观研究发挥奠基作用；第三，编辑《唐宋名家词选》、《近三百年名家词选》及编撰《唐宋词格律》，三本书已成为当代治词者人人案头必备之书。龙氏词学根基甚深厚，可惜于"文革"中抱愤而终，其著述，除《词曲概论》已出版外，尚有《词学十讲》、词集若干卷及大量专论有待结集刊行。

唐圭璋，江苏江宁（今南京市）人。早年从吴梅治词曲，与卢前同学。卢专攻曲，唐专攻词。抗日战争以前，唐氏以全力校辑《全宋词》。抗战期间，唐氏任教重庆沙坪坝中央大学中文系，为配合教学，撰写大量论文。一九四九年后，一边教书，一边著述。唐氏治词，在词籍校勘方面业绩甚为显著，继《全宋词》之后，所辑《全金元词》，规模也甚可观。这两部词丛编都是有功词苑之巨构。此外，唐氏尚有《词话丛编》五册，将历代词话八十五种汇为一编，也为词学理论研究提供了丰富的材料。唐氏兢兢业业，六十几年来为当代词业建设做了大量具体工作，这是众所周知的。至其词论及词作，则为其校勘方面的成就所掩盖。实际上，唐氏词论及词创作，其造诣也是很高的。唐氏论词对于况周颐所倡导的拙、重、大标准极为推重，曾谓："拙、重、大是主要倾向，《风》、《骚》以来无不如此，这不等于抹煞一切日常见闻、清新俊逸的作品。杜甫的'数行秦树直，万点蜀山突'，多么深刻、形象、重、大，但'细雨鱼儿出，微风燕子斜'又何等轻灵细致。颜鲁公书力透纸背就是拙、重、大，出于至诚不做雕饰就是拙、重、大，因此，真挚就是拙，笔力千钧就是重，气象开阔就是大。'为君憔悴尽，百花时'，'不如从嫁与，作鸳鸯'，'除却天边月，没人知'，'觉来知是梦，不胜悲'，都是真情郁勃，都是拙、重、大。"[35] 并以此为指导思想，编撰《唐宋词简释》，以具体体现其词学观点。在创作方面，唐氏有《梦桐词》，存词一百三十三首。其中，六十一首为抗战期间所作，颇能体现其拙、重、大之旨。唐氏三十五岁即遭鼓盆之戚。次年，抗日军兴，避寇入蜀，词章所写家国存亡之痛及个人身世之感，都是内心真情实感的自然流露，颇能动人心魄。由于家庭环境以及身体条件的限制，唐氏一向生活清苦，未能像夏承焘那样，年轻时"游踪虽未半天下，已胜当年谢客儿"[36]，但他坚守岗位，默默无闻地工作，经过六十几年的辛勤劳动，著述山积，和夏氏一样同为海内外学者共敬仰。

詹安泰字祝南，号无庵，广东饶平人。自幼酷爱古典诗词，六岁进小学，十岁学写诗，十三岁始填词。大学毕业后，在岭南从教垂四十年。詹氏平生治学，专于宋词，而尤以周、姜研究为最有得。詹氏论词主境界，重寄托。曾谓："词至东坡，境界最大，取材最广，可以议论古今，其作用不亚于诗文，盖至是而词体乃尊矣。"并谓："作者之性情、品格、学问、身世以及其时之社会情况，有非他种史料所得明言者，反可于词中得之也。"因此，詹氏十分重视关于宋词社会意义的研究。四十年代初，詹氏在中山大学为研究生讲授词学，曾将多年研究成果撰为《词学研究》，书稿包括十二论：论声韵、论音律、论调谱、论章句、论意格、论修辞、论境界、论寄托、论起源、论派别、论批评、论编纂。初稿仅存前七论。六十年代初，又撰《宋词研究》（未完稿）。二稿已由其门生汤擎民整理合编为《詹安泰词学论稿》出版。詹氏《词学论稿》是一九四九年以来第一部自成体系的词学理论专著。除了理论建树，在创作实践上，詹氏成就也是颇为卓绝的。三十年代，詹氏在词坛上已颇有声誉。吴梅曾称其为“取径一石（姜白石）二窗（吴梦窗、周草窗）而卓有成就者”[37]。其后，詹氏复得陈洵关于“问涂碧山，宜所先也”之绪论，即专学王沂孙，并参究晚清王、郑、朱、况四家之词源，词风为之一变[38]。他的第一部词集《无庵词》于一九三七年出版。两年后，刊印诗集《滇南挂瓢集》。詹氏与国内倚声名家夏承焘、唐圭璋、龙榆生、李冰若、卢前、陈运彰等时相酬唱，研究词学问题，成为词界知交。詹氏生前手书《鷦鷯巢诗》、《无庵词》稿本，饶宗颐序其诗，方孝岳、罗倬汉、夏承焘、唐圭璋、程千帆诸辈，或为作序，或为题辞，均予高度评价。此稿于一九八三年在香港影印刊行。詹氏所作词，每将家国身世之感寄寓其间，有着深邃的命意，而且，他的词绵丽而有疏宕之气、空灵之境及沉郁幽忧之思，在当代词坛独树一帜。

（二）丁宁、李祁、沈祖棻

丁宁（一九〇二至一九八〇）、李祁（一九〇二至　）、沈祖棻（一九〇九至一九七七），是当代词坛三位杰出的女词人。三人经历不同，但天分皆极高，其词业成就备足称道。

丁宁字怀枫，又字昙影，号还轩，江苏镇江人，后随父移家扬州。幼丧父。十三能吟咏，二十能散文，三十善击剑，乃绝代之才女。因为嫁与不良，受虐待，要求离婚，其母要其跪下发誓，不再嫁人，方才应允。丁氏终于孑然一身，依母以活。数年来，受尽种种摧折，神经受刺激，几欲成癫。后来，从程善之学佛，才稍除昏扰[39]。抗日战争期间，丁氏随母避难沪滨，与海上诸文士时相往还。夏承焘、任铭善、王巨川等均与唱和，而与龙榆生过从甚密。母病故，家资荡尽，龙氏为介绍至南京国学图书馆，以佣书自给。一九四九年后，调至安徽省图书馆任古籍管理员。晚年受聘入省文史研究馆。身世萧条，生活清苦，其境遇至可悲诧。然而，正因为有此境遇，其词才有他人所未能到达之境界。尤其是抗战以后所作词，其个人身世之感已与家国之痛完全融合在一起，因而显得更加扣人心弦。例如“搔首几回将天问，问神州何日烟尘歇”（《金缕曲》）以及“沉沉云树，渺渺山川，消息阻烽烟。怅望天涯，天涯不似故乡远”（《薄媚摘遍》）。这一些已远远超出了个人哀怨的范围。所以，有人把丁氏比作当代的李易安。谓：“昔谭复堂谓，咸同兵燹，成就一蒋鹿潭，余亦以为抗日之战，成就一还轩矣。若其遭逢丧乱，颠沛流离，又与漱玉无殊。”（施蛰存语）当然还轩集中不少篇章所写乃属个人哀怨，不一定与邦国大事相关，但这类篇章多数以血泪为之，不同于一般无病呻吟之游戏文字。所谓：“清冷彻骨，悱恻动人，确是您的心声。”（郭沫若语）这就是他人所无法企及的。丁氏有《还轩词存》四卷，录词二百零四首，于一九八〇年手订刊行。

李祁字稚愚，湖南长沙人。自幼颇好古典诗歌，曾受业于李肖聃、刘麟生门下。工诗词，并擅新诗。一九二二年起，即在《晨报》诗刊、《新月》杂志以及《宇宙风》、《人间世》等刊物发表诗歌、小说、散文及翻译作品，颇得徐志摩赞赏。一九三三年参加中英庚款招考第一届留英学生考试，赴牛津大学攻读英国文学。一九三七年学成归国。抗战期间，辗转流离，备尝艰辛。抗战胜利后，至浙江大学任教。一九四八年冬应聘赴岭南大学讲授英国文学，一个学期之后，想取道香港由海路返回，因道途受阻，不得成行。此后，台湾大学傅斯年函电相邀，转台执教。一九五一年后由香港赴美，从事中西文化交流及研究工作至今。李氏治学兴趣相当广泛，并注重中西诗学比较研究，对于诗词本质认识尤为深刻。抗战期间，李氏任教福建三元（今三明市）之江苏学院，曾以

《诗的本质》为题，就新诗、旧诗以及西洋诗、中国诗进行深入探研。指出："诗所给我们的，不是理智上的真理，而是使人有机会接近人生最真实的经验。"例如：爱、斗争，死和死后的一切，这四件事所给予人的经验就是人生最真实的经验。同时，这四件事也是人生所最不能分析解决，即使得人生之所以为人生的事。这是人生喜怒哀乐的本源。所以，当喜怒哀乐之情动于中的时候，人就要写诗，这就是诗的本质。李氏认为，这是古今中外诗创作的共同规律。李氏治诗词，视野甚宽阔，造诣非同一般。李肖聃曾谓其"天分绝高，文采秀发"。并批其早期作品曰："含绵邈于尺素，吐滂沛乎寸心。雅韵欲流，群言旁挹。循览一过，快慰莫名。"李氏填词，颇喜苏、辛及姜白石，所作清刚柔婉并饶深长意味。在浙江大学任教时，住西湖罗苑，临湖而居，曾有《浣溪沙》四首，状写西湖美景及内心美好感受。夏承焘见此词，读至"半湖青玉望风欹"一句，即大声称道："以三分之一的西湖换此一句何如?"李答："否。"夏即谓："那就半个西湖。"可见其倾慕心情。旅居海外，李氏出版学术著作近十种，所著《李祁诗词集》手稿也于一九七五年由台湾艺文印书馆影印刊行。最近几年，李氏正与助手欧迈恺（Micheal Ptrick O'connor）博士合译《近代中国词选》并撰写学术巨著《朱熹研究》。二书即将由美国加州大学出版社出版。漂泊异域，心系中华。李氏曾在大量诗词中，抒写其思乡情绪。李氏并将几十年所作亲自手订为《李祁诗词全集》，寄回国内。此书将由中国友谊出版公司出版。在海外数名女词人中，李氏学识最渊博，成就最卓著，在当代中国词坛，亦堪称大家。

沈祖棻字子苾，别署紫曼，浙江海盐人。汪东女弟子。大学期间即有词名，颇得前辈赞赏。一九四二年始以诗律教授，在各大学任教垂三十载。一九七七年，不幸死于车祸。沈氏所作词，善于以平常之闲言语，抒写极生动感人之真情性，词家当行，有过于易安。传世《涉江词》五卷，存词三百八十九首，颇多上乘之作。因其善以斜阳、故国、山河、胡尘入词，尤其是用斜阳二字无不佳，人称沈斜阳[40]。汪东序其《涉江词稿》，谓其十余年来有三变："方其肄业上庠，覃思多暇，摹绘景物，才情妍妙，故其辞窈然以舒。迨遭世板荡，奔窜殊域，骨肉凋谢之痛，思妇离别之感，国忧家恤，萃此一身。言之则触忌讳，茹之则有未甘，憔悴呻吟，惟取自喻，故其辞沉咽而多风。寇难旋夷，杼轴益匮。政治日坏，民生日艰。向所冀望于恢复之后者，悉为泡幻。加以弱质善病，意气不扬，灵襟绮思，都成灰槁，故其辞澹而弥哀。"沈氏词业发展道路，于汪序大致可见其大概。但汪序所说，均为其旧作，一九四九年后，沈氏潜心教学与研究，未见新作。因此，年轻读者看《涉江词》，如果不是联系其具体社会背景，就难免有一种隔世之感。至于沈氏词学观点及词论，可从《宋词赏析》及所附录数篇论词文章探知一二。沈氏论词是有一定针对性的。在高等学校中文系，青年教师及研究生认为：宋词不大好懂，要批判其思想内容比较容易，要肯定其艺术技巧则比较困难。沈氏论词，便侧重于艺术分析。而且，对于某种传统偏见，也大胆地予以纠正。例如苏轼，近代以来的词论家多肯定其以诗为词，并将其推尊为文学革命的典型。沈氏论苏，既肯定其以诗为词的一面，又肯定其以词为词的另一面，并且较为客观地评判苏词创作的历史功绩及流弊。沈氏论词，在当时重思想、轻艺术，以政治鉴定替代艺术批评的社会环境中，无疑是非常难得的。沈氏能创作，并且有理论，是当代女词人中的高手。

（三）张伯驹、陈声聪、徐行恭

张伯驹（一八九八至一九八二）、陈声聪（一八九七至一九八七）、徐行恭（一八九三至　），经历与上述诸词人有所不同。三人中，除张伯驹外，治词时间均较晚，而且三人均不曾在高等学校及专门研究机构研治词学，但三人均享高寿，从事词业活动时间甚长，经验十分丰富，与词界作者交往也甚为广泛，在当代词坛，是颇有影响的人物。

张伯驹字丛碧，河南项城人。出身于官宦之家，与清季镇国将军溥西园、袁世凯次子袁寒云、张作霖爱子张学良并称“四大公子”。伯驹七岁时过继给伯父张振芳。振芳为前清进士，袁世凯任直隶总督时，振芳任长芦盐运使；袁世凯为大总统，授振芳为直隶总督。振芳投资百万大洋，创建北方第一家商业银行——中国盐业银行。伯驹为这个家族的惟一继承人。伯驹七岁入私塾，九岁能诗，人称神童。稍长，就读于天津新学书院。十九岁时，入袁世凯兼团长的中央陆军混成模范团骑科。毕业后晋升为提调参议。但伯驹“悔觅封侯”（《八声甘州·三十自寿》），也不愿意继承家业，三十以后，即全力为词，并广泛收藏古书画。伯驹多才多艺，既工诗词、能绘事、擅京剧、精鉴赏，又有高超棋艺[41]。但对于词业建设尤为热心。三十年代，曾参与郭则沄、傅沅叔、林葆恒诸辈所创立之蛰园诗社及瓶花簃词社，赋诗填词，在京、津一带颇有名气。至一九五〇年，全国各地诗社、词社活动基本绝迹，伯驹则续创庚寅社（即展春词社），试图重振词业。这是清末以来至中华人民共和国成立，最后一个词社。五十年代中期，伯驹并与叶恭绰等人上书周恩来，建议成立全国性的韵文学会。此举得到了周恩来的支持。后因种种缘故，此事耽搁了二十余年。七十年代末，张伯驹与夏承焘再度发起，经各地吟友大力赞助，中国韵文学会才于一九八四年秋在长沙成立。几十年中，伯驹为发展词业做了大量工作。同时，他还身体力行，勤奋创作与著述。伯驹以艺术为生命，其词重情性、重气质，一切皆出以自然真率，甚是本色当行。其《丛碧词》集三十至五十二岁所作为一卷，先有木刻本，后增订排印。周汝昌为撰跋，曰：“词以李后主始，而以伯驹为殿。”此语一出，诸词老皆惊。此后二十余年，再集《春游词》、《秦游词》、《雾中词》，各附自序。至一九七四年，一年之内得二百数十首，命为“无名词”。自谓：“盖为知止而止，此后不再为词，无词即无名矣。使余心如止水，如死灰，尽忘一生之事；于余一身未了将了之前，先入此境界。”但以后又有《续断词》，为补平生未了之愿。伯驹一生所作词以数千计，上述六集乃生前自定稿，仅一千余首。伯驹身后，其婿楼宇栋将其辑为《张伯驹词集》，于一九八五年五月由中华书局出版。此外，伯驹还十分重视词学理论研究，所著《丛碧词话》，“谈艺赏音，折中众说，时得真解”，是真能知词者之言也[42]。在近百年来，伯驹是不可多得的一位专业词人。

陈声聪字兼于，号壶因，又号荷堂，福建福州人。少时才质颖异，读书不愿死记硬背。毕业于中国大学政治经济科，长期从事税务工作。一九四九年后在上海某工厂任职，并受聘为上海文史研究馆馆员。陈氏于诗书六艺无所不通。早岁在北京，即以书法名于时。亦工诗，而不常示人，仅加入其外舅方策六及林仲枢纠合之谷社。其为诗，先学江西体，后学东坡、诚斋，莩甲新意，渐近自然。又因诗而喜词，与邵伯褧、袁文薮、寿石工、向仲坚诸词人游，然不肯轻易尝试。及至在重庆结识乔大壮，受其影响，即稍有所作。但大量创作是一九四九年以后的事，当时在上海，遇李苏堂、徐行恭、龙榆生等人，始相约填词。陈氏以作诗、作文的才情与经验治词，游戏三昧，很快获得突出成就。陈氏自言五十以后始作词，初喜玉田、梅溪，谓玉田清空浏亮，可以见才气，梅溪尽态极妍，可以穷物状，宜于学步。但他天机衮衮，才情敏赡，实非玉田、梅溪所能限[43]。何之硕评其词曰：“小令和婉韵秀，长调疏荡清空。自谓喜梅溪、玉田，实亦兼得东坡胜处。”所著《壶因词》，以旧形式谱写新内容、创造新词境，已达到炉火纯青的境界。陈氏填词，起步较晚，但已有四十余年历史。因其阅历长，交游广，对于近百年来填词家的情况非常熟悉，陈氏已成为当代词坛承前启后的一位重要人物。陈氏词界朋友遍天下，民国以前出生的作者，他所见到的，自谭献以至陈匪石、吕碧城、龙榆生、丁宁、沈祖棻等，有四十五人，民国以后出生的作者，到其寓所茂名南路兼于阁求教者，尤其难以计数。陈氏晚年，其书斋号称小沙龙，沪上一批老诗人、老词人，每逢周五都前去品茶谭艺。例如高仁偶、陈琴趣、沈轶刘、陈九思、包谦六、施蛰存、周炼霞、吕贞白、何之硕、周退密、张珍怀诸辈，皆为其座上宾客。小沙龙盛时，与会者一二十人。谈诗说艺，春风满座。陈氏曾赋七绝一首，记述当时情景："谭艺清茶一盏同，寒斋亦号小沙龙。题诗早已纱笼壁，胜听阇黎饭后钟。"陈氏治词，既有创作，又有理论。一九八〇年刊行《壶因词》（自刻本），录词近百首，以后所作尚未结集；一九八六年出版的《填词要略及词评四篇》，收入《填词要略》、《读词枝语》、《闽词谈屑》、《论近代词绝句》、《人间词话述评》五种词学著述，从各个不同角度为今之读词、填词者，提供了丰富的经验，是一部传授入门秘诀的书。陈氏一生的成就，诗大于词，所著《兼于阁诗》、《兼于阁诗续》、《兼于阁诗再续》，存诗七百余首，一九八〇年以后所作未包括在内，并有《兼于阁诗话》、《兼于阁诗话续编》传世。可以说，陈氏乃以余事作词人，但是，就其词业成就看，在当代词坛，亦足名家。

徐行恭字颙若，号曙岑，别号竹闲居士，晚称玄叟，浙江杭州人。一九四九年前曾在银行任职。一九四九年后为浙江省文史研究馆特约馆员。徐氏早以诗名，三十七岁时即有诗集行世。所刻《竹闲吟榭集》十卷，得古近体诗千余首，大都宦游北京时所作。后有续集十二卷，诗千余首。徐氏与陈声聪为诗坛旧交。京都别后，至翌一九四九年秋，两人复聚于上海，即相约填词。徐氏与陈氏一样，其词名均为其诗所掩。徐氏善为深湛绵邈之思，含豪孤往，对于词的造诣独深。四十余年，所著《延伫词》三编，得词六百首。其词"于雍容大雅之中，融会意境，抑扬声律，不失宋贤矩范"，其目标，即在熔浙、常二派于一炉（陈世宜语）。徐氏自五十年代中即退休，居杭州之湖墅仓基上，近年迁拱墅区公房。闲居无事，专致著述，并广泛结交海内外词家。徐氏今年九十六高龄，为当代词人中最年长者。徐氏虽未有词学理论专著行世，但当代词家如有词集印行，多乞为序。大量序文，体现了他的词学观点。其中既有对于千年词史的评判，又有自身治词的经验之谈，能发前人所未发，令人信服。最近，徐氏有《学诗与词之缘起及词中一得》一文，自叙其治诗治词之心得体会，谨转录于此，以供参考。

昔孔安国贫，与人庸锄，休息辄诵读经典。仆少也贱，亦尝系累衣食，寄人庑下。掩灯自课，转慕前哲，刻苦奋厉。弱冠，侍父北走上京。旋役役于世之所谓仕者，博升斗，资事畜焉。年二十六，忽思为韵语。偶过烬余废圩，恍若有触。归写为五字诗，得“焦木卧斜阳”句。父见之曰：“嘻！是可学也。”遂寝馈于斯，虽簿书压腕，未尝辍业。复承教于诸长德硕颜，艺得渐进。此为学诗之始。

向仆崇诗黜词。以为此昵昵儿女语，非丈夫所当为。洎赋中年，遭逢板荡，诗犹懒理，遑顾其他。岁乙酉（一九四五年），京观封鲸，神州复旦。越五稔而次庚寅（一九五〇年），谋食歇浦，行年且五十有八矣。偶与三五素心，休务小集。缘诗及词，纵踊尝试。林君松峰，陈君兼于，实导先河。稍习，觉诗有所不能宣者，惟词或能达之。于是灵襟默运，一泄诸词，转视诗为少趣。因叹夙见之隘，唐突前哲，心滋愧焉。此为学词之始。

词主意境，次藻采。有意境，无藻采，则滞。有藻采，无意境，则滑。意境见才华，藻采见学力。二者得兼，一以声律贯之，方等完璧。至运用典故，诚佐比兴，但捋扯过僻，邻乎晦涩，反阻生机，亦为操觚家之一蔽。至若含思绵邈，寄托出入，神贵自然，意主沉郁，联起结之纽，严上去之辨，则岳岳前贤，谕之熟矣，无俟浅学者之一再喋喋。惭厕前茅，渴期后劲。岁次戊辰（一九八八年）人日，玄叟徐行恭书于杭之北墅春最楼，时年九十有六。

上述十大词人，就其词业成就看，虽各有其侧重点，但也有共通之处。第一，具有一定数量与质量的词作品；第二，对于词学此道体会深刻，或多或少均有词论著述传世；第三，词业活动时间长，接触面广，当代词坛许多重大事件都与其相关。十大词人中，七人已逝世，三人仍健在。徐行恭居杭州，日课一词；唐圭璋居南京，正指导博士研究生；李祁居美国，仍念念不忘故国家山。三人乃当代十大词人中仅存之硕果。

三

以上两部分已就近百年来词业发展概貌以及十大词人的词业活动作了粗略的描述，这里拟就词业发展过程中若干值得探讨的问题谈谈个人看法，以供进一步研究参考。

（一）词体继续生存并发展的原因何在？

近百年来，社会历史发生了激烈的变化，唐宋时期词所借以滋生的社会条件已不复存在，词这一诗歌样式经历过种种冲击，几次被打入冷宫，为什么还能生存下来，并有今日如此繁荣昌盛的局面？这是当前诗界、词界所关注的一个问题，但人们有关这一问题的答案，仍然较为笼统。诸如因其具有悠久的历史，所以打不倒，或因其拥有广泛的社会基础，所以能够继续存在与发展，等等，都未能将问题的实质讲清楚。此外，有的则仅仅是罗列事例，说明存在，并未揭示其根源。因此，这问题有必要进一步加以探讨。

近百年来，词这一诗歌样式继续生存、发展的原因，我看有以下三点：

首先，从词体本身看，因其具有特殊的形式、特殊的结构组合方法以及由此而形成的特殊性格，这是词体所以能够在各种文体相互竞争中不断获胜而得到生存发展的主观原因，即内因。

现传千余词调、近二千体式，在字声安排、句法、韵协（叶）以及声情配搭等方面都有严格的规定，看起来很不自由，实际上各种各样的体式，姿态万千，正为人们抒写情感、反映真实，提供可以任意选择的广阔天地。有人认为词是我国文学史上的一种自由诗或白话诗，这是有一定道理的。与近体格律诗相比，词在格式上、在语言运用上确实较为自由，并且通俗化。例如，敦煌歌辞中的许多曲子词以及唐宋时代文人学士为应歌所制作的大量小歌词，可以说都是当时的自由诗或白话诗。鼎盛时期的词，它的自由诗或白话诗的优越性，通过合乐歌唱的形式，有了充分的发挥，终于发展成为“一代之文学”。这在中国文学史上已得到充分的肯定。宋以后，词乐不传，词已成为一种不必合乐、不一定可歌的韵文体式，但它自身所具有的自由诗或白话诗的优越性，并未完全丧失。因为，音理失传，词格俱在[14]。词体流传下来的种种格律模式，一整套严格的结构组合规则，包括字声、韵协（叶）等格式规定，正是鼎盛时期歌词合乐所留下的音乐印记。宋以后的词，不同于一般韵文体式，它仍然是一种特殊的诗歌样式，即特殊的韵文体式。这种特殊性体现在：词的格式并非与内容表达、声情表达毫无相干的空架子，而是对于内容组合、声情配搭具有一定参与意识的特殊格式，而且正因为这种特殊格式的制约，所谓“能言诗之所不能言，而不能尽言诗之所能言”[15]，也就形成了词的特殊性格。关于词的特殊性格，拙著《词与音乐关系研究》曾指出：一、“词以境界为最上”，此境界，“非独谓景物也。喜怒哀乐，亦人心中之一境界”（王国维《人间词话》），创造“人心中之一境界”，这既是词的艺术职能，又是词的特性。二、“诗缘情而绮靡，赋体物而浏亮”（陆机《文赋》）；词发扬了六朝时期诗、赋缘情、体物的传统，将闺音与艳情作为自己的传统题材。三、“词以清切婉丽为宗”（纪昀《四库全书总目提要·东坡词提要》），清切婉丽，就是词的本色。合此三者，便构成了词的性格，也就是词的特殊性格[16]。当然，随着社会发展变化，词的性格也不断发生变化，但这种变化总是受到词的特殊格式及特殊表现方法的约束，不可能变得和其他韵文体式一样。所以，人们对于词这一众多韵文体式中的一体，至今仍然另眼看待。这就是近百年来词体赖以生存发展的一个重要条件，也即内在因素。

其次，从词体以外其他诗歌样式看，近百年来词的生存发展，也是新诗崛起所产生的相反相成作用的结果。这是词体赖以生存发展的一个客观原因，即外因。

本世纪新诗崛起，来势很猛，一下子便统治了整个诗坛，但作为一种开天辟地的新体诗，因为不是一开始就能够自觉地植根于传统文化的沃土当中，其成效一直未能令人满意。即：新诗的发展主要在借鉴，而忽视了继承。诸如莎士比亚的十四行体，马雅可夫斯基的阶梯形式，拿来就用，开始时颇为新奇，慢慢地就不带刺激。于是，所谓无标点诗，或者只有标点而没有文字的诗，一个问号、一个感叹号就可以代表一首诗的诗，让人眼花缭乱。至于内容，所谓存在主义、自我意识，更是出现了不少令一代大诗人变成诗盲的诗，等等。新诗的问题，引起了人们的不满。早在二十年代，闻一多对于一味依傍外国、盲目按照别人的声口腔调写诗的做法，就已产生怀疑，提出："勒马回缰作旧诗。"[47]四十年代，陈毅作《湖海开征引》，所谓"晚近新诗出，改革仅形式。其中洋八股，列位更末次"，也明确地揭示其弊病。新中国成立以后，毛泽东不赞成在青年中提倡旧体诗词，但其公开发表的是旧体诗词而不是新体诗。而且，毛泽东还曾严肃地批评过新诗，谓："用白话写诗，几十年来，迄无成功。"[48]近年来，若干诗盲的呼吁，也反映了新诗在发展变革中所出现的问题。所以，最近有人提出："新诗须确立摆脱意识。"这种摆脱意识主要指"改变中国新诗被动接受世界文化思潮影响的局面"[49]。这说明，新诗界的有识之士对于借鉴西方所出现的弊端是颇有所感的。凡此种种，都为旧体诗词，尤其是词，留下了一条生路。经过几十年的实践，某些原来写新诗的作家如臧克家、陈迩冬、秦似、程光锐、丁芒、刘征等，都转而专写旧体诗词或写旧体诗词而兼写新体诗，并获得良好的效果。臧克家为刘征旧体诗词集所作序称：

新诗、旧体诗，一脉相通。形式虽老而艺术要求初无二致。现在作旧体诗，必须思想新、感情新、语言新，否则不能称为今日之旧体诗。有人说：而今写旧体诗，对新体诗说是一种倒退，其实不然。证之以刘征、光锐之旧体诗词，它们时代气息扑人，读之朗朗上口，较之不少晦涩之新诗，好懂而且易于成诵。诗之现实主义精神与时代风云气息之有无强弱，固不在形式而取决于内容。[50]

这里提出了一个发人深省的问题：为什么旧体诗词反而比不少新诗“好懂而且易于成诵”？这除了说明不在形式之新旧、关键取决于内容这一道理之外，还说明旧体诗词对于表现新思想、新感情，仍具有一定的适应性这一客观事实。所以，当新诗未能为艺术家表现真实提供“正确的形式”之时，艺术家不得不从传统文化的宝库中寻找“正确的形式”[51]，这就是新诗崛起对于旧体诗词的发展所产生的一种推进力量。新诗崛起所产生的相反相成的作用，旧体格律诗及词同时受益，这就是本文所说的词体赖以生存发展的一个客观原因。

再次，从社会文化心理看，因为词体所具有的特殊性，人们喜欢填词，喜欢借助于词以寄寓怀抱，这是词体赖以生存发展的另一个客观原因，即另一个外因。但这也是由词体本身所具有的特殊性所决定的。

近百年来，风云变幻，尤其是经过“五四”新文化运动的冲击，传统的经世之文章已无补于世，白话文、白话诗取代了一切。在这一具体的社会文化环境中，既未能为词的滋生与发展提供优裕的物质条件，又未能因填词而博得高官厚禄，为什么人们仍然喜欢填词？有一篇序文，揭示了其中奥秘。曰：

世变极矣，方识之无遂于国事经世之文，尚资白话，何言词也；自公退食，博弈犹贤簿书，鞅掌已苦难堪，遑论词也；不在其位，纵横捭阖，处心积虑，惟恐不乱，安问词也；不宁惟是，营营干进，上官每不识字，恣睢草泽，揭竿便称健者，更无事词也。由此言之，士即能词，无宁与世所谓名士，比权量力，今日倭神明，明日媚倡优耳。此诗文厄运，词又岂能幸逃耶。虽然，文字之狱，诗文易蹈，词则罕焉。诚以词之为物，显者晦之，直者曲之，即有时姓氏事迹刻书靡遗，而阅者熟视无睹。芳草美人，祖诗父骚，其效乃竟至此也。此则词所擅长，虽诗文比兴、文号寓言，未可同年而语也。夫指斥乘舆，昔以为罪，士论闵之。今则赳赳武夫，言者罪也；莘莘学子，言者罪也；甚至娥娥红粉，言者亦罪也。既曰民主，乃无地非乘舆，则珏庵又恶得不姑以词见耶。[52]

这是李澄宇为寿鉨《珏庵词》所作序。时一九二〇年五月，“五四”新文化运动方兴未艾。但当时社会“乃无地非乘舆”，言论不自由，人们只好借助于词以与社会上的权与力相抗衡。因为词，继承了《诗经》、《楚辞》的传统，在艺术表现手法上，可以使“显者晦之，直者曲之”，即具有一定的隐蔽性，不易下文字狱。所以，人们即以词而见知于世。这是六十年前的事。前一二年，有位新诗作者著文声称：在十年动乱中写作旧体诗词，是因为当时隐藏在心底的话，不便以新体白话诗的形式直接说出，只有旧体诗词才能准确表达。可见，大量“牛棚诗”、“牛棚词”的出现，也与这种隐蔽性有关。六十年前如此，六十年后亦如此。

当然，词体反映现实所具有的这种隐蔽性也是有一定限度的。在中国“四五”运动期间所出现的诗词热潮就是一个明证。所谓“洒泪祭雄杰，扬眉剑出鞘”，广场上所出现的大量诗词作品，充分体现了作者不怕死、不怕下文字狱的英雄气概。“四五”运动不仅冲破了词体自身的隐蔽性，而且也冲开了一个缺口，让旧体诗词从冷宫里解放出来，重新面向广阔的社会人生。这一事实说明：词体既有自身的特殊性，包括隐蔽性，又有对于客观现实社会的适应性，它将随着社会的变化而变化，与时代共推移，不断向前发展。

到了改革开放新时期，政治清明，似已无有可隐蔽之事，但人们的内心世界毕竟是繁复多样的。所谓“有诗所难言者，委曲倚之于声”[53]，人们仍然喜欢填词。这就是近百年来词业再度复兴的社会基础。

上述主客观两个方面的因素互相联系，互相影响，为百年词业的生存发展创造了有利的条件。这就是词这一特殊诗体所以打不倒的原因。

（二）词业现状及发展前景如何？

词体自身所具备的特殊性，有利有弊。既有较大的优越性，又有一定的局限性。近百年来的词，充分体现了这一矛盾现象。例如，宋以后，历经元、明、清，一直到现在，词之所以能够继续生存与发展，原因之一就在于它具有特殊的形式，特殊的结构组合方式，但词的体制毕竟过于窄小，容量极为有限，这对于反映现实、展现历史图卷，无疑是一种天然的限制。而且因为词作者从来讲究疆界，讲究词与其他诗歌样式的区别，这也于有意无意当中增添了种种限制。词史上，经过几番变革，不断扩大体制，拓展疆界，词的视野有所开展，词的社会功能也有所提高。尤其是近百年来，千百作者进行种种探索，尝试以旧形式表现新内容，词所展现的历史图卷相当广阔，这是以往时代的词所无法比拟的。然而，近百年来的词，即当代词仍存在严重的缺陷，即：抒写新内容、新思想难好，抒写旧内容、旧思想易工，在反映现实的深度与广度上，似不及其他诗歌样式。第一代、第二代作者在旧社会多为出色当行的填词能手，进入新社会，不少人却就此洗手不干。究其原因，多种多样，其中一条当是对于表现新内容、新思想感到无能为力。所谓“学作新诗句未平”（俞平伯词句），就是这一意思。某些人偶然效颦，也难见称心之作。而第三、第四代作者，以旧词谱写新声，也往往出现标语、口号式的篇章，少见佳作。因此，近四十年来，词的创作似乎也有所分工。不少作者将自己的作品分为两类：一是可以登大雅之堂的适时之作，二是不见公婆、不示人，或只在二三知己中流传的性情之作。这两种类型的作品各有长短，前一类作品有一定时代生活气息，其缺点是，词汇新、内容新，而缺乏诗的韵味；后一类作品透彻玲珑，可见性灵，而有一种隔世之感。二者兼长的作品甚难得。最近几年，改革开放，这种分工似乎已不太必要，而综观各种公开或不公开的出版物，连篇累陡，仍然是词多好少。

当代词业所存在的缺陷，其原因，除了词体自身的局限性之外，还在于：由于“诗庄词媚”、“词为小道”、为“语业”等传统观念的束缚，人们不习惯在词中表现政治理想或进行伦理说教，严分疆界，当超过一定限度则变成作茧自缚；由于缺乏艺术创作经验，凡是表现大题材、展示大场面，大多仅仅停留在就事论事上，只要将事件本末套入词中就算了事，或者满足于凑合新名词、新术语，未能将哲人之思与诗人之感融为一体。因此，如上文所述，词体在近百年来所面临的复旧与革新的矛盾，至今仍然难以调和。

就词业现状看，所谓复旧与革新的矛盾，主要体现为内容与形式的矛盾。词业发展前景，即出路，就在于不断探索解决这一矛盾的方法与途径。近百年来的实践经验告诉我们，这种方法与途径，就是旧瓶装新酒。

旧瓶装新酒，这是一切艺术形式不断发展创新的共同规律。就词的发展史看，本世纪四十年代陈毅创湖海艺文社，为旧瓶新酒派树立典型，一千多年前的柳永，所谓“变旧声作新声”、“大得声称于世”（李清照语），又何尝不是旧瓶装新酒。旧瓶装新酒，这是一句老话，但是，仍有必要进一步加以阐述。

第一，关于瓶的问题，即形式问题。

瓶的问题，即形式问题，至关紧要。近百年来，一直存在分歧意见：有的人认为，词的形式格律是僵死的模式，束缚思想，必须完全砸烂，重新来过。这叫不守格律，是上述解放派中的“极左派”。至今一二全国性报刊上所载某些只是挂着招牌而全然不顾平仄韵部的所谓词，就属于这一派。另外有人认为，既是倚声填词，就“只能依宋以前名作按字填之，不得任意增损”[54]，主张见入填入，见上填上。这叫死守格律，是尊体派中的“极右派”。近百年来，若干四声词属于这一派，当今词坛则少见此类篇章。两种意见，两种做法，都较为极端，甚不足取。正确的做法，必须包括两个方面，既要重视瓶的作用，重视形式格律，又要根据实际情况进行通变。这里先说前者，这是个态度问题，要求对于瓶要有正确的认识，不可采取虚无主义的做法。对此，叶圣陶曾经有过论述：

记得有个“旧瓶装新酒”的比喻：诗词虽然是旧形式，跟“五四”以来提倡的新诗一样，也能反映咱们这个时代的生活。所以我想，瓶子无论新旧，咱们总希望瓶子里装的酒又香又醇，总希望咱们的诗人能用精粹的语言，表达自己的真情实感，写出各自的好诗来。[55]

将旧瓶与新瓶、旧诗词与新诗并提，认为对于二者应当一视同仁，就是说无论旧形式、新形式，都能写出好诗来。这是对于旧诗词传统格式及传统表现方法的大胆肯定。当代词作者应该有这种胆略和气魄。除了端正态度以外，对于瓶，即形式问题，还必须采取通变的做法。这就是说，有关词的种种格式规定，既不可不守，又不可死守，应适当加以变通。其具体做法大致有二：一是四声通变，二是邻韵相借。四声通变，除入可分派平、上、去三声外，尚有可通变处，盛配将其归纳为七点，特转录于此以备参考。

一、上入通用。凡宜用上者，均可改用任何入声。照理应以入声之可作上者代上，但不能有如此细致。

二、入声作平。为所有入声，均可偶借作平声用。亦不能细致地仅以原可以作平者代平。是为宋词中所习见。

三、上声代平。万氏云：“上之为音，轻柔而退逊，故近于平。”又云：“本宜平声，而古词偶有用上者，近似于拗，乃借以代平，无害于腔。”(《词律·发凡》)

四、平声代上。上、平音近，当可互代。前人词于上去、上去平，每作平去、平去平，时且认为音美。

五、阳上作去。此点变通，吴梅早已提出。夏承焘撰《唐宋词字声之演变》，乃为证实之。实则《词林正韵》与夫标准国音已将不少正浊上声字，直列作去声，大异于《广韵》矣。世人对次浊上声作去，有尚置疑。余为从周、柳词中搜取例证近三十余条，一再证明次浊上声，亦可以作去。

六、阴去作上。所作者为阴上，亦若阳上作去，所作者为阳去也。其音理一同阳上作去。在前人词篇中，偶或见之，余亦为搜证十余条。

七、阳平作去与入作阳平转去。谢元淮所云"阳平宜搭去声"一语，已可作为初步佐证。理由为凡是阳声，均属声调激扬，均得融化之为去。余亦为从周柳词中搜取例证，各六七条。[56]

这七条原则是根据前人创作实践归纳出来的，说明前人填词，包括柳永、周邦彦等人填词，已经灵活掌握，今人填词，应当引为借鉴。至于借韵，除上述所谓本宜平韵偶有用上者借以代平外，就是邻韵相借，而对于这一邻字，是近邻或远邻，借代范围如何掌握，尚须加以探讨。有人主张用十三辙押韵，或用普通话押韵，有人不同意，以为借代范围太宽。本书所录作品，仅限于近邻相借及方音相借。具体韵例，均在篇中一一注明。有此两条通变方法处理形式格律问题，那就自由得多。但是，所谓通变，并不是可以随心所欲、任意借代，也与不顾平仄与韵部的做法不同。其中有一条原则必须遵守，即：不可忽视词体在格式上的特殊规定。这类特殊规定一般安排在每一词调的音律吃紧处，如起、结、过片等部位。此等关键部位各词调如有特殊安排，即不宜讲通变。

第二，关于酒的问题，即思想内容问题。

当代词坛，酒的问题，即思想内容问题，也是一个相当要紧的问题。因为只有瓶，没有好的酒，或者只是水，将令人失望。近几年来，旧体诗词刊物，其数量已大大超过新诗刊物，但打开一看，几乎同是一个模式：韵里江山、纪念祝贺、咏物抒怀、品题酬唱、缅怀凭吊、雏凤新声，等等。有人批评旧体诗词创作，谓其题材狭窄，存在四多四少现象：歌颂多，暴露少；自然题材多，社会题材少；应景赐答题材多，感时伤事题材少；吟咏古迹、凭吊古人题材多，对历史作科学反思作品少。认为：这就是平庸的表现。并指出：平庸是旧体诗作者致命弱点，也是旧体诗振兴和繁荣的大敌[57]。这一批评非常中肯。

旧体诗词，人们称它为格律诗词。作诗填词必须符合格律，这是毫无疑问的。但只是符合格律，一天可以做几十首，算不得好诗，或者根本够不上诗的资格。有的人只是在形式格律上下功夫，在字面上尽量雕饰，将瓶子装点得十分富丽堂皇，非常炫人眼目，而其中所装的却是水，不是酒，那是徒劳的。因此，叶圣陶曾提出："瓶无新旧，酒必芳醇。"[58]就是要求作者在思想内容上有所创新。

就词业现状看，酒的问题，即思想内容问题，似当摆在首位。不提高酒的质量，充实思想内容，就无法尊词体，无法增强词在众多诗歌样式中的竞争能力。为此，必须做到以下两点：一是要有上等的造酒原料，二是要有上等的酿造技术。前者要求词作家打破传统的词学观念，树立对于社会现实生活的参与意识，尽可能将人们共同关心的重大题材放入词中，让小歌词也承担起展示历史图卷的使命，后者要求词作家在艺术表现方法上，努力探索，大胆创造，将重大题材表现得更富有艺术魅力，因而更加具有史诗价值。这就是说，要体现"时代的生活和情绪"（高尔基语），用词这一特殊诗体写出激动人心的好诗来。当然，我们不是题材决定论者，对于用传统方法写作传统题材而能够出新意的作品，或者能够体现内心真实、体现性灵的作品，也是应当欢迎的。高尔基论文学艺术，在强调体现"时代的生活和情绪"的同时，并不排除"人们的日常生活和心理"，以为"努力'从内心'了解人，研究和说明他的旧生活方式和他的古老的习惯"，也是文学艺术的任务[59]。因此，我们应当保护这部分作者的创造精神。但是，鉴于当今词坛普遍存在

"贫血症"的现象，即瓶子里含水量过高的现象，有意识地增加点浓度，以增强词的体质，也还是很有必要的。

社会主义的文学艺术扬弃"工具论"，但对于"文章合为时而著，诗歌合为事而作"（白居易《与元九书》）的传统是否也当扬弃，我看应当采取谨慎的态度。我们反对把诗词当作标语口号，当作政治标签，或者当作某种道德伦理说教的工具，但也不赞成脱离客观社会现实，发隔世之音，创作传统文化的复制品，那是缺乏生命力的。近百年来词业发展史证明：只有为时、为事，才是创造一代新声的根本出路。

第三，关于装的问题，即表现方法问题。

旧瓶装新酒，关键还在讲究一个"装"字。因为这一个"装"字，含有酿造的意思。这就是说，旧瓶与新酒，旧形式与新内容，二者并非机械地混合，而是有机的化合，二者经过"装"的步骤，融合为一个统一的整体。讲究"装"字，就是讲究酿造技术，即艺术表现方法。就词的历史发展进程看，这一个"装"字一直受到作者的重视。北宋时期，柳永"变旧声作新声"，其屯田家法（包括铺叙方法），就是"装"字的经验积累。周邦彦集大成，有清真长技（包括勾勒方法），同样也是"装"字的经验积累。到了南宋，各种技法愈变愈复杂，至吴文英，算是一个总归纳，所谓空际转身，也为后世作者讲究"装"字，打开了无数法门。但是，对于这一个"装"字，人们的做法似乎还过于简单化。例如，有人将姜夔的"数峰清苦"改作"众山黄苦"，再加上"长征"、"繁华"等新语汇，便构成一首改革词，或者将王勃的"海内存知己"改作"海外存知己"，再加上"友好"、"交流"等字眼，即构成一首开放词，等等。如此装配法，虽不常见，但也并非无人赞赏。旧瓶新酒派是拿来主义者，但所谓拿来，即对于旧形式的利用，包括对于古典的利用、旧词语的利用，都并非生吞活剥、机械套用。这是须要下一番苦功的。尤其是表现大题材、抒写大感慨，更应当讲究装的功夫。否则，只是将许多豪言壮语装入词中，拼命给自己戴大帽子、穿大衣服，浩浩荡荡，也就像高祖还乡那样，装模作样，令人生厌。因此，今日填词，提倡旧瓶装新酒，应当在总结、学习前人经验的基础上进一步创新，讲究酿造技术，才能使瓶中的酒永远散发芬香，永远真醇。百年词业发展至今，才有振兴的希望。

根据以上设想，本编录词标准是：第一，必须符合格律，不违背词的特殊格式规定和特殊组合方法；第二，必须言之有物，既提倡表现大题材、展示大场面的作品，也欢迎抒写个人情志的性灵之作；第三，必须有意境，具有词的特殊韵味。总之，本编录词，不拘一格，没有门户之见，既采录尊体派的本色词，也不排斥解放派的解放体或白话词。但愿编中所录三百余家、三千余首词作，能为当代词苑旧瓶装新酒者提供有益的借鉴。

一九八八年五月六日于北京

附记：

这篇文章撰写于上个世纪的八十年代。作为一代词总集的前言，颇注重史的描述，并以史的角度，对于不同时期、不同流派的词家、词作，进行论断，希望成为一代词史纲要。文中第一、第三部分，曾以《百年词通论》为题，于北京《文学评论》一九八九年第五期发表，第二部分，以《当代十词人述略》为题，于北京《中华诗词》第一辑（一九九〇年一月）发表。全文于香港《大公报》艺林副刊（一九九一年十一月一日至一九九二年五月八日）连载。而《当代词综》则耽搁多年，于二〇〇二年九月，由海峡文艺出版社出版。此后，全稿改题《二十世纪中国填词史话》。其中一二片段，曾于武汉《长江学术》第八辑（二〇〇五年六月）及二〇〇六年第三期发表。为方便读者，今谨借《词学》之一角，全文刊载。又，文章结撰之时，词界几位大师级人物——徐行恭、唐圭璋、李祁仍健在。为保留原貌，对其相关行状，暂时未作任何改动。

附注：

①龙榆生曰："近代词学之昌明，在宋元名家词集之重刊广布。自临桂王氏之《四印斋所刻词》、归安朱氏之《彊村丛书》后先行世，而词林乃有校勘之学。"此说可参。据龙榆生：《陈海绡先生之词学》，《同声》月刊一九四二年第二卷第六号。

②王国维：《海宁王静安先生遗书》第十五册，商务印书馆一九四〇年石印本，第二一页。

③蔡嵩云曰："清词派别，可分三期，浙西派与阳羡派同时，为第一期；常州派为第二期；第三期词派，创自王半塘，叶遐庵戏呼为桂派，予亦姑以桂派名之。"据蔡嵩云：《柯亭词论》，《柯亭长短句》，中华书局一九四八年版。

④夏承焘曰："孙桐，彊老亲家，彊丈言初学词，由渠引诱。"据夏承焘：《天风阁学词日记》，浙江古籍出版社一九八四年版，第二九六至二九七页。

⑤龙榆生曰："彊村先生晚岁寄住淞滨，有欲从治词学者，辄以转介蕙风，令其执贽门下，以是从游者众，一时称广大教主焉。"龙榆生：《晚近词风之转变》，《同声》月刊一九四一年第一卷第三号。

⑥西神（王蕴章）：《春音余响》，《同声》月刊一九四〇年第一卷创刊号。

⑦胡适：《尝试集》初版自序，《胡适文存》（一），人民文学出版社一九八四年版。

⑧胡适：《答朱经农书》，据《尝试集》初版自序。后又在《文学改良刍议》（《新青年》二卷五号，一九一七年版）中加以发挥。

⑨胡适：《去国集·自序》，《尝试集》，人民文学出版社一九八四年版，第一四一页。

⑩胡适：《尝试集》，人民文学出版社一九八四年版，第一二二页。

⑪胡适：《词选·序》，《词选》，商务印书馆一九二七年版。

⑫一九一七年十一月二十日胡适致钱玄同书，胡适：《尝试集》，人民文学出版社一九八四年版，第一三三页。

⑬据胡适：《词选·序》，《词选》，商务印书馆一九二七年版。

⑭《山中白云序》，《彊村丛书》本。

⑮陈声聪：《读词枝语》，《填词要略及词评四篇》，广东人民出版社一九八六年版，第一〇一页。

⑯《词学季刊》一九三五年二卷二号。

⑰参见《词学季刊》一九三三年创刊号及《沤社词钞》(一九四三年刻本)。

⑱《午社词钞》一九四〇年排印本。

⑲《词学季刊》一九三五年第二卷第四号。

⑳《词学季刊》一九三三年创刊号。

㉑《词学季刊》一九三三年创刊号。

㉒《同声》月刊一九四二年第二卷二号。

㉓《词学季刊》于一九三三年四月出版创刊号,至一九三六年九月共出十一期。其时十二期已在排版之中,因抗战爆发,遂中止出版。上海书店于一九八五年十二月影印出版《词学季刊》合订本二册,收有十二期残存稿样。

㉔陈毅:《陈毅诗词选集》,人民文学出版社一九七七年版。

㉕阿英:《敌后日记》(一九四二年十一月一日),参见《陈毅同志与苏北文化工作》,阿英:《阿英文集》下,生活·读书·新知三联书店香港分店一九七九年版,第八八五至八八六页。

㉖胡适:《词选·序》,《词选》,商务印书馆一九二七年版。

㉗据施议对:《吴世昌传略》,《晋阳学刊》一九八五年第五期。

㉘夏氏集中有《征招》一词,去声字皆守白石原唱,可为其刻意为词之一例。

㉙夏承焘:《天风阁学词日记》,浙江古籍出版社一九八四年版,第三六二页。

㉚夏承焘:《夏承焘词集·前言》,湖南人民出版社一九八一年版。

㉛夏承焘:《日记》,一九四七年五月三十日,未刊原件。

㉜夏承焘:《天风阁学词日记》,浙江古籍出版社一九八四年版,第一一四至一一五页。

㉝夏承焘:《日记》,一九一九年岁末,未刊原件。

㉞龙榆生:《近三百年名家词选·后记》,《近三百年名家词选》,上海古籍出版社一九七九年版。

㉟唐圭璋:《与施议对论词书》,据施议对:《建国以来新刊词籍汇评》,《文学遗产》一九八四年第三期。

㊱夏承焘:《日记》,一九一九年岁末,未刊原件。

㊲蔡起贤:《春风杖履失追陪》,转引自《詹安泰纪念文集》,广东人民出版社一九八七年版,第七三页。

㊳蔡起贤:《春风杖履失追陪》,转引自《詹安泰纪念文集》,广东人民出版社一九八七年版。

㊴夏承焘:《天风阁学词日记》,浙江古籍出版社一九八四年版,第二九四页。

㊵陈声聪：《论近代词绝句》，《填词要略及词评四篇》，广东人民出版社一九八六年版。

㊶郑逸梅：《艺林散叶续编》，中华书局一九八七年版，第二五页。

㊷寿康（周汝昌）：《丛碧词话·序》，《词学》第一辑，华东师范大学出版社一九八一年版。

㊸包谦六：《诗人陈兼于》，油印本。

㊹万树：《词律·发凡》，《词律》，上海古籍出版社一九八四年版，第一四页。

㊺王国维：《人间词话删稿》，《蕙风词话·人间词话》，人民文学出版社一九六〇年版，第二二六页。

㊻施议对：《词与音乐关系研究》，中国社会科学出版社一九八五年版，第五一至五二页。

㊼闻一多佚诗："六载观摩傍九夷，吟成鴃舌总猜疑。唐贤读破三千纸，勒马回缰作旧诗。"据《致梁实秋》（一九二五年四月），《闻一多全集》（三），生活·读书·新知三联书店一九八二年版，第六二一页。

㊽《毛主席给陈毅同志谈诗的一封信》，《诗刊》一九七八年第一期。

㊾周佑伦：《新诗须确立摆脱意识》，《诗刊》一九八八年第二期。

㊿臧克家：《流外楼诗词·序》，《流外楼诗词》，文心出版社一九八六年版。

51黑格尔："艺术家之所以成为艺术家，全在于他认识到真实，而且把真实放到正确的形式里，供我们观照，打动我们的感情。"黑格尔著，朱光潜译：《美学》第一卷，商务印书馆一九七九年版，第三五二页。

52寿鉨：《珏庵词》，中国社会科学院文学研究所藏本。

53朱彝尊：《陈纬云〈红盐词〉序》，《曝书亭集》卷四十，"四部丛刊"本。

54陈匪石：《声执》卷上，《宋词举》，金陵书画社一九八三年版，第一二八页。

55叶圣陶：《中华诗词学会成立大会贺信》，据《中华诗词学会成立大会资料汇编》，一九八七年九月编印。

56盛配：《词调订律·前言》，未刊原件。

57杨金亭：《旧体诗创作漫议——在岳阳市召开的全国当代诗词研讨会上的发言》，《诗刊》一九八七年第二期。

58叶圣陶：《满庭芳·题倾盖集》，《倾盖集》，福建人民出版社一九八四年版。

59高尔基：《论文学》，人民文学出版社一九七八年版，第一五至一八页。

——原载《当代词综》，海峡文艺出版社二〇〇二年版

百年词学通论

相对于千年词学，百年词学应可看作是今天所说的当代词学，或者今代词学、今词学。这是在二十世纪产生并且发展成型的一门新学科。其所谓旧与新，或者古与今，应以一九〇八年为分界线。因为这一年，王国维发表《人间词话》，创立境界说，标志着中国新词学的开始。而词学学科之真正确立，则当以民国四大词人之一龙榆生为起点。本文依此判断，将百年词学，即今代词学，或今词学，划分为三个时期：开拓期、创造期、蜕变期。并将蜕变期词学，划分为三个阶段：批判继承阶段、再评价阶段、反思探索阶段。在这一基础之上，本文提出建造中国词学学的设想，并以词学史上三大理论建树，三种批评模式——传统词学本色论、现代词学境界说、新变词体结构论，以及三种言传方式——似与非似、有与无有、生与无生，对其存在及存在的形式体现，逐一加以阐释。此外，本文所附二十世纪词学传承图，则以传统篮球队以及足球队的组合方式，对于五代传人，分别予以称号、名位，并作初步论定。

关于百年词与百年词学问题，我在二十世纪八十年代曾有《百年词通论》发表，此文着重说歌词创作；于九十年代所撰《中国当代词学论纲》（原题《以批评模式看中国当代词学——兼说史才三长中的“识”》），则说批评模式问题。于此二文，我曾提出百年词、百年词学以及今代词、今代词学诸命题。以为：以百年词或今代词，对二十世纪歌词创作进行规范，相当于学界之所说当代词，而又有所区分；至于词学的发生与发展，则以一九〇八年为分界线，将一部中国词学史划分为两大部分，古词学与今词学。对于百年词与百年词学，我与学界的分别，主要在分期分类上。自一九四九年起，学界以古代文学、近代文学、现代文学及当代文学，对于中国文学发展史进行规范，即以一九一九年为界限，将中国文学划分为旧文学和新文学，或者古代文学和现代文学两大部分。而词与词学，自然也糊里糊涂地跟着走。我不赞同这么一种划分与判断。我以为，这是一种政治的划分，非文学划分，是没有观念的体现，也就是缺乏史才三长中的“识”的体现。新旧世纪之交，对于学界包括词界这一状况，曾在有关学术研讨会上予以揭示，并曾撰写相关文章，从正、反两个方面加以论列。我提议：以一九〇八年王国维发表《人间词话》为分界线，对于千年词学及百年词学重新加以论定。这是首先必须解决的正名问题。我以为，关于百年词与百年词学问题，名正之后，其相关问题也就容易说清楚。

一、词学的自觉与自觉的词学

应当说，自从有了今天所说“词”的出现，就有今天所说“词学”的存在。中国文学史上，举凡有关词的本事、词作品的评判，或者曲调、歌腔一类记载，都在今天所说“词学”范围之内。诸如欧阳炯的《花间集叙》，晁补之、李清照之评本朝作家片段以及王灼《碧鸡漫志》、张炎《词源》等专门著述，都是宝贵的词学文献。其中，欧阳炯、李清照及张炎对于“艳”的特质的揭示，对于“知之者”与“不知者”的分辩，以及对于参究音律、精思词章的发明，则不仅在认识上具启示意义，而且于艺术审美亦有参考价值。其后，自元、明而至于清，相关述作更加层出不穷。不过，如从学科创置的角度看，多数论著，一般针对个案，只是一种“多”的罗列，而非“一”的提升。在相当长的一段时间内，所谓词学，实际仍未能独立成学；只是科目的科，而非学科的学。直到二十世纪三十年代，龙榆生创办《词学季刊》，撰著论文，有意识地设科、立学，中国词学方才成为一门独立的学科，词学研究方才进入自觉发展阶段。这是首先必须明确的问题。

（一）龙榆生——中国词学学的奠基人

词学研究之自觉，或者非自觉，不在于是否出现过“词学”二字，而在于有无学科意识。用现在的话语讲，这是一种研究之研究。而就方法论看，这是从“多”到“一”的归纳与概括。这当中有个提升过程，即将其加以规划化、系统化，于哲学层面，实现由科目到学科提升的过程。

1. 如网在纲，有条不紊

二十世纪三十年代，龙榆生于《研究词学之商榷》一文，首先为“填词”及“词学”确立义界。谓：“取唐、宋以来之燕乐杂曲，依其节拍而实之以文字，谓之‘填词’。推求各曲调表情之缓急悲欢，与词体之渊源流变，乃至各作者利病得失之所由，谓之‘词学’。”并指出：由于世异时移，遗声阒寂，能够“归纳众制，以寻求其一定之规律”者，非好学深思不办。因据前辈业绩，即从张炎以下，直至于清，各家钩稽考索之所得，总结归纳为五事：图谱之学、词乐之学、词韵之学、词史之学、校勘之学。并在这一基础之上，增添三事，曰：声调之学、批评之学、目录之学。合为词学八事。于是，原来零零散散的资讯，经此总结归纳，便成为有系统的专门之学。

2. 别出手眼，一明指归

继《研究词学之商榷》之后，龙榆生并于《今日学词应取之途径》一文，就词学与学词，说与做的两个方面，对词学门径展开讨论。途径问题，一般以周济《宋四家词选目录序论》之“问涂碧山，历梦窗、稼轩，以还清真之浑化”作为入门指引。龙榆生立足于“今日”，对此指引作了修正。谓：“欲于浙、常二派之外，别建一宗。”即“以东坡为开山，稼轩为冢嗣，而辅之以晁补之、叶梦得、张元幹、张孝祥、陆游、刘克庄诸人”，“以清雄洗繁缛，以沉执去雕琢，以壮音变凄调，以浅语达深情，举权奇磊落之怀，纳诸镗鞳铿鍧之调”，为“指出向上一路”，令“少有裨于当时”。

两篇文章，把握全面，有意识地为开法门、用度金针。这是龙氏词学的纲领。此外，若干个案分析，包括二主、东坡、清真、漱玉诸叙论及综论，以及多篇辨识字声与韵谱的文章，则于上述八事，如批评之学、声调之学以及词乐之学诸事项之布局与开发，进一步提供示范。当其之时，龙榆生之所述作，已为词学学的建造奠定基础。

（二）词学误区——二十世纪词学研究的死穴

言为心声，乐占世运。自《词学季刊》之后，尤其是五十年代之后，百年词学之是否步入误区，确是值得探讨的一个问题。一九九八年十一月，“纪念吴世昌先生诞辰九十周年暨学术思想研讨会”在海宁召开，我发表《走出误区——吴世昌与词体结构论》，提出这一问题。此文载北京《文学遗产》二〇〇二年第一期。进入新世纪，并有《倚声与倚声之学》一文，明确申明此义。指出：

二十世纪后半叶，进入蜕变期的中国词学，基本上处在误区当中，混沌未凿；大量著述，究竟在门内或者在门外，有用或者无用，似乎都须要冷静地进行一番检讨。

此文载上海《词学》第十六辑。或以为：词学误区的提示，似有点骇人听闻。一根竹竿打下去，就是一大片。不过，半个世纪的经历，不容一误再误。伤及无辜，亦在所难免。

1. 观念之误与门径之误

观念，可以说是一种认识，比如对于词与词学自身的认识，乃平常所说“识”的体现。观念之误，表现在对于词与词学自身这一研究对象认识上的失误。比如，词为艳科？或者声学？应当将其当何物看待？其于认识上的失误，就是只看到词之作为艳科的一面，而无视其作为声学的另一面。只是在题材上做文章，看看都写些什么，不重表现形式，忽略与音乐相关的格式问题，重情不重声。这一失误，遂令艳科发展成为显学，令声学沦为绝学。至于门径，乃达至目标所采取的途径，亦认识上的一种抉择或取向。门径之误即抉择失误，或者取向失误，仍然是将词与词学当什么看待的问题。比如，当韵文看待？或者当语文看待？其失误也是十分惊人的。

由于观念之误与门径之误，二十世纪五十年代以后，两岸四地包括日本在内词界所出现失误，我曾以天上飞、地上爬、空中走三种状态加以描述。三种状态，具体表现为：（1）脱离对象的评论，或者只是对于评论的评论，缺乏实际的了解与感悟；（2）只是执着于对象的字面特征，将韵文当语文看待，而非当韵文看待；（3）前二者之折中，但非并取其长，而乃兼收其短。三种状态，只是一种比喻，未必有所谓褒贬意思在。

事证之一：说词说皮相，对于艳科的错解及偏废。

这一事证，牵涉门内与门外、当行与不当行问题。不过，我所说只是个角度或位置问题，相当于今日所谓体制内与体制外问题，非完全等同于当行与不当行。而且，门内与门外，二者之间并无明确界限，难以准确界定，亦无法据以论断。至其所以误者，亦非门内、门外自身之误，而乃由于角度或位置之偏差所造成失误。例如，胡寅与李清照之说苏轼词，或曰："一洗绮罗香泽之态，摆脱绸缪宛转之度，使人登高望远，举首而歌，而逸怀浩气，超然乎尘垢之外。"或曰："学际天人，作为小歌词，直如酌蠡水于大海，然皆句读不葺之诗耳，又往往不协音律。"二氏在词之作为艳科或者声学的认识上，尽管各自有所偏重，一个偏向于艳科，一个偏向于声学，但其立论，各有各的角度或位置，似皆无可厚非。今日之失误，乃因声学与艳科分离所招致。既与胡寅与李清照有所牵连，又不能完全归咎于二氏。

首先，今日之失误，体现在作家、作品的评赏上，主要是以外部形态描述替代内部特质发掘。

"文化大革命"之前，因为声学与艳科的分离，词界出现以政治鉴定替代艺术批评，以豪放、婉约"二分法"替代体制、体式分析，将注意力引向词外。"文化大革命"之后，相关论述尽管已加上若干新的元素，"二分法"变成为多元论，其所作描述，与之前相比，似乎要周全得多，但实际也还是原来的一套。无非是，以豪放、婉约说词，自古而然，有"史"可鉴。因此，无论之前或之后，一班论者，与评判关西大汉执铁板唱"大江东去"和十七八岁女孩儿执红牙拍板唱"杨柳岸、晓风残月"之幕士，似不相伯仲。苏学士泉下有知，仍然当为之绝倒。

至若感发联想问题，诗可以兴，词须有想象，自不成问题，只是其间似亦有内部与外部之分，未可忽视。业师吴世昌教授的结构分析法，既通过内部联系，还原故事，又借助对于"含蓄在未表达的典故或成语中"的另外一个意思的体会，体验作者的"深心与苦心"，其想象并未离开本体；而另一种想象，从一座"小山"到另一座"小山"，没完没了，却只是在外部盘旋。两种想象，两种效果。例如，对于《花间集》，吴世昌以和凝、孙光宪"用小令来写故事的本领"，将柳永、秦观、周邦彦的继承发展，和乐府民歌，乃至《诗经》写故事之具体事例，联系在一起，令花间词中这一艺术手法之来龙去脉有个清楚的交待。不仅有助于对花间词的解读，而且对于词体结构论的构建亦提供实证。而借感发联想以研究花间，从音乐、诗歌，到历史环境、地域文化，四面八方大包抄，充分发挥想象，洋洋数十万言，亦东方、亦西方，亦理论阐释、亦数字统计，无所不用其极，却还是伫立于门外，未见解决词或词学自身一个半个实际问题。

其次，今日之失误，体现在理论问题的探讨上，主要是以玄学包装替代本体理论的求索及说明。

误区中的理论研究，其失误，可归纳为二：对于作家的社会活动及创作活动，包括与歌妓的交往，作一般社会学的说明；在形下层面，对于某一文学现象，作一般的道德、伦理评判。例如，柳永几位女朋友——英英、瑶卿、琼娥，还有心娘、佳娘、虫娘、酥娘，论者一一将其请出，加以"文化"一番。既责问其交往之方式、内容、性质、作用，又责问其交往之复杂心态、情感与精神追求以及所获创作动力。如此一般，便以为“揭示了这一现象的文化意义和文学价值”。又例如《花间集》，叙称：“镂玉雕琼，拟化工而迥巧；裁花剪叶，夺春艳以争鲜。”其所谓“艳”者，乃鲜艳之“艳”，可以与春天相媲美之“艳”；而非邪艳，或者浮艳。从艺术审美角度看，只是一个“艳”字，已可以概括所有。而今之论者，经过四面八方大包抄，当其涉及艳科之时，尽管对于花间情词，亦曾细心地加以归类，并将其与中外许多复杂的文化现象联系在一起，详加阐述，但对于“入骨艳思”，却仍然停留在一般道德、伦理的层面上，进行一般的分析与批判。比如，真不真？善不善？香不香？弱不弱？等等。因而亦以为，自己正进行着所谓美学阐释和文化阐释。

事证之二：填词填字数，对于声学的错解及偏废。

词与诗的区别，就格式看，有杂言与齐言之分。词，或称长短句。倚声填词，依其节拍而实之以文字，并非简单地按字数多寡填制。在以往所撰多篇文章中，对于填词填字数这一现象，我曾列举事例加以揭示。例如，宋元之交，仇远为张炎《山中白云》所撰序，对于三家村腐儒之依字数多寡填制，曾加以讥讽。谓：

> ……陋邦腐儒、穷乡村叟，每以词为易事。酒边兴豪即引纸挥笔，动以东坡、稼轩、龙洲自况。极其至四字《沁园春》，五字《水调》，七字《鹧鸪天》、《步蟾宫》，拊几击缶，同声附和。如梵呗、如步虚，不知宫调为何物，令老伶俊倡面称好而背窃笑，是岂足与言词哉。

“文化大革命”之前，主持《人民日报》工作的邓拓，对于旧体格律诗作者曾提出忠告：

> 你最好不要采用旧的律诗、绝句和各种词牌。例如，你用了《满江红》的词牌，而又不是按照它的格律，那么，最好另外起一个词牌的名字，如《满江黑》或其他，以便与《满江红》相区别。

仇远及邓拓所说状况，由于文化水准的提升，今日也许不再出现。不过，诗坛、词坛，大量应时、应事作品，有形骸而无灵魂，同样也是一种堆砌，方块字的堆砌，可以说，是一种变相的填词填字数。从为时、为事，变而成为应时、应事，简单的数字游戏，既是对于歌诗格律形式的错解与失误，也是歌诗创作的一种悲哀。

古往今来，学词既曾出现此等情状，那么，以学词作为自己关注及研究对象的词学，又是怎么个情状呢？新旧世纪之交，我曾一再为文，以地上爬作比喻，对其进行描述。谓：论者将五代诗词之所用词语进行分类、统计，指诗词之间语言，可分为诗用词不用、词用诗不用及诗词皆用三部分，并通过表达方式及出现次数，说明诗词皆用亦有异同，以证实"诗庄词媚"以及"诗之境阔，词之言长"这一论断，乃将韵文当语文而不将韵文当韵文看待；另有论者，为证实自己有关"撰写词史似应给长吉歌诗留有一席之地"这一假设，亦曾运用同样方法，对李贺今存二百四十余首歌诗中所用二千四百九十四个不同的字进行统计，指冷、凝、咽、啼、垂、寒、幽、死、泪、老，出现频率较高，"花间"亦然，因证实长吉歌诗已明显地具有词境。至若词史定位问题，有论者借助定量分析法，为李清照定位。指出：从两宋一千三百多名词人中，提取三百人进行统计。在这三百人中，单就现存词作数量而言，李清照排在第七十六名。而有关研究论著，截至一九九五年，已有九百多种，名次仅在辛弃疾之后，为三百人中的第二名。因此得出这么一个结论："从第七十六名上升到第二名，雄辩地说明了《漱玉词》的影响之大和受青睐的程度之高。"这同样也是一种数字游戏。

以上事证，所谓天上飞、地上爬，彼岸、此岸，确有其事。有关论者，似乎都正在进行着词学研究或者考订，而实际情况又如何呢？学词、词学，究竟是真词学？或者假词学？确实须要查证。至于空中走，指日本学界，我曾有文章说及，此处暂不列述。

2. 文风之误与学风之误

词学误区的出现，除了观念上的问题，还有文风与学风问题。"文化大革命”提倡“假、大、空”，环境与语境，人人都在其包围当中。四十多年过去，虽经过拨乱反正，却仍然积重难返。人与人之间，不讲信誉，不负责任；空疏、浮躁，旧习未尽除。例如，学界有“三不”现象：不读书、不看报，不看别人的著述。各自闭门造车，互不牵连。既接不上源，亦断了流。而词界则头不见天，脚不着地；不学词，不问甘苦，照样著书立说。之所以如此，其中奥秘，乃在于从本本到本本，从词话到词话，陈陈相因，不断征引。但只是翻来覆去，往往前言搭不上后语，连自己也不知道，究竟从哪里来将到哪里去。有一本关于“审美理想”的书，论勾勒与浑厚，既云浑厚之美为何，于勾勒处见；又云勾勒之美为何，于浑厚之处见。回环往复，纠缠不清，实际上只是在“愈勾勒愈浑厚”一句话打转。这便是从本本到本本所习用公式。在一定意义上讲，以前有“半部《论语》治天下”这一说法，想不到，今日治词，靠一本“词话丛编索引”，也可以做出这么多名堂来。

（三）走出误区——二十一世纪词学研究的生机

二十世纪三十年代之初，尊体派祖师爷朱祖谋仍健在。新、老二代词家、词论家，活跃于南北词坛。一九三三年四月，《词学季刊》创刊号出版。三四年间，沤社、午社相继成立。南北各大学都有词学教授：南京中央大学吴梅、汪东、王易，广州中山大学陈洵，湖北武汉大学刘永济，北平（今北京）北京大学赵万里（二十年代尚有刘毓盘），杭州浙江大学储皖峰、之江大学夏承焘，开封河南大学邵瑞彭、蔡桢、卢前，四川重庆大学周岸登，上海暨南大学龙榆生、易孺。以上诸教授，吴梅、卢前兼治南北曲，余则专力为词（据《词学季刊》创刊号）。《词学季刊》的创办，造就一代宗匠。词学之作为一门新的学科，已进入自觉发展的轨道。

自觉的词学，与盲目的词学相对应。自觉，是一种提升，认识上的提升及方法上的提升。于“一”的层面思考、求索，开辟与创造。不自觉，只是随大流，跟着“马二先生”走。于“多”的层面敷陈、罗列，添加或减少。这里，自觉、不自觉，相信并不难于分辨。近期所见“中国历代词研究史稿”，本来亦曾寄予厚望。诚如卷首二序所言，将有关研究文字，予以广泛搜索、清晰评介，可为弥补空缺，并为将来撰写词学学术史奠定基础。只可惜，全稿仍停留于“多”的罗列，与一般所说的“史”相距甚远。不过，其所谓“通”和“全”，倒可为从本本到本本，提供许多方便。于我之见，当前要务在于走出误区，返回龙榆生。从认识上讲，必先调整观念，端正立场，把握好着眼点。为词正名，为词学正名。对于艳科与声学，两个方面，作两面观；有所偏重，而无所偏废。从方法上讲，则须由诗歌到哲学的提升（吴宓语），划清文化学与社会学，韵文与语文的界线，在“一”的归纳与概括上下功夫，将词学学科的规范化及中国词学学的建造，进一步加以推行。

二、操斧伐柯与分期分类

自从盘古到于今，人类无论做什么事情，都离不开一把斧头。词学之独立成科、独立成学，同样需要一把开山巨斧。《诗经·豳风·伐柯》云：“伐柯如何，匪斧不克。取妻如何，匪媒不得。伐柯伐柯，其则不远。我觏之子，笾豆有践。”谓：伐柯要有斧头，娶妻不能没有媒人。经过砍伐，一个得薪，一个得妻。而且，还有个共同法则：一个以柯为依据，一个以媒为凭借。故此，陆机《文赋》云：“操斧伐柯，虽取则不远，若夫随手之变，良难以辞逮。”希望操斧者，砍与伐要有法则，不能随意为之。亦强调取则于柯。柯，就是斧头柄（毛亨注）。即以其大小长短为标准，进行砍伐。做学问亦同此理。《文赋》之所标榜，从《诗经》而来，乃先民智慧的引申。《诗经》与《文赋》，二者都将这种砍伐看作为诗、为文之道。如卸下包装，直截了当地说，这是一种分期与分类，而将其包装起来，就是操斧伐柯。这是做学问的基本功，也是一种大本领：开辟与划分。二十世纪两位大学问家——王国维与胡适，以哲学家与历史学家的睿智和气魄，对于词学学科进行开辟与划分，颇值称道。

（一）王国维与胡适的开辟与划分

一九〇八年，王国维发表《人间词话》，倡导境界说，为中国词学打开新的一页。谓“词以境界为最上”，既是分期，又是分类。一部中国词学史，以之为分界线，进行开辟与划分。一九〇八年以前，为古词学或旧词学；一九〇八年以后，为今词学或新词学。以之为标准，对于整体填词作评判，则可分为两大类别：有境界与无境界。有境界，所以为最上；无境界，等而下之，或者最下。评判过程，所谓阔大与深长，或者高下与厚薄，既可以现代科学方法测量，又可以现代科学语言表述，似乎都能落到实处。之前与之后相对照，何者为古、何者为今，何者为旧、何者为新，可以断定得十分清楚。

二十世纪二十年代，胡适编撰白话《词选》，抡起巨斧，将千年词史，劈为三个大时期：自然演变时期，曲子时期，模仿填词时期。又将第一个大时期劈为三段：歌者的词，诗人的词，词匠的词（见图一）。

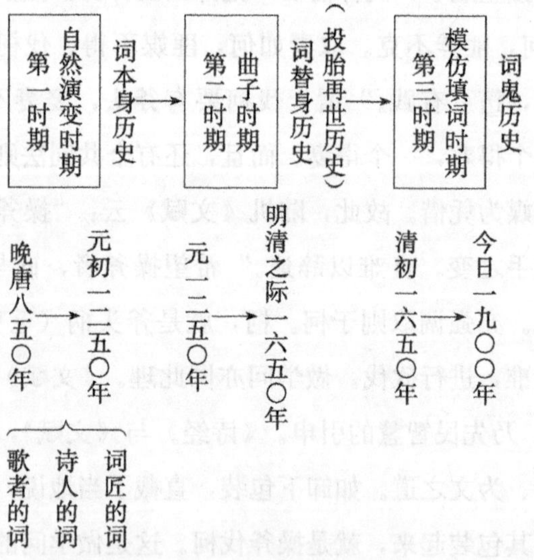

图一　千年词史开辟图

（二）古今词学与百年词学的开辟与划分

数年前，我撰写《中国当代词学论纲——兼说史才三长中的

“识”》，曾借镜王国维与胡适体现大胸襟、大智慧的开辟与划分，尝试以一九〇八年为分界线，将中国词学一刀劈成二段：一段为古，一段为今；一段为旧，一段为新。同时将百年词学划分为三个时期：开拓期、创造期、蜕变期。此外，又将蜕变期词学，划分为三个阶段：批判继承阶段、再评价阶段、反思探索阶段（见图二）。所谓“大胆的假设，小心的求证”，以下试略加说明。

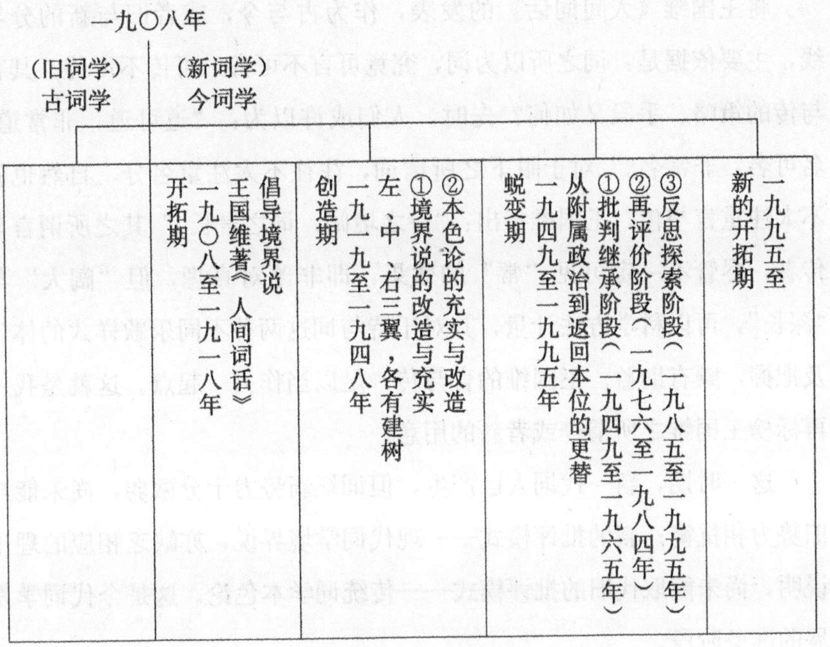

图二　百年词学开辟图

1. 开拓期

这段时间并不太长。从一九〇八年算起，大约十年。从一般政治斗争模式看，这一时期仅十年，仍属于旧时代，旧民主主义革命时代。而且，当时词坛，以复旧势力占主导地位，旧的批评模式——传统词学本色论依然盛行。但是，由于新的批评模式——现代词学境界说的出现，有了新的批评标准与方法，这一时期已属于词学新时代。而作为词学新时代，其标志是，王国维《人间词话》的发表。

王国维《人间词话》手定本六十四则，最初发表于邓枚秋（实）主编之《国粹学报》，分三期连载。自第一则至第二十一则载一九〇八年十一月十三日出版的该刊第四十七期；自第二十二则至第三十九则载一九〇九年一月十一日出版的该刊第四十九期；自第四十则至第六十四则载一九〇九年二月二十日出版的该刊第五十期。其中，第六十三则“唐人绝句妙境”乃手稿所无，为手定时所添加。

将王国维《人间词话》的发表，作为古与今，或者旧与新的分界线，主要依据是：词之所以为词，究竟可言不可言，可传不可传？其言与传的策略、手段又如何？先时，人们或许以为：“道可道，非常道。名可名，非常名。”对于眼下之所谓词，往往不太注重名分，自然也就不太注重言与传。王国维指出：“诗之境阔，词之言长。”其之所谓言与传者，尽管不一定可见“常”的效果，即非绝对真理，但“阔大”与“深长”，可以科学方法计量，其对于诗与词这两种不同乐歌样式的体认及把握，颇有助益。王国维的言与传，足以当作另一起点。这就是我一再标榜王国维之所谓今或者新的用意。

这一时期，新一代词人已产生，但词坛新势力十分微弱，尚未能与旧势力相抗衡；新的批评模式——现代词学境界说，亦缺乏相应的理论说明，尚未能取代旧的批评模式——传统词学本色论。这是今代词学发展的准备阶段。

2. 创造期

这段时间大约三十年，包括二十世纪二十年代、三十年代及四十年代。新旧批评模式各自朝着不同方向发展，左、中、右三翼各自有所承继，有所创造，今词学的基业已初步奠定。与开拓期相比，新旧两种批评模式，经过改造与充实，或者充实与改造，两个方向推进，都曾产生较大变化。例如现代词学境界说，于开拓期尚未见实质性的效应。之后，由于胡适、胡云翼相继推衍，逐步向左倾斜，以至演化为风格论。这是一种改造。而顾随、缪钺，进一步给予添加及说明，则为一种补充。改造与补充，令境界说这一新兴批评模式于词林占居一席地位。又如传统词学本色论，所谓充实与改造，功夫主要用在言传上面。几位代表人物——夏承焘、唐圭璋、龙榆生以及吴世昌，分别从词学考订、词学论述、词体结构诸多方面，现身说法，以断定其确实存在。尤其是吴世昌，推行结构分析法，不仅为本色论的言传提供事实依据，而且亦为词体结构论的创立打下坚实的基础。因而，作为传统批评模式——本色论，由开拓期进入创造期，其主导地位则更加稳固。词家三翼，若将胡适、胡云翼划归左翼，夏氏诸辈则为右翼。左、右二翼各持己见，各自表述，皆有可观的业绩出现。

这是百年词学发展的一重要时期，也是出大师、出经典的黄金时代。民国四大词人——夏承焘、唐圭璋、龙榆生、詹安泰，于这一时期奠定基业；二十世纪，几部经典著作，诸如《唐宋词人年谱》、《姜白石词编年笺校》、《全宋词》、《词话丛编》以及《词体之演进》、《今日学词应取之途径》与《论寄托》等重要论述，都是这一时代的产物。此外，缪钺《诗词散论》一书及吴世昌《论词的读法》"四论"，也在这一时期问世。词学各领域的建设，至此已具备一定规模。

3. 蜕变期

这段时期长达五十年，一直到新旧世纪之交。所谓蝉蜕龙变，自然与创造期的发展、变化有所不同。在某种意义上讲，应当是异化的一种体现。

五十年时间，大致可划分为三个阶段：

(1) 批判继承阶段

这是"文化大革命"前十七年间所经历阶段。左翼词学家当时得令。右翼词学家除了将创造期旧作从抽屉底下推出印行或加以翻新之外，暂且无有太大作为。这一阶段，学界出现批判继承三段式：时代背景+生平事迹=历史评价（地位）。一般文学史著作及研究论文皆依此模式炮制。于词界，由境界说推衍而成的风格论，逐渐占居主导地位；

而且以风格论词，逐渐升级为以豪放、婉约“二分法”论词。所谓重豪放、轻婉约及至以政治批判替代艺术研究，已是极其明显的异化。乃文学异化为政治的一种表现形式。

（2）再评价阶段

这是“文化大革命”后七八年间所经历阶段。乃上一阶段之反动，否定之否定，或者批判之批判。左翼词学家逐渐失势。与社会上所有平反昭雪、推翻冤假错案做法一样，右翼词学家将过去一切推倒重来。表面上看褒扬与贬斥，互相掉换，一切都朝着相反方向发展；实际上“换汤不换药”，所用批评模式仍旧是自己所否定与批判的“二分法”。这是文学异化为政治的另一表现形式。

（3）反思探索阶段

这是一九八五年后十年所经历阶段。与以上两个阶段有所不同。以上所说，侧重于大陆词界。这一阶段，除了大陆，还包括大陆以外词界。这是一九八五所谓“方法年”后所出现的状况。词家三翼进行重新组合，词学批评模式亦经过一番调整与变换。三翼人马，形成三支队伍：以胡适、胡云翼为代表的左翼词学家，变豪放、婉约“二分法”为各种风格并存共荣的“多元论”，为濒临绝境的风格论寻求生路；以缪钺、叶嘉莹为代表的中翼词学家，竭力引进、添加，为重返境界说带来生机；以吴世昌、万云骏为代表的右翼词学家，提倡结构论，为本色论的继续发展指示门径。三翼人马，各有开辟。但是，蝉蜕龙变，实际并未终止。

三个时期，以及第三个时期的三个阶段，已将今词学发展的百年历史粗略勾画出来。作为词学学，其自身的存在及存在形式，相信已不难把握。

三、存在的形式及形式的体现

存在的形式及形式的体现，这是有关研究对象的一种表述方式。意在回答：词学与词学学究竟为何物？以何种形式表示其确实存在？二十世纪三十年代，龙榆生将词学学科研究对象，归结为“八事”；五十年代，赵尊岳说“词中六艺”，将研究对象归结为“六事”；八十年代，唐圭璋将“八事”增添为“十事”。从“多”到“一”的归纳，证实词学的存在。那么，词学究竟在哪里？词学学之作为词学研究之研究，又当如何界定？这应是龙榆生、唐圭璋之后，词界需要回答的问题。我将批评模式当作词学的一种存在形式。前些年，撰写《词学的自觉与自觉的词学——关于建造中国词学学的设想》及《传统文化的现代化与现代化的传统文化——关于二十一世纪中国词学学的建造问题》二文，曾提出：词学学是研究词学存在的形式及形式的体现的一门新的学科。问题尚未充分展开。为便于研讨，以下尝试进一步加以说明。

（一）批评模式——词学的存在形式

和其他乐歌样式一样，在过往的时间里，词的鉴赏、批评，大多只是注重“情”与“景”二项。亦情亦景，情景交融，即为其终极追求。王国维《人间词话》，于“情”与“景”二项，加上个“言”，因“言有尽而意无穷”，生发出“境界说”来。诗与词的鉴赏与批评，因此有了更加广阔的天地。中国词学史上三座里程碑——传统词学本色论、现代词学境界说以及新变词体结构论的确立，乃词学存在的标志。词学在哪里？应当于此找到答案。

1. 传统词学本色论

在中国词学史上，传统词学本色论乃最古老的一种批评模式。其所经历千年历史，大致可划分为三个阶段。

第一阶段，从陈师道、李清照，到沈义父、张炎，为奠基阶段。

陈师道《后山诗话》论苏轼有云：

> 退之以文为诗，子瞻以诗为词，如教坊雷大使之舞，虽极天下之工，要非本色。今代词人唯秦七、黄九尔，唐诸人不迨也。

雷大使，教坊舞蹈教练。天下所有本领、技巧，都集其一身。苏子瞻似之，却非本色。所指乃词之本色，而非舞之本色。判断标准，似与非似，不须说出许多道理。这就是以本色论词的一个典型。我将其归结为陈师道定律。四个字，“似与非似”。作为一种批评模式，其要点，诸如批评标准、批评方法以及言传形式，大体上已经具备。在这一基础之上，李清照著《词论》，标举“别是一家”说，将“似与非似”四个字，增添为八个字——“别是一家，知之者少”，主要在于识音理与知辨别。陈师道的不确定，因此得到确定。其后，沈义父与张炎，一个著《乐府指迷》，载论词四标准，为子弟辈立法；一个以“音律所当参究，词章先要精思”（《词源·杂论》），为揭示创造准则。四个标准及两条原则，令李清照的目标更加明确。以本色论词之作为一种批评模式，至此已具备确定性的标准。

第二阶段，从浙西派到常州派，为充实、发展阶段。

宋以后，乐府、歌词历经元、明两代，至清之所谓复兴，为本色论的创造发明提供了有利条件。二百八十年间，以本色论词，依据“似与非似”进行创作，既多流弊，亦富姿彩。论者各执一端，各有褒贬。对于历史及现状，不同见解，各自加以表述。反对什么，提倡什么，皆充满自信。因之，正与反亦即“似与非似”的两个方面，各家的阐发也就越来越趋于明晰。

第三阶段，从后常州派到晚清四大家，为集成阶段。

常州派之后，词界人马分作两路：一路承接对于声音与文字的体认，一路承接对于情致的体认。两支队伍各有侧重，各有偏颇。至清末五大家之朱祖谋及况周颐，或号称“律博士”，或被推尊为“广大教主”，其于声音、文字及情致诸多方面，均曾进行综合考察，以为救与补。传统词学本色论，至此已臻完善。

一千年历史，三个发展阶段，三个步骤：首先于声音、文字以及情致之种种限制、裁量以及正反两个方面的比对褒贬，辨识其“别是一家”的特质；其次于言和意两个基本构成要素所具性能，由外到内，并由内到外，考察作为歌词之词的题中无穷包蕴及题外遥远寄意；最后归纳总结，推向极致。

2. 现代词学境界说

王国维作为中国当代词学之父，其主要功绩，在于创立新的批评模式，即其第一个用境界作标准创立模式，并且运用于词学批评。境界说的发生、发展大致经历三个阶段。

第一阶段，境界说之出现，乃滋生阶段。

这一阶段，主要在开拓期。就批评模式的变换看，王国维对于词学发展的贡献，主要是对于传统批评模式的革新。这就是上文所说，于“情”与“景”之间，加上个“言”。这一个“言”字，并不只限于言辞的“言”，而乃包括与“意”相对应的“言”，如“言有尽而意无穷”。这一个“言”字，可以理解为一种载体或者容器，能够承载“意”的载体或者容器，例如“境”。因此，所谓“言外之意”，也就是“境外之境”。这里，王国维所说的“言”，已从一般的工具、媒介，上升为载体或者容器，能够体现时空容量的载体或者容器。这就是王国维赋予“言”的诗学意义。但是，在滋生阶段，此义尚未得以充分阐发。

第二阶段，境界说之演变，乃异化阶段。

这一阶段，包括整个创造期及蜕变期的第一的阶段——再评价阶段。演变，乃至异化，其过程，大约五十年。

一九二六年二月，俞平伯标点《人间词话》六十四则，由北京朴社出版单行本。这是《人间词话》最早刊本。王国维逝世后，门人赵万里将其未刊部分于《小说月报》十九卷三号发表。接着，陆陆续续的辑其遗佚，便有所谓删稿、遗稿人编。这一切，尽管不一定与作者立论原意相符合，但毕竟令得王氏学说逐渐引起注视。其时，若干尊体派人物对之也许不以为然，而一班以新学为标榜的学者，无论其自觉或不自觉，却已将王氏学说当作持论的出发点。上文所说改造与充实，两个方向，对之阐释与推广，即为王氏学说被引申的事证。两个方面的人物：胡适、胡云翼，以及顾随、缪钺，其对于境界说的认识及运用，各有不同把握，效果也不一样。一个方面，胡适与胡云翼，既将“词以境界为最上”，转换为词以天才和感情为最上，令王氏新说向左倾斜，又将词体划分为女性和男性两种，将词风划分为凄婉绰约及豪放悲壮二类。于是，王国维的境界说即被推衍为风格论。另一方面，顾随与缪钺，或者对于王国维所提出若干重要命题，诸如境界、神韵、高致等，尤其是高致，从思想、文化层面作两面观，以体察其“上下床之别”（见手稿），或者将叔本华关于内忘其生活之欲，外忘物之一切关系，以领略其永恒，与王国维以物观物，遗其关系、限制之处，联系在一起，以体察其通贯之处，都令得王国维的境界说更加富有诗学依据。两个方面，改造与充实，对于王氏新说的探研与传播，起了一定推动作用。从创造期到蜕变期的第一个阶段，即“文化大革命”之前，学界对于王国维境界说的论述，已从词学，拓展至美学、文化之各领域。不过，整个创造期，传统词学本色论仍然占居统治地位。只是进入蜕变期，风格论方才逐渐被推举，并于词界大行其道，但这已是境界说的变种。

第三阶段，境界说之回归，乃再造阶段。

谓之回归，或者再造，意即重返境界说。其再造工程，大致出现在二十世纪最后二十年。表现于实际运用，诸如风格论的自我调整以及美学阐释与文化阐释之所作引进及添加，对于被异化的境界说，都是一种再造。前者将豪放、婉约“二分法”，变而成为各种风格并存的多元论，从“朝三暮四”，到“朝四暮三”。这是蜕变期再评价阶段一班风格论者所采取的策略。对于境界说的再造，尽管未必产生正面效用，但其自身调整却表示由境界说推衍而成的风格论已经不合时宜。后者的引进及添加，实际上是一种对照与提升。如将王国维有关成就大事业、大学问所必经三种之境界，和尼采通向智慧之路的三个必经阶段，加以对照，或从人类精神方式的类别角度，将王国维所说阔大隽永的艺术气象，升华为人类体悟生命厄运时的一般诗哲符号。在某种程度上看，引进及添加，都更加显示境界说其恒久价值及魅力。

三个阶段，自一九〇八年而至于今，境界说之经过异化、再造，最终又回到原来的位置。整整一百年，似将重新来过。

3. 新变词体结构论

在诗与词长期的发展过程，“情”与“景”，“我”与“物”，一直是主要关注对象。王国维于二者之间，加上一个“言”字，为创造境界。吴世昌将“事”作为中介，调和“情”与“景”，“我”与“物”，促进境界说向结构论的转化。

由境界说向结构论的转化，大致以下三个步骤：

第一步，归纳概括，确立典型。

二十世纪四十年代，吴世昌发表《论词的读法》一系列文章，倡导结构分析法。以为，第一流的作品都有谨严的章法，非无踪迹可循，并依据自己的体验，提出两种不同的结构类型——“人面桃花型”及“西窗剪烛型”，从而，以此为典范，为见普遍意义。即以时间次序与空间位置的推移及变换两个角度，进行归纳与概括。两种类型，展现古今乐歌结构成篇的三种方法及途径，亦即乐歌造境的三种方法及途径，包括：拓展时空容量，以表达无穷之意；推移变换时间次序及空间位置，以表达无穷之意；时间空间化与空间时间化，以表达无穷之意。三种方法及途径，概括万有。构造典型，以为典范，可令一通百通。所谓普遍意义，即体现于此。

第二步，渗入故事，万象皆活。

八十年代，吴世昌刊发《周邦彦及其被错解的词》一文，以“以小词说故事”，通过故事所构成有句、有篇的词章为典型事例，进行结构分析，并归纳、概括出这么一条法则：“在情景之外，渗入故事，使无生变为有生，有生者另有新境。”于“情”与“景”之外，渗入“事”，“我”与“物”之间有了中介，即万象皆活，新境出现。就传统说法，这一艺术表现手段，叫做勾勒。而与西方结构主义相比对，这就是以二元对立关系为依据，所创立的一种批评模式——新变词体结构论。其于“我”、“物”之间，渗入的“事”，等如一种催化剂。因此中介通过调和或者分解，令“我”与“物”所构成错综复杂关系，脉络清楚显现。

第三步，游阿房宫，入两宋门。

吴世昌以游阿房之宫作比，说明如何入清真之门以及如何由清真而入两宋之门。自从周济为开门径，后来者多遵照其途辙，将清真看作终极目标。吴世昌却不以为然。不将清真当成结果，而以为一种过程，必当以之为起点。谓：“入清真之门，然后可读白石、梅溪、梦窗、碧山诸家。学得清真之各种手法，然后读南宋诸家皆有来历，无所遁形矣。”那么，怎样才能达至这一目标呢？周济说得十分模糊。吴世昌以游阿房之宫作比，则说得非常精确。其谓：“清真范围广，门户多，长调小令，皆自成楼阁，绝不相似。如游阿房之宫，五步一亭，十步一阁，莫可诘究，他人无此才力也。于短短小令中写复杂故事，为其独创，当时无人能及。后世亦少有敢企及者。《浣溪沙》直追‘花间’，而又异乎‘花间’，南宋各家无有能及者。《点绛唇》亦非他家可比。其方面之广，真集词家之大成也。”既真切形容其令人困惑之处，又明白揭示其奥秘。谓关键问题，乃在于以“事”为中介的结构方法。以为，这一方法，无论单一作家，或者全部宋词，都可以派上用场。

从四十年代到八十年代，吴世昌的结构分析法，既有带普遍意义的结构类型归纳，又有具独特个性的个案分析。三个步骤，于具体运用过程，所谓结构分析，亦逐渐实现由“法”到“论”的提升。时至今日，新变词体结构论之作为一种词学批评模式，其主要因素（条件），包括标准及基本原理，方法及实际运用，我看已经具备。

（二）言传形式——词学存在的形式体现

中国词学史上，传统词学本色论、现代词学境界说以及新变词体结构论，三大理论建树，三种批评模式，既是词学存在的一种形式，也是词学存在之自身。何谓词学？词学在哪里？都可由此找到明确的答案。而言传形式，其作为词学存在的形式体现，既是不同批评模式的形式标志，同样也是批评模式的存在标志。其之所指，乃文学作品说情、叙事、造理，所采取的工具以及策略及方式。包括语言、动作一类符号或者媒介，对于歌词创作及传播所采取的策略及方式。一般讲，歌诗与歌词，各自有不同的言传形式。从“情”与“景”互相交融，“我”与“物”合而为一，到于“情”与“景”，即“我”与“物”之间，加上个“言”，或者加上个“事”，言传形式不断变化及演进。

以下所说，乃三种批评模式所采取三种主要的策略及方式。

1. 似与非似，传统词学本色论的言传形式

似与非似，传统词学本色论的最高法则，包括标准及方法。似，本色；非似，非本色。只须意会，不必言传。一切取决于主观上的“悟”。我认为本色就本色，认为非本色就非本色。看似无有标准、无有方法，实则不然。如于二者之间，作两面看，持两点论，自能悟入。一般讲，凡所谓似者，即本色，其所传播，乃一种感觉，一种印象。否则，非似，非本色。而感觉、印象，又与认识不同。新鲜热辣，一见钟情，就是一种感觉、一种印象。只凭感官，无须用脑，等不得思考。倚声填词，凡所谓本色当行者也，大多擅长于此；所谓善入与善出者，亦本乎此。

“记得小苹初见，两重心字罗衣。”这是第一印象及当时的感觉。“去年春恨却来时”，恨的是什么？是憎恨？或者懊恼？也还是一种印象，“独立”与“双飞”，仍在感觉层面。而“两情若是久长时，又岂在朝朝暮暮”，则有所不同。因为是一种假设，已到达逻辑层面，牵涉理路。乃词才的表现，而非词心。不关死生，未必触及于灵魂。周邦彦《解连环》亦然。

至若李清照与辛弃疾之赏菊，其层面亦不同。前者从“半夜凉初透”，到“人比黄花瘦”，由感觉（“凉”），到印象（“瘦”），呈现一种精

神及姿态；后者从“人好花堪笑”（花比人老），到“人世因缘了”，由一种体验（“老”），上升为认识（“了”），表达一种意志及愿望。其似与非似，本色或非本色，已不难分辨。

似与非似，其策略、方式的区分，表现在赋、比、兴三种传统方法的运用上，主要看其有无依傍，是否需要中介。大体上讲，凡本色，一般多采用赋，较少借助比兴；擅长白描，只是直叙。于“我”与“物”之间，不需要“言”，有时只是“物”与“物”。至于非本色则反之。

2. 有与无有，现代词学境界说的言传形式

有与无有。有，有境界，就是好词；无有，无有境界，就不是好词。既提供标准，又有达至目标的方法。因所谓境界，至少有一个空间在，有长、宽、高，有深浅与厚薄，可以用现代科学的方法加以测量，并用现代科学语言进行表述。感觉得到，接受得到。比起似与非似，以境界说词，应更有定准。似与非似，依赖于感悟，具有较大的不确定性。有与无有，可测量，可言说，相对较为确定。

有与无有，其于言传的策略及方式，主要体现于“言”。在“情”与“景”，即“我”与“物”之间，加上个“言”。加上“言”之后，究竟着不着痕迹，将出现两种不同效果。因而，其所造境界，也就有形下与形上之分别。

“莫听穿林打叶声”，“也无风雨也无晴”，体现心境。将自然界的风雨和人世间的风雨联系在一起，令其“坦荡之怀，任天而动”（郑文焯语）。以为：只要心中无风雨，就不怕外间风和雨。但是，仍然执着于风雨之有与无的实际体验，为留下踪迹。“夜饮东坡醒复醉”，“依杖听江声”。对于退（醉）与进（醒）以及永恒（江海）与瞬间（此身）的思考。“小舟从此逝，江海寄余生”，需要凭借（杖和小舟），也是一种踪迹。

缥缈孤鸿，寂寞沙州；疏星暗度，玉绳低转。铿然一叶，黯黯梦魂惊断；不知天上宫阙，今夕是何年。飘然而来，忽然而去；天马行空，

不可羁勒（赵翼评李白语）。若远若近，可喻不可喻，超象外而得环中。

二者相比较，王国维将后者看作自己所追求的理想境界。

3. 生与无生，新变词体结构论的言传形式

生与无生，就看其有无联系。有联系，即生；否则，无生。例如，“情”与“景”，或者“我”与“物”，当其作为一般布景（背景），很可能只是“情景并列如单页画幅”。吴世昌曾据以批评柳永及周邦彦，指柳“未能寓情于景，情景交融，使得万象皆活”；而周之渗入故事，则与之不同。因提出：“救之之道，即在抒情写景之际，渗入一个第三因素，即述事。必有故事，则所写之景有所附丽，所抒之情有其来源。使这三者重新配合，造成另一境界，以达到美学上的最高要求。”从而实现从无生到有生的转变。这一手段，吴世昌以周济所说勾勒加以描述。谓：“即述事以事为勾，勒住前情后景，则新境界自然涌现。既涌现矣，再加勾勒，则眉妩毕露，毫发可见，故曰：‘愈勾勒愈浑厚。’”

“长亭路，年去岁来，应折柔条过千尺。”谓古今来隋堤上折柳送客之众。吴世昌以为泛论，非特指。此情事布置在前。“月榭携手，露桥闻笛。”乃沉思中之前事。属专指，非泛论。此情事追述于后。前后二情事，一古一今，彼此并无牵连，是为无生。通过离会预愁（或预想）这一当下情事，勾而勒之，令三者重新配合，即古之一般别离情事、今之个别别离情事及当下独自寻觅之情事，三者构成新的关系、新的组合，是为有生。由无所牵连到互相牵连，由无生到有生，其转变，关键在于故事。因此之故，解读周邦彦《兰陵王》，吴世昌特为揭示：“‘闲寻’以下十四字是全词结构中枢纽。一‘愁’字又是十四字的枢纽。”

生与无生，联系或者无有联系。看得到，摸得着，可以理解，便于操作。词之言传，因此有了具体、切实的策略及方式。

四、余论：篮球队与足球队

有人说，现在是找不到大师的年代，但历史的论定却是后来者的责

任。无论哪一门学科，都需要以严谨的态度，对于以往的人和事，进行科学的论定。在学科建设层面上讲，这种论定，也是一种开辟与划分。不仅于对象自身，而且对后来者，都深具意义。近代以来，汪辟疆、钱仲联氏，均有“点将录”之作。以武艺拟诗艺（词艺），用水浒人物，拟配诗界（词界）人物。而朱祖谋（觉谛山人）之《清词坛点将录》，则专以论词。“借说部狡狯之笔，为记室评品之文。”这原是有益之举，可当文学批评看待，但毕竟是游戏之作，未必当真。后世效颦，缺乏游戏心态。网上文章指，似有借以谋私之嫌。记得钱仲联生前，亦曾告我：某氏点将录，以夏承焘为宋江，排第一位，毛润之往哪里摆？还有陈毅、叶剑英几位帅。可知，武林、诗林（词林）各有将帅，要“点”得恰如其分，并非易事。同时，亦可见论定之难。

数年前，胡明《一百年来的词学研究：诠释与思考》一文，以体制内派和体制外派，对于三十年代词界两队人马进行判断与划分，六个字，几乎一网打尽。此事令我想起胡适。他的半部哲学史和半部文学史，今天也许被取代，而其有关做学问的十字要诀——“大胆的假设，小心的求证”，在中国学术史上，却无法被取代。新旧世纪之交，在有关学术研讨会上，我曾一再申明这一意思。体制内与体制外，早已确实存在。二者不必要明确界定，也不一定是体制内比体制外在行。相反，词学史上对于某些关节问题的探讨，往往是体制外在前，体制内随后。如沈括、朱熹之和声说与泛声说，千百年过去，今日探讨词源，仍然离不开这一话题。而且，探讨进程，还是梁启超、胡适一班体制外人物在前，夏承焘、唐圭璋、龙榆生一班体制内人物随后。这应是历史的宿命（karma）。

绩溪一脉，终有传承。我十分赞赏老胡及小胡的宏观论定。同时，我也尝试以另一种方式——篮球队与足球队的组合，对于二十世纪词学的五代传人进行排比（见图三）。未曾标榜宗师，亦非点将，而只说传人。这是从刘再复那里借来的一个命题。或谓传人，意在传习与传承；

有传人在，就有词学在。我看合适，也就用上了。总之，也跟着玩玩。不妥之处，尚待批评指正。

第一代	第二代	第三代		第四代		第五代
		（甲队）	（乙队）	（甲队）	（乙队）	
朱孝臧	王国维	夏承焘	施蛰存	邱世友	叶嘉莹	
王鹏运	刘毓盘	顾　随	胡云翼	刘逸生	陶尔夫	
文廷式	陈　洵	赵尊岳	吴世昌	罗慷烈	钱鸿瑛	
郑文焯	冒广生	张伯驹	钱仲联	陈邦炎	黄拔荆	
况周颐	夏敬观	沈轶刘	神田喜一郎	霍松林	邱燮友	
	叶恭绰	冯沅君	沈祖棻	顾易生	王水照	
	吴　梅	唐圭璋	盛　配	马兴荣	严迪昌	
	胡　适	龙榆生	万云骏	刘若愚	高友工	
	陈匪石	詹安泰	吴则虞	徐培均	吴熊和	
	刘永济	缪　钺	黄墨谷	村上哲见	（暂缺）	
	蔡嵩云	宛敏灏	饶宗颐	刘乃昌	谢桃坊	

图三　二十世纪词学传承图

（一）二十世纪的五代传人

传承图的排列，大致以二十年为一代。篮球队、足球队，其组成，人数皆有一定。第一代，一支篮球队；第二代，一支足球队。第三代、第四代，各为两支足球队，甲队和乙队。第五代暂不排列。这是依据时序推移所进行的排列。如依据朝代变换排列，即二十世纪的第二代，归民国第一代；二十世纪的第三代，归共和第一代。唐圭璋所划分，即为民国三代（见《与施议对论词书》）。

各代传人，以生年为序排列，表示代代相互承接。领衔一名，为队长。同一类别，只推举一名，或数名为代表，不一定全数上榜。沧海遗珠，在所难免。

依照我的理解，作为一代宗师，于义理、考据、辞章三个方面，都须有所提供，而只限义理一项，则于观念（idea）、方法（method）、模式（model）和语汇系统（system of vocabulary）亦应自成家数。而传人，既未必可称大师，亦未必就是词人。即使不曾填词，当亦无妨。体制内与体制外，都有这种不曾填词的传人。

第一代，旧词学的终结。这一代传人，一八五五年之后出生。由清季五大家所组成。而究竟是四大？或者是五大？词界说法，未曾规范。事缘一九三〇年十二月，龙榆生撰著《清季四大词人》，断推王鹏运、文廷式、郑文焯、况周颐为清季四大家。时，朱祖谋仍健在，未具于编。其后，号称研究词学者流，大多据以立论，又往往误将朱祖谋取代文廷式。时至今日，仍然未曾排列停当。上世纪八十年代，唐圭璋有五大词人之议，即将龙氏所列四大，加上朱祖谋（据唐圭璋《与施议对论词书》）。我赞同唐氏提议，将五大家列归第一代。五大家当中，朱祖谋“领袖晚清民初词坛，世有定论”（钱仲联《近百年词坛点将录》），即谓为“词学之大结穴”（叶恭绰《广箧中词》）。五大家的词业建树，主要在于“继往”。而其活动年代，除文廷式、王鹏运外，郑文焯、朱祖谋、况周颐三氏皆进入民国。

第二代，旧词学到新词学的过渡。这一代传人，一八七五年后出生。乃百年词学发展的第一次过渡。两位关键人物——王国维与胡适，其词学建树，同样在于承前启后，但做法不尽相同。一个着眼于意和境，以有尽、无穷，评定优劣、高下；一个着眼于人和事，以匠手、天才，评定高下、优劣。前者以治哲学方法治词，能写、能观，善人、善出，充满睿智；后者以治史学方法治词，设想、求证，选择、去取，代表识见。中国词学之由旧到新的推进，亦即由传统向现代化的推进，王、胡二氏，已在理论和实践两个方面，为作充分准备。

第三代，百年词业之中坚力量。这一代传人，一八九五年之后出生。这是出大师的年代。就二十世纪而言，无论依据什么准则，进行怎么样的划分与排列，凡大师级人物，都应在这一代寻找。例如，八十年代编纂《当代词综》，推举十大词人——徐行恭、陈声聪、张伯驹、夏承焘、唐圭璋、龙榆生、丁宁、詹安泰、李祁、沈祖棻，属于这一代。

九十年代结撰《今词达变》，为七家定位，七家之夏承焘、缪钺、吴世昌、沈祖棻、饶宗颐，亦归这一代。此外，民国四大词人所推举，夏承焘、唐圭璋、龙榆生、詹安泰，也在这一代。民国四大词人，唐、龙、詹三氏，其于中国词学学、中国词学文献学以及中国词学文化学，三大词学学科的建树，均具开创之功。而夏承焘之作为一代词的综合，亦可于各种划分与排列中看出。两支足球队，夏承焘为甲队领衔。乙队施蛰存领衔。施蛰存氏于词学的特别贡献，亦无可取代。不仅仅一个人打两份工，而且活到一百岁，一世等如二世。既有"四窗"之设，自己承传，又办刊物，组织别人承传。词学第三代，名家辈出，高手如林，乃时代所造成，亦千年词学发展之必然。

第四代，百年词学发展的第二次过渡。这一代传人，一九一五年之后出生。二十世纪，两个过渡年代，各有各的使命，各有各的承担。在传统文化与现代化或现代化与传统文化这一问题上，第二代中的王国维与第四代中的若干人士，颇有某些共通认识，但取向不同。王国维将西方哲思引进词学，倡导境界说，这是传统文化的现代化；若干人士，尤其是叶嘉莹，从西方文论看中国词学，发现颇有暗合之处，这是现代文化之传统化（详参《中国词学的现代观》）。第一次过渡，标志着中国新词学的开始；第二次过渡，尚无有明确的标志。两支足球队，甲队与乙队。两名领衔人物，邱世友与叶嘉莹。其于理论探研及艺术鉴赏，各自有所擅长。其所承传，亦有不同偏向。

第五代，于传承图暂付阙如。这一代传人，一九三五年之后出生。崛起于上世纪之最后二十年。可以看作是共和国的第三代。由于时代所赋予，包括物质与精神，这一代既大大优越于前辈，其开辟与创造，自然比前辈优胜。对于百年词学，这是充满希望的一代。但是，在一定程度上讲，因先天不足，后天补救不得力，或者不得法，这一代，也可能让人感到失望，或者困惑。既是大有作为的一代，亦可能是垮掉的一代。

（二）二十一世纪新一代传人

自一九五五年之后出生，为新世纪的第一代传人。这一代传人，于一九九五年之后，新的开拓期，陆续登场。一九九五年，对于中国词学发展，无疑是极其关键的一年。将近半个世纪，蜕变期的词学处在误区当中。新世纪的第一代传人，由清代词与清代词学，打开缺口，脱颖而出。如果历史还能够重演的话，那么，新的一代，将有新的王、郑、朱、况出现。不过，照以往的经验，这一代，还不是出现夏、唐、龙、詹一班大师级人物的年代。也许，这也是历史发展的必然。

思想不能复制，经验可以复制。孔夫子称："述而不作，信而好古。"朱熹注云："述，传旧而已，作则创始。"传旧，应当包括以前的经验。至于述，归纳、概括以外，应当包括比较。懂得认真与辨伪，方才能够在旧有的基础之上，进一步加以补足与延伸。千年词学，百年词学，才能一代一代往下传。

戊子霜降前三日（二〇〇八年十月二十日）于濠上之赤豹书屋

——原载北京《文学评论》二〇〇九年第二期

立足文本，走出误区

——新世纪词学研究之我见

新世纪相对于旧世纪，两个不同时段的词学研究，旧世纪已于一九九五年完成其历史使命，新世纪自一九九五年至今，仍然处于开拓阶段。本文以三个时期，两次过渡，对于旧世纪词学作一个概括描述，而以否定之否定，展示新世纪词学的走向。以为：新世纪词学只有纠正旧世纪词学的失误，实现由变到正的转换，才能走上继续发展的道路。因为旧世纪词学，从开拓期、创造期到蜕变期，三个时期的发展、变化，既经历由古到今的过渡，又经历由正到变的过渡。旧世纪词学的蜕变，乃时代风气之使然，亦词学与学词分离的结果。要词学而不要学词，离开文本，好为空论。足足贻误了两代人。所谓否定之否定，处于新的开拓期的新世纪词学，应当牢牢记取这一教训。

有关词学研究问题，于新旧世纪之交，本人已有一系列文章表达观感。但这一问题，各有所见，各有坚持，非几篇文章能够说得清楚并让别人认同自己的看法。因借助 A 君和 B 君于濠上对谈，再次申述自己的见解，以供讨论与批判。

一、词学观念问题

A：新世纪的词学研究，从一九九五年算起，至今已经历十七个年头。依据你在《百年词学通论》中的论述，这应是新世纪的另一个开拓期。这一时期，随着上世纪词学蜕变的终结，五代传人的历史使命已经完成；新世纪，新的开拓期，新一代王（鹏运）、郑（文焯）、朱（祖谋）、况（周颐）相继登场。于你之见，新与旧相比较，不知应如何评判？

B：就历史发展进程看，二十世纪词学，由晚清而民国，由民国而共和，统共经历三个时期、两次过渡。三个时期，分别是开拓期、创造期及蜕变期；两次过渡，包括由古到今的过渡以及由正到变的过渡。进入新世纪所面临的问题，首先应当是，如何由变过渡到正的问题。在很大程度上讲，这一过渡，就是对于旧世纪词学蜕变的反动，或者说一种否定之否定。把握新世纪词学研究路向，似应着眼于此。

A：对于二十世纪词学，你以三个时期、两次过渡，进行归纳与总结。其中，所谓古与今、正与变，乃至肯定与否定，说明对于历史，对于以往的人和事，必须持分析的态度。否则，只是往好的一个方面联想，以为开拓、发展，接下来必定是昌盛、繁荣，这就可能产生误导。有褒、有贬，既说好听的话，又说不好听的话，才能明白真相。为此，很想听听你的不同意见。

B：正面和反面，事物存在的必然体现。词学也不例外。三个时期，两次过渡，既有推动词学发展的一面，又有阻碍词学发展的另一面。比如，第一次过渡，由古到今的过渡。这是中国词学现代化进程的开始。代表人物，王国维；时间，一九〇八年至一九一九年。由于这次过渡，二十世纪词学方才从开拓期进入创造期，为中国词学创造一代辉煌。在这一意义上讲，创造期的词学是词学现代化进程中的正。代表人物，民国四大词人——夏承焘、唐圭璋、龙榆生、詹安泰；时间，自二十年代至四十年代。之后，由正到变，就是第二次过渡。代表人物，第四代的词学传人；时间，一九四九年以后。经此过渡，加上第五代的推波助澜，至一九九五年，这是蜕变期的词学。从整体上看，三个时期的发展、变化，开拓、创造之后，并非昌盛与繁荣，而乃词学的蜕变。这是词学现代化进程中的变，是对于创造期的否定。所以，新世纪的词学，就当将此翻转过来，进行由变到正的过渡。这就是我所说的反动，或者否定之否定。

A：从新旧世纪词学发展的大背景看，旧世纪是新世纪的一面镜子；而从具体的课题看，过去的人和事，对于今日的词学研究，应当也有可参照之处。正如孔夫子所说，“温故而知新，可以为师矣”（《论语·为政》），有志于此道者，不知应当如何从中获取经验与教训？

B：二十世纪五代词学传人，在三个时期所处位置不同，所发挥的作用也不一样。不过，就他们所做的事情看，总括起来无非两个方面：学词与词学或者填词与词学。这是上世纪三十年代胡云翼和龙榆生所作的论断。就研究对象而言，两人说法，大致与事实相合，但其对于学词与词学或者填词与词学两个方面所采取的态度，却各不相同。因而，其所产生结果，也不一样。胡云翼说学词与词学，将二者区分开来，明白宣称，要“词学”，不要“学词”；龙榆生说填词与词学，二者并重，既要词学，也要填词。两人的说法，或分或合，态度各异。在词学创造期，均未见有何影响，及至蜕变期，情况才发生变化。一方面，龙榆生的说法，甚少有人提及，其对于词学的发展，仍未见有何推进作用；另一方面，胡云翼的说法，随着他所编纂《宋词选》的出版，越行越远，足足影响了两代人，第四代和第五代。二十世纪词学的蜕变，与胡云翼的说法颇有牵连。因此，所谓温故而知新，这是今日从事词学研究所当特别记取的。

二、词学文本问题

A：上文所说龙榆生对于填词与词学的论断，见《研究词学之商榷》，文载《词学季刊》第一卷第四号（一九三四年四月出版）。其曰：

取唐、宋以来之燕乐杂曲，依其节拍而实之以文字，谓之“填词”。推求各曲调表情之缓急悲欢，与词体之渊源流变，乃至各作者利病得失之所由，谓之“词学”。

在这篇文章中，龙榆生既对填词与词学作了明晰的界定，并且提出词学“八事”，对词学研究进一步加以规划。此后，唐圭璋的“十事”以及赵尊岳的“六事”，或增或减，皆未曾超出龙榆生的范围。在相关文章中，你将诸前辈所说，概括为“三事”：词的创作、词的考订以及词的论述。所谓“御繁以简，常得无事”（沈约《宋书·江秉之传》），若依此部署，事情似乎好办得多，但不知应当如何着手？

B：中国填词之作为众多文体中的一体，相关研究，首先必须接触到文本问题。这是研究的对象。以此衡之，我所说词学三事，实际上只是二事，即文本与文本的说明。但文本有二，古之文本以外，仍包括今之文本。因而，如从这一角度看，文本与文本的说明，仍然是三件事：今之文本的创造与提供，古、今文本的考订以及说明。三件事合而观之，就是龙榆生所说填词与词学。这一问题，说得浅白一些就是，研究词学的人，必须能说能做；能说能做，方才称得上倚声填词的当行作家。事情就这么简单，不过，实现这一目标并非易事。

A：照理说，能说词也能填词，应当并不是一件难事。过去一个世纪，五代传人中的第一代、第二代，都未见所谓只说不做的倚声家（旧时，填词称倚声，并无专门的词学家之称）。至第三代，胡云翼将学词与词学分隔开来，提出要“词学”，不要“学词”，当时没有人受其影响。五十年代以后，词学蜕变，某些词学家，以胡云翼为标榜，只说不做问题方才产生效用。只说不做，面对词界所出现种种现象，一位老前辈如是说：“声家不会倚声，为天下奇谈。”但见怪不怪，偶然的事情已成为必然。进入新世纪，新的一代似乎较难解除因为只说不做所产生的困惑。

B：说与做，二者得以兼顾，自然较为理想。从民国到共和，能说能做，能研究、能创作的人士，亦并非绝无仅有。例如，上述民国四大词人夏、唐、龙、詹，以及民国四大词坛飞将——缪钺、吴世昌、万云骏、黄墨谷，在研究与创作两个方面，都留下传世文本。除此以外，有关歌词作者，分布于社会的各个阶层，从事各种行业，为时、为事，倚声填词，亦有大量提供。就眼下情势看，对于说与做，似乎都不应说得过于绝对。也就是说，说与做，其对象尽管同样都是词，但二者毕竟有所区别。既未必能说就能做，亦未必能做就能说。而且，即使能做也能说，当未必就佳；而能说不能做，亦未必就不佳。能说能做，有关词的研究可能做得更好一些；但不一定非得等到能够填词，才能参与词的研究。今日重提这一话题，只是希望后来者有所警觉，而不至重蹈覆辙，即上一代之所谓"先天不足，后天补救不得力"者也。

A：看起来，所谓先天与后天、足与不足，如从学词与词学或者填词与词学的立场看，关键问题应当是做的问题，也就是对于创作的态度问题。这一问题，既影响今之文本的提供，亦影响对于古之文本的说明。最近一段时间，学界对此亦颇为关注。新文学界一位学者提出旧体诗词研究中的实证精神，主张从诗词名家个案、诗词流派社团以及诗词编年做起，为宏观研究提供依托（李遇春：《20世纪旧体诗词研究亟需实证精神》，《中国韵文学刊》二〇一一年第三期）。旧文学界一位学者依据总集、别集的归类，对百年词的经眼文献，加以梳理及评判，谓"文献是理论建构之基石"，相关工作做比不做好，早做比晚做好（马大勇：《近百年词经眼文献概说》，《新文学评论（二）》，华中师范大学出版社二〇一二年版）。二位学者所说，基本上是一种文本的叙述。相信对于后天的补救，有一定助益。对于这一问题，你曾有过观察与实验。有一回接受访问，你说："没有文本的基础，只是论述，非常危险。如果一辈子都做论述，就更加危险。"并说："在自己的述作中，《当代词综》比《词与音乐关系研究》，似乎更显得重要。"希望说一说你的体验。

B：文本问题，创作是关键。有位朋友问我，不会创作怎么办？要不要也试着写诗填词。我劝这位朋友不用试，安心做自己的教授好啦。因为这位朋友，已经十分专注地做了几十年的学问。我说：学会写诗填词，固然可为提供研究的对象，亦有助于领会诗词的声情与辞情，有助于评赏与研究，而就目前状况看，写诗填词的人几乎比阅读诗词的人来得多，似以不大力提倡为好。目前诗词创作队伍，鱼龙混杂；诗词作品，泥沙俱下。即使学会写诗填词，一年一本小册子，所拿出来的，也不一定就是合格的诗词作品。目前状况，关键在于学会分辨好与坏，懂得鉴别高下优劣。不会写诗填词，谁也不敢说你不会，不必要跟着制造文化垃圾。这是我对于今之文本所作评估。正如有学者所提倡，边做文献（文本），边做理论归纳。不必等待文献齐全，才作“通论性质的、文学史性质的”宏观描述。我赞同这一意见。

三、词学论述问题

A：一九九八年十一月，浙江海宁举办“纪念吴世昌先生诞辰九十周年暨学术思想研讨会”。你提交论文《走出误区——吴世昌与词体结构论》，第一次提出词学误区问题。二〇〇六年一月，你在上海《词学》发表《倚声与倚声之学》一文，指出：“二十世纪后半叶，进入蜕变期的中国词学，基本上处在误区当中，混沌未凿；大量著述，究竟在门内或者在门外，有用或者无用，似乎都须要冷静地进行一番检讨。”对蜕变期的词学，作了概括的描述。以为处在误区当中，其所谓误者，既有失误的意思，也包括误导，或者贻误。你对于这一时期的词学论述，并不看好。二〇〇九年三月，你在北京《文学评论》发表《百年词学通论》一文，评说误区，指出两个方面的失误：观念之误与门径之误以及文风之误与学风之误。十几年来，一而再，再而三，力图为新世纪词学点化“死穴”、寻求“生机”，用心良苦。当下词界，不知应如何面对？

B：我所说两个方面的失误，观念与门径，属于立场问题；文风与学风，属于态度问题。立场有问题，理解出偏差；态度有问题，说法靠不住。指的都是对于文本的把握问题。就目前看，相关问题实际并未解决。例如观念与门径问题，这是对于词体本身的认识问题。是将词当声学看待，还是当艳科看待？这是一个问题的两个方面。在这一问题上，立场之所谓失误者，就在于认识上的偏废。只是看到其作为艳科的一面，忽视作为声学的另一面。或者说只重侧艳之词，忽略弦吹之音。由于理解上的偏差，反映到论述，必然出现只是在题材上做文章，不重表现形式一类现象。亦即忽略与音乐相关的格式问题，忽略歌词的作法。只是在外部进行评赏，从一座小山到另一座小山，未能真正接触到本体。这是立场上的失误。另一方面，态度方面的失误，主要表现为从本本到本本，人云亦云，不断征引。但所谓本本，非作品文本，而乃诗话，或者词话之本本。这一做法，和新文学界有关学者所说某些装腔作势的宏文做法差不多，乃假作真时真亦假，都是大革命时期假、大、空的骗人伎俩（参见李遇春：《20世纪旧体诗词研究亟需实证精神》）。对此，目前学界，似已引起注意。新世纪词学之所谓否定之否定，似当于此取得突破。

A：就文本与文本的说明看，词学论述就是对于文本的说明，包括研究与评赏。而就立场、态度看，蜕变期所出现失误，研究与评赏都不能免。大致讲，研究中的失误，主要是空论，从本本到本本的空论。由于各有所本，也就各不相让。因而出现两种情形：跟随与不跟随。跟随者也，唯本本是依，有个公式大家用，比如豪放、婉约“二分法”；不跟随者也，自以为是，自说自话，看谁会写文章，公式套用得好。而其结果是，所有的论述都派不上用场。写了等于白写，说了等于白说。大家互不相干，都当看不见。尤其是今之本本，即使被用作为参考文献，或者引用书目，也是做个样子，压根儿就不关自己著述的事。不需要任何参考，照样著书立说。大家都自食其果。这就是说，大量著述，都不会有人细心地加以阅读和保存。至于评赏，和新文学界一样，同有“标题党”的嫌疑。例如，爱国主义、人民性，还有豪放与婉约，等等。不管合适不合适，妥帖不妥帖，标贴上去再说。新文学界学者揭示这么一个事例：对于某一首诗词作品的把玩，只是把老祖宗留下的古典诗学概念玩弄于股掌之间，如什么清新俊逸，什么婉约豪放，什么冲淡清空之类，一律粘贴在所谈论的诗词作品上。学者称：表面上很尊重自己的阅读感受，且美其名曰感悟鉴赏，实际上不过是盗卖古董，变着法子拾前人的唾余罢了（李遇春：《20世纪旧体诗词研究亟需实证精神》）。这里所说，是对于今之文本的评赏问题，对于古之文本，一样亦多失误。例如，李煜《虞美人》：

春花秋月何时了，往事知多少。小楼昨夜又东风，故国不堪回首月明中。　雕栏玉砌应犹在，只是朱颜改。问君能有几多愁，恰似一江春水向东流。

同样一首词，贴上豪放与婉约两种不同标签，列归“豪放词”与“婉约词”两个不同的选本系列。列归“豪放词”者，谓之悲壮刚健；列归“婉约词”者，谓之凄婉感怆。这就是对于古典诗学概念的把玩。论者称这类所谓微观的文章和某些宏观的文章一样，充满骗人的艺术。但无论宏观或者微观，也无论跟随或者不跟随，其对于本本的利用，都是一种盲目的行为。误区中的词学，这一状况不知应当如何改变？你既列举事例，指证误区的存在，又依循事理，提出三碑之说，这对于蜕变期诸多失误的补救，有何实际效用？

B：诗可以兴。古训如此，似未当质疑。诸如感发联想，从一座小山到另一座小山，亦皆持之有故。无论研究或者评赏，道理都一样，只是凭借不同而已。一般讲，两种办法：或者依靠感悟，或者依靠本本？传统的本色论，只可意会，不可言传，靠的是一个悟字；不读作品，不会创作，不知道怎么去领悟，就只好依赖于本本，论述诗词文本的本本。大家都这么做，都这么说，也就构成一种盲目的行为。我说本色论，将其作为词学史上第一座里程标志，着重说明这一个悟字。以为，所悟者为何，必须说得出来。这一问题，既非常抽象，又不怎么抽象。我用四个字——似与非似，加以概括。既是追寻的目标，又是达至目标的方法与方式。这是古典式的一种批评模式。步入现代社会，对于词体的认识，既须入乎其内以体验其生气，又须出乎其外以领略其高致。我说境界说，将其作为词学史上第二座里程标志，着重说明一个言字。以为，言有尽而意无穷，说的是一种空间以及这一空间的容量问题。这就是王国维所说境界。其长、宽、高，可以现代科学方法加以测量，可以现代科学语言加以表述。其作为一种批评模式，我以四个字——有与无有，加以归纳。即有境界的词为最上的词，无境界的词为最下的词。中国词学的现代化进程，由此开始。至于新变词体结构论，乃由吴世昌的结构分析法推演而成。我将其作为词学史上第三座里程标志。着重说一个“事”字。事情的事。这是情与景之间的一个中介。我以“生与无生”四个字，说明情与景和中介物（事）之间的关系。情与景，两个既互相对立又互相依赖的单元，由于“事”的介入，经过分解或者化合，以另造新境。生，表示联系。有联系，就是生命力。这是吴世昌所理解的勾勒，也是二元对立定律在唐宋词解读中的运用。三个里程标志，三大理论建树，三个批评模式。三个代表人物，各领风骚，各自占居一个历史地段。李清照一千年，王国维一百年，吴世昌则可能是未来的一千年。对于未来，仍然充满信心和希望。

A：误区问题，破与立，两个方面都一样重要。在列述失误、确立三碑的基础之上，不妨进一步思考个问题。比如，蜕变期的词学，只说不做，好为空论，这一风气为何如此盛行？“标题党”的那一套，为什么这么有市场？根源何在？新世纪词界，有无办法加以根治？

B：二十世纪词学蜕变期误区的出现，除了词界自身存在问题，还因理论上的失误所造成。自身问题，有些较易看明白。比如，脱离文本，缺乏实际的声情体验；盲目跟从，没有自觉的学科意识，等等。我曾一再加以说明，此暂勿论。有关理论上的失误，则须从王国维说起。王国维发表《人间词话》，倡导境界说，开创新词学，功不可没。但所立论，于意与境之间较偏重于意，已经向左倾斜。其后，胡适、胡云翼进一步加码，促使其左转，并将其推演为风格论。这一过程，我在相关文章中，曾予揭示。兹摘录两个片段，为供参考。

其一云：

相对于本色论，境界说之作为现代化的一种批评模式，已经有了更大的可操作性。这是境界说优胜于本色论的地方。但是，由于王国维学说自身所产生的误导以及读者理解上的问题，在很短时间内，境界说即被异化。先由境界异化为意境，再异化为风格论。这是由两个方面的原因所造成的。一方面，王所说意境，在三个步骤、三个层面之间，原来就是一种过渡，其与此前之疆界以及此后之境界，并无明确分野，易于给人造成误会；另一方面，由于大家的理解，只到第一、第二两个层面，未到第三层面，只是将境界二字当名词看待，就概念及其内涵大做文章，亦即只是停留于境内，而未能到达境外。两个方面，双向进行；先天与后天，都大大加速其异化。

其二云：

二十世纪三十年代，胡适、胡云翼相继推演，从意境之有意与境之区别，说到男性、女性以及豪放与婉约，将境界说异化为风格论。这就是一个典型事例。其间，苏联的反映论，作为马列经典传播中华，亦进一步为境界说的异化提供理论依据。尤其是五十年代之后，反映论占居主导地位，境界说则遭到误判，被当作推广工具。论者说境界，多将物与我阐释为主客观关系。物为客体，我为主体。主观与客观，情与景，二者互不相容。词界讲风格，不讲境界，风格论被推向绝顶。以豪放、婉约“二分法”，替代三个层面的境界分析，半个世纪以来，境界说基本上都跑到哲学、美学那里去了。

两段话见《传统文化的现代化与现代化的传统文化——关于二十一世纪中国词学学的建造问题》一文。这是二〇〇三年九月二十一日在中国社会科学院研究生院演讲的文字稿。原载《新文学》第四辑，大象出版社二〇〇五年版。又载《叶嘉莹教授八十华诞暨国际词学研讨会纪念文集》，南开大学出版社二〇〇五年版。

大体上讲，境界说之被异化，即被推演为风格论，乃自胡适起，至胡云翼基本完成。进入蜕变期，风格论一统天下，迅猛发展，直至于登峰造极。二十世纪五代词学传人，第四代、第五代当中，某些词论家曾宣称，自己是看着胡云翼的书长大的。胡氏学说，影响深远。余波所及，新世纪的第一代，甚至第二代，应当仍难以幸免。因此，所谓根治者也，恐怕还得从自我的反省开始。

四、小结：但开风气不为师

A：二十世纪词学，经由开拓期、创造期，以至于蜕变期，已走完自己的路程。三个时期，究竟为后世留下些什么呢？依据词学三事，必当包括词的创作、词的考订以及词的论述三个项目。开拓期、创造期，偏重于前二项，创作与考订；蜕变期偏重于后一项，词的论述。前二项所留下文本之能否传世，较易于预计；后一项所留下述作，其是否具永久参考价值，则较难判断。有关词的论述，你曾将其概括为八大议题，曰：词体发生、发展，词体个性、特质，艳科与声学以及词乐分合、体制体式、境界创造、风格流变和词学批评。八个方面，由于不完全是蜕变期间的产物，而且，即使是产生于蜕变期间，也未必都在误区当中。

新世纪开局，拨乱反正，是否可从中找到自己的突破口？

B:“河汾房杜有人疑，名位千秋处士卑。一事平生无齮龁，但开风气不为师。”这是龚自珍的一首绝句，见《己亥杂诗》。因王通事迹，而生发议论。谓名位卑微，未必培养不出声名显赫的学生。为着开导风气，无须担心自己之是否招来非议。二十世纪五代词学传人，其所留下述作，或正、或变，或有用、或无用，都须经过时间的检验。八大议题，只是对于讨论对象及范围的一种归纳与概括，即就议题自身而言，并无所谓误与不误的问题。我所说误区，指的是述作者的失误及因此失误所产生的误导。新的一代须有所承继，才能有所开拓。但也不必为尊者讳。作为一代明主李世民，曾经说过这么一段话:“以铜为鉴，可正衣冠；以古为鉴，可知兴替；以人为鉴，可明得失。”（《新唐书》卷九十七列传第二十二魏徵传）新世纪新的一代，具有多种参照系列，相信可以找到自己合适的位置。

——原载长春《吉林大学社会科学学报》二〇一二年第六期

当代中国诗坛双向流动现象

胡适之作为中国当代词坛解放派首领，其对于中国当代词业建设所作的贡献及影响，拙文《中国当代词坛解放派首领胡适》已作评介。这是胡适"为大中华，造新文学"的一种"尝试"。但是，这种"尝试"，似乎仅仅是将"半死文学"救活（胡适称五百余年来诗词为"半死之诗词"），并非造新文学的根本；胡适的目标乃在于：打破"从前一切束缚自由的枷锁镣铐"，"做真正的白话诗"，为"活文学"夺得应有的地位①。因此，自从胡适于一九一六年七月第一个"尝试"以白话文作新诗以来，当代中国诗坛，新诗（白话诗）与旧诗（古典诗词），便开始一个回合又一个回合激烈的阵地争夺战。本文不拟论说其争夺情形及结果，而仅就争夺过程中所出现的"双向流动"现象，略陈鄙见，希望读者能感兴趣。

不过，首先应当说明的是，所谓"双向流动"，并非十分严密的科学定义；这里主要用之于对诗坛现象的描述。例如：胡适登场，新诗出世。其时诗坛即出现一种现象，某些原来写作旧诗的作家，皆改途易辙，纷纷做起新诗来。这是"五四"新文化运动前后的情景。当时，胡适虽仍慨叹"同志太少"，"须单身匹马而往"，但毕竟还有二三子与之结伴同行。胡适说："这两年来，北京有我的朋友沈尹默、刘半农、周豫才、周启明、傅斯年、俞平伯、康白情诸位，美国有陈衡哲女士，都努力作白话诗。"②这显然不至于有如白话填词的实验那般寂寞。而且，二三子中的沈尹默、俞平伯，还是由旧诗阵地流转过来的干将。一时间，新诗的发展颇有笼盖一切的趋势，而旧诗随着旧文化、旧文学遭受抨击，则有濒临绝境的危机。但是，几十年以后，所谓用白话写诗，迄无成功（毛泽东语），中国诗坛却出现另一种现象——某些原来写作新诗的作家，如臧克家、陈迩冬、秦似、程光锐、刘征、丁芒、李汝伦等，皆转而专写旧诗或者写旧诗而兼写新诗。前后联系起来，构成“双向流动”，这就是中国诗歌发展史上所出现的一种十分有趣的现象。

这里先说前一种流动现象。沈尹默（一八八三至一九七一），“五四”以前早有诗名，“五四”时期为《新青年》编辑之一。俞平伯（一九〇〇至一九九〇），四代家学，旧学根基深厚，一九一六年所作五律《丙辰上巳公园》，技法已甚圆熟；一九一八年五月，于《新青年》四卷五号发表新诗处女作——《春水》，与鲁迅小说《狂人日记》同时面世。沈、俞的流动，尤其是俞的流动，对于刚刚出世的中国新诗的发展，有着举足轻重的作用。据乐齐、孙玉蓉编《俞平伯诗全编》（浙江文艺出版社一九九二年版）载，俞氏一生共写新诗二百八十二篇，除《七月一日红旗的雨》等二三篇章以外，其余均写于一九二四年移家北上之前。五六年间，俞氏计出版新诗集四种：《冬夜》（亚东图书馆一九二二年版），存诗一百〇一篇；《雪朝》（商务印书馆一九二二年版），朱自清、周作人、俞平伯、徐玉诺、叶绍钧、郭绍虞、刘延陵、郑振铎合集，俞氏存诗一十五篇；《西还》（亚东图书馆一九二四年版），存诗一百零三篇；《忆》（朴社，一九二五年十二月北京初版），存诗三十六篇。四集中，《冬夜》乃继胡适《尝试集》、郭沫若《女神》之后，中国最早新诗结集之一，具有划时代的意义。

总的说来，“五四”时期，沈尹默、俞平伯等人由旧诗向新诗的流动，除了社会思潮的影响之外，个人及新诗本身也起着极其重要的决定作用。这就是说，新诗的出现，尽管一开始就招人反对——“有根本反对的，有半反对的，也有不反对诗的改造而骂我们个人的”[3]，但其所谓“真正精神和价值”，并不因为有人不赞成便失去存在的意义。所以，当反对者提出："你们这班人都没有诗人的天才，要来冒冒昧昧改造中国是决不行的，好比一个极好的题目，给'冬烘先生'糟蹋了。你看《新青年》、《新潮》登载的白话诗，不中不西，像个甚么呢！"俞平伯即予有力的反驳，并说明："不是我们大言不惭说我们的确有诗人的天才，我们并且还承认我们恐怕不是；但尽管不是天才，学做几首诗，也没有多大害处，果然真有极好的新体诗出现，我们自然愿意'改途易辙'的。太阳出了，萤火灭了；雄鸡叫了，夜猫没有声音了；我们做萤火、夜猫的资格，谁还能说不够呢！我以为天才既没有一定的标准，也不是'生而知之'的，我们是个现代的人做现代的诗，不论好坏，总没有甚么不可。至于谁是天才，谁不是天才，将来自然知道。现在只要大家往前去，有一分力做一分事，我们也丝毫没有客气。"④俞平伯的意见发表于一九一九年十月所刊《新潮》二卷一号，时新诗出世才两年，处境颇艰难，而其信念则已十分明确。这当是俞氏由旧诗向新诗流动的一个重要依据。

俞平伯由旧诗向新诗的流动，不仅在创作上努力实现"极好的新体诗"的出现，而且在理论上对于新诗所谓"真正精神和价值"的存在加以科学说明。在第一部诗集《冬夜》自序中，俞平伯将做人与做诗联系在一起，说："诗以人生底圆满始圆满，诗以人生底缺陷而终于缺陷。人生譬之是波浪，诗便是那船儿。诗底心正是人底心，诗底声音正是人底声音。'不失其赤子之心'的人，才是真正的诗人，不死不朽的诗人。"因此，俞氏主张：如真要彻底解决怎样做诗，就得先明白怎样做人。这就是俞氏的诗学观。那么，从这观点出发，其所谓"借当代的语言，去表现自我"⑤，也就能够比较有意识地显示新诗的精神和价值。俞平伯的流动对新诗发展的贡献当是不可低估的。

当代中国诗坛的双向流动，即旧诗向新诗的流动及新诗向旧诗的流动，两种现象，前者已在上文叙述，以下说后者。由新诗向旧诗的流动现象，亦可称作"臧克家现象"。这是因为：一、这一流动，已不是个别人的行为，而是相当一批作家的共同行动，带有一定普遍性；二、有关作家对于新诗与旧诗，有着较为一致的审美兴趣和批评标准，创作追求也较为相近，而其中代表人物乃为新诗界老作家臧克家；三、流动过程已出现佳作，尤其是臧氏所作旧体诗，不少名句在各地广为传诵，有的更被引作报刊文章标题，如“老牛亦解韶光贵，不待扬鞭自奋蹄”等。所以，本文将此流动现象归结为“臧克家现象”。

目前中国诗坛之出现由新诗向旧诗的流动现象，亦即“臧克家现象”，并非偶然，而是有一定思想文化为背景的。这一问题涉及面较广，也较为复杂，本文只探讨：为什么在旧诗及旧诗作者一再受冷遇、甚至一再受批判的情况下，臧克家等人反而大写起旧诗来？一九八七年，中华诗词学会成立之时，诗界曾对此展开讨论，但有关争议所得结论，仍缺乏一定的说服力。例如，有人认为：这是旧诗对于新诗的一次“反攻倒算”，说明旧诗是一条龙，而不是虫，是永远打不倒的。此等看法过于偏激，带有较大片面性，并未讲清问题的实质。平心而论，我认为：臧克家等人之所以由新诗向旧诗流动，转而偏爱旧诗，除了因为自身创作实践的甘苦体验之外，就二十年诗坛发展大势看，其原因似乎乃在于新诗的困惑与旧诗的吸引两个方面。

“五四”时期崛起的新诗，虽曾招人反对，但其发展趋势仍甚为迅猛。在争夺阵地的第一个回合，就曾使旧诗败下阵来。例如上文所说旧诗向新诗的流动，便是明证。但是，新诗的挑战却仍然为所谓“半死之诗词”，留下一条生路。六十年来，旧诗仍利用种种间隙，继续发展。所谓相反相成，经过一个又一个回合的较量，终于出现新诗向旧诗的流动。这当是新诗创造者胡适等人所料想不到的。

在一定意义上讲，这一流动现象的出现，主要是由新诗自身所造成的。因为新诗的发展，偏重于借鉴而忽视继承。所谓先天不足，加上后天培植不得法，几十年来，其成效一直未能达到令人满意的程度。不仅形式问题，经过长期探索，仍得不到合理的解决，而且内容问题，因一味求新潮，也越来越“朦胧”，越来越使人感到困惑。所以，早在二十年代，闻一多即有诗云：

> 六载观摩傍九夷，吟成舌缺总猜疑。
> 唐贤读破三千纸，勒马回缰作旧诗。

对一味依傍外国、盲目按照别人的声口腔调写诗的做法持怀疑态度。四十年代，陈毅作《湖海开征引》，所谓“晚近新诗出，改革仅形式。其中洋八股，列位更末次”，也曾明确地揭示其弊端。中华人民共和国成立以后，毛泽东主席不赞成在青年中提倡旧体诗词，但其公开发表的全是旧体诗词而不是新体诗，而且曾严肃地批评过新体诗，谓：“用白话写诗，几十年来，迄无成功。”[⑥]近年来，若干“诗盲”的呼吁，也反映了新诗在发展变革中所出现的问题。因此，诗界有人提出：“新诗须确立摆脱意识。”这种摆脱意识主要指“改变中国新诗被动接受世界文化思潮影响的局面”[⑦]。这说明，论者对于借鉴西方所出现的弊端是颇有所感的。凡此种种，均促使诗人重新进行选择。这就是新诗自身在发展过程中所产生的负面影响。

至于旧诗，因其具有特殊的形式格律、特殊的结构方法，并因经过千百年来无数作者反复实践，形成一整套艺术经验，具有特殊的艺术表现功能，在先天条件上占有较大的优势。六十年来，无论秘密或公开，“地下”或“地上”，一直有人默默耕耘，辛勤劳作，其发展并未中断，而且越来越引起重视。所谓“莫再谦称传谬种，敢将敦厚育英才”（周谷城诗句），已产生广泛的共鸣。这是诗坛流动的一种有力吸引。

臧克家今年九十一，其“诗生活”开始得很早，童年时诗的苗子已插在心的田地上[⑧]，而诗的生命则很长，至今仍笔耕不辍。一九八七年，在《臧克家旧体诗稿》（武汉出版社一九九二年版）自序《自道甘苦学旧诗》中，臧氏曾明确宣称：“我爱新诗，更爱古典诗歌。我写新诗，也写旧体诗。‘我是一个两面派。’”并且，还以自己的实践论证：“有些境界，用新诗写出来淡而无味，如果出之以旧体，可能成为精品。”例如：“诗情不似潮有信，夜半灯花几度红。”这是臧氏所作七绝《灯花》的三、四二句。臧氏说：如果把它译成：“诗的感情不像潮水那般有定时，夜半袭来，好几次打开灯赶忙写下来。”试比一比，明眼人自然会觉得哪一种有深味，哪一种平无特色了。这里，所谓“自道甘苦”，乃诗人之体会有得之言，亦为重新选择及流动之重要依据。

当然，臧克家等人的重新选择及流动，并非对于新诗的全盘否定，也并非倒退与复旧。这一点，诗人是十分明确。例如，臧克家在为刘征旧体诗集《流外楼诗词》所作序文则已表明：“新诗、旧体诗，一脉相通。形式虽老，而艺术要求初无二致。现在作旧体诗，必须思想新、感情新、语言新，否则不能称为今日之旧体诗。有人说：而今写旧体诗，对新体诗来说是一种倒退，其实不然。证之以刘征、（程）光锐之旧体诗，它们时代气息扑人，读之朗朗上口，较之不少晦涩之新诗，好懂而且易于成诵。诗之现实主义精神与时代风云气息之有无强弱，固不在形式而取决于内容。”这段话体现了臧克家等人的艺术追求，说明其重新选择及流动，并不仅仅为了纠正新诗所产生之诸多弊端，更重要的是为了利用旧形式，继承古典诗歌优良传统，以创造一代新声。

本文揭示诗坛双向流动现象，仅是提出问题，为进一步探讨提供参考。对于新诗与旧诗，并无厚此薄彼之意。不妥之处，敬请大方之家指正；并以此文，为诗翁臧克家先生贺寿。

附注：

①参见胡适：《尝试集·自序》，人民文学出版社一九八四年版。

②参见胡适：《尝试集·自序》，人民文学出版社一九八四年版。

③俞平伯：《社会上对于新诗的各种心理观》，《俞平伯诗全编》，浙江文艺出版社一九九二年版，第五九七页。

④俞平伯：《社会上对于新诗的各种心理观》，《俞平伯诗全编》，浙江文艺出版社一九九二年版，第五九八至五九九页。

⑤俞平伯：《冬夜·自序》，《俞平伯诗全编》，浙江文艺出版社一九九二年版，第六四一页。

⑥《毛主席给陈毅同志谈诗的一封信》，《诗刊》一九七八年第一期。

⑦ 周佑伦文，《诗刊》一九八八年第二期。

⑧臧克家：《我的诗生活》，《臧克家散文》第三集，中国广播电视出版社一九九三年版，第六页。

——原载香港《镜报》一九九五年九、十月号

中国当代词坛“胡适之体”正名

胡适提出文学改良，推行文学革命（或文章革命），其用意在于：“为大中华，造新文学。”这是十分明白的。其以所编《词选》代表对于词的历史的见解，旗帜也非常鲜明。但是，其所创“胡适之体”，却像是未经打开的葫芦，不知道里面装的究竟是些什么物事。六十年前，有人曾就此发起讨论，谓“胡适之体可以说是新诗的一条新路”。而胡适则站出来说：“（某某）先生说的胡适之体的新路’，虽然是‘胡适之体’，而不是‘新路’，只是我试走了的一条‘老路’。”[①]所谓新与旧已弄不清楚，至于“体”，看来就更加难以捉摸了。

这里不说新诗中的“胡适之体”，而只说词中的“胡适之体”。首先见证其体，而后判断新与旧。

一

胡适说：“‘胡适之体’只是我自已尝试了二十年的一点点小玩意儿。”并说，这一点点小玩意儿是遵循三条戒律进行尝试的。第一，说话要明白清楚，即：“意旨不嫌深远而言语必须明白清楚。”要人看得懂。第二，用材料要有剪裁，即：要删除一切浮词凑句，抓住最扼要、最精彩的材料，用最简练的字句表现出来。第三，意境要平实，即：说平平常常的老实话，注意留一点余味，不说过火的话。力求“平实”、“含蓄”与“淡远”[②]。这是胡适对于“胡适之体”的自我确认，因而也是见证其体的重要依据。一般说来，诗文中之所谓“体”，其含义大致包括体制、体要、体貌三项。其中，体制指格局规制，体要指题材内容，体貌指艺术形象[③]。以之对照胡适的确认，我看，对于“胡适之体”当已有初步认识，即：胡适之所谓戒律，不仅为其二十年尝试的经验之谈，属于“胡适之体”创作的追求目标或具体途径，而且“胡适之体”在格局规制、题材内容及艺术形象三个方面所具备的基本特征，于此也有所体现。这是依据胡适所言（所确认）而进行的见证。

以下看其所行，即所作实验品。二十年间，即从民国五年（一九一六年）至二十五年（一九三六年），胡适于“体”的建造上，有目的地进行尝试，计得实验品二十五篇。这是见证“胡适之体”最重要的依据。在《中国当代词坛解放派首领胡适》一文中，我已对此二十五篇实验品大致进行分类与评析，这里再就有关“体”的建造进一步加以见证。

（一）体制建造：以白话填词，重构格局规制

这就是一般意义上所说解放词体，即解放词的体制。但其过程则包括解构（或解放）及重构两个方面。简单地说，词的发展，从草创时期开始，经过晚唐、五代，其体制已逐渐确立或趋于定型；至北宋周邦彦，所谓“集大成”，或规范化，其体制已更加完善；但进入南宋，与所谓雅化相应合，其体制则逐渐凝固化。胡适的建造——解构及重构，就是针对词体的凝固化而进行的。

从整体上看，胡适的建造是对于词的体制、体式的解构及重构。由民国十三年（一九二四年）以后所作十三篇实验品，均属此例。此类实验品，对于《词谱》之所谓“字之多寡有定数，句之长短有定式，韵之平仄有定声”[④]——基本采取“推倒重来”的做法，即：原有定数、定式、定声都被推倒了，由一定变为不一定，但其重来并非乱来，而是有一定限度，并能重构出另一种一定来。

例如《瓶花》：

不是怕风吹雨打，
不是羡烛照香熏。
只喜欢那折花的人。
高兴和伊亲近。

花瓣儿纷纷谢了，
劳伊亲手收存。
寄与伊心上的人。
当一篇没有字的书信。

对照《西江月》体式，可见原有“六、六、七、六”（上下片同）格局规制已被冲散，一定的句式及字数变得不一定了。这是对于词体的解放。但是，冲散之后，重组的篇章，其句式之长短乃尽量依循原有句式之长短进行安排。而且，对于体现词调声情特征的平仄韵通叶（协）原则也未曾改变，即：平韵“熏”、“人”与仄韵“近”同部通叶（协），“存”、“人”与“信”通叶（协），并注重以去声字（“近”、“信”）收煞。因此，经过重构的格局规制与原有体制仍有许多吻合之处。这是对于整体的解构及重构。十三篇实验品，此篇建造的为《西江月》，其余则为《好事近》。至于局部的解构与重构，其实验品计十二篇，所用词调有《沁园春》、《生查子》、《百字令》、《如梦令》、《虞美人》及《江城子》、《鹊桥仙》、《好事近》等。此类实验品，对于词的整体格局规制，并未作太大变动，而主要在语言表达上进行建造，即：将文语变成口语，将工整的对句变得不太工整或干脆就不对，因而将凝固化的词体加以散文化。例如《沁园春》上下二片中间由一领格字提起之两组对句，其一——“任花开也好，花飞也好，月圆固好，日落何悲”及“要前空千古，下开百世，收他臭腐，还我神奇”——颇能遵守规则；另一——“看江明雪霁，吾当寿我，且须高咏，不用衔杯”及“有丹能却老，鞭能缩地，芝能点石，触处金堆”——则大胆加以变化。

（二）体要建造：用深远意旨，增强体质体格

所谓体要，即体实要约，这是对于文章表达事义的要求。而胡适的建造，指的就是对于词的题材内容的改造与建设。从本色论的观点看，以合乐应歌为其本职的唐宋小歌词，其题材宜以歌舞花柳及男女欢爱为主，而伤春悲秋及离愁别怨又为其中两个重要项目。胡适为当代词坛立体，着重由此入手。所谓“更不伤春，更不悲秋，以此誓诗”（《沁园春·誓诗》），便为其宣言。而具体做法，即为“言近而旨远”五个字。胡适说，“旨远是意境的问题”[5]，这是不成问题的问题。而对于“言近”，则有两种解释：一谓言浅近的事——“从文字表面上看来，写的是一件可懂的平常实事；若再进一步，却还可寻出一个寄托的深意”[6]。另一谓说明白清楚的话，做明白清楚的诗[7]——“不依赖寄托的远旨也能独立存在”[8]。因此，其立体的具体做法也有两种。但是，在胡适诸多实验品中，却是无寄托的多，有寄托的少。

例如《沁园春·新俄万岁》：

客子何思，冻雪层冰，北国名都。想乌衣蓝帽，轩昂年少，指挥杀贼，万众欢呼。去独夫“沙”，张自由帜，此意于今果不虚。论代价，有百年文字，多少头颅。 冰天十万囚徒。一万里飞来大赦书。本为自由来，今同他去，与民贼战，毕竟谁输。拾手高歌，新俄万岁。狂态君休笑老胡。从今后，看这般快事，后起谁欤。

词章记二事——俄京革命时，大学生以乌衣蓝帽为号，杂众兵中巷战事及西伯利亚十万囚徒获大赦事（参见词章小序），皆以明白清楚话语道出；所说感慨——热爱自由、谋革命者众，此俄之所以不振而“沙”之所以终倒也，同样能从文字表面上领悟到；而事义，即远旨——新俄万岁，也就自然而然地突显出来。这是以大题材、大感慨表

现大事义的例证。

又如《多谢》：

多谢你能来，
慰我山中寂寞。
伴我看山看月，
过神仙生活。

匆匆离别便经年，
梦里总相忆。
人道应该忘了，
我如何忘得。

这是以《好事近》曲调谱写的词章。所记事件——你来山中伴我，是“一件人人可懂的平常实事”；所说感慨——离别经年，不能忘记，也十分浅近；而其事义，可能超出山中相伴之外，读者各自以自身经历加以体验，当有所领会。这是以小题材、小感慨，表现大事义的例证。以上二例，皆无寄托。而有寄托的篇章，则较难断定。例如《瓶花》，那是可以进一步加以追寻的。总的看来，不管有无寄托，其所有实验品都努力在事义表达上下功夫，即努力用充实的内容、深远的意旨，以增强词的体质及体格。

（三）体貌建造：用诙谐作风，增添讽喻效果

所谓体貌，即艺术本体之声貌或容貌，乃因体制、体要而生之形与象。这里所说既偏重于风格，即依自己的见解所创意境所表现出来的风格，又不完全限定于风格，因此风格很难与意境（或境界）区分开来。例如：胡适既认为风格都是从意境出来——先有看法（见解），而后有意境，有风格；又称意境中若干境（或意境）所表现出来的“果”，为

境界，而不称风格[9]。胡适说："在诗的各种意境之中，我自己总觉得'平实''含蓄''淡远'的境界是最禁得起咀嚼欣赏的。"并对此三者作了简单的解释："'平实'只是说平平常常的老实话，'含蓄'只是说话留一点余味，'淡远'只是不说过火的话，不说'浓的化不开'的话，只疏疏淡淡的画几笔。"[10]看来，胡适所理解的风格是很难与其心目中的境界分辨得清楚的。对此，无须细辨。而有关"平实""含蓄""淡远"三者，胡氏已列举若干新诗作品加以说明，在词的实验品中当不难找到相应的例证，亦无须细说。这里拟说诙谐一项，以突显其艺术形象。诙谐，相当于外来语"幽默"（humour），有嘲弄、挖苦、调侃等义[11]，但又不尽相同。乃一可于"静中寻味"之艺术形象。实验品中，不少此类例证。如《沁园春·二十五岁生日自寿》，所写原为比较正经、严肃的内容——自誓，却以有点流于荒诞的形式表达——"忽然异天开，似天上诸仙采药回。有丹能却老，鞭能缩地，芝能点石，触处金堆。我笑诸仙，诸仙笑我，敬谢诸仙我不才。葫芦里，也有些微物，试与君猜"。——对于无所不能之诸仙，似颇有"幽他一默"之意，但也显示出所谓不才之才以及其处世的决心与态度。又如《如梦令》三首，描写其妻江冬秀于婚前"不肯出来相见"及婚后"月照我们两个"的情景，虽颇有些俏皮、谑浪，却将人物写得形象、逼真，并富于情趣。此类例证，颇能体现作者性情，因而也颇能体现"胡适之体"的体貌特征。

二

上文已在体制、体要、体貌三方面，对词中"胡适之体"作了见证。那么，"胡适之体"究竟为何物？我认为："胡适之体"就是以白话（或口语）写成的格式解放、体质充实、风格诙谐的词体。此词体可称为"解放体"，或"白话体"。演变至今，综观大陆词坛大量以政治术语所填制的标语词、口号词，似亦可称之为"干部体"。但是，总的看来，还是称"胡适之体"较为恰当。前一段时间，与大陆词界朋友论及此事，均表示认同。

正名之后，说新与旧，亦即“新路”与“老路”问题。这也是胡适当时所探讨的问题。在《谈谈“胡适之体”的诗》一文中，胡适既说明，自己所走的是一条“老路”，而不是“新路”，又说明，“我自己走我的路，不管别人叫它新旧，更不敢冒充‘创造’”。这是自谦，也是实情。胡适曾编著《白话文学史》，既知道自己葫芦里装的是些什么物事，又知道此物事之来历。其论“唐初的白话诗”，指出：“白话诗有种种来源。第一个来源是民歌，这是不用细说的。一切儿歌、民歌，都是白话的。第二个来源是打油诗，就是文人用诙谐的口吻互相嘲戏的诗。”此外，还说了产生白话诗的另外两个原因，即歌妓的引诱及传教与说理的需要[12]。白话诗如此，其所作白话词，亦当不能例外。别的且不说，单说其所编《诗选》、《词选》，我看，其中许多作者及作品，即为其样板。除了诗中的王梵志、范成大、杨万里等人，词中白话词，尤其是俳谐词（或滑稽词）作者，包括苏轼、辛弃疾在内，若隐若现，似乎都可从胡适诸多实验品中发现其影迹。

例如，胡适所作《如梦令》三首云：

他把门儿深掩，不肯出来相见。难道不关情，怕是因情生怨。休怨，休怨，他日凭君发遣。

几次曾看小像，几次传书来往。见见又何妨，休做女孩儿相。凝想，凝想，想是这般模样。

天上风吹云破，月照我们两个。问你去年时，为甚闭门深躲。谁躲，谁躲，那是去年的我。

三首词描写人物（作者与其妻江冬秀）活动——外在行为及内在心

理变化，既活泼生动，颇富情趣，又非常真挚。三首中，不仅第三首与向镐所作《如梦令·谁伴明窗独坐》十分相像，属于明显的模拟仿制（详参拙文《中国当代词坛解放派首领胡适》），其余二首亦为有意效法。当然，其效法对象应不限于向镐一家，细心读者自可从中探知其奥秘。

又例如，《虞美人·戏朱经农》云：

先生几日魂颠倒，他的书来了。虽然纸短却情长，带上两三白字又何妨。　可怜一对痴儿女，不惯分离苦。别来还没几多时，早已书来细问几时归。

词作小序称："朱经农来书云：'得家书，语短而意长；虽有白字，颇极缠绵之致。晨间复得一梦。于枕上成两词，录呈适之，以博一笑。'经农去国才四五月，其词已有'传笺寄语，莫说归期误'之句。于此可以窥见书中之大意也。因作此戏之。"这是一首游戏之作，即就其友人夫妻间的一件私事——相别才四五月，却早神魂颠倒，相思不已，给开个小小的玩笑。有关种种，小序及词已说得甚是明白清楚。但是，这小小的玩笑，乃非同一般，即：既将友人接获来书时的颠倒情状写得活灵活现，并对来书夹带"白字"加以嘲弄，颇极挖苦、揶揄之能事，又在挖苦、揶揄之中不由自主地透露出几分羡慕之情，使得其私事变成为世间一切痴儿女（包括作者在内）的公事。因而，此游戏之作也就不限于"游戏"二字。这是胡适善嘲谑，亦即富有幽默才华的体现。由此，我想起了苏轼一首贺人得子的游戏之作——《木兰花》：

惟熊佳梦，释氏老君亲抱送。壮气横秋，未满三朝已食牛。　犀钱玉果，利市平分沾四座。多谢无功，此事如何着得侬。[13]

词作有题称："过吴兴，李公择生子三日会客，作此词戏之。"生子会客，于座上大派利市（利是），亦为友人私事。苏轼就此开了个玩笑，谓：无功得赏，但此事怎么可使得你（侬）有功呢？这玩笑虽不过是玩笑而已，但却掉了个书袋——将《世说新语·排调篇》中一则有关晋元帝生子赐群臣的谐谑故事融入词中，这玩笑也就开得十分得体。所以有人称之为“一个极文雅的玩笑”。我相信，苏轼这种善于开玩笑的本领，对于胡适的尝试必定产生一定影响。

又例如，胡适二十五岁生日所作自寿词——《沁园春·二十五岁生日自寿》。所谓比较正经、严肃的内容，却以有点流于荒诞的形式表达（上文所述）。此类成功尝试，其得力于前代词人者，当以辛弃疾为多。胡适《词选》录辛词四十六首，居全编之首，可见辛氏在其心目中的地位。胡适说：“他（辛弃疾）是词中第一大家。他的才气纵横，见解超脱，情感浓挚，无论做长调或小令，都是他的人格的涌现。”[14]辛氏所谓人格涌现的篇章，除了真话直说以外，若干正话反说以及正话而以滑稽形式（或荒诞形式）表达的篇章，诸如《水调歌头》之与鸥鹭话盟以及《沁园春》之与酒杯约法，等等，在胡适看来，必定以为“深得吾心”。

所以，笼统地说，胡适所作白话词与其所论白话诗同一来源；而具体地说，其所创“胡适之体”，实际上即为诗中诚斋体与词中稼轩体的结合。但其结合部分，并非其全体，而且可能掺杂着其他体。这就是所谓“老路”。不过，从词体发展演变的角度看，胡适所走的路，却确实可称为“胡适之体的新路”，亦即“前空千古，下开百世”的“新路”。

附注：

① 胡适：《谈谈“胡适之体”的诗》，《尝试后集》，远流出版事业股份有限公司一九八六年版，第六六至六八页。

② 胡适：《谈谈“胡适之体”的诗》，《尝试后集》，远流出版事业股份有限公司一九八六年版，第七〇至七四页。

③ 参见何文汇据徐复观论文体之所释“体”。何文汇：《杂体诗释例》，香港中

文大学出版社一九八六年版，第一至四页。

④《词谱·序》。据王奕清等：《钦定词谱》，中国书店一九七九年版。

⑤ 胡适：《谈谈“胡适之体”的诗》，《尝试后集》，远流出版事业股份有限公司一九八六年版，第六九页。

⑥胡适：《读沈尹默的旧诗词》，《文学改良刍议》，远流出版事业股份有限公司一九八六年版，第一七六页。

⑦ 胡适：《谈谈“胡适之体”的诗》，《尝试后集》，远流出版事业股份有限公司一九八六年版，第六九页。

⑧胡适：《读沈尹默的旧诗词》，《文学改良刍议》，远流出版事业股份有限公司一九八六年版，第一七六页。

⑨ 胡适：《谈谈“胡适之体”的诗》，《尝试后集》，远流出版事业股份有限公司一九八六年版，第七〇至七四页。

⑩ 胡适：《谈谈“胡适之体”的诗》，《尝试后集》，远流出版事业股份有限公司一九八六年版，第七〇至七四页。

⑪ 林语堂《答青崖论“幽默”译名》称：“‘幽默’二字本为纯粹译音，所取于其义者，因幽默含有假痴假呆之意，作语隐谑，令人静中寻味，果读者听者有如子程子所谓‘读了全然无事’者，亦不必为之说穿。”并称：“中国文人具有幽默者，如苏东坡，如袁子才，如郑板桥，如吴稚晖，有独特见解，即洞察人间宇宙人情学理，又能从容不迫出于诙谐，是虽无幽默之名，已有幽默之实。”说可参。林语堂：《答青崖论“幽默”译名》，《论语》半月刊一九三二年第一期。

⑫胡适：《白话文学史》，远流出版事业股份有限公司一九八六年版，第一至五页。

⑬《东坡乐府》卷一，《彊村丛书》本。

⑭ 胡适：《词选》，远流出版事业股份有限公司一九八六年版，第一五九页。

——原载香港《镜报》一九九五年十一月号、十二月号及一九九六年一月号，又载台北《国文天地》一九九七年五月号（第十二卷第十二期），又载北京《胡适研究丛刊》第三辑（一九九八年八月）

旧文学之不幸与新文学之可悲哀

——二十世纪对于胡适之错解及误导

一九一九年五四运动，距今已八十余年。这场运动原来由巴黎和会外交失败所引发。五月四日，北京十几所学校学生三千余人，聚集天安门，所提口号是："外争国权，内除国贼。"金水桥南竖起一面大白旗，上写一副对联。曰：

卖国求荣，早知曹瞒遗种碑无字；

倾心媚外，不期章惇余孽死有头。

目标乃针对着曹汝霖、章宗祥、陆宗舆等人。后来，这场运动演变为一次"文化革命"。毛泽东说："自有中国历史以来，还没有这样伟大而彻底的"文化革命"。当时以反对旧道德提倡新道德、反对旧文学提倡新文学，为"文化革命"的两大旗帜，立下了伟大的功劳。"（《新民主主义论》）这是中国为二十世纪所创造一件伟大作品。

首举义旗，适之胡适

八十多年来，对于这件伟大作品的解读，曾给学界不断造成困扰。尤其是旧文学与新文学，至今尚有许多问题纠缠不清。因而，作为"首举义旗之急先锋"（陈独秀语）——胡适，自然有些不堪。无论生前，或者身后，似乎都一直遭到围剿。以为"物竞天择，适者生存"，实际上至其将死，仍然不知如何与眼下这一闹嚷嚷的大千世界相适应。而作为经过革命风雨洗礼的学界，同样也不得安乐。

"五四"之前，留学美国七年，胡适已为文学革命做足准备。一九一六年，有《寄陈独秀》一函，提出革命口号，并列举八事，为其具体主张。此函刊《新青年》第二卷第二号。陈独秀称之为"今日中国文化界之雷音"。依照陈氏意见，胡适将此函"衍为一文"，成《文学改良刍议》，于《新青年》第二卷第五号刊发。此文虽较为温和而谦虚，但仍然被当作"一个发难的信号"（郑振铎语）。"五四"期间，胡适与陈独秀齐名，其道德文章所体现革命精神，不仅受到青年学生崇拜，而且孙中山、毛泽东乃至鲁迅，对其皆十分赞赏。要是历史就此为其画上个句号，说不定胡适这个名字即可与"伟大旗手"并列。只可惜，造化弄人。在许多方面，无论新与旧之间、东方与西方之间，或者共产党与国民党之间，胡适皆处于极其尴尬的位置。八九十年间，不是其思想、行为错位，就是别人之思想、行为错位，骂之、捧之，覆去翻来，真有点让人啼笑皆非。

胡适曾经自我标榜："吾于家庭之事，则从东方人；于社会国家政治见解，则是从西方人。"（《藏晖室札记》）但是，无论于哪一方面，始终似皆未曾讨好。私人事情且不说，只说出处大节。一九三七年九月，就任中华民国驻美利坚特命全权大使。第二年，有照片赠友，并题诗曰：

偶有几茎白发，心情微近中年。
做了过河卒子，只能拼命向前。

在政治上，其取向似乎已明白剖示。任满归来，效力党国，亦颇获蒋中正器重。于是，一九四九年以后，逃亡美国，即被中共当作反动派及辩护士而痛加批评。所谓“凡是敌人反对的，我们就要拥护；凡是敌人拥护的，我们就要反对”，这当不难理解。但是，另一方面，亦即被批判之同时及其后之一系列遭遇，却颇有点难以理解。例如：在纽约当寓公，胡适既以民主斗士姿态出现，要求西方国家不应贸然承认中共，又不肯放弃学者身份，经常到哥伦比亚大学图书馆借书，继续考证《水经注》。唐德刚说：“胡适之的确把哥大看成北大。”然而，“哥大并没有把胡适看成胡适”（石原皋《闲话胡适》）。凄清困窘现实，令其深切体会到金钱的重要。因曾向其忘年友唐氏说出一句心底话：“年轻时要注意多留点积蓄。”一九五八年四月，由美转台，就任“中央”研究院院长，仍然被当作个人自由主义之象征，但四面受敌，令得其难以高谈“民主自由”，不得不提倡“容忍”，以为“容忍比自由更重要”，“容忍是自由的根本”（《容忍与自由》），并令得其心脏病不断发作，终于在捧与骂之噪音中未能容忍而倒下。此等遭遇，当并非胡适所能预料。至于大陆，其所遭遇，同样亦并非胡适所能预料。在其生前，中共既已在政治上对其极右倾向痛加批评，又在思想、文化上，推行其极左那一套。诸如对于旧文化、旧文学之解读，处处都曾打上胡氏印记。而在其身后，所谓“胡适热”，彼岸亦远远比不上此岸。此二种非所预料，合而观之，便是我所说难以理解之意。

大胆假设，小心求证

“大胆的假设，小心的求证。”这是一九一九年间，胡适在《清代学者的治学方法》一文所提出口号，乃有关方法问题之通俗表述。只十个字，简单扼要，至今似已经家喻户晓。例如，上文所说预料，实际上就是一种假设。胡适一生，执着于这一方法，拼命地做人，拼命地做学问。在许多问题上令人难以理解，所谓德业、事功、言语，三者未必可不朽。但我相信，这十个字也许将继续流传而不朽。这也就是说，胡适所留下半部《中国哲学史大纲》、半部《白话文学史》及其他著作，可能或者已经被后来者所取代，而其所标榜方法，却难以被取代。

就文学研究而言，胡适将中国文学一分为二：一为生动之活文学，一为僵化之死文学。毫无疑问，这当是一种“大胆的假设”。其划分依据，为表现工具，即语言，比如白话或文言。这就是胡氏文学观。据此，既可以打破此前依朝代或文体讨论文学演进之惯例，重写文学史（参见陈平原《胡适的文学史研究》），又可以为新文学之开创与建设，提供样板。其雄心可谓大矣。而且，就胡适本身而言，亦并非只是假设而已。在新与旧争斗其间，胡适乃以极大勇气，努力付诸行动。这是胡适“为大中华，造新文学”之理想与追求。

但是，八十多年来，胡适之所付出，似乎有点徒劳。一方面，治新文学者，不把胡适当一回事，以为几首白话诗，乃“小脚放大”（严家炎《五四文学革命的性质问题》），枉费其苦心；另一方面，治旧文学者，避重就轻、避难就易，借机“解放”，亦误会其用心。于是，当今诗坛，新体白话诗苦于寻觅不到生路，“白话旧体诗”——大量不讲格律之“格律诗”，泛滥成灾。亦即，旧文学被当作死文学，白白挨了一刀，新文学之作为活文学，活得也并不怎么精彩。这不知乃谁之错。但愿二十一世纪，能够重新来过。

——原载香港《镜报》一九九九年五月号

为新体诗创作寻求生路

——《胡适词点评》代序

“五四”新文化运动先驱胡适，和王国维一样也是一位雄心勃勃的大学问家。其人及著作，在两岸四地——大陆、台湾、香港、澳门，乃至全世界，影响所及，差不多已整整一个世纪。台湾某出版社刊行“胡适作品集”达三十七种，《胡适全集》正筹划出版；大陆学界，除《胡适文集》外，其他论著或研究资料也越出越多。

目前，各地有关胡适的研究，仍然并未衰歇。但是，所有研究，似独缺词与词学一门。不仅在大陆，至今未见专著论及胡适对于词的革命，未有刊物登载胡适词作，而且在台湾，虽已有《六十年来之国学》，以专编（册）论述“六十年来之词学”并录存“六十年中之词”，但对胡适仍然只字未曾提及。因而，不能不承认，这是两岸学人的一种忽略。

在文学活动中，胡适既十分注重对于新文学的开创与建设，又十分注重对于旧文学的革命。而革命，又是为着开创与建设。此一用意，胡适心中十分明白。如套用《沁园春·誓诗》中的一句话讲，那就是：“为大中华，造新文学。”

有关新文学开创与建设，著述已甚多，暂勿论。这里说旧文学，着重乃词与词学。在这方面，胡适花费时间有限，而所做工作，所留下成果，却具有特别意义。

首先，词三十一首。这是胡适“为大中华，造新文学”的“实验品”。三十一首词，载《尝试集》及《尝试后集》。其中，十七首明确标榜所属词调，挂有词牌；一首题为《小词》，注明所属词调名称；其余均另立新题，不挂词牌。挂有词牌者，分别为：《翠楼吟》、《水龙吟》、《满庭芳》、《水调歌头》、《临江仙》、《沁园春》（四首）、《虞美人》、《生查子》、《百字令》、《如梦令》（三首）、《江城子》、《鹊桥仙》。《小词》属《好事近》。未挂词牌者，并非随意拼凑，而乃依据一定格式谱写。如：《飞行小赞》、《多谢》、《生疏》、《旧梦》、《高梦旦先生六十》、《写在赠唐瑛女士的扇子上》、《夜坐》、《水仙》、《猜谜》、《扔了》、《无题》、《燕——写在沈燕的纪念册上》，调寄《好事近》；《瓶花》，调寄《西江月》。说明：胡适实验，乃有意以“倚声填词”方法，为新体诗创作提供样板。这是胡适治词所谓特别意义的一种体现。

其次，一部《词选》，一篇为词选所作序，这是胡适“为大中华，造新文学”的依据及理论说明。《词选》计六篇，辑录唐、五代及两宋三十七家（不包括无名氏）词三百五十一首。为词史上第一个大时期的代表作品。胡适以为，词的历史可划分为三个大时期：第一时期，自晚唐到元初（八五〇至一二五〇），为词的自然演变时期。第二时期，自元到明清之际（一二五〇至一六五〇），为曲子时期。第三时期，自清初至今日（一六五〇至一九〇〇），为模仿填词的时期。并以为：“第一个时期是词的‘本身’的历史。第二个时期是词的‘替身’的历史，也可说是他‘投胎再世’的历史。第三时期是词的‘鬼’的历史。”而对于第一个大时期，胡适又将之划分为三个阶段：歌者的词，诗人的词，词匠的词。以为：“苏东坡以前，是教坊乐工与娼家妓女歌唱的词；东坡到稼轩、后村，是诗人的词；白石以后，直到宋末元初，是词匠的词。”——这就是胡适“对于词历史的见解”。据此，胡适极力鼓吹“诗人的词”，谓其乃“绝顶的天才”，而对于“词匠”，则猛烈加以抨击，谓其只求音律上的谐婉，不管内容，乃一种“笨把戏”。因而，推导出这么一个结论：不管能歌不能歌，也不管协律不协律，只是用词体作新诗。这是胡适为古之解放派所总结经验，也是为今之解放派所提供借鉴。说明：所谓“历史癖”，并非只是为着历史，更重要的，乃为着当前。这是胡适治词所谓特别意义的另一种体现。

总之，在词与词学方面，胡适所做工作，目的乃在于为新体诗创作寻求生路。这是“为大中华，造新文学”的一项重要工程。对此，作为词坛解放派首领胡适，不仅具有不怕被骂的勇气，立志进行尝试，而且在尝试中，努力摸索经验，走出了自己的路。这是胡适对于新文学开创与建设所作贡献。

六十年前，文艺界讨论“胡适之体新诗”问题，有学者提出：“胡适之体可以说是新诗的一条新路。”一句话，揭示奥秘，令其颇有些“受宠若惊”。这是一九三六年二月五日胡适于《谈谈“胡适之体”的诗》所说情形。此文结尾，胡适虽一再强调，“我近年只做我自己的诗，从不想劝别人做我的诗，也不妄想别人喜欢我的诗”，却仍然希望别人，能够了解“胡适之至今还在尝试甚么小玩意儿”，其良苦之用心，还是无法隐藏。只可惜，六十年来，此调已不弹。这不仅令得苦于寻求不到生路的新体诗创作更加寻求不到生路，而且由于某些追随者之误导，也令得旧体诗词之创作与研究工作，遭受一定破坏。我想，这当是胡适所不愿见到的事实。为此，我将胡适留下“实验品”——词三十一首，重新推出，逐一加以点评，并将近年所写有关胡氏词学研究论文若干篇，辑录于后，合集刊行，希望再次引起诗界注视。

以下，就一二关节问题，作些补充说明。

(1) 关于新体诗创作的生路问题。

将新诗问题摆在生与死这一层面上进行探讨，似有点耸人听闻。其实不然。因为新诗一出世，反对者众，其生死存亡，即面临着严重威胁，这是毋庸讳言的。如以此解读胡适“实验品”，我以为，其有关新体诗创作求生工程之实施，大致当分为三个步骤。

第一步，以白话为词，实现词体大解放。这是不管能歌不能歌，也不管协律不协律，只是用词体作新诗这一经验之推广。有关作品，起自一九一六年四月十二日所作《沁园春·誓诗》，计十一首。皆挂有词牌，但于体制（格局规制）、体要（题材内容）、体貌（艺术形象）诸方面，多所突破或解放，已非复唐宋旧观。此所提供，属于另类选择。即告示读者，可于词体中寻求合适形式，以为新体诗所用。而此前所作《翠楼吟》六词，则不在此例。其求生工程，由此展开。

第二步，用词调作架子，进行写作训练，亦即上文所说以"倚声填词"方法做诗。这是求生工程之进一步落实与开展。有关作品，起自一九二四年所作《多谢》，计十四首。除了《小词》一首注明所属词调外，其余皆未挂词牌，似已不再将其当作歌词作品看待。一般读者，可能亦同此见解。但我以为，此十四首"诗"，乃依《好事近》及《西江月》二调格式填制而成，基本上符合规矩，不应将其排斥于词林之外。例如《好事近》，依照规矩：四十五字，双调。上下各两仄韵，以入声为宜，并在同一韵部。两结皆上一下四句法。胡适所作，字数有所增减，用韵略加变化，但两结句法，则恪守旧律。诸如"记——当时私誓"，"有——双双红豆"（《小词》）；"过——神仙生活"，"我——如何忘得"（《多谢》）；"到——夷然平实"，"诗——今天才有"（《写在赠唐瑛女士的扇子上》）；"绕——星球一转"，"更——高飞远上"（《燕——写在沈燕的纪念册上》）等等，皆颇能体现"好事近"之声调特色。又如"西江月"，依照规矩：五十字，双调。上下片各两平韵，结句各叶（协）一仄韵，即就平声切去，押侧（仄）声韵。胡适《瓶花》，诸多违拗，但对于《西江月》平仄通叶（协）这一特殊规矩，则未敢马虎，而且，由平声（"熏"、"人"及"存"、"人"）切去之侧（仄）声韵——"近"、"信"，均为去声，亦颇能体现其声调特色。此十四首"诗"乃上述"解放体"之进一步突破与解放，已经是真真正正的新体诗，但仍然是词。因而，胡适之求生工程，由此向前迈出了一大步。

第三步，长期戒约，坚持尝试。这是求生工程之全面铺排，先后经历了二十年。积二十年经验，胡适说他“做的诗并不限于《飞行小赞》这一类用词调作架子的小诗”。即：不仅仅在形式上为新体诗创作提供样板，而且在语言表达、材料剪裁以及意境创造方面，尝试做自己的诗（参见《谈谈“胡适之体”的诗》）。有关尝试，虽已大大超出词的范围，但仍然可见其踪迹。

例如《秘魔崖月夜》：

依旧是月圆时，
依旧是空山静夜。
我独自月下归来，
这凄凉如何能解。

翠微山上的一阵松涛，
惊破了空山的寂静。
山风吹乱了窗纸上的松痕，
吹不散我心头的人影。

又如《一个人的话》：

忍了好几天的眼泪，
总没有哭的机会。
今天好容易没有人了，
我要哭他一个痛快。

满心头的不如意，
都赶着泪珠儿跑了。

我又可以舒服几天，

又可以陪着人们笑了。

这两首诗，前后两段各两仄韵，不同部。但是，各段之最后一句，可读作："这凄凉——如何能解"，"吹不散——我心头的人影"；"我要——哭他一个痛快"，"又可以——陪着人们笑了"。如从句法上看，却颇有《好事近》之架势。很可能，乃有意之布局。

此外，《平民学校校歌》：

靠着两只手，

拼得一身血汗。

大家努力做个人，

不做工的不配吃饭。

做工即是学，

求学即是做工。

大家努力做先锋，

同做有意识的劳动。

这首诗分两段，每段各四句，押不同的韵，似与词调无涉，但第二段之"工"（一东）、"锋"（二冬）相协，为平声韵，"动"（一董，阳上作去）就平声切去，却与《西江月》之平仄通叶（协）格式相合。很可能，这也是有意之布局。

类似篇章，尚可列举若干，以上仅是示例而已。说明胡适于"倚声填词"，既经历"入乎其内"阶段，又已进入"出乎其外"过程。因此，类似篇章，似不宜再被列归词林。三步工程至此，已走出一条新路——"胡适之体的新路"。这是值得注视的。

(2) 关于胡适追随者的导向问题。

就胡适主观愿望看，无论三步工程之实施，或者对于历史上白话词及解放派之鼓吹与抬举，都是为着寻求生路，其目的十分明确。但是，实际效果，却非其所料。例如：对于“胡适之体”以及“胡适之体的新路”表示认同并且愿意跟着尝试者，本世纪中，除了陈子展及胡思永二人（具体事迹参见《谈谈“胡适之体”的诗》），究竟还有无第三者，实在颇难获知。愿新诗界朋友有以教之。这是一个方面——新文学方面，所谓“有意栽花”，其成活率并不高。而另一个方面——旧文学方面，所谓“无心插柳”，则出现另外一番景象。尤其是一九四九年以后之大陆诗界与词界，不仅在创作上将“胡适之体”推衍为“干部体”，而且在理论上将胡适解放词体学说推尊到至高无上地位。图书市场上新出旧体诗词作品，没有大半，也有小半，属于胡适之解放体；大量专门著作，乃至各种教学参考书，大谈特谈豪放派与婉约派，基本上仍旧是胡云翼从胡适那里搬来的那一套。所以，我在一篇文章中曾指出：“大陆解放，胡适被赶走了，而其理论却留存下来，成为词界大破大立的得力武器，其所开创的解放派，也一直占居压倒优势。”（见《中国当代词坛解放派首领胡适》）这是六十年前胡适所料想不到的，也可算是中国现代文学史上之一大奇观。

我以为，奇观出现，可能与追随者之导向有关。因将问题揭开，希望将导向扭转过来，对于“胡适之体”以及“胡适之体的新路”，重新进行评判，以免辜负胡适之一片苦心及其二十年经验。这当也是我编辑、出版这本小书之用意。

戊寅白露后二日于濠上之赤豹书屋

——原载北京《文学遗产》一九九九年第五期

江山·斜阳·飞燕
——沈祖棻《涉江词》忧生忧世意识试解

沈祖棻字子苾，别署紫曼，笔名绛燕，浙江海盐人。一九〇九年（清宣统元年）一月二十九日生于苏州，一九七七年六月二十七日，靓逢车祸，逝世武昌，年六十八。一九三四年毕业于南京中央大学中国文学系，一九三六年毕业于金陵大学国学特别研究班。一九三七年九月一日与程千帆结褵于江苏屯溪。一九四二年始以诗律教授，历主金陵大学、华南大学、江苏师范学院、南京师范学院、武汉大学讲席，垂三十载。成就甚众，有《微波辞》、《涉江词》、《涉江词稿》、《宋词赏析》、《唐人七绝诗浅释》、《古诗今选》等著作行世①。工填词，并善说词。求之古代词人，已甚难得，而在当代词坛，则允为大家。

七十年代末，我在中国社会科学院吴世昌教授门下攻读硕士学位课程，准备编纂《当代词综》，业师夏承焘教授曾为推荐沈祖棻并转赠沈氏《涉江词稿》油印本，我对于子苾其人、其词，已充满着敬意。与夏先生商议"当代十大词人"之选，以为子苾应名列其中。八十年代中，《当代词综》结稿，我曾在前言《百年词通论》中，对子苾填词、说词业绩进行简略介绍。当时并曾发愿，将另撰专文评介《涉江词》。但此事一搁就是十年整。直到最近，方才将案头积压暂且放置一旁，认认真真地拜读并思考一些问题。我感到，多年来所见有关前代人作品之大小论著，似乎都过分依赖本本——诗话、词话。一个论点列出，举一二作品为例，再将若干或常见或不甚常见之诗话、词话片段，引证一番，便是一篇论文或一部专著。或者干脆不举例，不罗列作品，只是从本本到本本，即从诗话、词话到诗话、词话，辗转引述，也成为一篇论文或一部专著。因而，即使不读作品，或者不必读懂作品，照样可以著书立说。——这种风气，在近来学界，已是愈演愈烈。但论述当代人作品，因为没有许多本本，我看就并不那么简单。尤其是当代才女沈祖棻，既有聪颖之天资，又专精于此道，业师吴世昌教授称之为“深知此中甘苦的慧业词人”[②]，所传五百一十六首“涉江词”，首首皆为其精心制作，要能真正读懂，更加不是那么简单的一回事。尽管已有汪（东）评、程（千帆）笺在前，可资参考，但要领悟其词心，仍未必人人都能做到。正如程千帆教授来信中所说，“此事要看缘会”，作为后生晚辈，有幸为子苾词人说“涉江词”，这当也是一次有意义的自我挑战。

本文“试解”，拟从《涉江词》之表层意义及深层意义两个层面，就其忧生忧世意识加以剖析，希望对其词心能够有所领悟。不知能否达致预期效果，尚待大方之家有以教之。

一、《涉江词》分类

有关表层意义及深层意义两个层面的区分与剖析，说的主要是作品解读的方式、步骤问题。就作品本身而言，所谓表层意义和深层意义，二者虽无有明确界限，却仍有一定区别。这是一种客观存在。读者解读，力求达意——达到其深层意义，其结果往往因人而异，而且未必尽合作者本来之用意。苏轼《怀西湖寄晁美叔同年》诗云：“西湖天下景，游者无愚贤。浅深随所得，谁能识其全。”[③]正说明这一道理。因此，解读作品就有一个由浅入深的过程。这是进入正题时所必需弄清楚的问题。

例如《涉江词》甲稿开卷第一篇《浣溪沙》云：

芳草年年记胜游，江山依旧豁吟眸。鼓鼙声里思悠悠。　三月莺花谁作赋，一天风絮独登楼。有斜阳处有春愁。

这是沈祖棻于大学时期修读词选课的一篇习作。汪评曰："后半佳绝，遂近少游。"程笺曰："此篇一九三二年春作，末句喻日寇进迫，国难日深。世人服其工妙，或遂戏称为沈斜阳，盖前世王桐花、崔黄叶之比也。祖棻由是受知汪先生，始专力倚声，故编集时列之卷首，以明渊源所自。"十分明显，汪评与程笺已为正确解读《浣溪沙》乃至全部《涉江词》指出门径。但是，时贤说此词，大多仅仅着眼于"江山"、"斜阳"等字面。或由此联想到一九三一年"九一八"事变后之江山，以为"别怀家国之忧"；或由此联想到宋代之靖康夕阳（成稿《浣溪沙》有"夕阳还似靖康红"句），以为"伤离念乱"，与漱玉之"当时感"相同。——此等评估，看似无可非议，实际上是否即与作者本来之用意相合，却仍有可斟酌之处。因为词作本身似乎还有更加深入一层的意义，这是需要仔细加以品赏的。

词作上片说芳草、江山，谓其长久不变，年年可供游览，年年可供歌咏，令人赏心悦目。但是，因处在鼙鼓声里，其忧思乃无有穷尽。所展示的时空范围，甚是长远、宽阔。下片说忧思之情状及结果。"三月莺花"及"一天风絮"为当前景，"谁作赋"及"独登楼"为当前事。二者组合，既以具体的物象和事相应合上结所谓悠悠之忧思，使之更加形象、可感而有所着落，又以一问一答句式，引出最后结论（忧思结果）——"有斜阳处有春愁"。至此，所谓忧思也就超脱于当前之人和事，即不仅仅是对于国难的考虑，而成为一种普遍的春愁。这是借助于两个"有"字，巧妙地表现出来的。两个"有"字，通古今之变，说明此春愁，已不域于一人一事，即：不域于"九一八"之人和事，也不域于靖康之乱之人和事。其所展示的时空范围，已是更加长远、更加宽阔；因而，其所体现的意义，也就更加深入一层。可见，读《涉江词》，除了注重其表层意义之外，尚需更进一步领悟其深层意义。如用王国维的话来说，就是不域于一人一事[5]。这是我读《涉江词》的初步体会。

当然，在全部《涉江词》中，歌咏时事，即专为当前有关某人某事而作之篇章仍不甚少。这些篇章，可分为两类。一类以铺叙方法直言其事，一类用比兴，婉转加以揭示。

先说第一类，其例有《虞美人》五首：

沉沉银幕新歌起，容易重门闭。繁灯似雪钿车驰，正是万人空巷乍凉时。　相携红袖夸眉萼，年少当行乐。千家野哭百城倾，浑把十年战伐当承平。

地衣乍卷初涂蜡，宛转开歌匣。朱娇粉腻晚妆妍，依旧新声爵士似当年。　回鸾对凤相偎抱，恰爱凉秋好。玉楼香暖舞衫单，谁念玉关霜冷铁衣寒。

市夸安乐人如织，故主迎新客。芒鞋短褐旧时装，今日高车大马过煌煌。　暮收香稻朝罗绮，第宅连云起。几人下箸厌甘肥，犹有万家风里未裁衣。

咖啡奶酪香初透，紫漾葡萄酒。市招金字作横行，更有参军蛮语舌如簧。　并刀如水森成列，晶盏明霜雪。朝朝暮暮宴嘉宾，应忆天南多少远征人。

东庠西序诸年少，飞毂穿驰道。广场比赛约同来，试看此回姿势最谁佳。　酒楼歌榭消长夜，休日还多暇。文书针线尽休攻，只恨鲜卑学语未能工。

又《减字木兰花》四首：

良宵盛会，电炬通明车似水。炰凤烹龙，风味京华旧国同。　金尊绿醑，却笑万钱难下箸。薄粥清茶，多少恒饥八口家。

肠枯眼涩，斗米千言难换得。久病长贫，差幸怜才有美人。　休夸妙手，憎命文章供覆瓿。细步纤纤，一夕翩翩值万钱。

弦歌未了，忽信狂风摧蕙草。小队戎装，更逐啼莺过粉墙。　罗衣染遍，双脸胭脂输血艳。碧海冤深，伤尽人间父母心。

秋灯罢读，伴舞嘉宾人似玉。一曲霓裳，领队谁家窈窕娘。　红楼遥指，路上行人知姓氏。细数清流，夫婿还应在上头。

以上篇章写于四十年代中期，并曾在当时以土纸印行之重庆《大公晚报》副刊发表[5]。《虞美人》题称“成都秋词”，直接披露秋日成都之种种人和事：一、听歌。谓风乍凉，新歌起，相携红袖，赶往作乐。二、跳舞。谓歌匣开，晚妆妍，回鸾对凤，互相偎抱。三、交易。谓市安乐（笺曰：安乐寺为当时成都最大之投机市场），人如织，一朝得利，第宅拥起。四、美军。谓奶酪香，葡萄漾，蛮语参军，并刀成列（“朝朝暮暮宴嘉宾”）。五、姿势比赛及学外国语。谓诸年少，比姿势，针线休攻，学鲜卑语。《减字木兰花》题称“成渝纪闻”，也为直接披露成都、重庆所出现之社会新闻：一、盛宴。谓电炬明，车如水，炰凤烹龙，旧京风味。二、稿民（笺曰：以写稿为生，无固定收入之作家）。谓久贫病，斗米艰，美人怜才，一夕万钱（笺曰：贵妇名媛为之举行舞会，以所得之款从事救济）。三、学潮。谓警队到，越墙逃，罗衣染血，伤父母心。四、伴舞。谓罢秋灯，歌霓裳，夫婿清流，路人指目（笺曰：时有北平南迁某校之校长夫人，每率诸女生陪美军军官跳舞）。——词章敷衍陈列，明确标榜，事事都可以程笺加以证实。

另一类篇章，“以彼物比此物”，未直说，但借助于程笺所提供详尽背景材料及扼要说明，同样可寻得其人和事的依据。例如《鹧鸪天》八首：

青雀西飞第几回。不同心处枉劳媒。障羞无复遮纨扇，占梦何曾到锦鞋。　春酒暖，绮筵开。藏钩射覆总难猜。年年牛女空相望，终负星槎海上来。

妙舞初传向画堂。香车又见赛明妆。高楼佳会伤离恨，别馆新愁误词章。　阑斗鸭，悦鸣龙。近来踪迹太疏狂。春衣蓝似江南水，故损朱颜赚阮郎。

芳会金钱约日来。香笺递处雀屏开。旧盟枉费三生誓，新制空夸八斗才。　金作屋，锦成堆。故应着意向妆台。佳人苦自描眉样，捧得瑶函上玉阶。

移得垂杨槛外栽。钿车竟日走轻雷。妆成对镜青鸾舞，睡起开帘社燕来。　歌宛转，酒追陪。鸳帏各梦漏声催。却怜神女难为雨，只解行云上楚台。

夕照萦情怯倚楼。相思何计付书邮。十年辛苦终成梦，两字平安却惹愁。　鹦鹉粒，鹔鹴裘。传呼女伴作清游。蛾眉还怕能招妒，闭入长门不自由。

凤纸题名易断肠。茫茫消息隔红墙。风侵锦帐春无梦，寒透并刀夜有霜。　休叹息，怕思量。闲门寂寞度昏黄。敢将心事传鹦鹉，只许相逢道胜常。

幽恨新来渐不支。红妆日日减胭脂。花前已厌蜂衙闹，海上还传蜃市奇。　珠论斛，桂成枝。天寒翠袖苦禁持。怕看明日春潮涨，化泪流愁又一时。

久病长愁畹晚春。蓬山争信绝音尘。眉颦难效嘶西子，国色相窥恼宋邻。　捐玉佩，送金尊。情深一往忆王孙。东风已失韶光半，觌面红楼最断魂。

程笺曰："《鹧鸪天》八首皆咏抗日战争胜利以后解放战争以前时局。"如将"彼物"与当前之人和事（"此物"）联系在一起，即将词章意象与程笺事实加以对照，那么，其所咏内容也就不难得知。即此八首当分咏八事：一、国共和谈。以男女情事比国共关系，以青雀喻美国政府代表马歇尔。谓双方不同心，不欲借扇障羞，未曾以鞋（谐）占梦，枉劳青雀殷勤为媒。二、国共之争。以妙舞、明妆说双方较量，高楼佳会指校场口集会，蓝春衣者指蓝衣社特务。谓佳会伤离恨，别馆添新愁，着蓝春衣者故损朱颜用赚阮郎（自造轻伤以欺骗舆论）。三、国大会议。香笺指代表证书，佳人指胡适，瑶函指宪法文本。谓芳会即金钱会，香笺如孔雀屏，旧盟已经破裂，瑶函由佳人捧上。四、青年、民社两党与国民党合作。谓此合作"犹为槛外垂杨，终非室中嘉卉"，"虽歌酒流连，而同床异梦"（程笺）。五、学生示威。以蛾眉比学生，长门譬牢狱。谓夕照萦情，相思无计，平安求不得，少食又短衣，只好"传呼女伴作清游"。六、特务横行。以凤纸题名指开列黑名单。谓一旦被捕，即为红墙阻隔；寂寞家居，未敢随便说话，平常相见，只能互相道个好，惟恐为学舌鹦鹉泄其秘密。七、通货膨胀。蜂衙比官场，蜃市比商场。谓蜂衙奔竞，蜃市难测，物价如春潮般上涨，不可遏止。八、国势危倾。以美人喻江山。谓久病长愁，音尘断绝，已被遗弃，再情深一往，也无法挽回。——词章曲折婉转，较含蓄，但其所咏，仍然实有所指。

以上两类篇章，无论以赋体直叙，或用比兴，所说都为当前之大小政事。这是为某人某事而作的例证。两类篇章，近七十。在全部《涉江词》中，大约占七分之一。其余篇章，题材乃十分广泛。举凡江山、斜阳，寒蝉、飞燕，登高、临远，伤时、念乱，相逢、相别，旧恨、新愁，乃至春雨、春水、春草等等，都可以入词。其所抒写内容，大致有以下三个方面：

1. 故国家山之思

沈祖棻出身于书香门第。祖父守谦，号退安，精于书法，与侨居苏州之文士如吴昌硕、朱孝臧（祖谋）辈时相往来。祖棻自幼耳濡目染，酷爱文艺[⑥]。稍长，赴上海求学，并于一九三一年入读南京中央大学本部文学院中国文学系。当年，正发生“九一八”事变。一九三二年春，写作《浣溪沙·芳草年年记胜游》，开始其治词生涯。授业导师汪东，不仅善于发掘其词才，而且注重激励其民族意识，即“谆谆以民族大义相诰谕”（《八声甘州·记当时，烽映绛帷红》小序）。《涉江词》中，所谓故国家山之思，就是这一民族大义或民族意识的一种体现。

《涉江词》中所谓故国家山之思，既包括山河破碎之愁，又包括旧苑万里之忧，二者不可分割。其愁与忧之具体表现，多数与斜阳（斜照）、夕阳相关联。

例如《喜迁莺》：

重逢何世。剩深夜、秉烛翻疑梦寐。掩扇歌残，吹香酒酽，无奈旧狂难理。听尽杜鹃秋雨，忍问乡关归计。曲阑外，甚斜阳依旧，江山如此。　扶醉。凝望久，寸水千岑，尽是伤心地。画毂追春，繁花酝梦，京国古欢犹记。更愁谢堂双燕，忘了天涯芳字。正凄黯，又寒烟催暝，暮笳声起。

词作写于一九三八年秋，初抵渝州（重庆）之时。谓师友重逢，亦喜亦惊，但却高兴不起来——尽管有歌有酒，“无奈旧狂难理”。因为眼前之寸水千岑，尽是伤心之地，既不忍问乡关归计，又深怕面对斜阳、江山。使用一些旧意象，诸如深夜秉烛以及谢堂双燕等等，不仅生动呈现当时情景，而且便于通古今之变。又以“暮笳声起”煞尾，既是本地风光，又表明其愁与忧之难以终了。而这一切，都在于突出斜阳、江山这两个中心意象，令其所表现的故国家山之思显更加具体可感。

又如《踏莎行》：

开罢蔷薇，飞残柳絮。斜阳只照春归路。梦迷故国满天烽，愁萦蜀道千山雾。 胡蝶还来，啼鹃最苦。东风碧到无情树。江波日日送流花，如何不送人归去。

词作写于一九四二年间，在成都。与以上列举《喜迁莺》词不同，词作所写并无有具体事相为依据，诸如“酒肆小集”等，而是凭借眼前物景以抒写怀抱。谓：蔷薇已经开过，柳絮即将飞尽，春天正在斜阳照耀下，走上归路。梦中出现连天烽火，其愁思就像蜀道之千山浓雾一般萦系心头。又谓：胡蝶无心，仍旧飞来飞去；只是啼鹃，最苦春之归去。而今，东风吹拂万木，一切沉浸在无情的碧绿当中。江波既不停地将落红送走，为什么偏偏不送人归去。无端怨恨，令其忧思如同日夜奔流之江波一样，无有休止。因此，所谓斜阳、故国，便成为其愁与忧之所以产生的根源。

又有《浪淘沙》四首，亦通过斜阳（斜照）、夕阳，叙说其关于故国家山之愁与忧。其词云：

长夜正漫漫，风雨添寒，江南江北又春残。十载相思忘不得，无限关山。　　回首血成川，如此中原，年年旧燧换新烟。四海伤心闻野哭，休念家园。

千骑压雄关，难觅泥丸，危楼向晚莫凭阑。忍看斜阳红尽处，一角江山。　　烽火照尊前，未许闲眠，笙歌梦冷十年间。肠断鸡鸣风雨夜，空费吟笺。

江水日东流，难尽离忧，孤鸿身世自悠悠。地迥天宽残照冷，生怕登楼。　　跃马梦中游，新病添愁，相思红泪暂时收。独立水西桥畔路，北望神州。

一水隔胡尘，未到朱门，销金窝里易销春。灯火楼台歌舞夜，旧曲翻新。　　梦语正纷纭，铁骑如云，新亭对泣更无人。漫想黄龙成痛饮，整顿乾坤。

词作写于一九四三年间，在成都。总述十年乱离，十年忧与愁之具体情景。即谓“年年旧燧换新烟”，烽火连天，中原故土，血流成川。一角江山，正在斜阳红尽之处。向晚危楼，莫敢凭阑；风雨之夜，空费吟笺。江水流不尽离忧，新病又增添悲愁。既害怕登楼，不忍见到凄冷阳光照耀下残缺之河山，又禁不住独立桥畔，北望神州。然而，销金窝里，夜夜歌舞。胡尘到不了朱门，铁骑打不破美梦。痛饮黄龙，整顿乾坤，已成空想。于是，也就休念家园。四词立足于斜阳、江山，构成一组联章，将其愁与忧之情思逐渐加浓、加重。

另有一首《喜迁莺》，亦为以斜阳（斜照）、夕阳，叙说愁与忧之佳篇。其词云：

云鬟惊认。算经乱、客怀清欢休问。粉黛商量，绮罗斟酌，空记旧时娇俊。药裹枕边谁检，酒盏花前愁近。梦尘远，叹寻芳拚醉，疏狂无分。　归讯。春又晚，一棹江南，几度期难准。忍倚危楼，山河斜照，依旧东风凄紧。翠墨未干残泪，彩笔重题新恨。待扶病，共西窗夜话，烛销更尽。

这是与友人聚会的一首词。写于一九四六年春。时胡尘乍扫，京国待收（《过秦楼》），而天下仍未太平。旧事、新愁，更加增添其故国家山之思，即：历经乱离，已无疏狂拚醉，山河斜照，归期难准，更不忍登楼远望。说怨、说恨，与辛稼轩之“闲愁最苦，休去倚危阑，斜阳正在，烟柳断肠处”（《摸鱼儿》），颇有异曲同工之妙。

所谓“用‘斜阳’、‘夕阳’二字无不佳，有沈斜阳之目”[7]，《涉江词》这一特色，已为词界所公认。除上列各篇以外，诸如“此日。斜阳巷陌。念王谢风流，已非畴昔”（《曲游春》）；“纵有当时燕，怕江山如此，减了斜阳”（《忆旧游》）；“但伤心，无限斜阳，有限江山”（《高阳台》）；“几曾念、平芜尽处，夕阳外、犹有楚山青”（《一萼红》）；“对河山满眼，斜阳欲暝，伤时泪、如铅水”（《水龙吟》）以及“黄昏渐近，苍茫无极，斜阳难系”（《水龙吟》）等等，都甚是可圈可点。

此外，《涉江词》之抒写有关故国家山之愁与忧，许多篇章虽不用斜阳（斜照）、夕阳，我看亦无不佳。

例如《月华清·中秋》：

征雁惊弦，飞乌绕树，几年尘满香径。桦烛清觞，节物故家休省。素娥愁、桂殿秋空，汉宫远、露盘珠冷。端正。想山河暗缺，故遮云影。　高处骖鸾未稳。莫忘了天涯，此回潮信。旧舞霓裳，零谱断弦谁听。早催还、翠水仙槎，待重认、碧天金镜。更永。渐云鬟雾湿，画阑愁凭。

词作写于一九四〇年中秋，在成都。谓中秋之夜凭阑望月而生愁，即：其时虽一轮端正，天地充满辉光，但由于山河暗缺，却故意将云影遮盖。意即不忍照见残缺之河山。“想”，为推测之辞。以为圆月不忍，实际乃望月者之不忍也，即：不忍于明亮的月光下面对残缺之河山。这就是望月而生愁的原因。于是，尽管遭逢佳节，也无有情绪顾省故家节物——“桦烛清觞”，无有情绪聆赏霓裳旧舞及零谱断弦。于是，无论惊弦征雁、绕树飞乌、月中素娥，或者漫漫长夜之凭阑望月者，也就全都被笼罩在愁的氛围中，其所谓故国家山之思也就表现得十分沉至。

又如《锁窗寒》，也是不用斜阳而佳的例证，词云：

蜀道鹃啼，江潭柳老，又逢春晚。风多露重，未料夜寒深浅。近黄梅、雨丝自飘，断肠却恨江南远。更路长漏短，梦魂难到，旧家池馆。

经眼。芳菲换。叹故国青芜，燕斜蜂乱。泥香蜜熟，已是繁红都变。早楼台、歌罢舞休，戍笳暗咽边角怨。正烟迷、四面遥山，漫把珠帘卷。

词作写于一九四一年春，在成都。谓鹃啼、柳老，又是晚春时节。其时，风多露重，雨丝不断，夜寒难料，正好惹起乡愁。只因为路长漏短，做梦也梦不到旧家池馆。这是上片。主要描摹目前情事。下片由眼下转换、变化之芬菲，联想故国（“旧家池馆”）景况。谓此时，故国江南，应是青芜一片，而且泥香蜜熟，恐怕招来无数斜燕乱蜂，致使繁红都变；而暗咽戍笳及哀怨之边角，更当令楼台歌舞，早早罢休。——前者为自然物象，其中“燕斜蜂乱”，也许另有比喻，不必指实；后者为社会事相，则实有所指。最后返回当前，谓四面遥山，包括故国家山，正在烟雾迷蒙当中，故不愿将珠帘卷起。于是，其对于故国景况之感叹即愁与忧，则尽在不言中矣。

《涉江词》中，以上这类篇章，同样并不甚少。诸如《拜星月慢·

片月流波》、《征招·人生不合吴城住》、《寿楼春·寻荷亭追凉》、《过秦楼·眼怯残编》、《梦横塘·过江胡马》、《摸鱼子·已消凝、一秋凄楚》等等，或感叹万劫兵尘，或追念吴苑旧事，其有关故国家山之愁与忧，十分感人。此均为不用斜阳（斜照）、夕阳而无不佳之篇章。

2. 相思别离之情

沈祖棻“诞育于清德雅望之家，受业于名宿大师之门，性韵温淑，才思清妙”[⑧]。小时既颇得乃祖欢心，与程千帆结婚，才女配才子，志同道合，婚姻生活则更加充满诗情画意。其所作《和玉溪生无题同千帆作》四首附程笺云：“一九三八年春，余承乏益阳龙洲师范学校讲席，偶从学校图书馆假得《湘社集》与祖棻共读之。《湘社集》者，晚清湘中名辈易顺鼎、顺豫，益阳王景峨、景崧，湘潭袁绪钦及先叔祖子大先生等肄业长沙经堂时结社唱和之作，由先叔祖编次为书者也。中有诸老和玉溪生无题之作，余见爱之，既和数篇，因属祖棻同作。既成，余自以所作不及若人，遂弃其稿。盖学富虽远逊赵德父，而才拙则略同之也。”所谓“昔时赵李今程沈，总与吴兴结胜缘”[⑨]甚是令人钦羡。其后，虽“身历世变，辛苦流离”[⑩]，而其情怀，包括“斗茶打马”意趣，仍然并无稍减。正如闲堂老人（程千帆）所说：“其为人深于诗教，温柔敦厚，淑慎坚贞，笃于亲，忠于友。”[⑪]因而，《涉江词》中，所谓相思别离之情，既为其笃于亲、忠于友之体现，又为其钟于情之体现。

《涉江词》中，有关相思别离作品，部分与时势相关，常以流离加远别以倍添其相思之苦；部分则未必有关时势，而侧重于描摹相思别离景况及体验相思别离感受。二者均颇能极其能事。

先说与时势相关诸作。其例有《浣溪沙》四首：

帘幕重重护烛枝。碧阑干外雨如丝。轻衾小枕乍寒时。　弦谱相思鸾柱涩，梦愁远别麝熏微。昨宵新病酒杯知。

梦外沉沉夜渐长。飘灯庭院雨丝凉。重帷自下郁金堂。 灯有愁心犹费泪，香如人意故回肠。零星往事耐思量。

梦醒银屏人未还。暮云西隔几重山。镜中万一损眉弯。 不分流离还远别，却因辛苦倍相关。严城清角正吹寒。

几日清尘黯镜鸾。猩屏轻扬药炉烟。更无雁字到愁边。 朔雪关山羌笛怨，新霜庭院井梧寒。卷帘人瘦晚风前。

词作写于一九三八年秋，初抵渝州（重庆）之时。程笺曰：“余时方为小吏于西康省建设厅以糊口，每往返康定、重庆之间，故祖棻有此念远之作也。”词作念远，皆因时势所造成。其一曰：“昨宵新病”，即于“轻衾小枕乍寒时”，突然牵动愁思（或相思之病）。这是念远之总叙。接着分别叙说其具体情状，为分叙。或曰：黑夜渐长，雨丝飘凉。独自对着烛光（灯火）与炉烟思量往事，感觉到，烛炬（灯光）也有愁心（芯），颇费烛泪，炉烟犹如愁思，荡气回肠。或曰：银屏梦醒，清角吹寒。流离中远别，辛苦加倍相关。未敢独自对着鸾镜，惟恐愁损眉弯。或曰：鸾镜尘黯，雁字不到，关山已经积雪，庭院上了新霜。卷帘人独自在晚风中，与黄花比瘦。总叙、分叙，至情流露，将其流离中之远别写得极其真切。

以上为初抵渝州时因夫妻小别而作念远词，为结合时势，以流离说别情之范例。同时所作《玉楼春·绣衾慵展金泥凤》、《惜红衣·绣被春寒》及此后所作《瑞鹤仙·前游休更记》诸词，属于此类篇章。

再说部分未必有关时势诸作。此类篇章，皆无题。而其对于相思别离景况与感受之描摹及体验，则颇有心得。例如：“从别后，忆行踪。孤帆潮落暮江空”（《鹧鸪天·多病年来废酒钟》）；“此情不尽，终日倩流波，洗梦江头。……余清事，商量苦吟，静待归舟”（《凤凰台上忆吹箫·锦瑟生尘》);“才道这回，遣得愁心，又被两眉留住”(《燕山亭·花外残寒》);“除非魂梦暂相寻，昨宵梦里犹回避”(《踏莎行·浅语重参》);“此情忍付他年忆，更自殷劝素弦”(《鹧鸪天·极目行云独倚阑》);“尽凄凉、背人对面，总羞落泪”(《解连环·此情谁托》);“芳讯几回归燕误，骄嘶何日玉骢来。黄昏无绪一衔杯”(《浣溪沙·飞絮蒙蒙点碧苔》);“知道相忘情未许，昨宵梦里分明遇”(《蝶恋花·秋藕丝长莲子苦》),等等。这是对于相思景况的描摹。又如:“莫将罗带结鸳鸯。同心难更难”(《阮郎归·晚妆自向镜中看》);“目成未必心相许。经岁高楼江上住”(《玉楼春·目成未必心相许》);“怕轻烟薄霭，寻常化作行云去”(《薄幸·剩寒做雨》);“人天纵有相思字，争奈心情换”(《探芳信·玉炉畔》);“纵前游再续，回首清欢自远”(《过秦楼·小砚凝尘》);“长恐后期能逢，芳意非故”(《瑞龙吟·城南路》);“闲愁都是旧时恩，新欢易作他年怨”(《踏莎行·恨绪重抽》);“那堪酒醒灯残夜，独向歌筵唤奈何”(《鹧鸪天·刻骨相思自不磨》);“相思未遣已先回，絮语难忘偏易记”(《玉楼春·今生不作重逢计》);“浮生自殊哀乐，想梅边同梦应难”(《声声慢·行云无定》);“枕障熏炉梦已虚。烛花犹记旧情无。沉吟怕道不如初”(《浣溪沙·枕障熏炉梦已虚》);“解道朱楼他夜忆，争如红烛此时看。相逢无语况鱼笺”(《浣溪沙·费尽熏炉一炷烟》);“莲子有心终茹苦，柳条无限不吹绵。天涯风雨莫相怜”(《浣溪沙·自悔新词谱旧笺》);“强别能拚难强忘，相疏未忍怕相怜。回肠千转付无言”(《浣溪沙·已悔多情损少年》);“生怕深恩成薄怨。乍欲相疏，未别先肠断”(《蝶恋花·几度相逢杨柳院》);“梦里依然情缱绻。一晌相怜，更胜分明见”(《蝶恋花·梦里依然情缱绻》);“春梦秋云容易散。天长地久情难断”(《蝶恋花·一夜轻寒还乍暖》);“忍问香车何日遇。花阴又恐欢非故”(《蝶恋花·望尽垂杨江上路》)等等。这是对于相思感受的体验。

——总的看来，其对相思别离景况之描摹，乃十分细致，对相思别离感受之体验亦十分深刻，可见是一位当行作家。因而，惟其当行，所作也就十分出色。

例如《蝶恋花》四首：

日暮东风吹细雨。曲曲阑干，曲曲闲愁绪。刻意春前怜堕絮。浮萍自向天涯去。　谢尽红榴消息阻。枝上流莺，解得相思否。遮断钿车来往路。垂杨终是无情树。

楼外平芜连远树。树外清江，江上嘶骢路。音信难凭魂梦阻。穿帘燕子空来去。　知道行云无定所。日日阑干，凭到斜阳暮。已分相忘情恐误。花阴月影思量处。

寂寂花阴心暗诉。曲径回廊，长记相寻处。别后回肠千百度。红楼永夜思量否。　隔雨飘灯朝复暮。未信无情，又怕关情误。万一重逢杨柳路。依前只有闲言语。

落尽红莲凋碧树。纵有芳期，未必无风雨。自讳从来相忆苦。但愁长日迟迟度。　恩怨无凭情易误。刻意相疏，便抵相怜处。留取回肠君解否。花前只当寻常遇。

词作写于一九四三年间，在成都。其一写闲愁。谓东风日暮，细雨连绵。阑干曲曲弯弯，闲愁弯弯曲曲。有意怜惜飘堕柳絮，柳絮却随浮萍向天涯飞去。红榴已经谢尽，消息仍然阻隔。流莺不解相思，垂杨遮断道路。其二写凭阑远望。谓楼外平芜，连接远树。树外清江，嘶骢归路。音信难有凭借，魂梦依旧受阻。只有燕子，空自在帘幕间飞来飞去。从早上偎倚阑干，一直到红日西斜。有意相忘，却又在花阴月影下苦苦思量。其三写暗恋心绪。谓曲径回廊，记得当时相寻之处；漫漫长夜，是否还互相牵挂。不相信无情，却害怕为情所误。万一将来能够于杨柳路口重逢，会不会依旧只说些无关紧要的话。其四写恩怨无凭。谓纵然有机会重逢，也未必无有变故。深知相思相忆之苦，只愁迟迟长日难度。恩恩怨怨，无有凭据。有意相疏，以抵相怜之处。将回肠思忆藏起（只当寻常相遇），不知能否理会。

——四词分写四种情事，其对于相思别离景况之描摹及对于相思别离感受之体验，乃各具姿态，各异其趣。但是，合而观之，四词似可构成一组联章。其相思相忆过程，逐渐展开，内心活动，曲折婉转。而且，其中并多痴情人语。诸如无端端埋怨流莺无知，不解相思意；无端端恼怒垂杨无情，将钿车之来往道路遮断。又如明明相忆、相怜，却偏偏刻意相疏；明明盼望重逢，却偏偏当作寻常相遇，等等。汪评曰："数首俱在阳春、小晏之间。"恐着眼于一个痴字，即执着是也。

又有《蝶恋花》八首：

日影已高帘乍卷。相候红阑，不比当初见。还趁轻风双语燕。小园香径闻行遍。孤负芳时情缱绻。十载花前，渐觉羞人面。杨柳千丝牵绪乱。相逢无奈伤春晚。

罗带同心和恨绾。柳叶风轻，未许双眉展。惆怅人间芳梦短。柔情长逐游丝转。别后相思君莫管。年少逢春，只合开欢宴。分付飞花过别院。幽怀欲诉肠先断。

谁说春来慵早起。晓日楼台，珍重相逢地。休向东风空费泪。深盟浅约都无计。不惜镜中眉减翠。日日花前，长怕君憔悴。解得相思无限意。红笺漫写鸳鸯字。

闲逐寻香双蛱蝶。柳陌桃蹊，趁取芬菲节。一寸春心花共发。东风吹展眉间结。为惜芳时欢易歇。初日帘栊，看到深宵月。不尽柔情应细说。明朝风雨伤离别。

自悔无端芳约误。觅影寻声，不惜频回顾。众里匆匆通一语。柔情未敢分明诉。　　前日依依杨柳路。细雨斜风，独到经行处。极目寒烟人已去。香车欲上犹凝伫。

暖日烘春江上路。细竹疏槐，新绿遮低语。一晌相看千万绪。今朝更胜前朝遇。　　欲遣回波流恨去。欢唾啼痕，多少难忘处。梦里销魂能几度。梦回忍说销魂误。

寂寂垂帘私语细。小槛回廊，都是相思地。羞说春来无限意。眼波相觅还相避。　　深院月高花影碎。壶箭频催，欲住浑无计。乐事人间能有几。而今先费他年泪。

浅梦难圆春易暮。几度回肠，忍泪丁宁语。满目芬菲君莫误。千花百草凭怜取。　　心绪纷纭难细诉。强作无情，更比多情苦。风雨天涯愁去住。尊前暂惜今宵遇。

词作写于一九四三年间，在成都。大致叙说相候相遇情景。其一说相候，为当前情事。谓：日影已高，帘幕乍卷。相候红阑，行遍小园香径。其二至四说别后相思，为过去情事。谓：罗带和恨绾，双眉未许展。芳梦短，柔情长。欲诉幽怀，愁肠先断。谓：早起登上楼台，留恋相逢之地；无限相念相忆，写作鸳鸯二字。谓：春心与花共发，东风吹展眉结；惟恐芳菲易歇，从早看到深宵。其五说别后翻悔，亦为过去情事。谓：当时在众人面前，未敢将柔情说明，前日到经行之处，独自凝伫盼望。最后三篇，返回当前，说相遇。谓：一晌相看，思绪万千。梦里销魂，难能几度。梦醒不忍，说销魂误。谓：垂帘私语，相觅相避。人间乐事，又有几度。谓：梦难圆，春易暮。风雨天涯，暂惜今宵。强作无情，更比多情苦。词作描摹景况，体验感受，均极其当行出色。汪评曰："翻小山语，别成深致。"其"一生低首小山词"（《望江南》），于此已可见踪迹。

3. 羁旅行役之感

沈祖棻自一九三六年金陵大学国学特别研究班毕业，于一九三七年"八一三"后，由南京避乱到屯溪，并于九月一日与千帆结褵逆旅。此后，经由安庆、武汉、长沙、益阳，而于一九三八年秋，抵达渝州（重庆）。不久，由渝州（重庆）至巴县界石场，执教于边疆学校。一九三九年秋，偕千帆由巴县西上雅州（雅安）。一九四〇年四月，以腹中生瘤，自雅州（雅安）移成都割治。一九四〇年七月，返雅州（雅安）。一九四一年居乐山。一九四二年秋，应金陵大学之聘，由乐山移居成都。至一九四六年秋，出川归武汉，方才定居下来。十年流离，留下不少篇章，叙说羁旅行役之感。

有关篇章所写，大多与故国家山之思及相思别离之情，交织在一起。即以江山、斜阳为背景，以飞燕作为自我写照，以表现其忧患意识。例如《菩萨蛮》四首：

罗衣尘涴难频换，鬓云几度临风乱。何处系征车，满街烟柳斜。危楼欹水上，杯酒愁相向。孤烛影成双，驿庭秋夜长。

熏香绣阁垂罗带，门前山色供眉黛。生小在江南，横塘春水蓝。仓皇临问道，茅店愁昏晓。归梦趁寒潮，转怜京国遥。

钿蝉金凤谁收拾，烟尘澒洞音书隔。回首望长安，暮云山复山。徘徊鸾镜下，愁极眉难画。何日得还乡，倚楼空断肠。

长安一夜西风近，玳梁双燕栖难稳。愁忆旧帘钩，夕阳何处楼。

溪山清可语，且作从容住。珍重故人心，门前江水深。

词作附小序曰："丁丑（一九三七）之秋，倭祸既作，南京震动。避地屯溪，遂与千帆结缡（褵）逆旅。适印唐（萧奚茕）先在，让舍以居。惊魂少定，赋兹四阕。"避地屯溪，与千帆结缡（褵）逆旅。此为其新生活之开始，亦为其流亡生涯——羁旅行役之第一站。词作记叙当时情景与心境。其一，直述其事。谓：满街烟柳，无处可系征车；秋夜驿庭，孤烛之影成双。危楼倚靠水上，杯酒相对而愁。其二，回忆对比。谓：生小江南，看惯门前山色及横塘春水；而今却仓皇临道，于客舍茅店忧愁昏晓。梦魂趁着寒潮归去，京国还是那么遥远。其三，承接一个"遥"字，进一步叙说羁旅中之故国家山之思。谓：烟尘迷茫，音书阻隔。近山远山，重重叠叠，将京国长安遮挡。愁眉难画，愁肠易断，不知何日可以还乡。其四，由思忆返回当前。谓：京国长安，西风飘摇；旧时楼台，夕阳残照。燕虽双栖，栖未能稳。故人情深，溪山情切，只好从容面对。

新婚燕尔，又愁又惊；玳梁双燕，栖未能稳。此为羁旅行役第一站之情景与心境，亦为其所谓羁旅行役之感之具体体现。其后，经过不断流离，"渐行渐远"，其愁与惊之心境，逐渐转变为悲与哀，所谓羁旅行役之感也就更加深刻沉重。

例如《浣溪沙》十首：

一别巴山棹更西。漫凭江水问归期。渐行渐远向天涯。　词赋招魂风雨夜，关山扶病乱离时。入秋心事绝凄其。

久病长愁损旧眉。低回鸾镜不成悲。小鬟多事话年时。　剩水残山供怅望，旧欢新怨费沉思。更无双泪为君垂。

家近吴门饮马桥。远山如黛水如膏。妆楼零落凤皇翘。　药盏经年愁渐惯，吟笺遣病骨同销。轻寒恻恻上帘腰。

庭院秋多夜转赊。寒凝残烛不成花。小窗风雨正交加。　客里清尊惟有泪，枕边归梦久无家。断肠更不为年华。

云鬓如蓬堕枕窝。病怀禁得几销磨。钿盟钗约恐蹉跎。　刻意伤春花费泪，薄游扶醉夜听歌。清愁争得旧时多。

折尽长亭柳万条。天涯吟鬓久飘飖。秋魂一片倩谁招。　沽酒更无钗可拔，论文犹有烛能烧。与君同度乍寒宵。

断尽柔肠苦费词。朱弦乍咽泪成丝。年来哀乐傥君知。　病枕愁回江上棹，秋风重检旧家衣。见时辛苦况分离。

呵壁深悲问不应。戛天一望碧无情。鬓丝眉萼各飘零。　心篆已灰犹有字，清欢化泪渐成冰。难将沉醉换长醒。

今日江南自可哀。不妨庾信费清才。吟边万感损风怀。　应有笙歌新第宅，可怜烟雨旧楼台。谢堂双燕莫归来。

碧水朱桥记昔游。而今换尽旧沙鸥。江南风景渐成秋。　故国青山频入梦，江潭老柳自萦愁。强因斜照一登楼。

据《霜叶飞·晚云收雨》小序及程笺可知，《浣溪沙》十首当写于一九三九年秋。时，结婚二周年，仍在流离当中，即：将由巴县之界石场，溯江西上，拟暂住雅安，以避寇养病。所以，词作开篇即云："一别巴山棹更西。”从地域上看，此当为其流亡生涯——羁旅行役之最远一站。词作记叙此行之情景与心境。其一为总叙，谓其于乱离之时，扶病西行。以下分叙。其二至四谓：久病长愁，面对剩水残山，已无泪可垂。药盏医不了病，吟笺难以遣愁。庭院秋多，残烛凝寒。枕边梦归，久已无家。风雨小窗，只有对着清尊落泪。其五至六谓：云鬓如蓬，病怀销磨。钿盟钗约，恐怕蹉跎。未能金钗沽酒，犹有烧烛论文，与君同度寒宵。其七至八谓：柔肠断尽，朱弦乍咽。江上病愁，辛苦分离。鬓丝眉萼飘零，清欢化成泪水。希望沉醉，而不要长醒。九、十两首谓：风景成秋，江南可哀；谢堂双燕，不忍归来。又谓：故国青山，频频入梦；斜照登楼，悲愁萦怀。词作所写，“钵心镂骨，缠绵沉至”[12]，其于溯江西上所表现之悲与哀之具体感受，颇足移人。

二、表层意义及深层意义

上文已就《涉江词》之题材、内容，试作粗略的归类与分析。以下探讨本文开篇所提出问题——表层意义及深层意义问题，即：通过对《涉江词》所体现表层及深层两个层面意义的区分与剖析，以期达致更加深入一步的理解。

探讨这一问题，可以王国维《人间词话》中的两段话作为参考。

王氏曰：

“君王枉把平陈业，换得雷塘数亩田。”政治家之言也。“长陵亦是闲丘垄，异日谁知与仲多？”诗人之言也。政治家之眼，域于一人一事。诗人之眼，则通古今而观之。词人观物，须用诗人之眼，不可用政治家之眼。故感事、怀古等作，当与寿词同为词家所禁也。[13]

又曰：

“我瞻四方，蹙蹙靡所骋。”诗人之忧生也。“昨夜西风凋碧树。独上高楼，望尽天涯路”似之。“终日驰车走，不见所问津。”诗人之忧世也。“百草千花寒食路。香车系在谁家树”似之。[14]

1. 域于一人一事与通古今而观之

“域于一人一事”，即局限于特定之人与事。例如罗隐《炀帝陵》：“入郭登桥出郭船，红楼日日柳年年。君王忍把平陈业，只博（一作换）雷塘数亩田。”[15]诗篇悼炀帝（杨广），谓其平陈大业不能久保，只留下区区葬身之地。《隋书·炀帝纪》载，杨广死后，宇文化及将之“葬吴公台下”，“大唐平江南之后改葬雷塘”。论者指出：“此意自专吊炀帝一人之得失，不得移之于古今任何人也。”[16]此即“域于一人一事”之谓也。而“通古今而观之”，即贯通古今，纵观历史。例如唐彦谦《仲山》：“千载遗踪寄薜萝，沛中乡里旧山河。长陵亦是闲丘垄，异日谁知与仲多？”[17]诗篇歌咏刘邦昆仲事迹——或者隐居乡里（仲山），或者葬身长陵，虽均有一定之所指，但其所表达观感，谓长陵也不过是普普通通之丘垄而已，将来谁能知道究竟“孰与仲多”？却不为特定之人与事所局限。所以，论者指出：“凭吊一人，而古今无数人，无不可同此感慨，此之谓诗人造诗之伟大。”[18]此即“通古今而观之”之谓也。

由此看《涉江词》，其所谓表层意义和深层意义，当不难分别。但此分别，并非机械划分，即仅仅依据是否“域于一人一事”以判断其深与浅，尚须参照其观感，看其能否通古今之变而后判断其深与浅。

首先看歌咏时事以及部分与时事相关诸篇章。

此类篇章，由于基本上都有一定之所指，而且，有的还在词题或词作字面上，对其所指，进行明确标榜，因此，其表层意义，大多明白可见。除了上文所说《虞美人·成都秋词》五首、《减字木兰花·成渝纪闻》四首及《鹧鸪天·青雀西飞第几回》八首，尚有《鹧鸪天·华西坝秋感》四首、《鹧鸪天·华西坝春感》四首、《减字木兰花·闻巴黎光复》、《声声慢·闻倭寇败降有作》、《浣溪沙·何处秋坟哭鬼雄》六首、《鹧鸪天·极目江南日已斜》、《鹧鸪天·惊见戈矛逼讲筵》以及《谒金门·丁亥六月一日，珞珈山纪事》等，均属此例。

但是，也不可一概而论。有些篇章之所歌咏，虽有一定所指，其所托意，即其所表达观感，有时却不一定为其所指所局限。例如《八声甘州》（序略）：

记当时、烽映绛帷红，弦歌杂军声。更压城胡骑，速营戍角，难觅归程。乱鷁陨星如雨，九死换余生。征棹寒江夜，同赋飘零。　肠断十年消息，望湘云楚水，空吊英灵。奈国殇歌罢，月黑晚枫青。剩凭高、欷歔酹酒，向远天、挥泪告收京。伤心极，怕魂归日，鼙鼓重听。

词作写于一九四六年天中节后之第五日，在成都。时“寇平期年，而内争愈烈”，国家仍处于危难关头。有长序，详细介绍背景，并申明作意。上片所说，即序中之“十载偷生”，所谓“榛梗塞涂，苦辛备历”之情景；下片吊英灵，表示对其门生叶万敏英雄事迹之热烈赞颂并对国家前途表示深切忧虑。其为“一人一事”而作之意，即为叶生一人慷慨投笔，改习警政，于湘中芷江之战捐躯殉国事而作之意，固然十分明确，而其观感却不局限于此。因为吊英灵、歌国殇，已经超越古今界限；湘云楚水、黑月青枫，已不仅仅为今代英雄而设。而且，所谓天中节，即五月五日端午节，乃古代英雄屈原投江殉国之纪念日，也不能不令人感发联想。这一些都说明，其托意已并非局限于“一人一事”。

又如一九四二年三月效游仙诗其体所作之《浣溪沙》十首及其后所作之同调后游仙词三首，其小序称，此乃因“近时闻见”而为之，程笺也曾依据有关史实，一一详加疏释、印证，可知其所指也当十分明确。然而，其小序又称，“每爱昔人游仙之诗，旨隐辞微，若显若晦”，所谓“赋家之心，苞括宇宙”[19]，则其托意又似乎并不受其一时之闻见所局限，即：于表层意义之外，可能另有“风人之旨”在。

其次看与当前政事（时事）无关之其余篇章。

此类篇章，于《涉江词》中占有相当大的分量。上文将其所写内容归纳为三个方面；此为大体划分，未必包括所有。此类篇章，大都与当前之大小政事无关，或未有直接关联。用王国维的话讲，当属于以“诗人之眼”观物，而非以“政治家之眼”观物。大致说来，此类篇章之所托意，大多较为深远，不能只看其表层意义。例如《曲游春·燕》：

> 归路江南远，对杏花庭院，多少思忆。盼到重来，却香泥零落，旧巢难觅。一桁疏帘隔。倩谁问、红楼消息。想画梁、未许双栖，空记去年相识。　此日。斜阳巷陌。念王谢风流，已非畴昔。转眼芳菲，况莺猜蝶妒，可怜春色。柳外烟凝碧。经行处、新愁如织。更古台，飞尽红英，晚风正急。

这首词列于《浣溪沙·芳草年年记胜游》之后，当作于大学就读时期。汪东曰：“方其肄业上庠，覃思多暇，摹绘景物，才情研妙，故其辞窈然以舒。”[20]又曰：“曩者，与尹默同居鉴斋。大壮、匪石往来视疾。之数君者，见必论词，论词必及祖棻。之数君者，皆不轻许人，独于祖棻咏叹赞誉如一口。于是友人素不为词者，亦竞取传钞，诧为未有。”[21]所指多数当为这一时期作品，包括这首咏燕词。就读大学时期，其流亡生涯尚未开始，而国家民族的危机已经爆发。即这首咏燕词及《浣溪沙·芳草年年记胜游》都在鼙鼓声里写成，这是毫无疑义的。但这首咏燕词和《浣溪沙·芳草年年记胜游》一样，其所托意，都不域于当前事变（“九一八”事变）之有关人和事，这当也是不可否定的。这首词咏燕，上片泛说，谓盼望归来，归时却令人失望——“香泥零落，旧巢难觅”；下片专叙，说失望原因——“王谢风流，已非畴昔”。所写不仅属于一种客观物象——双燕归来，寻觅旧巢，而且与事相，即社会人事变化相关。但此事相，既包括王谢当时之社会人事变化，又包括作者当时及今后可能发生之社会人事变化。古与今的界限已经贯通。全篇咏燕，以燕自喻。既善以敏锐体察摹绘其轻灵形态，又善以深沉思考发掘其重厚神理[22]。因此，对于这首咏燕词，必当以"诗人之眼"观之，才能领悟其深层意义。我想，当时词界前辈汪东、沈尹默以及乔大壮、陈匪石等对于祖棻之所咏叹及赞誉，其着眼点应当也在于此。至于同一时期所作之《曲玉管》，借寒蝉抒写其身世之感，所谓"枯枝尚叹栖难定"，"上林只让寒鸦影"，"暗想当时，任嘶遍故家乔木，却怜几度风霜，而今独抱凄清。感飘零"，其形态及神理，同样代表作者独特的体察及思考。因而，也当作如是观。

又，外集所录《蝶恋花》十二首，说相思别离之情。其对于各种景况及感受之描摹与体验，既已十分细致、深刻，在此基础上，进而对于"天长地久情难断"这一千古不变定律的揭示，也就更加显示其深远程度。这当也是以"诗人之眼"观物的例证。

2. 忧生与忧世

忧生与忧世，似不宜截然分开，但因其所忧患之内容不同，二者又有所区别。"我瞻四方，蹙蹙靡所骋。"这是《诗经·小雅·节南山》第七章诗句，"言驾四牡而四牡项领，可以骋矣。而视四方则皆昏乱，蹙蹙然无可往之所，亦将何所骋哉"[23]。意即：望尽天涯路，却无有可以让诗人安身立命之处所。此即所谓"诗人之忧生"也。王国维以为，晏殊《鹊踏枝·昨夜西风凋碧树》似之。而忧世则不尽相同。陶渊明《饮酒》诗，借酒以发泄不满现实的情绪。"终日驰车走，不见所问津。"这是《饮酒》诗之第二十首诗句。对于不重诗书、不重礼乐，"六籍无一亲"，忽视教化而导致"举世少复真"之世态极为不满。此即所谓"诗人之忧世"也。王国维以为，冯延巳《鹊踏枝·几日行云何处去》似之。

忧生与忧世，这是中国诗歌言情、述志传统的一种表现形式。二者既不宜截然分开，又往往有所侧重或区别。不同作家、不同作品，均有不同表现。

大致说来，《涉江词》中，所有歌咏时事及部分与时事相关诸篇章，其所体现忧世意识，大多较为明显，而其余篇章，于表层意义外，往往另有深层意义在，必须细加剖析。

首先看歌咏时事及部分与时事相关诸篇章。

此类篇章之所谓忧世意识，大多借助对当前大小政事的歌咏，包括揭露、批判或发表观感等形式而加以体现。有关政事，既包括国家民族存亡生死之大事，又包括学校周围纷纷扰扰之人事。其忧世意识，一般表现得十分浓重。

例如《减字木兰花·闻巴黎光复》：

花都梦歇。枝上年年啼宇血。还我山河，故国重闻马赛歌。秦淮旧月。十载空城流水咽。何日东归。父老中原望羽旗。

程笺曰："一九四四年八月二十五日，联军解放巴黎。"词作所歌咏，当指此事。上片说他邦，谓花都（巴黎）年年，枝上（杜鹃）啼血，今则重闻马赛歌声，因山河已还我。下片说我邦，谓空城岁岁，流水呜咽，父老依旧，盼望中原羽旗，因失土未收回。汪评曰："两两对照，不堪凄咽。"此所凄咽者，即为对于国家民族前途命运所有之忧思，亦即其忧世意识。这是明显可见的。

又如《一萼红》：

乱笳鸣。叹衡阳去雁，惊认晚烽明。伊洛愁新，潇湘泪满，孤戍还是失严城。忍凝想、残旗折戟，践巷陌、胡骑自纵横。浴血雄心，断肠芳字，相见来生。　　谁信锦官欢事，遍灯街酒市，翠盖朱缨。银幕清歌，红氍艳舞，深似当年承平。几曾念、平芜尽处，夕阳外、犹有楚山青。欲待悲吟国殇，古调难赓。

词作写于一九四四年八月，在成都。有序称："甲申八月，倭寇陷衡阳。守土将士誓以身殉，有来生再见之语。"上片即写此事。下片因"谁信"换头，突然发起别意，即转说锦官欢事，以与上片所写战事相对照，最后再回到国殇这一主题上面来。谓成都当时仍旧轻歌艳舞，已不顾夕阳外之故国山河，其浓重之忧世意识，同样明显可见。

其次看与当前政事（时事）无关之其余篇章。

此类篇章，与当前政事（时事）无关，而与当前时势（时局）有一定牵连。因其往往于时势（时局）之外，对于其他问题，尤其是人生问题，多所思考，其所表现的忧患的内容，往往超出于时势（时局）之外。

例如《浣溪沙》十首：

院静廊深日影斜。阴阴庭树欲栖鸦。金炉兽炭晚频加。　旧梦难忘心似絮，新书乍展眼生花。茶烟药裹送年华。

枉说收京换汉旗。江南返棹尚迟迟。小窗开到腊梅枝。　故侣殷勤留远客，家书郑重劝东归。日长病枕费沉思。

十载青春付乱离。倦游人尚滞天涯。朱颜暗换镜鸾知。　残绿愁蛾羞石黛，淡黄病颊费胭脂。晓妆无力倚帷时。

虎阜横塘数夕晨。年年归梦绕吴门。客衫应许浣征尘。　旧赏湖山空待我，新阴桃李故留人。升平还负故园春。

照眼晴晖到枕窝。褰帷乍喜晓风和。清游俊约总蹉跎。　小坐强夸新病校，闲眠难遣旧愁多。江楼何日得重过。

莫箧尘封久倦开。寒衣检点怯重裁。铜铺长日掩青苔。　神爽偶因新睡足，病瘥还喜故人来。经年止酒一衔杯。

伏案闲行两不支。新来绛帐怕论诗。卷书欹枕惜芳时。　遍检神方难却病，寻思好计不如归。遥天月冷雁南飞。

碧瓦凝寒夜有霜。人天万感正茫茫。无端月影上回廊。　轻梦每邀愁作伴，苦吟偏与病相妨，寒衾何计遣更长。

小几瓶梅漾冷香。幽阶溥露咽啼螿。沉沉双柝隔重墙。　侵被寒因多病觉，挑灯夜为不眠长。避愁新计是相忘。

寂寂重帘下玉钩。蠹编尘砚已全收。熏笼药盏小茶瓯。　载酒人来休问字，扶鬟客久怯登楼。相期病起作春游。

词作写于一九四五年秋，在成都。主要写忧思。谓旧梦难忘，新书慵展，终日在茶烟药裹中过生涯。从表层意义上看，所谓“枉说收京换汉旗，江南返棹尚迟迟”，其所忧患似乎乃在于当时的时势（时局），即其忧世意识似乎十分突出。但是，就其所忧患的具体内容看，却不尽然。诸如：十载青春，在乱离中逝去；所谓“升平”，仍然辜负故园春色；闲眠愁多，不知何日重上江楼；寒衣怯裁，人天万感，寒衾抵挡不了漫漫长夜，避愁无计，只有“相忘”二字；休来问字，希望病起之后可作春游，等等。其所忧思，即愁，尽管集中在一个“归”字上，这是与时势（时局）密切相关的，但其所忧患的，却往往超出于“归”字之外。所谓“人天万感”，分明已进入对于人生问题的思考，诸如新病、旧愁等问题。可见，词作所忧患的内容，乃不止时势（时局）这一层。

又如《双双燕》：

海天倦羽，又苔井泥香，柳花如洒。红英落尽，忍忆故台芳榭。深巷斜阳欲下。更莫说、当时王谢。寻常百姓人家，一例空梁残瓦。

聊借。风檐絮话。甚信息沉沉，绣帘慵挂。移巢难稳，是处雨昏寒乍。无奈乡愁苦惹。枉盼断、年年春社。朱户有日双归，却恐岁华迟也。

词作写于一九四〇年秋，在成都。附有小序云："白匋寄示新制燕词，谓有"华屋山丘"之感，依调奉和。"依调，即依韵，指用与原作同一韵部的字为韵脚，而非步韵。白匋，即吴征铸。江苏仪征人，金陵大学中文系毕业，时同客成都。白匋原作所谓"华屋山丘"之感，一种浓重的忧世意识，这是显而易见的。即：以飞燕为见证，展现华屋之颓废为山丘的历史事实，并证之以当前社会人事，诸如"歌休舞罢"以及"少妇愁新"等等，从而表现其对于人世间这种变故的忧虑。这是与时势（时局）密切关联的。但是，子苾奉和之作，则有所不同。上片说，燕子归来，于斜阳深巷，欲下未下。因此时，不仅王谢华堂已沦为寻常百姓之家，不堪言说，而且，原有之寻常百姓家，更是一片空梁残瓦，不堪目睹。这是作者忧世意识的表现，也是对于原作的应和。而下片说"絮话"，借助双燕在风檐间的对话，以发泄牢骚，叙说忧虑，此双燕已不仅仅是历史的见证，而且成为作者的代言人。此时之燕与人（物与我），几乎已完全融合为一。这是对于原作的进一步深化与提高，即：和作既对于古今所谓"华屋山丘"变化表示忧虑，又对于当前因为"是处雨昏寒乍"而"移巢难稳"以及今后——"有日双归"，而岁华已迟，表示忧虑。二者相比，和作不仅将原作所忧虑的范围扩大，即由沦为寻常百姓家之王谢华堂，推广及王谢华堂以外之一般百姓家，而且在这一基础之上，进而叙说其生的忧虑。可见其于表层忧世意识之外，乃有更深一层的忧生意识在。

以上借用王国维的两段话，对于全部《涉江词》，包括歌咏时事、与时事相关诸篇章，以及与时事无关诸篇章之表层意义及深层意义，进行初步的区分与剖析，至此，可以得出如下结论：（一）就《涉江词》所体现的意识——忧生意识与忧世意识看，其所有兴象——物象与事相，如果以“江山”、“斜阳”、“飞燕”加以概括，那么，《涉江词》之如何体现忧生忧世意识，当可作如此描述，即：以“江山”、“斜阳”为背景，为人生舞台，而以“飞燕”为寄托；不仅见证历史，而且见证人生。《涉江词》之两个层面的意义——表层意义与深层意义，必须同时顾及。（二）《涉江词》中，虽多歌咏时事或与时事相关诸篇章，所谓“文章合为时而著，歌诗合为事而作”[24]，“为时”、“为事”，固然大为增添其“诗史”价值，但作者毕竟不是政治家，而是一位笃于亲、忠于友、钟于情的诗人，因此，其所提供的东西，当远远不止于此。对于《涉江词》，同样不宜以政治家之眼观之，而宜以诗人之眼观之。这是我读《涉江词》的总观感。

三、《涉江词》渊源

沈祖棻《涉江词》的渊源，包括思想与词学两个方面。这是与特定历史背景、社会环境以及个人资质、个人学养和师友切磋等因素密切相关的。探寻其渊源，不能离开这几个方面。

1. 关于思想渊源。

祖棻出生于清朝末年，国家、民族已处于衰征阶段。此后入大学，因日寇进迫，国家、民族之危难更为加深加重。大学研究班毕业，即开始其流亡生涯。十年离乱，逃避西蜀，尽历艰辛。抗战胜利归武汉，虽得定居，而“新烽又起”（《减字木兰花·悲歌痛饮》），国家、民族仍处于危难之中。祖棻自幼就有良好家庭教育，接受古典诗文熏陶。受业汪东门下，既以非凡词才获赏识，又得到民族大义之教诲。国难当头，“常自恨未能执干戈，卫社稷”（《八声甘州·记当时、烽映绛帷红》小序）。这当为其思想之近源。但就远源看，《涉江词》之思想似当追溯至屈原。这是可以具体作品加以证实的。

例如《曲玉管·寒蝉》：

冷露移盘，西风扫叶，枯枝尚叹难定。欲把浓愁低诉，还咽残声，此时情。　倦恋柯条，羞寻冠珥，上林只让寒鸦影。冉冉斜阳，镜里双鬓妆成，为谁轻。　暗想当时，任嘶遍故家乔木，却怜几度风霜，而今独抱凄清。感飘零。问知音谁在，不见悲吟楚客，更知何日，万缕垂杨，响答江城。

词作写于大学就读期间。三段。如将第二段之“镜里”二字归上句，即成为双拽头。咏寒蝉。一、二段咏物形，描摹其凄清状态。谓西风来临，落叶扫尽，剩下枯枝，难以栖身；残声幽咽，欲诉浓愁；双鬓轻轻，不知为谁而设。三段咏物理，叙说其飘零之感。谓凄清独抱，无有知音；不见悲吟楚客，也不知将来前景如何。咏物明志，并且追寻到悲吟楚客那里去，以为同一怀抱，真正知音。可见其对于屈原之向往程度。

又如一九四六年天中节（端午节）后五日所作《八声甘州·记当时、烽映绛帏红》之歌咏国殇，不仅是对于今代英雄的凭吊，而且也是对于古代英雄的怀念。其对于屈原之景仰之情，则更加热烈、诚挚。这一些都可见其思想——忧生、忧世意识渊源之所自。

至于所写诗词之以“涉江”名集，而且集中歌咏时事诸篇章，多用美人香草作比，则明显带着效法意义，即：以屈原为榜样，进行诗词创作。这是因其所具民族大义所决定的，同样可作为其思想来源于屈原之明证。

当然，《涉江词》思想还有其他来源，诸如杜甫之忧国忧时，白居易之“为时”、“为事”，刘禹锡之斜阳、飞燕，李商隐之人生哀感，以及李清照之闲愁、怨恨，辛弃疾之江山、危栏，等等。这一些，大多在《涉江词》中有所体现。但是，归根结底，其思想还是来源于屈原。

2. 关于词学渊源。

祖棻词学，出自寄庵汪东，这是毫无疑问的。其为汪东所激赏之词课习作《浣溪沙·芳草年年记胜游》，既已为其成名之作，又为其一生治词打好路标，为全部《涉江词》定下基调。所以，祖棻手定《涉江词》，将其列于卷首，“以明渊源所自”（程笺），这是很有意义的。但是，与其思想渊源一样，乃师汪东之影响，仅仅是近源；而其远源，我看应追溯至晏几道。这同样也是可以具体作品加以证实的。例如《涉江词》丙稿所载《望江南·题乐府补亡》云：

情不尽，愁绪茧抽丝。别有伤心人未会，一生低首小山词。惆怅不同时。

词作写于一九四五年间，在成都。这是其多年探索所得出的结论。即以为：小山词乃其终生追求的目标。就词作看，其所谓目标，主要在一个“情”字上。这是作为古今伤心人所特有的情。而就小山看，其所谓情，又是体现在一个“痴”字上。黄庭坚论小山，谓：“固人英也，其痴亦自绝人。”即：“仕宦连蹇，而不能一傍贵人之门，是一痴也；论文自有体，不肯一作新进士语，此又一痴也；费资千百万，家人寒饥而面有孺子之色，此又一痴也；人百负之而不恨，己信人终不疑其欺己，此又一痴也。”[25]相信祖棻当亦着眼于此。这是由其笃于亲、忠于友、钟于情之禀性所决定的。所以，其为人、为词，都将小山引为知己，并曾戏云：“情愿给晏叔原当丫头。”[26]这是完全可以理解的。

再看具体事证。《涉江词》中，效法小山词作，并不甚少。但是，祖棻之效法小山，并非只是停留在“用小山语”、“翻小山语”之层面上，而主要效法其句法，即叙述方法。这是一种以赋为词的尝试，以前词中甚少有之。黄庭坚称之为“诗人之句法”[27]。例如小山《鹧鸪天》：

彩袖殷勤捧玉钟。当年拼却醉颜红。舞低杨柳楼心月，歌尽桃花扇底风。　从别后，忆相逢。几回魂梦与君同。今宵剩把银缸照，犹恐相逢是梦中。

这首词说今宵情事，谓害怕相逢事假，特地把银缸来照，希望并非在梦中。这是别后重逢。而“从别后，忆相逢”，却从别后追述到当年之如何相逢。通过时间推移，将过去、现在之情事，亦即相逢、相别、重逢之全过程，铺排展示出来。这就是赋的叙述方法——竖叙法在词中的运用。

祖棻《鹧鸪天·寄千帆嘉州，时闻拟买舟东下》：

多病年来废酒钟。春愁离恨自重重。门前芳草连天碧，枕上花枝间泪红。　从别后，忆行踪。孤帆潮落暮江空。梦魂欲化行云去，知泊巫山第几峰。

词作写于一九四一年春，在雅安。因获知千帆可能应邀由乐山东下重庆谋职，故有此作。上片说年来小别，已是怨恨重重，这是现在情事；下片说即将远别，其梦魂将化为行云，相伴而去，这是将来情事。其中，“从别后，忆行踪”，由现在推及将来，与小山同一句法（竖叙法）。只不过是，一个往后看一个往前看而已。因而，二者同样表现出一种执着痴迷之情，亦即“清壮顿挫，能动摇人心”（黄庭坚语）之情。这当是有意效法的结果。

当然，就《涉江词》的全部创作情况看，祖棻治词乃经历过一段多方探索、多方师承的过程，而后达致小山的境界。这与周济所揭示的途径“问途碧山，历梦窗、稼轩，以还清真之浑化”[28]，既有相同之处，又有所变化。

大致说来，大学求读阶段，包括初到渝州（重庆）之时，可看作是祖棻治词的问途阶段。汪东序《涉江词稿》称祖棻词“三变”中之第一个阶段，即属于问途阶段；而“三变”中之第二阶段，部分也包括在问途阶段内。这一阶段，甚多效法南宋诸家，尤其是效法碧山诸篇章，即甚多咏物及以比兴方法言事、言情诸篇章。这大概与碧山词之所谓“咏物最争托意”或“言近旨远”[29]诸特色有关。而祖棻之效法，既有所因承，又有所变革，并非只是顺着旧道走。效法过程，亦即探索过程，充分体现其非凡的创造能力。

例如《摸鱼子·送春》二首：

透重帘、晚来风急，繁香零落如许。夕阳容易黄昏近，何况断云吹雨。流景暮。便剩水残山，千万留春住。闲愁忍诉。甚密缀朱幡，遍生芳草，不阻去时路。　长堤上，多少江南旧树。而今空惹离绪。飞红点点相思泪，惟有杜鹃声苦。肠断处。叹乱蝶狂蜂，竟作园林主。凭栏自语。尽分付江梅，丁宁社燕，后约莫相误。

过清明、几番晴雨，还愁寒滞风骤。秋千折了芳时换，容易绿新红旧。苔似绣。便密系金铃，不是寻常有。虽愁暗逗。莫啭梦流莺，栖香粉蝶，未解镇相守。　东风老，漫记熏梅染柳。残鹃空自啼瘦。飞花过尽帘栊静，无奈翠阴长昼。春去后。渺芳信天涯，休问来时候。词笺谱就。念归燕空林，题红远水，能寄此情否。

词作写于一九四一年间，在雅安。合题“送春”，但所写仍有所侧重。即：前者主要说留春不住所产生之闲愁，后者说春归以后所产生之离绪。属于自然现象，并兼及社会人事。社会人事中，除闲愁、离绪外，可能另有寓意。汪东评曰："比与之体，最近碧山。"当颇为注重于此。这是对于碧山的因承或效法，亦即其相合之处。但是，如果与碧山之同调送春词《摸鱼儿·洗芳林、夜来风雨》对读，那么，将不难发现，祖棻并非只求与碧山合，而是于合中求异，以为进一步变革与提高。因为碧山所作，只是围绕一个春字，叙说其留恋之情，其中所涉及之社会人事（姑苏台及美女西施），虽亦可见其古今兴亡之感，但仍觉过于平淡，缺乏撼人心魂之力量。亦即"风骨稍低"[30]。祖棻问途于彼，着重在内容上加以增添，以加强其"风骨"，即：同样为风雨送春归，同样惜春、留春，而祖棻即更进一步。谓：留春不住，令得长堤上之江南旧树，空惹离绪，令得杜鹃之啼声，一声声最苦。而今，园林已换了主人，只能寄希望于"后约"。谓：春归以后，流莺与粉蝶，根本不理解"镇相守"之意。东风空老，残鹃啼瘦，天涯芳信杳杳。纵使谱就词笺，也不知道能不能随着流水，传到伊行。凡此种种，使得因送春而生之闲愁与离绪，显得更加丰富多彩，更加带有社会现实依据，因而也更加富有感人力量。这就是对于碧山的变革与提高。

问途阶段，包括其后所作若干效法南宋诸家篇章，大多体现其变革精神。例如《曲游春·燕》，所谓轻灵其形，重厚其神，已为碧山、玉田所未能及（参见汪评）；《双双燕·海天倦羽》，以典雅补纤巧，高出梅溪一筹（参见汪评）；《探芳信·玉炉畔》之所谓"清于梅溪，厚于玉田"（参见汪评）等等，也是对于前人的提高。说明祖棻已有本领，可依循前人所指示的门径，达到清真之浑化境界。但是，祖棻并未依循这条道路走下去，而是通过自己的实验，另行选择，另辟新境。这就是入门之后的重新探索阶段。这一阶段与问途阶段，并未有明确界限，即：在问途过程中，已开始新的探索；在探索过程中，仍然继续问途。因此，这一阶段，应从大学国学特别研究班毕业算起，一直到定居武汉为止。汪东所说"三变"中之第二、第三阶段，当包括在这一探索阶段内。

在重新探索阶段，祖棻的努力，主要在于广泛的实验，以寻取适合于自己的目标。这阶段，除了效法南宋诸家，并对其进行变革与提高之外，曾效法少游、易安以及柳、周诸家。而其中，对于周邦彦之探索，则尤为用力。《涉江词》中，有意追步清真的篇章，大多从章法、句法以及其家法（或家数）入手。这就是所谓“清真长技”[③]。例如《拜星月慢》：

柳度莺簧，花围蝶梦，尚觉银屏春浅。曲槛回廊，是江南庭院。踏青罢，永日描花爱学新样，刺绣愁拈残线。刻意妆成，便熏香都懒。好湖山、看舞听歌惯。金杯滟、照席珠灯烂。几度酌绮酌罗，乍轻寒轻暖。又谁知一夕经离乱。狂烽起、事与流烟散。剩过雁、得到横塘，早西风世换。

词作写于一九四一年间，在成都。上片说踏青归来心绪，下片说产生此心绪之原因，是一首有关时势（时局）的词章。该词并非次韵或依韵，但严格按照周律谱写，即：除了依循“宋初体”基本结构模式——上片布景、下片说情模式进行谋篇以外，在句法上也多所讲究。诸如起拍之以一六言句托上两个四言对句，“永日”二句之以一二言句领下两个六言对句，换头二拍两个八言句构成一组并列对句，上下四个五言句皆用上一下四句式并且前两个五言句皆为“仄平平平仄”格式，等等。所以汪东称赞其“谋章酌句，纯是清真”。

又如《解连环·和清真》：

此情谁托。嗟山河咫尺，两心悠邈。便也拟、低诉深悲，奈新雁渺茫，晚风轻薄。月冷西楼，自消受、一怀离索。叹相思几日，病骨暗销，懒检灵药。　当时赠君蕙若。记花开陌上，春在阑角。待细理、缃帙芸签，剩零梦残欢，只道忘却。偶拂尘奁，甚未展、双眉愁萼。尽凄凉、背人对面，总羞泪落。

词作写于一九四四年间，在成都。上片嗟叹当前因相思而致病之具体情状，下片回想当时，既用一“记”字勾起往事，又用一“待”字将一切勾销，最后回到当前状态当中来。构成“现在——过去——将来”之模式。这一模式，犹如无法解开的玉连环一般，其所表现相思之情，一样难解难分。与周邦彦《解连环》之所谓“勾（钩）勒提掇”[32]，同一机杼。这就是清真长技（或家数）。

祖棻追步清真，不仅注重其声音与形貌，而且注重其情调与神理。如循此而进，必欲进入其浑化之境，当不困难。但祖棻并未停步于此，而是继续朝着其终生所追求的目标前进。

将晏小山作为一生治词之最终目标，这是在重新探索阶段所确定的。有关祖棻之词学渊源及治词门径，如果套用周济的话语，我看可作如下描述。即：问途碧山，历经易安、少游以及柳、周之辈，以达小山纯真之境。同样，这一纯真之境，也是在重新探索阶段中达到的。而汪东所说“三变”中之第二、三阶段，《涉江词》所呈现之“沉咽而多风”以及“澹而弥哀”诸特色，当也是这一纯真之境的一种表现形式。

《涉江词》中，不仅上文所列《鹧鸪天·多病年来废酒钟》以及汪评《蝶恋花·日暮东风吹细雨》四首和《鹧鸪天·离合云踪意转迷》四首，可为效法小山、达致纯真之境之明证，而且集中另外一些篇章，包括大量有关相思别离诸篇，也都得力于小山。至于为全集定下基调之《浣溪沙·芳草年年记胜游》，虽写作于尝试、探索之初，但却在许多方面，尤其在词境方面，与作者今后的追求是一致的。这就是说，集中有关这类篇章，同样为其效法小山、达致纯真之境的一个组成部分。因此，将小山及小山词看作《涉江词》的远源及追求目标，是有充分依据的。对此，论者或有不同看法。如以为，从所处社会环境看，所谓“江山、斜阳”，与辛弃疾之“休去倚危栏，斜阳正在、烟柳断肠处”，颇有某些相似之处；又以为，从个人才华和遭遇看，子苾就是当代李易安，等等。这当是有一定道理的。但是，如将上文所说有关《涉江词》渊源之多种因素——特定历史背景、社会环境以及个人资质、个人学养和师友切磋诸因素，联系在一起进行综合考察，即可发现，以稼轩或易安比子苾，并不妥当。

首先，就个人禀性及经历看，子苾与稼轩、易安均有不同。稼轩带过兵，想做大官、发挥大作用，乃人中之龙；易安无论为人或为词，皆欲压倒须眉，亦古之女强人也。而子苾，既未曾设想过“黄金腰下印，大如斗”（辛弃疾《一丛花》），又未曾有“生当为人杰，死亦为鬼雄”[33]之感慨。子苾只是子苾也。一生颠沛流离，到晚年，稍得安定，又“奉命自愿退休”。但为此所作之《优诏》，出语仍甚温厚（见程笺）。这与稼轩颇为不同。至其“四十年文章知己、患难夫妻”（《千帆沙洋来书，有四十年文章知己、患难夫妻，未能共度晚年之叹，感赋》），则与德父、易安，既有共通之处，又有所不同（详下文）。

其次，就词作内容看，《涉江词》中虽有若干类似稼轩呼唤恢复之“抗战词”，又有若干颇得“漱玉遗韵”之断肠句，但更多的还是小山一类痴情语。这是稼轩、易安所不能比的。

再次，就情怀看，其所谓“泼茗添香，犹有蠹书堪赌”（《瑞鹤仙·珞珈山闲居示千帆》）之兴致，至老仍未稍减，这也是稼轩、易安所不能比的。

因此，在本文正式动笔之前，我曾奉函程千帆教授，报告学习心得。谓：“日内正研读《涉江词》，初步有些体会。以为读‘涉江’，只是到幼安、到易安，仍未知子苾也；必须到小山，才能领悟其词心。”程教授即赐函相勉，曰：“尊论亡室词，真能抉其征旨渊源，钦佩之至。”因努力撰成此文，并将有关两段话，转录于此，以为总结。

丙子小暑前四日于濠上之赤豹书屋

附注：

①参见程千帆：《涉江词稿跋》，沈祖棻：《沈祖棻诗词集》，江苏古籍出版社一九九四年版，第一九三页。

②《漫谈〈小山词〉用成句及其他》，《光明日报》一九八一年七月二十一日。

③《苏轼诗集》卷十三，王文诰辑注本。

④《人间词话删稿》第三七则，施议对：《人间词话译注》卷二，广西教育出版社一九九〇年版。

⑤黄裳：《涉江词》，沈祖棻：《涉江词》附录，湖南人民出版社一九八二年版。

⑥闲堂：《沈祖棻小传》，《沈祖棻创作选集》，人民文学出版社一九八五年版。

⑦陈声聪：《读词枝语》，《填词要略及词评四篇》，广东人民出版社一九八六年版。

⑧程千帆：《沈祖棻诗词集・总目叙录》，江苏古籍出版社一九九四年版。

⑨沈尹默：《寄庵出示涉江词稿，嘱为题句，因书绝句五首奉正》之五，沈祖棻：《沈祖棻诗词集》，江苏古籍出版社一九九四年版。

⑩程千帆：《沈祖棻诗词集・总目叙录》，江苏古籍出版社一九九四年版。

⑪闲堂：《涉江诗稿跋》，沈祖棻：《沈祖棻诗词集》，江苏古籍出版社一九九四年版，第三三〇页。

⑫陈声聪：《读词枝语》，《填词要略及词评四篇》，广东人民出版社一九八六年版。

⑬《人间词话删稿》第三七则，施议对：《人间词话译注》卷二，广西教育出版社一九九〇年版。

⑭《人间词话本编》第二五则，施议对：《人间词话译注》卷一，广西教育出版社一九九〇年版。

⑮《全唐诗》卷六百五十七罗隐（三）。

⑯许文雨：《人间词话讲疏》卷下，成都古籍书店一九八三年版。

⑰《全唐诗》卷六百七十二唐彦谦（二）。

⑱许文雨：《人间词话讲疏》卷下，成都古籍书店一九八三年版。

⑲司马相如语。见司马相如：《答盛孥问作赋》，《司马相如集校注》附录，上海古籍出版社一九九三年版。

⑳《涉江词稿序》,《涉江词稿》卷首。

㉑《涉江词稿序》,《涉江词稿》卷首。

㉒汪评曰:“碧山无此轻灵,玉田无此重厚。”说可参。

㉓朱熹语。见朱熹:《诗集传》卷十一,中华书局上海编辑所一九五八年版。

㉔白居易:《与元九书》,《白氏长庆集》卷第四十五,“四部丛刊”本。

㉕《小山词序》,《彊村丛书》本。

㉖《望江南·题乐府补亡》程笺,《涉江词稿》丁稿。

㉗《小山词序》,《彊村丛书》本。

㉘周济:《宋四家词选序论》,《宋四家词选》,古典文学出版社一九五八年版。

㉙周济谓:“咏物最争诡意,隶事处以意贯串,浑化无痕,碧山胜场也。”并谓:“碧山餍心切理,言近旨远,声容调度,一一可循。”《宋四家词选》。

㉚陈廷焯评碧山《摸鱼儿》语。陈廷焯:《白雨斋词话》卷二,人民文学出版社一九五九年版。

㉛周济评周邦彦《浪淘沙慢·晚阴晴》语。《宋四家词选》。

㉜详参施议对:《清真词的钩勒手法——词法释例续三》,《大公报》艺林副刊一九九〇年十月十九日。

㉝李清照《绝句》:“生当为人杰,死亦为鬼雄。至今思项羽,不肯过江东。”《历朝名媛诗词》卷七。

——原载南京《中国诗学》第五辑(一九九七年)

落想、设色、定型

——饶宗颐“形而上”词法试解

西洋形上诗（Meta Physical），代表形而上。这是与形而下相对立的。Meta Phyical 在上面，带有物以上的意思。这是看不见的。对此，中国人谓之为道，而形而下，则谓之为器。我所作形上词（Meta Physical Tzu），就是从这里来的。重视道，重视讲道理，这是形上诗的特征，也是形上词的特征。如果为形上词立定义，是否可以说，所谓形上词，就是用词体原型以再现形而上旨意的新词体。

——饶宗颐

学际天人饶宗颐教授，乃当代一位百科全书式学者。其于史学、文学、经学乃至甲骨学、秦简学、敦煌学诸多领域之独特建树，已在国际汉学界奠定了宗师地位，而于诗、词、文、赋及书法、绘画、琴艺诸多方面之惊人成绩，则更加令人倾倒。到现在为止，仍未见一位学者，其涉猎范围如此广泛，其造诣又如此专精。而饶教授则将中外学问家、艺术家之种种能事集于一身。这不能不称为学术史上之一大奇迹。近年来，内地学界兴讲各种“学”，有关某学者之评介、研究，也被称为“某学”，并已有“某学”之专书、专刊出版，而对于饶教授之评介、研究，却有所忽略。这大概由于缺乏了解所致。因此，我建议：潮州今次举办“饶宗颐学术研讨会”（一九九六年八月），不妨也讲讲“饶学”，以互相推进。

本文题为“形而上”词法试解，所说仅仅是“饶学”中之一小小题目。所谓“酌蠡水于大海”，试图以此窥测“饶学”博大精深之全部奥秘，绝非笔者能力之所能及，但是，通过有关典型事例之分析、解赏，对于了解饶宗颐教授如何以做学问方法填词、于词中指出向上一路之各种情形以及进一步了解“饶学”某一部分之具体构成，相信当有所补益。希望学界同仁，对此能有兴趣。

一、不寻常之作，不寻常之法

“形而上”词法，乃创造形上词之具体方法。这是由西洋之形上诗引发而来的一个命题。以创作论，可看作是词中一种现代主义表现方法。其具体做法是：利用词体原有的型，借助现代主义之各种表现手段或技巧，对其内心追求所得之瞬间世界加以生动描述与呈现。用饶教授的话说，此具体做法当包括三个步骤：设色—造型—落想。饶教授说，中国文学之发展到词，其所谓型，已达到最高、最完备之地步。每一词调，都有固定形式，包括固定句式、固定韵式、固定调式，等等。——这就是词的声文。明乎此，善于选择词调，用得恰到好处，就可省掉无数力量，至少一半力量。因此，所剩下的就看如何在三个步骤上下功夫。关于设色，即为布景与用典。关于造型，即为结构与定型。而落想，即为立意。对此三者，尤其是设色与落想，饶教授曾有明确说明：没有色，就没有诗，也没有词。“无可奈何”加上“花落去”，“似曾相识”加上“燕归来”，才能成为名句。“江上柳如烟，雁飞残月天。”情中有景，不让明白讲些什么，妙就妙在这里。至于立意，关键在于确立未曾讲过之意。不要庸滥就能向上。而且，既要超脱，不沾滞，又可联想到当前，才算真有本事。饶教授认为：此三者皆至关紧要，不可或缺，但又不能相互分割，并非单独进行。必当于创作过程中善加处理。

以下看具体事例。《晞周集》中有一组词——《六丑》、《蕙兰芳引》、《玉烛新》，分别以睡、影、神立题，表现其向上之意，可作为饶教授形上词之代表作。

其一《六丑》咏睡，附小序云："济慈云：祛睡使其不来，思之又思之，以养我慧焰。（见 Sleep and Poetry）夫诗人玮篇，每成于无眠之际，人类文明，消耗美睡者，殆居其半；而心心不易相印，亦因睡有以间隔之；惟诗人补其缺而通其意焉。"词云：

渐宵深梦稳，恨过隙、年光抛掷。梦难再留，春风回燕翼。往返无迹。依样心头占，阑珊情绪，似絮飘芜国。兰襟沁处余香泽。系马金猱，停车绮陌。玲珑更谁堪惜。但鹃啼意乱，方寸仍隔。闲庭人寂。接天芳草碧。灯火绸缪际，如瞬息。都门冷落词客。漫芳菲独赏，觅欢何极。思重整、雾巾烟帻。凝望里、自制离愁宛转，酒边花侧。琴心悄、付与流汐。只睡乡两地悬心远，如何换得。

其二《蕙兰芳引》咏影，附小序云："尼采论避纷之义，谓此际人正如影，日愈西下，则其影愈大，惟其谦下如日之食，而能守黑，盖惧光之扰之也。（The Genealogy of Morals Ⅷ）与庄子葆光之说略近，兹演其意。"词云：

清吹峭烟，拂明镜、耻随鸡鹜。看夕阳西斜，林隙照人更绿。水平雁散，又镇日相随金屋。自憩阴别后，悄倚无言修竹。火日相屯，阴宵互代庄子寓言，可异凉燠。况露电飞花，难写暂乖款曲。江山寥落，白云满目。但永秋遥夜，伴余幽独。

其三《玉烛新》咏神，附小序云："陶公神释之作，暂遣悲悦，但涉眼前，斗酒消忧，行权而已。夫能量永存，塞乎天地，腐草为萤，事仅暂化。故神之去形，将复有托，非犹光之在烛，烛尽而光穷也；光离此烛，复燃彼烛。（此《北齐书》杜弼语）神为形帅，而与物相刃相劘于无穷，如是行尽如驰，而人莫之能悟，不亦哀乎！以词喻之。”词云：

中宵人醒后。似几点梅花，嫩苞新就。一时悟彻，灵明处、浑把春心催漏。红蕉尚伫，有浩荡光风相候。绀缕在、香送阆风，余芬满携罗袖。从知大块无私，尽幻化同归，惟神知否。好花似旧。应只惜、玉蕊未谙人瘦。琼枝乍秀。又转眼、飞蓬盈首。信理乱难道无凭，春箫又奏。

这一组词，很不寻常。这是利用“周律”——周词声文以谱写新篇之一组词。其不寻常之处，除了善于换徵移宫，由声音导入，以追寻其神貌之外，更重要的还在于，善以各种艺术方法，尤其是现代主义艺术表现手段或技巧，表达其奇妙之思、独创之想。这就是落想。在词的发展史上，此类作品甚为罕见。一般说来，凡写诗填词，大多只是着重把握景与情二项及赋、比、兴三义；而饶教授之作形上词，则不尽然。因而，这也为解读与鉴赏，造成一定困难。这就是说，读饶教授此类形上词，如果只是依靠传统本色论的批评标准和方法，或者一般意境创造法，那是很难得其门而入的。例如，罗慷烈教授读组词之第一首——《六丑》，就曾指出：“全篇只起调及结拍点题，其余俱不黏睡字发挥，‘梦难再留’以下，于梦境迷离荒忽中着笔，哀乐无端，情景纷错，非仔细寻绎，殊不易得其端倪。”这是实情。说明：只有以不寻常方法，才能解得此类不寻常作品。

所谓不寻常方法，就是“形而上”词法。这里先说落想。亦即，这一组词，究竟表达何种思想。这是可以尝试加以逐步剖析的。

第一步：题面剖析。饶教授组词以睡、影、神立题，明显与陶渊明组诗之形、影、神相关。陶诗有序云：“贵贱贤愚，莫不营营以惜生，斯甚惑焉。故极陈形影之苦，言神辨自然以释之。好事君子，共取其心焉。”所说乃有关社会人生及天道自然问题。组词所说，也在这范围之内，但其思想当更高一层（详见下文所述）。

第二步：序文剖析。饶序引用中外名典，对于睡、影、神三者进行精辟论断。先是否定睡，以为诗人炜篇，每成于无眠之际，人类文明，多半消耗于美睡；并以为，睡，也是让人造成间隔的原因。如联系到陶公所谓形，则可引申为：睡，和斗酒消忧一样，并不能解脱人生痛苦。那么，如何加以补救（或补缺）呢？序文不说，留待词章揭晓。这是对于睡的论断。而有关影与神，以为人正像影一样，日愈西下，其影愈大，日之食时，能够“守黑”，主要害怕光的干扰；以为神为形帅，能量永存，此烛燃尽彼独燃，等等。——其论断甚是符合天道发展规律以及无与有之辩证逻辑。因而，参照此论断，细读其词章，对于人生解脱之道，相信当有所领悟。这就是饶公比之陶公，其思想所以更高一层的体现。

这是对于落想的初步剖析。此所谓落想，暂时只可看作写作指导思想，或作者所要确立之意。而一经谱入词章，此所谓落想，就将有进一步的表现，即将超越原有指导思想或原来所要确立之意，成为一种更高、更远的思想或境界。这是需要认真加以体验的。因而，以下再说设色与造型。这是实现落想的两个重要步骤。

和落想一样，饶教授“形而上”词法中之设色与造型，也有特别讲究之处。即其有关物景包括典故之布置以及篇章之结构，并不一定依循事理——事件发展之必然过程，而往往按照人物意识流动进行。这就是现代主义表现方法。

例如《六丑》之咏睡，所谓“宵深梦稳”，“年光抛掷”，以为熟睡浪费年光，这也是序文所否定的。照理说，词章应就此事逐项加以展示，但作者却不然。开了个头，即刻转说梦境，直到结尾，方才回到睡的问题上来，谓“睡乡两地悬心远”。乍一看，似有点离题。而且，其余部分之说梦境，所谓“迷离荒忽”，“情景纷错”（罗忼烈语），也有点让人难以分清其头绪。但是，细按之，却仍有一定脉络可循。关于由睡转梦，下文另述，这里只说梦。自“梦难再留”以下，至“付与流汐”，所说均梦中之境。就时空范围及其所包含的物景和人事看，其中所说，忽而春风燕翼，芜国飘絮；忽而香泽玲珑，鹃啼意乱；忽而停车系马，方寸仍隔；忽而芳菲独赏，自制离愁，似乎颇为零乱，实则有一条线索贯穿始终。这就是人物意识流动线索，即：上片所写梦境乃由留梦、梦留不住而产生阑珊情绪以及对于梦境的追惜三种意识状态之流动所构成。谓留梦而“梦难再留”，借比喻设色，用以作比之彼物——春风燕翼，也可当梦中实在之景看待。此物——梦，与彼物，一样往返无迹。谓情绪阑珊，亦借比喻设色，其中彼物——芜国飘絮，同样也可当梦中实在之景看待。此物——阑珊情绪，与役物，都具有占据充塞一切之特性。此所谓设色，即着上颜色，使原本较为抽象的意识——留梦及阑珊情绪，显示出状态来，变得具体、可感。而追惜意识，不再用比，只是直说。谓系马停车之处，香泽玲珑，无人怜惜，只有扰人鹃啼。这也是设色。即于铺叙中布景，体现方寸中意识。这是上片，围绕着意识流动，集中突出一个“留”字。下片说人物——都门词客，也在梦境当中。其梦境，飘忽不定，但同样按照人物意识流动状态——闲寂、冷落，孤独、执着，逐步加以展现。如庭院，这是人物活动场所。谓其闲寂，乃通过接天芳草加以渲染，并以只是在瞬息间出现之绸缪灯火互相对照。即从两个不同角度设色，以显示其极闲、极寂之程度。这种闲寂状态，与词客之遭遇冷落密切相关。接着，人物活动。谓其于酒边花侧，重整巾帻，独赏芳菲，独觅欢娱。尽管已经知道，这一切都只是自制离愁，自寻烦恼，一片琴心，都将空付流汐，但仍然执着追求，觅之何极。此乃以具体行为动作为意识流动设色。而其中之以雾烟写巾帻，用宛转状离愁，于直接铺陈之中，注重修饰，亦为设色手段，对突显意识状态，颇见效用。这是下片，同样围绕着意识流动，说梦境中的人物，而所说则集中突出一个“独”字。于是，上下片所有之物景和人事，也就构成一个色彩缤纷、姿态飞动，而又脉络清晰的梦境意象。

以上乃有关梦境的描画与着色。而作者之如何由睡转说梦，则牵涉结构篇章，即定型问题。这也是体验落想的一个关键问题。就总体上看，《六丑》之序文及词章，都为阐发一个“睡”字，以体现其解脱之道。但对于材料分配与组合，序文及词章则又有明确分工。序文正面说睡，谓其并非解脱之道（上文已述）。以英国诗人济慈名言证人，并以自身观感进一步加以充实。揭开事实后，提出解决办法，谓“惟诗人补其缺而通其意焉”，这就是梦。因而，词章着重说梦，即：从另一角度，阐发解脱之道，为反面说睡。至于词章本身之由睡而入梦，由梦而又返回于睡，其布置与安排，同样十分停当。如开篇之“梦稳”，既说熟睡，以扣紧题面，承接序文，又分明已提起了梦。因而，接着说留梦及留梦之种种，也就有了依据。而结尾之“两地悬心”，既因熟睡而造成，又是梦人追求的结果；既应合开篇及序文所说，又为词章所说梦作结。——睡与梦更是紧密联系在一起。

从作者由睡转说梦及有关定型工作看，可知《六丑》之咏睡，乃将一个意思，分作两个层面，从两个不同角度加以表述，即：从表层意义上看，所谓睡，乃一种消极解脱办法，于人类文明建设不利；从深层意义上看，所谓梦，乃一种积极解脱办法，为诗人之特别贡献。但是，作者于梦中所寄寓的追求及理想，即落想所体现的境界，仍须通过细心解读组词中咏影与神之另外两个篇章，才能有进一步的体验。

饶宗颐教授认为：人生三种境界，乃三种不同解脱形式。由组词之一——《六丑》咏睡所体现的境界，为第一种境界。或睡，或梦，属于半人境界。而组词之另外两个篇章——《蕙兰芳引》及《玉烛新》，其所咏影，乃人与非人之影，已渐脱离了人；其所咏神，则完全无人。这是第二、第三种境界。从组词之三个篇章看，《六丑》所体现之第一种境界，最费斟酌。而《蕙兰芳引》及《玉烛新》所体现之第二、第三种境界，则可从词章序文所叙直接获知，即：所谓第二、第三种境界，即为“守黑”或“葆光”以及神不灭之两种境界。至于词章，所谓演其意、喻其说，实际则为此两种境界之进一步说明。这是另外两种解脱形式。

先说“守黑”或“葆光”。词章所附小序说得很清楚，这是从尼采、庄子那里来的。尼采说“守黑”，目的在避纷，诸如回避光的干扰等等。意即：日愈西下，其影愈大；日之食时，韬蔽其光，即“守黑”，其光将更加清朗。庄子倡“葆光”，或“藏其光而不露”，“息言说以养虚灵之自觉”，同样也是一种韬蔽的办法。所以，饶教授以为，二家学说相靠近，并以之作为自己所追求的一种境界。而词章之所演绎，也正是这一意思。即上片布景，着力描摹夕照之影，谓其西斜之时，透过树林空隙，将人间照耀得更加美好。其余各景，亦为之设色。例如：清吹之峭烟，直上云天，不愿意随着鸡鹜飘飞；大雁散离队伍，双双相随金屋；美人别过林阴，悄悄地依偎着无言修竹。这一切都因夕照西斜所造成，也使得西斜时之夕照之影更为增添姿采。这是对于夕照之影的体验及赞颂，正与尼采言论相合。下片造理，谓“火日相屯，阴宵互代”，语出《庄子·寓言》。这是影外微影（众罔两）与影子（景）的一段对话。众罔两问于景曰：“若向也俯而今也仰，向也括撮而今也被发，向也坐而今也起，向也行而今也止，何也？”景曰：“搜搜也，奚稍问也。予有而不知其所以。予，蜩甲也，蛇蜕也，似之而非也。火与日，吾屯也。阴与夜，吾代也。彼，吾所以有待邪？而况乎以无有待者乎！彼来则我与之来，彼往则我与之往，彼强阳则我与之强阳。强阳者，又何以有问乎？”词章所引，乃影子的答话。意即：有火日则影留，值阴夜则影隐（钟泰《庄子发微》）。这是一种自然现象，也说明一种道理：“一切万有，无相因待，悉皆独化，佥曰自然”。词章以之作为“守黑”及“葆光”的理论依据，这是正面论述。而露电飞花，则为反证。以为影之有（留）与无（隐），尚可区分凉燠，但露电飞花之灿烂光明，却难写款曲（不可能体现事物的另一面）。因而，末了再以白天与黑夜加以对照，申明自己的意愿：与其在蓝天白云下，面对着寥落江山，不如独自与漫长而幽暗的秋夜相伴。此所谓反证及对照，同样亦为设色。即：使得“相屯”与“互代”（影之有与无）所要说明的道理——“守黑”及“葆光”的重要性，显得更加具体、可感，因而也就更加生色。这是对于尼采言论的进一步充实与修正，即从影之有——夕照之美，推导出影之无——遥夜更美。至此，小序所要提倡的学说，也就演绎得非常充分。

再说神不灭问题。这是组词之三——《玉烛新》咏神所要体现的境界。近世以来，宣扬无神论，所谓神不灭问题，已不太方便讨论。例如，与陶渊明同时代的佛教领袖慧远，其所谓“形尽神不灭论”，就曾受到当代论者的批判，而陶渊明之歌咏形影神，则被看作是“对神学迷信思想的否定”。但是，饶教授则不以为然，指出陶公“神释”之作不过一种权宜之计。以为其所谓神，并非真正的神。如照此办理——“纵浪大化中”，“应尽便须尽”，实际上并无法求得真正的解脱。亦即所谓“不喜亦不惧”，或者“无复独多虑”，都是暂时的解脱。饶教授之所谓神，乃与能量永远共存于天地间的神。能量不灭，神亦不灭。如借用北齐杜弼的话讲，那就是“光去此烛，复然彼烛。神去此形，亦托彼形”，亦即此所谓神并非“犹光之在烛，烛尽则光穷”（刑邵语）也。这就是饶教授的神学观。小序所说即为此意。而词章亦就此意，进一步加以阐发。词章写人、写花，并以花以及花香与花的精神为象征，比喻形与神之相互关系。谓中宵人醒，正像“嫩苞新就”之梅花一样，晶莹透彻，最具灵性。人与花同样怀抱着一片春心，催促天明。其时，“红蔫尚伫”，即若有所待，其形体美尚未充分显现出来。但因为与之相候者，乃浩荡之光风，所以，到了天明之时，天青色的花蕊便显得更加美好，而阆苑则吹送花香，令得罗袖满携余芬。此刻，花好，人好，景象十分美好。这是上片。下片谓大块（造化）无私，幻化同归。既为万物包括人之繁茂着立创造条件，即令其生，又促进其变幻、转化，即令其灭。但是，只有神，乃永存不亡。犹如花以及花香与花的精神一般。尽管姿采秀丽之琼枝玉蕊，转眼间可能化作飞蓬，扑向人面，即形体将消亡，但花香及花的精神乃并未消亡。因为冬天过去，“春箫又奏”，花的季节又来到。亦即：世间虽多不如意事，人未能常好，而花却能够常好（“好花依旧”）；只不过是，人为花愁、为花瘦，花却不善于领情罢了。词章说花以及花香与花的精神，与序文之说烛与光，乃同一技法，二者都为说明能量永存即神亦永存这一道理。

以上将序文与词章相对照，就组词其中两个篇章——《蕙兰芳引》及《玉烛新》之咏影与神，初步进行解读，对于作者的追求及理想，大致有所了解。如与《六丑》之咏睡合而观之，即不难发现，组词所体现三种境界，乃诗人之境界、学人之境界及真人之境界。这是饶教授对于人生的思考及实践，也就是组词的落想。上文所谓深层意义，应当由此加以体认。

二、三种之境界，三段之历程

以下说三种境界。

1. 关于第一种境界——诗人之境界。这是与世俗社会最为贴近的一种境界。饶教授称之为半人境界。而另一半，当是常人境界。《六丑》咏睡，通过序文及词章，将此两种境界——常人境界及诗人境界，进行对比。以为前者妨碍文明创造，无益于世，因而由睡入梦，以诗人境界加以补救。但此境界又与一般诗人境界有所区别。古往今来，一般骚人墨客，总喜欢于梦中寻求寄托，但不论梦也好，醒也好，往往无法真正排除烦恼。因为：“许多烦恼，只为当时，一晌留情。”这就是为情所困或为情所役的意思。而饶教授则不同，其所谓“自制离愁”，即自寻之烦恼，显然并非仅仅为着一个“情”字。亦即，其所谓“芳菲独赏，觅欢何极”，应当与做学问有关。一方面因为独赏，即“做学问比较孤立”，缺少切磋，而感到烦恼；一方面因为不断寻觅，不断发现，而给自己带来欢欣，充满希望。这是梦中之境，也是现实之境。意即：无论在梦中，或在无眠之际，作者所想只是如何“尽量利用还没有被利用的脑细胞”，如何将上下左右各种学问打通，而无暇顾及其余。所以，当记者问及其“最大烦恼是甚么”之时，随即回答：“我来不及烦恼。”可见，饶教授已走出困局，突破另一半，完全进入超凡脱俗的境界。这就是饶教授的与众不同之处。

2. 关于第二种境界——学人之境界。这一境界，已渐与世俗社会拉开距离，处于人与非人之间。因而，其所谓影，亦为人与非人之影。这是由光所造成的影。有光有影，固然十分美好，“守黑”或“葆光”，暂时让人看不到光和影，也并非意味着丧失光芒。饶教授既深知“日愈西下，则其影愈大”的道理，又善于“守黑”或“葆光”，其心境永远处于美好状态当中。这一点，可从词章所写直接体会得到，也可用其几十年治学生涯之感悟加以印证，例如：《蕙兰芳引》之咏影，其对于夕照之影的赞颂及对于永秋遥夜的认同，都是这一心境的体现。而其将香港这一避风港，当作终生治学之立命安身处所，既是一段奇缘，又是一种明智的选择。饶教授说：“香港是一个破了 Model 的世界。你还没有活动就给你限定了，这种 Model 作为管理是比较方便，但对于人的天性、兴趣的发展，我就不敢说好了。所以我是一个不能进入 Model 的人。有香港，才有饶宗颐这个人。很多人愿意受 Model 的限制，我这个人非要搞七搞八（不可），因为我有这个能力。之所以我不能在新加坡，当时买房子很便宜，他们给我九年聘约，一家人也都去了，我只待了四年就回来了。新加坡不能让我的天性自由发挥，离开那里才能有成就。这些问题是‘地利’的问题。”这是由其天性所决定的。此外，这一选择，与其“始终不沾政治”，“希望能有独立的人格”，亦即善于“守黑”或“葆光”之一贯作风，相信也当有一定关联。所以，当记者问及其对于学界有关南北“双峰对峙”或“三驾车马”等说法的观感时，亦即明确宣称：“我最忌讳人家标榜自己。”并称：“人不要骄傲，你越学越觉得不够。真的，学海无涯，钻进去有很大的天地。里面有很多的人和事很有趣。我做学问很有兴趣，不是为了炫耀成绩，是因为一钻进会有很多新的体会。忽然顿悟了，这是一个非常愉快的事情。所以你觉得越想钻，我现在问题是时间不够。”这说明：饶教授一生，已完全沉浸在无涯学海中。其光和影，或现或隐，一切顺其自然。这是饶教授心目中最崇高的美，词章所赞颂及认同的亦即为这一美的境界。

3. 关于第三种境界——真人之境界。这是完全超越世俗社会的一种境界。饶教授称之为无人境界或自在境界。如从形、影、神三者的关系看，所谓“形尽神不灭”，或者“落影离形”（慧远语）等，似乎颇易让人当作神学迷信思想批判。但是，如以能量永存，神亦永存立论，饶教授所谓“神为形帅，而与物相劘于无穷”，亦即神不灭论，却是一条颠扑不破的真理。这就是《玉烛新》咏神，创造第三种境界，所体现出来的真理。饶教授上下左右求索，其思想精髓就在于此。饶教授曾经毫无顾忌地说，自己是一位有神论者。以为“哲学家、宗教家、神学家，三者合为诗人”。并曾撰《宗颐名说》，推究宿缘。以为“四十年来，几无日不与三藏结缘”，应是有一定缘故的。亦即其名宗颐，既与宋真定府十方洪济禅院住持、传法慈觉大师宗颐相同，又与日本大德寺住持养叟宗颐相同，可能有其来历。饶教授说：“前生有无因缘不易知，然名之偶合，亦非偶然，因识之以俟知者。”不难想象，饶教授的求索，已达到出神入化的境界。这也就是令其获得最大满足的境界。

三种境界，标志着三段历程。既为作者长期探索、思考所得结论，亦为其做人、做学问之实际阅历。饶教授一生，迷恋于书山学海当中，就是这么过来的。胡晓明《饶宗颐学记》将其治学经历概括为三个阶段，以为“饶氏治学途径的开展，经过了一个本土传统学术——海外汉学——旧学新知相融贯的过程”。这是纯粹从做学问的角度立论的。如结合其心路历程，我认为，饶教授治学之三个阶段，当是“漫芳菲独赏，觅欢何极”，“看夕照西斜，林隙照人更绿”以及“红蕉尚伫，有浩荡光风相候”三种境界之具体体验，亦即诗人之境、学人之境以及真人之境之具体体验。这就是创作睡、影、神组词的现实依据。

三、别格或变体，突破与超越

饶宗颐教授之睡、影、神组词，作于一九七〇年九至十二月间。时五十四岁，在耶鲁大学研究院客座教授任上。此为平生之一大事件。饶教授曾有《词榻赋》以歌咏之。其序云："忆在榆城，宿耶鲁大学古塔第十一层，三月之中，遍和清真词一百六十首。每文思之来也，嘿尔坐旧沙发上，以寸楮断续书之，或一日成十数首。友人傅汉思、张充和夫妇讶指是榻，云此果灵感之温床耶？为之失笑，摄影以纪之。顷发陈笥，忽得此照，欣旧梦之重温，为之怅惘者累日，久已废词，爰为赋曰。"（赋略）这就是和清真词的其中三首。饶教授说，这是探讨词心的结果。即其"文思之来"，乃以陶渊明的办法，利用清真词的形式加以表现。三首词即为饶教授形上词之代表作。

有关创造形上词的具体方法，亦即创造形上词的三个具体步骤——设色、造型及落想，已见上文所述。据饶教授意见，其所作组词三首当中，以《六丑》之咏睡表现得最为出色。不仅因为善于体现"此犯六调，皆声之美者"之声情特点，而且还因为成功创造出一套适合于"指出向上一路"的现代主义表现手段或技巧。《六丑》此词，经张充和女士谱为新声，"以玉笛吹之，声音谐婉，极缥缈之思"，饶教授曾和清真《一寸金》以纪其事。其余二首——《蕙兰芳引》之咏影及《玉烛新》之咏神，据饶教授称，尚未找到合适的方法；但其善以传统赋、比、兴手段，尤其是比兴再比兴亦即双重比兴手段，进行设色与造型，其所落想，也体现得十分真切生动。例如《玉烛新》咏神之所谓象征、比喻，便属于这一手段。

这是一次有意识的尝试。在此之前，饶教授虽已颇为重视词心之酝酿，但仍未参透一个情字。所以，二十年所作，即三十至五十岁之间所作之《固庵词》，只是停留于人间。所谓"萧晨暮夜，生灭纷如，画趣禅心，触绪间作，江山风雨，助我感怆”，其所包含题材，不过诗书琴画，再加上友朋往来以及四季物候变化而已，其所感怆者，亦尚未突破因情而产生之烦恼。诸如《浣溪沙·春晚》、《小重山·江梅》、《减兰·无晴无雨》及《减兰·排空插汉》等，谓短红——一刹那之红护不住，风风雨雨，又到春之将残时候，未归人留恋落花，于废畦芳径间独自徘徊；谓梅蕊含春，东风钩梦，春云呵护着春天，但此时，池萍破碎，碧桃已嫁，一切都无人管，只能向着黄昏，独自掩门；谓红云似火，将花枝染得十分可爱，秀句随着花香，传送十方。其中所咏，似乎只是围绕着一个主题——“词客生生花里住”（《蝶恋花·人间无复埋花处》）。这是中国古典诗词创作的传统主题。包括护花、惜花，伤春、悲秋，等等，所谓人间烦恼，大致通过此等形式加以展现。饶教授二十年间所作，基本上也在这一范围之内。所不同的乃在于，饶教授叙说烦恼，善以曲折致其幽，以高浑极其夐，亦即善将胸中感怆，以幽夐之境出之。这就是说，饶教授所作，虽未免为情所困，但其艺术追求，却已有向上一路倾向。这当是创作形上词的基础。例如《凤凰台上忆吹箫》：

雨急还收，云开仍闭，春阴只在高楼。望星星鸿没，梦渺神州。休谱湘南怨曲，怕风起落叶成秋。清明近、夕阳芳草，一样风流。　江头。新蒲细柳，傍水面残花，泪点难收。况杜鹃血泫，红上帘钩。波外美人何处，黯关山、千里凝眸。清钟动、层涛孤峤，落雁遥舟。

词作题称：“杜鹃谢后有寄。”谓急雨过后，乌云未散，春阴仍然笼罩着高楼。神州渺渺，鸿迹茫茫。未可谱奏怨曲，惟恐落叶成秋。清明将近，到处为夕阳芳草，独占风流。谓伫立江头，面对着水面残花，泪点难收，再加上杜鹃已谢，红上帘钩，则更加难堪。此刻关山黯淡，美人不知何处，千里外空自凝眸。清钟声动，心魂摇荡。层涛孤峤外，落雁遥舟，难为凭寄。所写景象极为恢宏阔远，即高浑也；所写人物亦极多情致意态，即曲折也。这就是幽敻之境。而波外所望，又可能有其寄托。这当就是所谓向上之意。

又如《西子妆慢》：

浅水挼蓝，遥天缭白，海畔火云千里。飞飞去鸟不知名，渺愁予、碧波无际。林岚乍霁。暂消受、江湖爽气。泛中流、发棹歌吴榜，不知何世。　菰蒲里。水佩风裳，输与鱼龙戏。此身忘却在天涯，荡归心、夕阳船尾。余霞散绮。好商略、黄昏滋味。但凄迷藻国，羁怀莫寄。

词作小序云：“盛暑与诸生浮槎水国，有渺然江海之思。率填此阕，聊以解愠。”上片布景并兼说情。将水、天、海畔，挼蓝、缭白以及火云千里之奇异景象展现眼前，再将飞鸟及泛中流者同时并置于这一奇异景象当中；谓不知名之飞鸟，在碧波间自由翱翔，泛中流者发棹放歌，亦不知今世何世。这就是“渺然江海之思”。下片说情并兼造理。谓发棹进入菰与蒲之间，获见鱼龙游戏，更加触动思绪。亦即，既已知鱼龙之乐，似已是不知此身之为吾身也。因而，即于夕阳船尾，面对余霞散绮，仔细地品评着黄昏滋味。一时间，颇有乐而忘返意趣。但到最后，又对之加以否定。这是江海之思的进一步充实与说明。全篇所写，既在江海，又不仅仅局限于江海，甚是耐人寻味。这当也就是所谓向上之意。

饶教授《固庵词》中具有向上之意的词作尚不甚多见。此类词作可称作准形上词。这是在榆城有意识尝试之前的情形。但是，榆城之后，亦即五十岁之后，其于一九七一至一九七六年间所作之《栟榈词》以及一九七九年后所作之《古村词》、《聊复集》，就较为常见形上词例。诸如《水龙吟·当年巡海舟师》、《百字令·尘沙浩劫》、《水调歌头·百年只一霎》以及《贺新郎·何必由斯路》、《念奴娇·万峰如睡》等，都能于高处落想，令人耳目一新，甚是不同凡响。

创造形上词，不仅是饶宗颐教授个人一项重要成就，而且也是词史上一件值得称道的事。词史上，被誉为能够“指出向上一路”的作者，首先当推苏轼；自称古之大词人“亦未始无不及余之处”的作者，则为王国维。二氏均善于造境，并善以所造之境进行自我解脱。但是，饶教授之所创造，对于苏、王二氏，则有较大的突破与超越。

词史上，苏轼之所以能够“指出向上一路”，其原因主要是：一、在疆界开拓上，“无意不可入，无事不可言”，以实现其所谓“大”；二、在意境创造上，“不独寓以诗人句法”，还将其非恒流所能梦见之性情、学问、襟抱写入词中，创造令人无从步趋之境，以达致其所谓“高”。因而，其所作词，也就能够“使人登高望远，举首高歌，而逸怀浩气，超乎尘垢之外”，或者能够使“弄笔者始知自振”。这就是一种解脱。但苏轼之大与高以及其自我解脱程度，都有一定局限。例如，“枝上柳绵吹又少，天涯何处无芳草”（《蝶恋花》），看似十分超脱，实则无论坡公之所谓悲秋或者朝云之所谓伤春，其中都隐含着对于现实处境的重重忧虑。又例如，“明月几时有，把酒问青天”（《水调歌头》），虽极空灵蕴藉，颇具仙心仙气，却仍然带着人间烟火，容易给人以忠爱之想。这说明，作为一位大学问家、大诗人——苏轼，其为小歌词所造之境，并非如半塘老人（王鹏运）所言，已为仙境，而仍停留于人境；其于所造之境，亦仍未能获得真正的解脱。这就是苏轼的局限，亦即其不够高远之处。至于王国维，同样也有此局限。如其既将“弄丹铅”（治考证）包括一切艺术之欣赏用作暂忘其生活之欲以求得自我解脱的办法——暂时解脱办法，又努力寻求其永久解脱办法。这是其对于人生的思考与探讨。而且，以所思考与探讨的结果，创造“真能以意境胜”的哲理词，诸如《浣溪沙·天末同云黯四垂》、《蝶恋花·昨夜梦中多少恨》及《蝶恋花·百尺朱楼临大道》等。这就是其所谓古之大词人所不及之处，其所引为骄傲者，也正在于此。然而，作为一位大学问家、大诗人——王国维，同样未能于其所造之境获得真正的解脱。意即：王氏尽管执着追求，其所谓解脱办法，例如“弄丹铅”，仍然难以成为遣愁之方、忘忧之地，而所谓永久解脱办法，则永远找不到，其所面对的真实人生，仍然像钱江潮一样，或落或生，其矛盾与冲突，永远无有了结的时候。因而，这一切人间之种种痛苦，只能以死而求得永久解脱。这既是王氏对于人生思考、探讨的最后结论，又是其痛苦人生的必然结局。

由以上所述可知，苏轼“指出向上一路”，其所造之境乃诗人之境，其用以自我解脱的办法，亦诗人排除烦恼的办法；王国维由诗人之境进入学人之境，而仍属于人间，其用以自我解脱的办法，比起苏轼，亦未见有太多高明之处。但是，饶教授之所创造，其结果则有所不同。就其所作组词——《六丑》、《蕙兰芳引》、《玉烛新》之咏睡、影、神三首而言，其所造之境——诗人之境、学人之境、真人之境，在时空容量上，既比苏轼之所谓大为大，在意境上亦比苏轼之所谓高为高；而其所体现的解脱之道，比起苏、王二氏，自然有着更上一层的发明。这就是说，组词所造三种境界，不仅对于如何摆脱因情所产生的烦恼以及因荣与辱、用与舍，或者富贵贤达与贫贱落拓等等所造成的人间困扰与痛苦，能够给予有益的启示，而且对于千古以来所争论不休的生与死、形与神等问题，表明通达的理解与态度。这是饶教授对于人类文明建设所提供的新的东西，其对于前人包括苏、王二氏的突破与超越，也正体现于此。

从词的产生过程看，饶教授形上词，可能被视为“别格”或变体，甚至可能被排斥于词林之外。这多半是以传统本色论的标准提出问题的。所谓寻源溯流，也许有一定道理。但是，从词的发展演变看，我认为，饶教授的形上词，乃词史上不可或缺之一体，即：饶教授的形上词，既可看作苏、王二氏创造新词体的继续与发展，又可看作其以学术研究方法填词，以填词负载学术研究成果的成功试验。无论过去或现在，饶教授的形上词，都有其存在的价值及意义。尤其是现在，在一片

"振兴"声中，诗界、词界，大赛大奖，接二连三，但又极其少见真正"振兴"之作，实在令人生厌。在这一情况下，我看很有必要提倡读一读饶教授的形上词。由此，似乎更加可以印证形上词之作为词中一体的必要性。

在本文写作过程中，饶教授曾与我说及理的重要性。以为某些作品，看似十分出色当行，但只在辞藻上下功夫，实则甚为肤浅；某些作品讲究情景交融，但也仅仅停留在景与情上，未能进一步深化与提高，亦即：缺少个理。这是比景与情更高一层的意。就形上词的创作看，这就是落想，亦即词章所要表达的向上之意。饶教授说：中国古诗不大重视理，这是一个缺陷；中国新诗所以一直写不好，也因为缺少个理。这就是哲理。饶教授指出："西洋较重视理，故有许多哲理诗出现。这是应当借鉴的。"饶教授并说："古人写诗，也有注重于理的，但读者往往看不到。例如杜甫，其于夔州之后所作，就十分注重于理。而一般人读杜诗，却只是在忧国忧时上大做文章。"——饶教授所说，不仅表明其对于中外诗歌创作的独立见解，而且也体现其创造形上词的用意。说明其既以学术雄天下，以倚声为余事，又于余事中着力为此形上词，并非所谓"小道"或"末技"，而乃有为之作。所以，研究"饶学"，亦当不可忽视这一小题目。

——原载饶宗颐《清晖集》，海天出版社一九九九年版

一帆新张，收拾烟云入锦囊
——内地词坛干部体举例

当代内地词坛时兴干部体，盖源自新文化运动时期胡适所提倡的白话词。既注重选材，表现时代精神，具生活气息，又力求达至声情称调的效果，颇引人注目。

内地词坛　兴干部体

自从一九八七年端午节中华诗词学会在北京宣告成立以来，内地各省、市（县）等，港、澳、台地区，乃至全球各地凡有华人居住的地方，诗会、词会或其他形式的诗词社团组织，相继产生，中华诗词一时呈现出蓬勃发展的局面。如按某家出版社所定标准看，凡地区或跨地区诗词组织之理事或重要成员，都有资格进入当代诗家词家名列，可为立传，那么，单单内地地区，所谓诗家词家起码应有数十万之多，实在可观。而有关诗刊、词刊，包括各式各样的诗词集，与新诗相比，在数量上则有绝对压倒之势。对于这一诗坛状况，本文不拟妄加评论，现只说诗词创作方面，众多体式中的一种体式——干部体。

所谓干部体，或称白话体、解放体，这是内地当代诗词创作队伍中，一大批退居二线的老革命所共同创造的新诗体。但是，以白话入诗、以白话入词，解放诗体、词体，乃古已有之，并非什么新鲜玩意儿。就歌词创作而言，敦煌所传之诸多曲子词暂不论，就是柳永、李清照、辛弃疾等，也都有白话作品传世；至当代，干部体的出现，应溯源于“五四”新文化运动的先驱者——胡适。我在《百年词通论》中论及胡适，曾推尊其为词坛解放派首领，但指出，“在二十年代，当胡适提倡白话词之时，应和者寥寥，即有将无兵，难以成派”。想不到几十年后直至当今，此体在大陆词坛却颇为时行。这是所谓干部体的渊源之所自。不过古今对比，即今之干部体，并非只是注重形式解放，而是以旧瓶装新酒为依归，试图进行一番改革。这是论者所必须留意的。

载道之文　述志之诗

安徽女诗人宋亦英，一九一九年出生，一九四五年参加革命，长期担任省级文化艺术机构领导职务，是一位老干部。但其酷爱诗词、绘事，目前已有两部专集——《宋亦英诗词选》及《春草堂吟稿》正式出版问世。因此，本文将其创作放在干部体的范围内进行探讨。

《宋亦英诗词选》于一九八三年九月由安徽人民出版社出版，为作者自一九三四年之后五十年间所有诗词作品的初步结集；《春草堂吟稿》于一九九四年四月由安徽文艺出版社出版，为其诗词创作的续集。《春草堂吟稿》录存诗词作品二百余，皆为近十年新作。卷首有友人题词，包括宛敏灏、周退密、徐定戡、孔凡章、张珍怀、陈葆经、徐味、阚家蓂、徐永端等所题诗词作品二十余篇，卷末有陈葆经所作跋和作者后记，此外还有一篇探讨作者诗词作品的文章作为附录。从诗词题材的覆盖面积、诗词作品的时空容量看，《春草堂吟稿》所集，与一般干部体颇有些共通之处，即大多是为时、为事而著，为时、为事而作，甚具时代精神与生活气息。诸如，《金缕曲·敬爱的周恩来总理逝世三周年》、《菩萨蛮·一九八〇年国庆抒怀》、《念奴娇·喜闻香港问题达成协议》、《采桑子·喜咏农村新貌》、《水调歌头·安徽大水灾感言》等，所写皆为大题材、大感慨，其社会功能大致相当于传统的载道之文、述志之诗，而有别于言情小歌词。这是《春草堂吟稿》的一个重要特征，也是所谓干部体的一个主要标志。这就是说，大批老革命步入诗坛以后，仍以天下为己任，希望通过诗词改革，进一步发挥其余热、余光。因此，一般老革命都想采取上等原料酿酒，即十分注重题材的选择，试图捧出芬醇的佳酿来。这是问题的一个方面。但是，问题的另一个方面，由于酿造技术有异，装的技法不同，其间仍有高下之比与优劣之差，这也是不可忽视的——人们对于干部体褒贬不一，其原因大概也在于此。

时代精神　声情称调

在《春草堂吟稿》中，宋亦英所作，既注重以题材取胜，即注重以大题材、大感慨增强古典诗词的体质，又注重表现方法，在酿造上下功夫。例如《沁园春·喜安徽省诗词学会成立》：

时近中秋，月魄流辉，桂子飘香。正盛典京华，欢腾薄海，斯文雅集，快聚庐阳。旷代风光，人间正道，国运隆时文运昌。诗世纪，看珠联玉唱，风起云扬。　吟坛一帜新张。愿余热余霞再发光。倩赋笔吟笺，为歌四化，流风遗韵，来继三唐。团结是期，他山共勉，收拾烟云入锦囊。风流甚，是千秋事业，大块文章。

这首词通篇皆口语，包括常见的政治术语，但因善用对仗，善于铺排，却显得十分典雅、庄重，用贺诗会成立，非常得体。

又如《满庭芳·祝湖北省诗词学会成立》：

历历晴川，滔滔汉水，浪花舞雪崩银。地灵人杰，瑞气景星生。休管题诗崔颢，登临处，我自高吟。崇楼好，流丹飞翠，一览大江青。

斯文。花竞秀，如云佳士，如海豪情。倩中秋明月，为证鸥盟。唐宋遗音继起，新时代，露瀼花凝。歌复愿，文章华国，寄意仰诸君。

这首词用韵虽较宽，但在组词、造句以及章段结构方面，都能依据词调的格式特点加以安排，以达到声情称调的效果；因而，全篇虽皆为寻常言语，却组成不寻常篇章——既华丽而又有气派的篇章。这是一般作者所难以达到的艺术境界。《春草堂吟稿》中长调，大都如此。至于小令，如《鹧鸪天》诸首，也都善以寻常言语见性情，颇耐玩味。

以上所说，侧重于语言运用。如以宋亦英的话讲，即为“以口语入诗（词）”；而以前人论李清照的话讲，即当为“以寻常语度入音律”[①]，或为“用字奇横而不妨音律[②]。这是作者注重酿造工夫的一种体现。此外，所谓“收拾烟云入锦囊”，也当是作者注重酿造工夫的一种体现。此烟云，既包括社会人生中的烟云，又包括自然界的烟云，如何将之采入锦囊，谱写成美妙篇章，其收拾技巧，颇须讲究。例如《满庭芳》：

梅绽寒香，水澌新绿，古城重见春回。教弩台畔，金碧又生辉。同是长蛇列阵，今年却、眉展神怡。春风里，衣香鬓影，红紫竞芳菲。

堪悲。天下事，花憔柳悴，鹤怨猿啼。便十年去矣，余痛谁医。且嘉云开雾散，心头愿，诉与神知。香飘处，疑仙似梦，恩怨一风吹。

这首词写合肥教弩台（古明教寺）的今昔变化：上片写今日“重见春回”之盛景，包括古寺修复后的辉光及游客的神采，共同构成一幅“红紫竞芳菲”的图像；下片由当前忆及往昔，而后又回复当前，说心头意愿。从结构上看，这首词上片布景、下片说情，与“宋初体”的基本结构模式相合；而从叙述方法看，这首词所构成的“现在——过去——现在”三段式，也颇得柳永铺叙之妙趣。可见，除语言运用之外，作者的收拾技巧，也是值得称道的。所以，宋亦英所作才能在干部体中新张一帜，为词界另辟蹊径，甚是值得称道。

附注：

①张端义语，《贵耳集》卷上，中华书局上海编辑所一九五八年版。

②万树评李清照《声声慢》语，《词律》卷十。

——原载香港《镜报》一九九五年五月号

编后语

独行很久了，施先生默默走在最前面。听风，观雨，写切中要害的短句子。这一回，他从我论著的“参考文献”中走出来了，走进首届“当代诗词创作批评与理论研究青年论坛”。亲切、睿智、傲然，成为观点最新锐的“青年”。论坛结束那天，我们继续就诗词研究的观念、方法、模式和语汇系统等问题，谈到很晚。这是本次论坛希望有所突破的地方，也是施先生多年呼吁解决的问题。

施先生以词乐“绝学”和近百年诗词研究之“冷学”享誉学界，最可贵的是其学术敏感和使命感。他在《诗运与时运——二十一世纪诗坛预测》一文，对于旧体格律诗于第二个甲子（1976—2036）“生而复死”的预测，发人深省。经过《百年词通论》的宏观把握，正本清源，从《旧文学之不幸与新文学之可悲哀——二十世纪对于胡适之错解及误导》到《一帆新张，收拾烟云入锦囊——内地词坛干部体举例》一一加以爬梳。他亲历了旧体诗词创作从地下转上地面，死而复生，走向蓬勃发展的复苏过程，并且见证了新旧世纪之交诗词艺术古今演变的一个重要转折。20年过去了，他揭示的官诗与商诗以及诗官与诗商的现象，至今依然存在，甚至愈演愈烈。

目前，诗词创作的队伍庞大，评论和研究也逐步跟了上来。这当中到底出了什么问题？上文所说主要针对创作。以下说研究。在相关文章及演讲中，施先生曾提出误区问题。他说：误区之误，主要是观念之误与门径之误以及文风之误与学风之误。并说：“观念与门径，属于立场问题；文风与学风，属于态度问题。立场有问题，理解出偏差；态度有问题，说法靠不住。指的都是对于文本的把握问题。态度方面的失误，主要表现为从本本到本本，人云亦云，不断征引。但所谓本本，非作品文本，而乃诗话，或者词话之本本。”这是《百年词学通论》里的一段话。文章发表于《文学评论》2009年第一期。

施先生寄希望于新世纪新的一代，近年特别撰写《立足文本，走出误区——二十一世纪词学研究之我见》一文，寄语新一代学人，另开新局，走自己的路。

将施先生这些学术演讲和论文汇集出版，对于未来诗词创作及研究，应能得到很好的启示。论集中许多重要观点，至今尚未引起学界足够的重视，可能贻误解决问题的时机。当代诗词创作及研究，绕不开施先生这座路标；“新声与绝响”，这是中国现代文学史不能承受之重。

前阵子，网上有指，施议对以中国二十世纪第五代正统词学传人自居。证之于先生，曰：“无不可。”作为一代词学传人，针对现状，既有破，也有立。他的文章，从不泛泛其词，作皮相之谈。具有他自己的学术个性和风格。

1997年，施先生在《文学遗产》发表《论“意＋境＝意境”》一文，为王国维境界说正名。就是一篇在诗歌创作理论上有所树立的文章。以一简单公式，破解机械反映论的高头讲章及长篇大论。这是诗词界最早的实践存在论。对于纠正偏差、走出误区，将起一定引导作用。遗憾的是，其拨乱反正的意义与价值没有得到应有的认识。以“意境论”切入境界说，对构建当代诗词审美学有重要作用。

1999年，施先生在《文学遗产》发表《为21世纪开拓新词境，创造新词体——饶宗颐“形上词”访谈录》一文，提出形上词这一概念，为新世纪的诗词创作指出向上一路。收入本书的《落想、设色、定型——饶宗颐形而上词法试解》，说形上词的创作方法，将西方现代主义艺术精神、表现手段或技巧，引进中国传统诗词研究领域。篇中论述将传统诗词反映论上升到创造论，并且跨越中西，与现代文学价值观对接。施先生说，千百年来，论诗说词，只是在“情”和“景”的层面上做文章。有了形上词，即于“情”和“景”当中，再加上个“理”。这个“理”就是文章中所说的“落想”。这是提高诗词创作质量的一个重要因素。

理论是对常识的批判。在这批判声音罕见的时代，先声更是寂寞的。施先生热爱中国传统文化，将中国古典诗歌的创作与研究，作为终身事业。他的文章，曾为当代诗词的创作和研究，提出存在问题和解决办法，但一二十年的时间过去，“相关问题实际并未解决。”施先生平静地说出这句令人心疼的话。捧读施先生的文章，编辑这本论文集，目的就在于擦亮路标。让后来的独行者，不至走太多弯路。

宋湘绮

2015 年 2 月 3 日

丛书后语

20世纪的诗界，旧体、新体，古典、现代，曾经有过生死存亡的阵地争夺战。1916年，新体白话诗出现，旧体诗词被宣判为“半死的诗词”。旧诗向新诗流动，古典向现代转型。很长一段时间，旧体由地面转入地下，而新体找不到合适的形式。毛泽东说：“用白话写诗，几十年来，迄无成功。”1976年，一个甲子过去，另一个甲子开始。旧体死而复生，新诗向旧诗流动，现代回归古典。新旧世纪之交，“大路朝天，各走半边”（艾青《马万祺诗词选·序》语）。旧体与新体，古典与现代，各自朝着各自的路径前进。

步入新世纪，大路两边，新诗与旧诗，各自有精彩。写作旧诗的人，已经比写作新诗的人多，旧诗的刊物也比新诗的刊物多。旧诗百万大军，近乎漫卷诗坛。不过，在旧诗这一边，评论跟不上创作，学院里研究诗词的专家，也还顾不上旧诗创作这一块。近年来，有人提出，应当让旧诗进入中国现代文学史。一批年轻学子，于大路两边各有关注，以其目光与心力，对于百年旧诗包括相关作家、作品进行研究，已初见成效。为使在野散珠贯穿成串，诗界两名素心人宋湘绮和莫真宝，进行多方联络，精心筹备，促成首届“当代诗词创作批评与理论研究青年论坛”的举办。

2014年7月，《文学评论》编辑部和广西桂平市委、市政府联合主办首届“当代诗词创作批评与理论研究青年论坛”。五十余位新诗和旧诗作者、研究者汇聚桂平，就如何把握诗词艺术本质、社会责任和时代使命，进行了深入的对话。这是本世纪初，百年中国诗歌（主要是旧诗）研究新生代的一次集体亮相。7月28日，《人民日报》以《拉开诗的理想之维》为题，对论坛做了报道。11月15日，论坛综述在《文学评论》发表。当代诗词研究的重要性、论坛的社会影响，得以显现。

为了有效整合各方研究力量，令学术研究与艺术创作有效互动，促进诗词书画等民族艺术"活态传承"，使大众享有更有意义更有价值的诗意生活，2014年广西桂平市委、市政府提出"文创造市"发展战略，在桂平规划建设全国第一个诗书画影、佛教艺术园区，与创意农业、健康旅游业等共同打造城乡一体化的新田园。为此，在宋湘绮、莫真宝的倡议下，桂平市委、市政府设立太平文化发展研究基金。此项基金与国家艺术基金同步设立，致力于文化传承与创新，专门扶助艺术批评、理论探索这一当代文化创新的薄弱环节。基金设立伊始，即资助首届"当代诗词创作批评与理论研究青年论坛"，并资助出版本次论坛学术交流成果"太平基金文库·诗词论丛"。

这套丛书，共计八种。除《新声与绝响——施议对当代诗词论集》外，均为年轻学人的著作。其中既有关于20世纪新、旧体诗歌发展和演变的概括描述，又有对于诗词创作以及研究的个案探研；有史迹的考察，亦有理论的提升。这是"五四"以来深度梳理现当代诗词的第一套丛书，传统诗词正在转型，需要研究方法、研究理论、研究模式和语汇系统的创新，这里小荷已露尖尖角。

20世纪之初，中国古典诗词所出现的变革，新诗、旧诗两大分支的形成，已在历史上留下足迹。步入新世纪，新诗与旧诗各奔康庄，但归根结底，二者的相辅相成或者专家独造，均离不开古代的经典。正如习近平所说："我很不赞成把古代经典诗词和散文从课本中去掉。'去中国化'是很悲哀的。应该把这些经典嵌在学生脑子里，成为中华民族文化的基因。"愿新世纪新、旧体诗的创作者和研究者，共同努力，让经典成为中华民族文化的基因。

濠上词隐施议对2015年元旦于濠上之赤豹书屋